D1146170

Uw wil geschiede

Jeroen
van der
Heden

Thriller

De Bezige Bij Antwerpen

Uw wil geschiede

Deel I

Drie dagen lang brandde het licht van de slaapkamer. De kat had ze al even lang niet gezien. Maar die kwam wel vaker dagen achter elkaar niet bij haar, om dan opeens weer met zijn kop om de hoek te verschijnen. De kat had haar niet zo beziggehouden als het licht van de slaapkamer niet al drie dagen aan was geweest. Het was december. Grijs en snel donker. Daarom kon ze het slaapkamerlicht ook overdag zien schijnen. Vooral die dag, 21 december, de kortste, koudste en donkerste dag van het jaar. Misschien is hij het licht vergeten uit te doen, dacht ze. Maar drie dagen lang? En als hij drie dagen weg is, waarom heeft hij mij dan niet zoals altijd gevraagd voor de kat te zorgen? Ze wenste dat haar man, die vorig jaar overleden was, nog leefde, zodat ze hem kon vragen naar het huis van de overbuurman te gaan om te kijken wat er aan de hand was. Toen ze het niet meer uithield, draaide ze het telefoonnummer van de overbuurman. Er werd niet opgenomen. Hij is niet thuis, zijn auto staat voor de deur. Is hij soms met de trein gegaan? Maar waarom zou hij dat doen? Het was pas vandaag gaan sneeuwen. Toen de avond viel en het slaapkamerraam zich als een lichtbaken aftekende, werd ze bang voor het zwarte donker, dat overal was, uitgezonderd in de slaapkamer van de overbuurman. Ik zal eens naar de kat gaan kijken, zei ze tegen zichzelf. Misschien zit hij wel opgesloten. De gedachte aan de kat maakte haar minder bang en sterk genoeg om haar schoenen en jas aan te doen, een sjaal om te slaan en naar buiten te gaan. Het was koud. IJskoud. Ze liep naar het huis aan de overkant, dat met zijn donkere ramen, behalve dat ene hoge slaapkamerraam, een deel leek geworden van de kou. Bij het huis riep ze de kat met het stemmetje waarmee ze hem altijd begroette. Dat vrolijke stemmetje kalmeerde haar en verminderde de rusteloosheid die ze al drie dagen voelde.

'Tuyo, Tuyo!' riep ze. Ze luisterde goed. Daar hoorde ze de kat. Hij was binnen en wilde vast naar buiten, uit dat gesloten, donkere huis. Hij heeft niets te eten, dacht ze. Ik hoor het aan zijn stem. 'Tuyo!' Ze hoorde de kat achter de voordeur krabbelen alsof hij smeekte hem vrij te laten. Ze belde aan. Toen de deur niet open werd gedaan, ging ze snel terug naar huis. Haar handen voelden koud aan. Ze haalde de reservesleutel van de achterdeur van het haakje die de overbuurman haar had gegeven voor het geval ze voor de kat moest zorgen.

Ze duwde de houten poort van de tuin open en liep in het donker naar de achterdeur. Ze draaide met haar koude handen de sleutel om en opende de deur. Het rook er vreemd. De kat had zeker een aantal dagen niet naar buiten gekund, want ze rook kattenpis, maar ook iets dat ze niet thuis kon brengen. De kat gaf kopjes tegen haar been. Ze zette een stap naar binnen, vond op de tast het lichtknopje in de keuken en deed het licht aan. Toen stond ze als aan de grond genageld. Ze zag haar overbuurman vastgebonden op een stoel zitten. Een bloederig papiertje op zijn voorhoofd. Zijn handen en hoofd hingen naar beneden. Om hem heen lag een plas bloed. Ze kon niet meer bewegen, schreeuwen of wat ook doen. Op het moment dat de kat langs haar heen naar buiten sprong, viel ze dood neer.

Hoofdstuk 2

Om kwart over negen in de ochtend van vrijdag 22 december werd het telefoontje op het politiebureau genoteerd. De beller was een oudere vrouw. Ze zou om halfnegen op de koffie gaan bij haar buurvrouw. Ze was precies op tijd, maar de buurvrouw was er niet. De voordeur stond open en ze had geen sporen van braak gezien. Het leek wel of de deur de hele nacht open had gestaan, want er lag wat sneeuw in de gang. Politieagent Martin Pol luisterde en vroeg haar of ze binnen had gekeken, maar de vrouw zei dat ze dat niet had gedurfd.

'Ik weet zeker dat er iets mis is', zei de vrouw onrustig.

Het was door de onrust in haar stem dat Pol haar nog wat vragen stelde.

'Hebt u iets gezien in de buurt dat niet normaal was?'

'De sneeuw', zei de vrouw. 'En de kat.'

'Wat is er met de kat?'

'Hij was bang.'

'Uw kat?'

'Nee, de kat van de overbuurman.' Pol vond het allemaal maar onzin van een oude dame die vermoedelijk een nachtmerrie had gehad en besloot het niet serieus te nemen, maar de vrouw ging verder. 'Ik denk dat de kat niet terug wil naar het huis van de overbuurman omdat hij iets naars heeft gezien. Hij sprong van me weg, terwijl hij anders naar me toekomt als hij me ziet.' Ze wilde meer vertellen over de kat, maar Pol onderbrak haar.

'Ik heb alles genoteerd. We zullen het nodige doen. Hartelijk dank voor uw melding.' Hij zette het koptelefoontje

met microfoon af en liep glimlachend naar de koffieautomaat.

'Dat was vast een grappig telefoontje', zei een collega-
agent.

'Een oud vrouwtje.'

'Wat had ze?'

'Ze dacht dat er iets gebeurd was met haar buurvrouw.
De kat van de overbuurman had volgens haar iets gezien.'
Hij nam het bekertje uit de automaat. 'Ik zal er een surveillancewagen langs sturen', zei hij, maar toen hij weer ging
zitten en het koffiebekertje op de tafel zette, ging de telefoon. Iemand zei dat zijn buurman, een zwaar getatoeëerde
alcoholist, van het balkon wilde springen. Haastig noteerde
Pol het adres en gaf het door aan de brandweer en een politiewagen in de buurt. Hij nam een slok koffie. 'Weer iemand
die van het balkon wil springen. Het lijkt wel of mensen
denken dat balkons daarvoor gemaakt zijn.'

'Drugs', zei de agent tegenover hem.

Pol schudde het hoofd en voor hij de volgende slok kon
nemen, belde de oude vrouw van het eerdere telefoontje
weer. Snel maakte Pol een notitie, schoof zijn stoel naar achteren en stond op.

'Twee lijken op dit adres', zei hij tegen de agent tegenover
hem en hij liep met grote stappen naar het kantoor van Fred
Fontein.

Fred Fontein zat in kleermakerszit op de grond, zijn handpalmen op zijn rug tegen elkaar. Voor hem lag een oud boek
over yoga van Hans Wesseling open op pagina 32, oefening 11. Toen Pol binnenkwam, keek hij verbaasd op van de

rechercheur in de vreemde positie en deed de deur snel weer dicht.

'Kom binnen', riep Fontein. 'En kijk even op die onderste foto. Zitten mijn handen zo goed?' Pol wilde zeggen dat er twee lijken waren gevonden en dat een kat niet meer naar huis wilde, maar boog zich dan maar over het yogaboek. Terwijl hij naar de handen op de rug keek, kon Fontein op het papiertje in zijn hand de woorden 'twee lijken' lezen.

'Je handen moeten nog hoger', zei Pol. Fontein drukte zijn handen omhoog en kreunde; een lichte pijnscheut trok door zijn armen. Daarna pakte hij zijn schoenen op, ging op een stoel zitten en strikte zijn veters.

'Waar liggen die twee lijken?' vroeg hij.

'In de Rozenstraat.'

'Wie heeft ze gemeld?'

'Een oude vrouw. Eerst belde ze omdat haar buurvrouw om halfnegen niet thuis was voor hun afspraak. De deur stond open – waarschijnlijk al de hele nacht, want er lag sneeuw in de gang. Daarna telefoneerde ze nog een keer', zei Pol aarzelend, omdat hij verwachtte dat Fontein hem zou vragen waarom ze een tweede keer had moeten bellen. 'En toen zei ze dat ze twee lijken had gezien.'

'Van wie?'

'Van haar buurvrouw en de overbuurman, zei ze. Wie het zijn moeten we nog...'

'Is dat alles?' vroeg Fontein.

'Dat is alles.'

'Wie heeft de oproep beantwoord?'

'Ik.'

'Hoeveel tijd zat er tussen de twee telefoontjes?'

'Ongeveer een kwartier. Ze klonk de eerste keer al bang. Ik had haar misschien serieuzer moeten nemen.'

'Alle bejaarden zijn bang als ze ons bellen. Eerst praten ze met hun huisdieren, dan met zichzelf, daarna met wie ze maar tegenkomen. En als er niemand luistert, bellen ze ons. Is er al een wagen heen gestuurd?'

'Natuurlijk.'

'Oké, laten we dan ook gaan. De lijken wachten.'

Fontein stond op en Pol liep met hem mee.

'Hoe was de relatie tussen de buurvrouw en de overbuurman?'

'Dat heb ik de dame die belde niet gevraagd.'

'Buurvrouw en overbuurman. Dood. Mmmm. Van wie is die kat?'

'Van de man.'

Buitengekomen ging Fontein sneller lopen. Hij leek de kou door zijn dikke winterjas heen te voelen. Pol bleef even achter, maar zette er toen ook de pas in. Allebei hadden ze hun handen diep in hun jaszakken zitten.

'Waar was de kat toen de vrouw de eerste keer belde?' vervolgde Fontein. Zoals altijd wilde hij het plaatje in zijn hoofd meteen zo duidelijk mogelijk hebben. Elke vraag die nu al beantwoord werd, hoefde straks niet meer gesteld te worden.

'In het huis van de buurvrouw', antwoordde Pol. 'En hij was bang.'

'Je geloofde haar zeker niet toen ze zei dat de kat bang was?'

'Meer dan de helft van de telefoontjes van oude mensen gaat over bange huisdieren. Vorige week hebben we een surveillancewagen gestuurd omdat een bejaarde vrouw had laten weten dat de papegaai van de buren niet zoals anders "Weer kutweer" riep, maar "Help".'

'In een wijk waar veel huisdieren zijn, wordt een lijk sneller ontdekt. Wat zijn de voorspellingen over de sneeuw?'

'Er komt meer.'

'Volgens mij komt er inderdaad meer', zei Fontein tegen zichzelf toen hij in zijn auto stapte. Pol nam een patrouillewagen met Fabiola Winkel, de stagiaire van Fontein. Hij reed weg met loeiende sirene. Fontein had het niet snel koud; de eerste sneeuwvlokken gaven hem vaak zelfs een warm gevoel. Maar deze keer bezorgde de vallende sneeuw hem, zelfs in de auto met de verwarming op haar hoogst, koude rillingen. Dat zal wel zijn omdat ik onderweg ben naar lijken, dacht hij.

Aangekomen op de plaats delict zag hij dat alles bedekt was met een laag sneeuw. Voor het huis waar de moord was gepleegd, stond een groepje buren bij elkaar met bezorgde, angstige gezichten. Fontein was zenuwachtig. Hij had het gevoel dat de politie er eerder had moeten zijn. Bovendien wist hij dat hij straks twee lijken te zien zou krijgen. Dat idee was nooit plezierig. Zelfs na vijftien jaar als rechercheur was hij er nog niet aan gewend. Zijn armen deden pijn van de yogaoefening, die hij blijkbaar iets te snel had uitgevoerd.

'Hier moeten we zijn', zei Pol terwijl een vrouw uit het groepje buren op hen afkwam.

'Ik ben degene die jullie heeft gebeld', zei ze.

'We gaan eerst even naar binnen; we spreken u graag straks', zei Pol tegen haar.

'De achterdeur is open', riep ze toen ze zag dat Fontein naar de voordeur liep. Hij stapte door de sneeuw, terwijl hij voelde hoe de angstige ogen van de buurtbewoners op de stoep en achter de ramen hem volgden. Hij opende de poort naar de achtertuin. De agenten die als eerste op de plaats delict waren aangekomen, hadden een spoor gemaakt van de poort naar de achterdeur. Voor hij het huis binnenstapte, sloot hij zijn ogen en haalde diep adem. Hij moest zich even concentreren, want straks wilde hij proberen de geheime draad die een dader op elke plaats delict achterliet, te ontdekken. Over elke misdaad vertelde iets of iemand de waarheid. Een getuige die in eerste instantie onduidelijke informatie gaf of een bewijsstuk dat niet belangrijk leek, kon opeens de sleutel zijn tot het oplossen van het raadsel. Altijd was er een geheime draad, en die moest hij weten te vinden. Daarom moest hij alles goed in zich opnemen en mocht hij geen detail over het hoofd zien. Ook een lijk kon op zijn eigen manier getuige zijn als er goed naar gekeken werd.

Hij legde langzaam maar kordaat zijn hand op de deurklink, in de hoop de mensen te laten zien dat ze wisten waar ze mee bezig waren. Hij voelde de spieren in zijn armen weer.

Fontein opende de deur en rook de geur van moord, die hem altijd deed denken aan een eindeloze gang in een ziekenhuis. De witte sneeuw maakte het gevoel nog sterker.

Maar wat hij in het huis zag, deed hem de glurende buren en de pijn in zijn armen vergeten.

Erik Drent, een gepensioneerde rechercheur, zat midden in de kleine keuken vastgebonden op een stoel, gericht naar de achterdeur. Zijn lichaam vertoonde tekenen van marteling. Zijn kleren waren bebloed, de huid eronder was gewond. Het linkeroog leek uit de kas getrokken te zijn. Zijn mond was opengescheurd. Zijn kin hing op zijn borst. Zijn hele bovenlichaam zat onder de kneuzingen.

'O mijn God', fluisterde Fontein. Hij had al veel gezien, maar nog nooit wat hij nu voor zich zag. Hij bleef even staan, en pas na een paar minuten kon hij weer bewegen. Pas toen zag hij de vrouw die voor Erik Drent dood op de grond lag. Fontein zag dat ze blauw was geworden, maar geen bloedsporen vertoonde. Erik Drent daarentegen was bijna onherkenbaar verminkt. Fontein zag meteen dat hij eerst gemarteld was en pas daarna aan de stoel vastgebonden, aangezien de wonden op zijn armen onder het dikke touw doorliepen. Het vreemdste was een stukje papier dat met een naald op het voorhoofd van het slachtoffer was geprikt. Fontein probeerde te ontcijferen wat erop stond, maar het was onleesbaar geworden door het opgedroogde bloed.

Onrustig maar geconcentreerd nam hij alles in zich op, in de hoop de geheime draad te vinden die ook hier door de moordenaar moest zijn achtergelaten, toen Pol hem riep.

'Fred, kom hier ook eens kijken.' Fontein liep naar de woonkamer. Daar zat alles onder het bloed, zelfs de gordijnen. Het was duidelijk dat Drent hier was vermoord en daarna verplaatst was.

'De ambulance staat voor de deur, is er een noodgeval?' vroeg een politieagent.

'Hier niet', zei Fontein en hij keek naar Pol. 'Kijk voorzichtig boven. Misschien is daar nog iemand die hulp nodig heeft.' Pol haalde zijn pistool uit de holster en liep voorzichtig de trap op. Even later kwam hij terug.

'Er is niemand boven', zei hij. Fontein gebaarde de politie-agent dat de ambulance niet direct nodig was en stelde voor de vrouw die gebeld had te verhoren.

'Ik heb haar even op straat gesproken, ze woont hier vlak-bij', zei Pol.

'Misschien kunnen we naar haar thuis gaan om te praten. Laat hier niemand binnen', zei Fontein tegen een van de agenten. 'Behalve de technische recherche.'

'Er staan journalisten voor de deur', zei de agent.

'Stuur hen weg en zeg hun dat we ze zullen bellen als er meer duidelijkheid is. Laat niemand in de buurt komen, en let vooral op de fotografen. Ik wil geen foto's van de lijken in de krant van morgen tegenkomen.' Fontein pakte de kat op, die binnen was gekomen en onrustig miauwde. Zijn staart ging heen en weer. Fontein aaide hem.

'Je hebt vast afschuwelijke dingen gezien. Het zijn alleen stomme mensen, hoor, die dat doen', zei hij. Fontein liep naar buiten met de kat in zijn armen. Op dat moment flitste een camera. Iemand hield een microfoon voor zijn mond.

'Is dit de enige getuige?'

'Tot nu toe wel', zei Fontein en hij liet de kat uit zijn armen springen. De journalisten stelden allerlei vragen, maar Fontein hield zijn hand afwerend omhoog en liep met Pol en Fabiola – die met een bleek gezicht stond te wachten – naar het huis van de vrouw die de twee lijken ontdekt had. Nadat ze hen had binnengelaten, ging ze hen voor naar de keuken en nam plaats aan de keukentafel.

'Dit is Fred Fontein, de hoofdrechercheur', zei Pol. 'En Fabiola Winkel, stagiaire.'

'Greet van Es', zei de vrouw terwijl ze zijn hand schudde.

'Die arme kat heeft nog steeds de schrik in zijn lijfje.'

Alles in het huis was oud: de verf aan de muren, de kasten, het servies. Alleen de kerstboom was nieuw en gaf de ruimte een frisse dennengeur, die de geur van oud hout en vochtige aanrechtkastjes verdreef die ongetwijfeld overheerste als er geen kerstboom in huis stond.

'Kunt u voor de kat zorgen tot er een familielid van de heer Drent komt, mevrouw Van Es?' vroeg Fontein.

'Ja, dat kan', zei Greet van Es, die niet wist of ze moest huilen of klagen, of allebei. De vrouw ademde moeilijk. Af en toe moest ze stoppen met praten om diep adem te halen. 'Het was mijn fout. Ik heb de politie gebeld en ze zeiden dat ze het nodige zouden doen, maar ik had geen geduld. De kat liep onrustig rond en toen ik zag dat hij wegliep, volgde ik hem naar de achterdeur van buurman Drent. Ik riep hem, maar hij gaf geen antwoord. Toen riep ik Bea, maar die antwoordde ook niet.'

'Bea, is dat de buurvrouw met wie u een afspraak had?'

'Ja, Bea Harkema. Ik wist dat er iets gebeurd was. De kat wilde het me laten zien.'

'De kat?' vroeg Fontein.

'Ja, de kat. Hij draaide en miauwde. Hij wilde dat ik hem zou volgen.' Fontein wilde haar het gevoel geven dat alles wat ze zei belangrijk was en dat hij elk detail serieus nam, en pakte een notitieboekje en een pen.

'Hebt u de laatste dagen iets vreemds gezien? Iets dat niet normaal was?' vroeg hij, denkend aan hoe hij vijftien jaar geleden zelf als onzekere stagiair naast zijn begeleider had gezeten bij zijn eerste moordonderzoek. Die had toen dezelfde vraag gesteld aan een Antilliaanse dame naar aanleiding van de moord op een oude vrouw en haar dochter. De moord leek onoplosbaar, maar zijn begeleider had tegen hem gezegd dat elke moord vaag is voordat het onderzoek begint. Zijn woorden 'Wij zijn er om duidelijkheid te verschaffen' galmden nog vaak na in zijn hoofd als hij met een zaak bezig was die met losse draden aan elkaar leek te hangen. Dat gaf hem altijd de moed om verder te graven in de bewijslast en door te vragen bij getuigen als alles al gezegd leek te zijn.

'Ik weet niet wat jullie willen weten', zei Greet van Es.

'Laten we bij het begin beginnen. Hoe lang woont u hier?'

'Achtentwintig jaar.'

'Dus u kent meneer Drent en mevrouw...' Fontein keek in zijn boekje, hij was nooit goed geweest in het onthouden van namen. '...Harkema al lang?'

'Ik ken Bea goed. Buurman Drent ken ik nauwelijks. Hij was teruggetrokken en had weinig contacten in de buurt. Voor zover ik weet, sprak hij alleen met Bea. Zij zorgde soms voor de kat als hij er niet was.'

'Is er iemand anders die wel eens op de kat paste?'

'Ik weet het niet. Tuyo komt soms hier, maar ik jaag hem altijd weg. Hij maakt de kanaries in de volière bang.'

'Heeft mevrouw Harkema ooit iets tegen u verteld over meneer Drent?'

'Vaak genoeg', zei ze. 'Bea praat over iedereen. Als ik een paar daagjes weg ben geweest, weet ik na een kwartiertje bij Bea precies wat er in de wijk gebeurd is.' Greet van Es begon zacht te huilen. Pol gaf haar een zakdoekje waarmee ze haar tranen depte.

'Wat was het laatste dat ze vertelde over meneer Drent?' ging Fontein verder.

'Ze zei dat het licht van zijn slaapkamer al drie dagen brandde.'

'Hoe wist ze dat?'

'Dat kon ze zien vanuit het raam van haar woonkamer.' Ze zuchtte diep.

'Nog meer vreemde dingen?' Greet van Es dacht even na.

'Ze vertelde eens iets raars', ging ze toen verder. 'Ze zei dat de buurman zelf kookte, maar vaak ook nog pizza bestelde. Ze zag hem dan rond vijf uur bezig in de keuken, en diezelfde avond stopte er een brommer voor zijn deur met een pizza.'

'Wanneer heeft ze dat verteld?'

'Twee weken geleden ongeveer. Nee, wacht even, bij de verjaardag van Tino, mijn kleinzoon. Dan is het, eh... twaalf dagen geleden.'

'Kunt u zich herinneren wat ze precies zei?'

'Nee, ze praatte over van alles tegelijk.'

'Hier is mijn kaartje', zei Fontein. 'Bel me als u zich nog iets herinnert.'

'Is dat een gratis nummer?'

'Zeker.' Greet van Es stond op, haalde haar leesbril uit een la, die kraakte toen ze hem openschoof, en las zorgvuldig het kaartje.

'Is bellen naar uw mobiele nummer ook gratis?'

'Dat niet, maar ik kan u wel terugbellen.' Fontein stond op, Pol en Fabiola volgden hem. Opeens klampte Greet van Es zich angstig aan hem vast.

'Denken jullie dat het hier nog veilig is? Misschien komt

de moordenaar vanavond terug...' zei ze. Haar lip begon te trillen.

'Maakt u zich geen zorgen. Dat zal niet gebeuren.'

'Weet u dat zeker?'

'De moordenaar weet dat het huis bewaakt wordt en dat iedereen in de wijk nu goed oplet. Hij zal geen risico's nemen.'

'Wordt de hele wijk bewaakt dan?'

Fontein keek naar Pol en knipoogde naar Fabiola voor hij loog.

'Zeker.' Hij gaf haar een schouderklopje. Hij vond het erg dat een eenzame oude vrouw nu bang was in haar huis.

'Ik heb een zus in Den Bosch. Ik wilde bij haar gaan logeren, maar door de sneeuw rijden de treinen niet', snikte ze.

'Wilt u daar graag heen?'

'Eigenlijk wel. Even een paar daagjes niet hier zijn. Na wat er in het huis van buurman Drent is gebeurd, kan ik hier, denk ik, niet slapen.' Fontein boog zich naar Fabiola en vroeg haar fluisterend of ze haar rijbewijs had. Toen die knikte, draaide hij zich naar de vrouw.

'Wij brengen u naar uw zus', zei hij. Hij gaf zijn autosleutels aan Fabiola met de opdracht mevrouw Van Es in Den Bosch af te zetten.

'En de kat dan?' vroeg de oude vrouw.

'Maakt u zich geen zorgen, wij vinden wel een oplossing', stelde Fontein haar gerust.

Buiten sneeuwde het nog zacht. De huizen van Bea Harkema en Erik Drent waren afgezet met rood-witte linten en de voordeur van Bea Harkema was verzegeld. De meeste mensen waren weg. Soms vroeg een voorbijganger aan de agenten die de huizen bewaakten wat er aan de hand was.

'Laat Fabiola maar rijden', zei Fontein tegen Pol terwijl ze terugliepen naar het huis van Erik Drent. 'Als ze ziet wat er met Drent gebeurd is, wil ze niet meer bij de recherche werken.'

'Ze heeft het al gezien', zei Pol.

'Dan mag ze blij zijn dat ze er even uit kan.' Fontein zuchtte, want hij wist dat dit een lange dag zou worden.

Na een paar stappen door de sneeuw zagen ze de auto van André Teunissen aan komen rijden, sneller dan verantwoord. Teunissen was de hoofdinspecteur en liet zich normaal gesproken niet zien op een plaats delict. Hij remde abrupt, parkeerde scheef en sprong uit de auto. Fontein wist dat hij het moeilijk zou hebben met deze moord, want hij had zeven jaar lang intensief met Erik Drent samengewerkt. Teunissen liep bleek naar de achtertuin, alsof hij de plek goed kende.

'Hij is gemarteld voor hij vermoord is?' vroeg hij hun met een brok in de keel en hij liep meteen verder, alsof hij het antwoord niet wilde horen, maar zien. Fontein had hem nooit eerder zo verward geweten. Bij de achterdeur draaide Teunissen zich naar Fontein.

'Weten jullie al meer?'

'Nog niet. Niemand van de buren heeft iets gezien of gehoord.' André Teunissen zag er in de sneeuw korter en dikker uit dan hij was. De sneeuwvlokken smolten meteen op zijn kale hoofd.

'De huizen staan hier zo dicht op elkaar, de mensen weten altijd alles van elkaar en niemand heeft iets gezien of gehoord? Jezus Christus, waar waren ze? Wist de moordenaar wanneer al die ramen en deuren gesloten zouden zijn?'

'Waarschijnlijk wel', zei Fontein en hij liep achter hem aan naar binnen.

'Jezus Christus', herhaalde Teunissen in de deuropening, dit keer in zichzelf. 'Jezus', fluisterde hij toen hij het verminkte gezicht van Erik Drent zag en het papiertje op zijn voorhoofd. 'Jezus Christus.'

'Hij is vermoord in de woonkamer en is daarna hier naartoe gebracht', zei Fontein, maar Teunissen bleef stilstaan en het leek alsof hij niets hoorde. Hij draaide zich om en liep de tuin in.

'Jij hebt de leiding over het onderzoek', zei hij tegen Fontein terwijl hij naar zijn auto liep. 'Ik hoor het wel als je me nodig hebt. Ga eens na waarom de buren niets gehoord hebben. Dat is vreemd, als je ziet hoe hij is toegetakeld. Iemand moet toch iets gehoord hebben.' Hij nam plaats in zijn auto, sloot het portier en draaide het raam open. 'Dit is geen roofoverval.' Fontein wilde hem nog zeggen dat hij voorzichtig moest zijn, maar zo snel als hij aan was komen rijden, zo haastig gleed hij de weg weer op. De donkere wolk uit de uitlaat belichaamde zijn gevoelens bij de gruwelijke moord op zijn ex-collega.

Hoofdstuk 3

Fontein zat naast Pol in de politiewagen en hoopte maar dat Fabiola zijn cd's niet aan zou zetten. Meestal draaide hij Duitse schlagers in de auto, dat maakte zijn hoofd leeg en bereidde hem voor op de drukte op het bureau of de afschuwelijke sfeer op een plaats delict.

'Denk je dat er één of meerdere moordenaars zijn?' vroeg Pol hem.

'Een misdadiger is nooit alleen. Als hij de daad alleen heeft gepleegd, zitten de anderen in zijn kop', zei Fontein.

Pol reed bijna een fietser aan.

'Kijk uit!' riep Fontein. De fietser maakte een scherpe bocht in de sneeuw, keek gepikeerd om en reed verder.

''t Is de sneeuw', zei Pol om niet te laten merken dat het beeld van de vermoorde Erik Drent nog op zijn netvlies stond en hij moeite had zich te concentreren. Fontein keek naar de kinderen op straat die sneeuwballengevechten hielden en sleetje reden, terwijl niet zo ver hier vandaan een gruwelijke moord was gepleegd. Door de sneeuw leek de grijze decemberlucht helder. Hij dacht aan het geweld waarmee Erik Drent was omgebracht en aan hoe ze het onderzoek moesten opzetten.

Bea Harkema zou een goede getuige zijn geweest als ze nog had geleefd. Ze was ongetwijfeld de eerste die alles had gezien en misschien wist ze wel meer. Volgens Greet van Es was ze van veel in de wijk op de hoogte en haar woonkamer keek uit op het huis van Erik Drent. Hij kon zijn vragen misschien stellen aan Greet van Es.

Een andere belangrijke aanwijzing was het papiertje op

het voorhoofd van Erik Drent. Fontein had het niet kunnen lezen door het bloed, maar hij was benieuwd naar wat erop stond. Een moordenaar liet zoiets niet voor niets achter, het zou vast een boodschap bevatten. Maar een boodschap voor wie? Voor Erik Drent? Voor de politie? Of voor iemand anders?

'Ik wil zo snel mogelijk weten wat er op dat briefje staat. We hebben een belachelijk lang weekend voor de boeg met die kerstdagen erachteraan, dus we moeten vandaag nog zoveel mogelijk te weten komen. Laat het lab onderzoeken wat voor soort papier het is en met wat voor soort naald het briefje werd vastgeprikt.'

'Ik zal ze vragen er haast achter te zetten', zei Pol.

'Het leek alsof het papiertje ergens uit is gescheurd. Misschien ligt er nog ergens een deel. Laat onze mensen alle hoeken van het huis doorzoeken.'

'Ik zal het doorgeven.'

Fontein dacht hardop verder.

'Wat zou de doodsoorzaak zijn? De marteling? De patholoog-anatoom zal het kunnen zeggen.' Pol gaf geen antwoord; hij wist dat Fontein het nodig had alles op deze manier op een rijtje te zetten.

Fontein zat net in zijn kantoor toen zijn ex-vrouw Carolien belde. Ze vroeg hoe laat hij de kinderen zou ophalen. Hij keek op zijn horloge en zei dat zeven uur moest lukken. Hij had een zoon van twaalf en een dochter van acht. Vlak na de scheiding waren ze elk weekend bij hem geweest. Langzamerhand waren de kinderen niet meer elk weekend gekomen, maar elke twee weken, omdat hij het druk had op zijn werk of omdat Carolien ook in het weekend leuke dingen met hen wilde doen. David had de laatste twee jaar niet meer mee willen komen. Dat speet Fontein, maar hij wist niet wat hij eraan kon doen. Deze kerst wilde zijn zoon voor het eerst weer meekomen. Het was dus een belangrijke afspraak. Fontein had het huis willen opruimen – vooral de kamer van David – en een nieuwe spelcomputer willen kopen zodat hij zich niet zou vervelen, maar daar zou hij nu geen tijd meer voor hebben.

'Zeker?' vroeg Carolien argwanend. Hij kwam vaak te laat of soms zelfs helemaal niet. Daardoor had ook Kim overwogen niet meer te komen, maar de cavia bij haar vader had haar ervan weerhouden. Fontein had het beestje om die reden gekocht.

'Zeker. Zeven uur is haalbaar.' Opeens dacht hij aan de cavia. Zijn kooi moest nodig worden schoongemaakt, en hij kon zich niet herinneren wanneer hij hem voor het laatst eten had gegeven.

'Shit', siste hij toen hij zich herinnerde dat Fabiola met zijn auto weg was. Door de sneeuwval kon hij niet inschatten hoe laat ze weer terug zou zijn. Er werd op zijn deur geklopt. 'Binnen', riep Fontein. Tegen Carolien zei hij dat hij weer aan het werk moest. Agent Noorman opende de deur.

'Laat ik meneer De Jong binnen?' vroeg hij.

'Wie is meneer De Jong?'

'Die van het dossier voor je.' Fontein keek naar de groene map en herinnerde zich dat er zich naar aanleiding van *Opsporing Verzocht* een getuige had gemeld van de overval op de Albert Heijn.

'Kun je hem vragen later terug te komen?'

'Nee, onmogelijk. Hij zeurt nu al omdat ik hem een half-uur heb laten wachten.'

'Laat hem dan maar binnen.' Misschien zou het zijn gedachten even verzetten.

Meneer De Jong keek Fontein aan en glimlachte.

'Ik heb u op televisie gezien', zei hij. 'U kwam met de enige getuige uit het huis waar die moord is gepleegd.'

'Welke getuige?'

'De kat', zei De Jong.

'Hadden ze tijd om dat uit te zenden?' zuchtte Fontein en hij gebaarde De Jong te gaan zitten.

'Ze zeiden op de televisie dat de ex-rechercheur voor zijn dood gemarteld was en dat de buren niets hadden gehoord door de kermis. Een van de buurvrouwen had geschreeuw gehoord, maar dacht dat het iemand in de Mega Booster op de kermis was.' Fontein stelde De Jong afwezig wat vragen over de overval en krabbelde wat in het dossier, maar hij zat met zijn hoofd bij de moord op Erik Drent. De informatie over de kermis was nieuw voor hem.

'Denkt u dat u de daders zult oppakken?'

'Zeker.'

'Niet die van de overval, maar de moordenaars van die ex-rechercheur.'

'Zeker', zei Fontein. 'Het zal even duren, maar we zullen ze te pakken krijgen.'

'Waarom hebben ze volgens u de vrouw niet gemarteld?'

'U begrijpt dat ik daar geen uitspraken over kan doen. We zullen de details daarover bekendmaken als de tijd ervoor is gekomen', zei Fontein, gaf hem een hand en liep met hem naar de receptie om hem uit te laten.

Hij was boos. Hoe was het in hemelsnaam mogelijk dat de media soms sneller informatie kregen dan de politierechercheur die de leiding had over het onderzoek? Hij moest zich even ontspannen. Een tijdje terug had hij in een tijdschrift bij de tandarts gelezen over een advocaat die dankzij yoga meer zaken won, omdat hij zich beter kon concentreren. Korte tijd later had hij op een rommelmarkt waar hij op verzoek van Kim naartoe was gegaan een yogaboek gekocht en was begonnen met de oefeningen. Het had hem tot nu toe vooral spierpijn opgeleverd, maar hij had wel gemerkt dat het hielp zijn gedachten te verzetten en dat hij daardoor meer energie had voor de zaken waar hij mee bezig was.

Hij deed de deur van zijn kantoor dicht, trok zijn schoenen uit en ging op de vloer zitten tegenover het raam, waarachter de sneeuw neerdwarrelde. Hij opende zijn yogaboek, las oefening 11 opnieuw, sloot zijn ogen en haalde diep adem. Hij zette zijn handpalmen op zijn rug tegen elkaar, zo hoog als hij kon en boog langzaam voorover. Het beeld van de vermoorde Erik Drent verdween niet uit zijn hoofd; het riep alleen maar nieuwe vragen op. Een ex-rechercheur was gemarteld en vermoord. Wist hij iets dat niet bekend mocht worden? Was hij in moeilijkheden gekomen? Was het wraak? Wie martelde een man in zijn huis in een drukke wijk? Waarom was Erik Drent vastgebonden op een stoel en tegenover de deur gezet?

Agent Noorman klopte weer aan en zei dat er over een halfuur een vergadering was over de moord op Drent. Fontein knikte. Hij voelde pijn in zijn spieren. Enkele seconden lang verdwenen alle vraagtekens uit zijn gedachten. Toen hoorde hij weer zacht geklop op de deur. Fabiola was terug.

'Goedemiddag', zei Fontein nadat ze hem begroet had. 'Dat is snel.'

'Het ging vrij vlot', zei ze terwijl ze hem zijn sleutels gaf. 'Volgens mij is er voor één keer geluisterd naar de weersvoorspellingen en is iedereen thuisgebleven.'

'Ik had gedacht dat je nog minimaal twee uur zou nodig hebben.'

'Officieel ben ik al anderhalf uur vrij.' Fontein strikte zijn veters en stond op.

'Neem die overuren maar mee in je stagetijd. Heb je een drukke avond voor de boeg?'

'Nee, pas om tien uur een feestje.'

'Zou je mij dan nog een groot plezier willen doen?'

'Dat ligt eraan wat.'

'Ik heb straks een vergadering en ik weet niet hoe lang die zal duren. Heb je zin om mijn kinderen af te halen en op te passen? Ik betaal je per uur.'

'Als ik om negen uur naar huis kan, prima', zei ze. Fontein gaf haar de autosleutels terug.

'En hier heb je twintig euro. Haal maar iets te eten, of neem ze ergens mee naartoe. Zie maar.' Hij schreef het adres van Carolien op een papiertje en drukte het haar met het geld in de handen. 'Ik hoop dat de cavia nog leeft.'

'Cavia?'

'Ja, als de cavia dood is, zeg dat dan niet tegen Kim, alsjeblieft. Dan koop ik volgende week een nieuwe met dezelfde kleur.'

'Hoe kan ik dat dan verbergen?'

'Zeg maar dat hij zijn winterslaap houdt.'

'Houden cavia's een winterslaap?' vroeg Fabiola, oprecht verbaasd.

'In Amsterdam wel', zei Fontein.

'Wat een bijzondere cavia.'

Toen Fabiola weg was, voelde Fontein dat hij honger had. Hij haalde een broodje kaas uit zijn tas en at het op terwijl hij naar de koffieautomaat liep. Hij nam een koffie verkeerd en keek op zijn horloge. Nog zeven minuten voor de vergadering, hij kon Pol nog even vragen of er al bekend was wat er op het papiertje van het voorhoofd van Drent stond. Hij kwam hem tegen aan de deur van zijn kantoor.

'Ga je niet naar de vergadering?'

'Jawel, maar ik wil eerst weten of ze de tekst op het briefje al hebben ontcijferd.'

'Nog niet.'

'Ik wil het horen van het laboratorium en niet via de televisie', zei Fontein. 'Er was trouwens kermis.'

'Waar?'

'Naast het huis van Drent; daarom heeft niemand iets gehoord.'

Iedereen was op de vergadering aanwezig. André Teunissen zat aan het hoofd van de tafel.

'We hebben te maken met de moord op een ex-collega. Het is van belang dat we extra voorzichtig zijn met de media', begon Teunissen, die verward leek en bleek zag.

'Ik ben blij dat je daarover begint', zei Fontein. 'Het is toch van de zotten dat ik via een getuige die het nieuws zag, moet horen dat er kermis was naast het huis van Drent. Laten we ervoor zorgen dat we elkaar informatie doorspelen en niet naar journalisten lekken.' Iedereen knikte.

'Dat is afgesproken', zei Teunissen. 'En nu de feiten op een rijtje.'

Een voor een vertelden de agenten welke sporen ze hadden gevonden, de conclusies die daaruit konden worden getrokken en de vragen die ze opriepen. De vergadering was zwaar en duurde niet meer dan vijf kwartier, maar het voelde langer. Iedereen was bang voor het mogelijke motief. Een paar jaar geleden had Erik Drent nog mee in zulke vergaderingen gezeten, nu was hij de reden van de bijeenkomst. Stilte vulde de zaal toen iedereen de ruimte had verlaten met zijn taken voor morgen. Teunissen en Fontein bleven in de vergaderzaal achter.

'Dit is Eriks personeelsdossier', zei Teunissen. Fontein nam de map aan met een foto van een jonge Drent op de voorkant. 'Hoe laat ga je naar huis?'

'Ik had om vijf uur naar huis willen gaan, maar ik blijf nog even. Ik wil zoveel mogelijk op een rijtje hebben voor het lange weekend.' Teunissen keek op zijn horloge.

'Zie je je kinderen deze kerst?'

'Ja', zei Fontein. 'Ze komen vandaag, mijn zoon ook.' Hij vertelde normaal gesproken niet veel over zijn privésituatie tegen zijn collega's. Teunissen was de enige die wist dat hij zijn zoon al lang niet had gezien.

'Mmmm', zei die afwezig. 'Spannend?'

'Fabiola haalt ze op', zei Fontein. 'Ik wil vandaag nog wat details bekijken over de moord.' Teunissen stond op, liep naar het grote raam en keek naar de sneeuw.

'Ik kan me niet voorstellen dat er maar één dader is geweest', zei hij. 'Erik Drent was sterk. Hij kon zeker een uur hardlopen en fitneste regelmatig.' Fontein stond ook op en samen liepen ze de ruimte uit.

'Om zeven uur gaat er een persbericht de deur uit. Kun je het straks nog even doorlezen?'

'Zeker.'

'Hoe is het met je yogaoefeningen?'

'Ik zou wel drie maanden naar Thailand willen gaan, om me helemaal te ontspannen. Een spiervakantie, zeg maar.' Teunissen vond Fonteins yogaoefeningen maar zweverig gedoe en zou gelachen hebben als ze die morgen niet iemand vermoord hadden aangetroffen die hij goed kende.

Fontein nam afscheid, ging achter zijn bureau zitten en bladerde door het dossier van Drent.

Buiten was het intussen donker. Fontein dacht na over de geheime draad die de criminelen zeker hadden achtergelaten, maar die hij nog niet had gevonden. Hij wilde niet naar huis voor hij een logisch aanknopingspunt had gevonden, zodat hij volgende week niet met lege handen hoefde te beginnen. Misschien haatte de moordenaar Erik Drent. Fontein zocht in het dossier naar aanwijzingen. Het motief zou wraak kunnen zijn van een misdadiger die ooit door Drent in de gevangenis terecht was gekomen. Tijdens de vergadering was besloten dat ze zich allereerst op die theorie zouden richten. Het idee dat een veroordeelde crimineel op zo'n manier wraak nam, was beangstigend voor Fontein en het hele politiekorps. Zoiets gebeurde alleen in Amerikaanse films. Ze moesten elke mogelijkheid grondig onderzoeken. Het was niet uitgesloten dat de dader op nog meer mensen wraak wilde nemen. Haast om hem te vinden was dus geboden.

Fontein nam de lijst met criminelen door die door Drent in de gevangenis terecht waren gekomen en het laatste jaar waren vrijgelaten. Er waren drie namen.

'Die moeten we natrekken, te beginnen bij de laatste die vrij is gekomen', zei Fontein hardop tegen zichzelf. Hij was bezig de namen in zijn notitieboek te schrijven toen Pol binnenkwam met het voorlopige rapport van het buurtonderzoek. Er was nog niet gepraat met de kermismedewerkers.

'Is er nog iets nieuws naar boven gekomen?' vroeg hij.

'Niets wat jij nog niet weet. Maar misschien hebben de kermisexploitanten iets gezien of gehoord. Ze staan nu ergens bij de Duitse grens. Noorman gaat er na de kerst naartoe.'

Een agente overhandigde hem het persbericht.

'Het is goed zo', zei Fontein onmiddellijk.

'Je hebt nog tijd om het door te lezen', antwoordde ze. Daarop wierp hij een blik op de tekst en gaf hem terug.

'Heeft het lab al iets gevonden over het briefje?' vroeg hij toen aan Pol.

'Nog niet, maar het sectierapport van de patholoog-anatoom is wel binnen.'

'Een beetje laat, niet?'

'Jij wilt nog niet werken met computers. Het is twee uur geleden al gemaild.'

Het sectierapport bevestigde wat ze al dachten. Bea Harkema was overleden aan een hartaanval, waarschijnlijk van de schrik. Ze was vermoedelijk nog geen twaalf uur dood. Erik Drent was al langer overleden. De patholoog-anatoom had als tijdstip van overlijden 18 december tussen één en zes in de namiddag aangegeven. De precieze doodsoorzaak was niet vast te stellen. Naast de kneuzingen over zijn hele bovenlichaam en de verminkingen in zijn gezicht, was hij meerdere keren bijna gewurgd en had hij verschillende stompen tegen zijn hoofd gehad. Een van die twee had zijn einde betekend. Fontein had al veel sectierapporten gelezen, maar hierin vond hij zo veel mogelijke doodsoorzaken dat het een rapport van verschillende moorden had kunnen zijn.

'Heb jij ooit zo'n rapport van een lijkschouwing gezien?'

'Eigenlijk niet', zei Pol. Er viel een stilte, waarin Fontein zijn maag hoorde rommelen. Hij bedacht dat hij een afhaalmaaltijd kon bestellen, maar besloot toen dat hij beter nog iets kon bekijken en dan naar huis gaan.

'Kun je de huidige adressen bij elkaar zoeken van de gedetineerden die door Drent zijn opgepakt en het laatste jaar zijn vrijgelaten? Na de kerst is prima. Geef mij zo dadelijk even een kopie van de sleutel van het huis', zei Fontein. 'En ga dan, het was een rare dag.'

'Wil je nu nog naar het huis van Drent? Wat wil je daar vinden?'

'Ik wil eens goed kijken tussen het oud papier.'

'Voor de pizzadozen?'

'Inderdaad. Greet van Es zei dat Drent kookte en daarna pizza bestelde.'

'We weten waar de pizza's vandaan kwamen. De laatste zes maanden bestelde hij pizza's bij Il Tramonto, als dat is wat je wilt weten.'

'Ik wil het met eigen ogen zien', zei Fontein. Pol ging de kamer uit en kwam even later haastig terug met de sleutel.

'Zet je computer aan. Ze hebben het briefje ontcijferd', zei hij. Fontein opende de bijlage van de mail en bestudeerde de foto van het zo goed als mogelijk schoongemaakte briefje. Achter hem boog Pol zich voorover om mee te kijken. Op het papiertje stond:

Ik miste mijn vader altijd en...

Hij beloofde dat hij teru...

maar hij kwam n...

'De tekst is met potlood geschreven', zei Pol. Fontein staarde naar het handschrift op het scherm, dat verborgen was geweest onder het bloed van Erik Drent. In de mail stond dat het stukje papier op het voorhoofd van Drent was geprikt met een naald. Het briefje was zeker gescheurd, een deel van de tekst ontbrak. Fontein dacht hardop.

'Zie je wel, het briefje is ergens uit gescheurd. Misschien een dagboek?'

Fred Fontein printte de foto en liep door de gang. De mensen die hij tegenkwam, gingen naar huis. Zijn blik was op de foto gericht. Bij het kantoor van Teunissen keek hij op, klopte aan en hoorde 'Kom binnen'. Teunissen zat achter zijn computer.

'Heeft Eva je het persbericht laten zien?' vroeg hij met vermoeide stem. Fontein knikte. Het was even stil. De twee mannen keken naar buiten, waar de sneeuw nog steeds viel.

'Is er nog nieuws?' vroeg Teunissen. Fontein overhandigde hem de foto.

'Ik denk dat dit het belangrijkste aanknopingspunt is tot nu toe', zei hij erbij. Teunissen keek aandachtig naar de foto en daarna twijfelend naar Fontein. 'Volgens mij is het een fragment uit een dagboek.'

'Misschien willen de moordenaars ons in de val laten lopen.'

'Als zoiets bij zo'n lelijke moord wordt achtergelaten, betekent het iets.'

'Waar denk je dan aan?'

'Iemand mist zijn vader, die in de gevangenis zit. Hij wordt vrijgelaten en neemt wraak op de agent die hem heeft vastgezet.'

'Dat kan. Maar het klinkt niet logisch', vond Teunissen.

'Hoezo niet?'

'Denk met me mee: iemand vermoordt een politieagent omdat zijn zoon hem heeft moeten missen. Daarmee neemt hij het risico dat hij weer voor een aantal jaren achter de tralies verdwijnt. Zou hij zijn zoon dat aandoen als hij zoveel van hem houdt?'

'Misschien heeft hij onschuldig vastgezeten.'

'Onschuldig?' zei Teunissen, ineens boos. 'Twijfel je aan het werk van Drent? Aan het werk van de politie? Geen enkele crimineel wordt in de cel gezet zonder voldoende bewijs! De enige fout die de politie maakt, is dat er te veel misdadigers blijven rondlopen omdat we niet genoeg bewijs tegen ze hebben', zei Teunissen geagiteerd. Fontein dacht altijd net iets verder dan alle andere rechercheurs met wie hij tijdens zijn lange carrière had samengewerkt.

'Oké,' zei Fontein, 'er zijn criminelen die vrij rondlopen omdat er niet genoeg bewijs is. Maar ik geloof ook dat er mensen zijn die onschuldig vastzitten, omdat ze de pech hadden dat het bewijs dat de dader achterliet naar hen wees. Er worden toch veel veroordeelden na jaren vrijgelaten omdat de DNA-tests van tegenwoordig ze vrijpleiten?'

'Ik ben niet in de stemming voor die discussie. Denk nog eens mee: een vader wordt onschuldig naar de gevangenis gestuurd. Als hij vrij is, leest hij wat zijn zoon schreef en besluit de agent die hem vastzette te vermoorden. Waarom hangt hij dan het papiertje met het handschrift van zijn zoon op het voorhoofd van zijn slachtoffer?'

'Krankzinnigheid.'

'Dan is er dus maar één dader, niet meer. Dat kan ik me niet voorstellen. Kan één persoon een gezonde ex-politie-agent in zijn huis martelen, vermoorden en aan een stoel vastbinden? Hoeveel handen heeft hij?' Ze dachten allebei na. Fontein keek naar Teunissen, die met een rood hoofd naar de sneeuw keek. Opeens draaide hij zich om. 'Ik denk toch dat het briefje ons moet afleiden van de echte reden.'

'Misschien zag de zoon dat zijn vader na al die jaren ver-

anderd was en besloot hij wraak te nemen voor zijn ver-
woeste leven en dat van zijn vader.'

'Dat lijkt me... Nee... Wraak van de vader is geloofwaar-
diger.'

'Je hebt gelijk. Maar we moeten alle opties openhouden,
misschien is het iemand helemaal anders.'

'Wie anders zou wraak willen nemen? Als we het fragment
serieus nemen, lijkt het mij geen optie dat zomaar iemand
het zo zielig vindt voor de zoon in het dagboek dat hij zo'n
moord pleegt. Nee, Fred, dat is uitgesloten. Of het klopt wat
jij denkt, of het is een afleidingsmanoeuvre van de moordenaar. We moeten niet te ver gaan denken over iets wat de
moordenaar expres achterliet. Wat zei het buurtonderzoek?'

'Niet veel bijzonders. Het enige opvallende was dat een
van de buurvrouwen, een vriendin van Bea Harkema, zei
dat Erik Drent vaak op dezelfde avond kookte én pizza's
bestelde.'

'Pizza? Erik Drent en pizza? Al die jaren dat ik met hem
samenwerkte, at hij nooit fastfood. De collega's maakten er
grapjes over dat hij dat niet voor zijn gezondheid, maar uit
zuinigheid deed. Heeft die vrouw dat zelf gezien?'

'Ze heeft het gehoord van de dode buurvrouw.' Teunissen sloot de computer af, stond op en stak zijn papieren in
zijn tas.

'Ik vind het genoeg voor vandaag. Richt je aandacht eerst
op de misdadigers die net zijn vrijgelaten. En kijk ook eens
naar die pizza's. Dat klopt niet, voor zover ik weet zou Drent
geen pizza weg kunnen krijgen.' Teunissen trok zijn jas aan
en knoopte zijn sjaal tot hoog om zijn oren. 'Ik ga. En jij,
ben je klaar?'

'Nog niet. Eerst nog een keer kijken in het huis van Drent.'
'En je kinderen?'
'Fabiola past op.'

Fontein nam een politiewagen. Het sneeuwde minder hard en de vlokjes werden kleiner. Hij dacht aan David, die hij vandaag na bijna twee jaar weer zou zien. Of morgen. Waarschijnlijk zouden de kinderen al slapen als hij thuiskwam. Hoe zou David reageren als niet hij, maar een jongedame hen kwam ophalen? Zou hij wel met Fabiola meegaan? Toen kwam de cavia van Kim die misschien niet meer leefde in zijn gedachten. Werktuiglijk gaf hij de auto's op de rotonde voor de Koningin Julianaschool voorrang. Daarna ging hij langzaam de brug over en reed de wijk in waar het huis van Erik Drent stond. Voorzichtig reed hij door de gladde straatjes, stopte voor een besneeuwde wandelaar op het zebrapad en parkeerde vlak voor het huis, waarvan een raam boven nog verlicht was. De witte straat was leeg. Het huis van Drent leek nog kouder, terwijl het licht uit het slaapkamerraam het gevoel gaf dat iets van Erik Drent nog leefde. Fontein ging binnen langs de voordeur, nadat hij het zegel van de agenten had verbroken, en rook de geur van bloed en kattenpis, vermengd met de kou van december. Hij trok plastic handschoenen aan om eventuele vingerafdrukken niet te verknoeien en zocht in het licht van zijn zaklantaarn naar het lichtknopje. In de slaapkamer van Erik Drent probeerde hij te ontdekken of iemand het bed met hem had gedeeld, maar er was niets waaruit hij kon afleiden dat hij zijn laatste nacht met iemand anders had doorgebracht. Daarna liep hij naar de gang, waar een grote stapel oud papier stond. De lege pizzadozen waar Fonteins blik eerder die dag op was gevallen, lagen er niet meer. Hij dacht dat de technische recherche ze misschien had meegenomen naar het laboratorium, maar even later zag hij dat het raam naast de achterdeur gebroken was.

'Iemand is hier binnen geweest', zei hij hardop en hij haalde diep adem. Hij belde Pol thuis op.

'Stoor ik?' vroeg Fontein.

'Ja, ik lig net op de bank', antwoordde Pol. Op de achtergrond hoorde Fontein, behalve de televisie, het geluid van een blikje bier dat werd geopend, ongetwijfeld expres op dat moment.

'Dat dacht ik al', zei Fontein, zich enigszins schuldig voelend dat hij zijn collega stoorde op zijn vrije avond.

'En jij? Waar ben jij?'

'In het huis van Erik Drent. Zou je ook kunnen komen?'

'Liever niet, mijn vriendin komt over een uurtje.'

'Dan heb ik een vraag: weet jij of ze de pizzadozen hebben meegenomen naar het laboratorium?'

'Welke pizzadozen?'

'Die van Erik Drent.'

'Dat denk ik niet.'

'Dan heeft iemand ze gestolen. Het raam naast de achterdeur is kapot. Morgen moeten Drents pizzabestellingen en de bezorgers worden onderzocht.'

'Ik heb morgen weekenddienst. Ik zal er 's ochtends voor zorgen', zei Pol.

'Fijne avond nog', zei Fontein en hij stak zijn mobiel in zijn binnenzak. Met een kleine camera nam hij foto's van de voetstappen in de sneeuw in de achtertuin. Ze waren vers, het profiel was nog goed te zien. Gelukkig was hij vanavond nog komen kijken en sneeuwde het inmiddels minder hard. Daarna belde hij het politiebureau, vroeg iemand van de technische recherche langs te sturen en reed naar huis.

Zachtjes klopte hij op de deur. Fabiola keek door de gesloten gordijnen wie er voor de deur stond en deed open.

'Sorry, ik ben wat later dan ik had gedacht.' Hij zag dat de woonkamer rommelig was. 'Het was vast gezellig.'

'Zeker', zei ze.

'Is David er ook?'

'Ja, hij slaapt net.'

'En de cavia? In bed of in de hemel?'

'Die leeft nog', zei ze glimlachend. 'Hij had niet eens veel honger.'

'Misschien was ik vergeten dat ik haar al gevoerd had.'

'Dat denk ik ook.' Er stonden eetbakjes op de tafel.

'Ze wilden Chinees', zei Fabiola.

'Mooi, dan is er vast nog wat over. Ik heb honger.' Hij liep naar de keuken, pakte een lepel en begon staand de restjes uit de eetbakjes te scheppen.

'Je kunt het ook opwarmen', zei Fabiola.

'Het is goed zo. Ik was bang dat er niets te eten zou zijn', zei hij al kauwend. Opeens hoorde hij Davids stem achter zich.

'Heb je de moordenaar van Erik Drent te pakken?' Fontein stopte met kauwen, keek naar Fabiola, die geheimzinnig glimlachte en draaide zich om.

'Nog niet', zei hij. David stond in zijn pyjama bij de trap. 'Zoiets gaat niet in één dag.'

'Ik heb op het internet gelezen dat ze de moordenaars van Pim Fortuyn en Theo van Gogh na een halfuurtje hadden gepakt.'

'Dat zijn beroemde Nederlanders en dan zijn er veel getuigen. Erik Drent is geen beroemde Nederlander, dan duurt het iets langer.' David keek Fabiola aan, die naar hem knipoogde.

'Dan ga ik slapen.'

'Slaap lekker, David', zei Fontein.

'Slaap lekker, pap', zei David.

'Fijn dat je er bent, jongen.'

'Vind ik ook. Tot morgen.'

Toen David weer naar boven was, keerde Fontein zich naar de eettafel voor een paar koude happen nasi met tjaptjoi en ging zitten.

'Goed gedaan', zei hij tegen Fabiola. 'Ik dacht dat hij boos zou zijn omdat ik hem niet zelf heb opgehaald.'

'Hij was ook boos', zei ze, terwijl ze haar jas aantrok. 'Maar ik ga nu, anders kom ik te laat op het feestje.'

'Je kunt de auto nemen als je wilt', zei Fontein. 'En dan morgen terugkomen. Ik denk dat de kinderen het leuk zullen vinden als je er morgen weer bent. En ik kan wel weer een oppas gebruiken. Ze zijn hier de hele kerst, dan kan ik morgen nog even rustig de laatste inkopen doen.'

'Oké, heb je de auto niet nodig dan?'

'Ik heb een surveillancewagen genomen. Was het gezellig met de kinderen?'

'Ja hoor, ze hebben me beloofd dat ze mij de volgende keer jouw geheime kelder zullen laten zien als ik het niet tegen jou zou zeggen.' Fontein lachte.

'Vertel het me dan niet als ze het doen.'

'Oké. Tot morgen.'

'Tien euro per uur, is dat trouwens goed?'

'Ik denk het wel.'

'De tijd in de geheime kelder betaal ik niet, hoor.'

'Afgesproken', zei Fabiola en ze vertrok. Fontein at de bakjes Chinees leeg. Zijn lange dag was niet heel slecht geëindigd. Zijn ingeving dat hij nog bij het huis van Drent langs moest, had een belangrijk spoor opgeleverd. Hij opende een koud blikje Heineken en zakte neer op de bank. Hij dacht aan zijn ex-vrouw. Ze had hem drie jaar geleden na veertien jaar verlaten. Voor hem was het als een donderslag bij heldere hemel gekomen. Hij dacht eerst dat hij misschien te weinig tijd aan haar en de kinderen had besteed, maar na een paar weken kwam hij erachter dat ze een relatie had met iemand anders. Daardoor besefte hij dat hun relatie al eerder was geëindigd, maar dat hij dat niet had opgemerkt omdat hij het te druk had met zijn werk. Het een had misschien wel met het ander te maken. Het was hem nooit gelukt zijn werk en zijn gezin in balans te brengen. Achteraf waardeerde hij het dat zij het zo lang met hem had uitgehouden. Als ze geen kinderen hadden gehad, was ze waarschijnlijk al eerder vertrokken. Het oppakken van een paar criminelen had hem zijn huwelijk gekost, maar tegelijk zorgde het ervoor dat hij geen spijt had. Fontein nam een slok bier en zapte langs de verschillende zenders. Overal werd over het dikke pak sneeuw gesproken en over de vorst die nog wel even zou aanhouden. Het was lang geleden dat het een witte kerst zou zijn.

Als het zo doorgaat, komt er misschien wel een Elfstedentocht, dacht hij. Als zijn vader er lichamelijk toe in staat was, zouden ze hem vast samen rijden. Helaas was zijn gezondheid niet zo goed meer. Ook de conditie van Fontein was niet meer wat ze was geweest. Maar flink yoga oefenen, dan zijn mijn spieren tegen die tijd misschien wat soepeler, dacht hij.

Ineens voelde hij zich eenzaam en moe. Hij wilde dat zijn ex-vrouw bij hem was, dat Fabiola langer was gebleven of dat hij eerder naar huis was gegaan en de kinderen nog wakker waren geweest. Een lange warme douche kon hem nog wat ontspanning bieden voor hij naar bed ging. Toen hij het leeslampje uitdeed, dacht hij aan Fabiola. Hij wist niet hoe oud ze was. Soms zag ze eruit als nog geen twintig en soms als bijna dertig. Haar ogen waren helblauw en deden hem denken aan die van een oude Duitse man die hij had ontmoet op de Canarische Eilanden. Zijn gezicht was ingevallen en hij leek bijna dood, maar zijn ogen leefden nog, alsof ze geen deel waren van de tijd en zijn uitgeputte lichaam. Hij droomde van blauwe ogen en het blauw van de Atlantische Oceaan tot hij de volgende ochtend wakker werd.

Na een kop sterke koffie haalde hij verse broodjes voor de kinderen. Hij probeerde zich te herinneren wat David graag at bij het ontbijt, maar wist het niet meer. Hij dekte de ontbijttafel, schonk zichzelf nog een kop koffie in en dacht aan de moord op Erik Drent. Het papiertje op zijn voorhoofd bleef een groot mysterie. Dat moest opgehelderd worden. Ook het gebroken raam bij de achterdeur en de gestolen pizzadozen waren belangrijk.

De dader is niet echt slim, dacht Fontein. Hij heeft zich

niet gerealiseerd dat we ook zonder de pizzadozen kunnen achterhalen bij welk restaurant er is besteld door de lijst met gebelde nummers op te vragen. Degene die ingebroken heeft, weet vast meer.

Kim kwam de trap af in haar roze nachthemd, met David achter haar aan. Het was niet zo moeilijk met David te praten als hij had gedacht, want hij maakte ruzie met Kim over waar ze zouden eten met Fabiola na het bezoek aan de botanische tuin. Hij wilde naar de McDonald's en zij naar het Pannenkoekschip.

'Misschien kunnen jullie bij allebei eten.'

'Hoe dan?' zei Kim.

'Je bestelt bij de McDonald's en je eet het op bij het Pannenkoekschip.'

'Of we bestellen bij het Pannenkoekschip en eten bij de McDonald's', zei David. En zo ging de ruzie verder over waar er besteld en waar er gegeten moest worden. Fontein vond het heerlijk. Hij had dat gekibbel twee jaar lang gemist en genoot ervan.

'Misschien heeft Fabiola een beter idee', zei hij om de ruzie af te ronden.

Om negen uur belde Fabiola aan. Kim sprong blij op, deed de deur open en gaf Fabiola een knuffel. Fontein was verbaasd over wat Fabiola in een paar uur met de kinderen had gedaan.

'Ik heb een goed idee voor vandaag. We gaan eten, schaatsen en vlinders bekijken.'

'Waar gaan we eten?' vroeg David.

'Waar je maar wilt', zei Fabiola.

'Ik heb ze niet eerder zo enthousiast gezien. Ik hoop dat jullie op tijd terug zijn. Dan kunnen we misschien nog samen een filmpje kijken.'

'Ik ben besmet door hun enthousiasme', zei Fabiola.

'Waarom ik dan niet?' vroeg Fontein.

'Omdat jij moordenaars moet vinden', zei David en hij rende naar boven om zijn schaatsen te pakken.

'Wil je koffie?'

'Nee, dank je, ik heb al koffie gehad.' David en Kim kwamen met hun schaatsspullen naar beneden en deden hun jassen aan. Kim trok haar muts ver over haar oren.

'Dag pap', zei David.

'Tot straks, pap', zei Kim en ze gaf Fabiola een hand.

'Dag', zei Fontein en hij drukte Fabiola een briefje van vijftig in de hand. Hij keek hen na door het raam terwijl ze naar de auto liepen. Kim huppelde en David was druk aan het kletsen.

'Misschien moet ik stage lopen bij haar', zei hij tegen zichzelf en hij glimlachte. Hij trok zijn jas aan, knoopte zijn sjaal goed dicht en reed met de surveillancewagen naar restaurant Il Tramonto.

Naast een barretje zag Fred Fontein het onmiskenbare groen-wit-rood van het Italiaanse afhaalrestaurant. De pizzeria was gesloten. Op een A4'tje op de deur stond dat er besteld kon worden van vier tot tien uur. Hij tuurde naar binnen. Er stond een tafeltje met een wit kanten kleed tegen een muur met een leesmap erop. Op de balie stond een stapel pizzadozen en een wijnfles in een rieten mand. Daartussen stonden drie brommers. Opeens verscheen er een man in de kleine ruimte. Toen hij zag dat Fontein nieuwsgierig door het raam keek, stak hij vier vingers op en tikte op zijn pols, om duidelijk te maken dat ze nog gesloten waren en niet voor vier uur zouden opengaan. Fontein wees naar de deur, maar de man maakte een wegwerpgebaar en liep met een chagrijnig gezicht weer naar achteren. Even later kwam hij terug. Fontein wees weer naar de deur, waarop de man de deur van het slot deed en hem een folder met de menukaart in de handen drukte.

'Vier uur open', zei hij met een Italiaans accent.

'Ik ben van de politie', zei Fontein en hij hield zijn legitimatiebewijs omhoog.

'Politie? We hebben niet gebeld. Misschien hiernaast', zei de man. Hij wees naar de kroeg.

'Ik heb een paar vragen over bestellingen op hetzelfde adres het afgelopen halfjaar. Aan u en uw bezorgers.'

'Wat hebben die jongens gedaan?' siste de man en hij gebaarde dat hij zich van geen kwaad bewust was.

'Ik wil graag wat vragen stellen.' De man riep iets naar achteren in het Italiaans. Een andere man kwam binnenlopen. Hij had een snor en een zodanig bezweet gezicht dat het leek of hij uit de sauna kwam. Ze spraken snel en zacht met elkaar in het Italiaans, terwijl de man met de snor argwanend naar Fontein keek.

'We hebben één pizzabezorger', zei de man vervolgens.

'Maar hier staan drie brommers.'

'Twee reserve', zei hij snel, nadat de ander iets in het Italiaans had gezegd.

Fontein nam afscheid. De twee mannen volgden hem met

hun ogen tot hij in de surveillancewagen stapte, die met de knipperlichten aan op de stoep geparkeerd stond.

Op het bureau gaf hij de sleutels van de auto aan de receptionist. Daarna liep hij naar de tramhalte om naar het centrum te gaan voor de laatste kerstinkopen. Misschien kon de drukte hem wat afleiding geven. De Italianen waren bang geweest, dacht Fontein. Hij hoopte dat hij zich hun angstige blikken zou herinneren als hij na de kerst weer op kantoor zou zijn.

Hoofdstuk 5

Wanneer Fontein na de kerstdagen weer op kantoor kwam, was hij tevreden over zijn contact met de kinderen. Dat had hij voor een groot deel te danken aan Fabiola. Toen hij David en Kim naar huis had gebracht, begonnen ze niet, zoals hij had verwacht, over de spelcomputer die hij voor kerst nog had kunnen kopen, maar vroegen ze hem voor ze naar binnen gingen wanneer Fabiola er weer zou zijn. Carolien had hem vragend aangekeken, waarop Fontein knikte, om haar even in de waan te laten dat hij een jongere vriendin aan de haak had geslagen. Hij zei dat ze er over twee weken weer zou zijn.

'Kan ze volgende week vrijdag niet?' vroeg Kim.

'Volgende week gaan we al naar Terschelling', zei Carolien. 'Maar de vrijdag daarna gaan jullie om twee uur weer naar je vader. Goed?'

'Twee uur is prima', zei Fontein en hij aaide Kim door haar haren.

'Vertel je dan wie de moordenaar is?' vroeg David.

'De volgende keer vertel ik je alles.' Weer in de auto krabbelde hij in zijn agenda dat hij niet mocht vergeten Fabiola te vragen of ze over twee weken weer kon, zodat het niet mis zou gaan. Hij had voor het eerst sinds jaren het gevoel dat hij een goede vader was.

Om kwart over tien kwam Pol binnen met een rapport in zijn hand.

'Informatie over Il Tramonto', zei hij. 'Ze hebben drie bezorgbrommers. De afgelopen zes maanden hebben ze acht bezorgers in dienst gehad. Een van hen is Soufian Benali, een Marokkaan. Hij is de enige die pizza's bezorgd heeft bij Erik Drent.'

'Hoe ben je daar zo snel achter gekomen?'

'Waarachter?'

'Dat van die Marokkaan.'

'De buren schuin tegenover Erik Drent vertelden hoe de pizzabezorger eruitzag. De kroegbaas van naast de pizzeria had meer informatie. Hij was behoorlijk spraakzaam toen hij hoorde dat ik van de politie was. Misschien was hij bang dat ik actie zou ondernemen vanwege de rokerige geur en de asbakken in de hoek. Soms is dat rookverbod toch nog ergens goed voor.'

'In de pizzeria zeiden ze dat er maar één bezorger werkt en dat ze twee brommers als reserve hebben.'

'Je gaat me toch niet vertellen dat je dat geloofde?' zei Pol en hij gaf hem nog een papiertje. 'Maar het klopt wel min of meer. Eén persoon werkt er officieel een paar uur, de twee andere brommers werden bereden door zwartwerkers.'

'En... hoe heet die Marokkaan ook alweer?'

'Soufian Benali', zei Pol en hij liet hem zien hoe de naam geschreven werd, waarop Fontein het overschreef in zijn notitieboek.

'Weet je zeker dat hij degene is die we moeten hebben?'

'Ik weet zeker dat hij de enige is die pizza's afleverde bij Drent. De kroegbaas zei bovendien dat hij vaak in de kroeg naast de pizzeria zit met verschillende meisjes die nooit praten. Ze zien er allemaal jonger dan twintig uit, misschien zelfs minderjarig.'

'Een loverboy?'

'Ik weet het niet. Als hij een loverboy is, waarom brengt hij de meisjes dan naar de kroeg naast zijn werk? En waarom zou hij dan nog bij een pizzeria werken voor een paar centen?'

'Wat weet je nog meer over die Soufian...' Fontein wierp een blik op zijn notitieboek. 'Benali.'

'Ik heb foto's van vier Soufian Benali's. Ik wil straks naar de kroegbaas om te kijken welke de onze is.'

'Goed. Neem Fabiola mee als ze niets te doen heeft.'

'Ze heeft altijd iets te doen', zei Pol. Fontein meende lichte teleurstelling in zijn stem te horen.

'Vind je haar soms leuk?' vroeg hij glimlachend.

'Absoluut niet!' Martin Pol lachte hard. 'Ik wil mijn werk niet mee naar huis nemen!'

'O ja, nog mijn excuses dat ik je thuis gebeld heb.'

'Dat is je vergeven.' Pol verdween door de deuropening. Fontein zuchtte opgelucht; ze hadden een goed begin voor het onderzoek. Op dat moment belde Teunissen en vroeg of hij naar zijn kantoor kon komen. Daar vertelde hij over de gebroken ruit en de verdwenen pizzadozen, zijn bezoek aan Il Tramonto en de informatie van Pol.

'Denk je dat er een verband is tussen die Marokkaan en Erik Drent?' vroeg Teunissen.

'Het is te vroeg om dat nu te zeggen.'

'Alles wijst in die richting.' Teunissen keek ernstig in de ogen van Fontein. 'Ik hoop dat we dit onder ons kunnen houden, of in elk geval binnen de muren van dit bureau. Ik zou het betreuren als de media het zouden opblazen en denken dat Erik Drent connecties had met de Marokkaanse maffia.' Teunissen klonk ernstig en Fontein nam zich voor de persberichten voortaan beter door te lezen.

'Als we Soufian Benali gevonden hebben, pakken we hem dan op of schaduwen we hem eerst een tijdje?'

'Pak hem op', zei Teunissen.

'Op welke gronden?'

''t Is toch een Marokkaan? Dan zijn er gronden genoeg te vinden om hem op te pakken. Voer zijn naam in in de computer en er rolt vast iets uit. In de dertig jaar dat ik bij de politie werk, vond ik altijd nog een ander misdrijf als ik ergens een Marokkaan voor oppakte.'

'Overdrijf je nu niet een beetje?'

'Ja, ik overdrijf. Maar dan weet ik zeker dat je hem een paar dagen vastzet. Vraag het anders aan de officier van Justitie.'

'Dat lijkt me beter.' Fontein was verbaasd dat Teunissen zich zo scherp uitliet. Hij wist dat hij ongenuanceerder dacht dan hijzelf, maar had hem tot nu toe niet zo'n opmerking horen maken. 'Heb je er moeite mee dat het om een ex-collega gaat?' vroeg hij voorzichtig.

'Werk is werk', zei Teunissen kortaf en hij keerde zich weer naar zijn computer.

Fontein liep in gedachten verzonken naar zijn kantoor. Het negatieve beeld dat Teunissen over Marokkanen leek te hebben, hoorde niet voor een politieagent. Hij haalde koffie uit de automaat, liep naar zijn kantoor en sloeg het boek van Hans Wesseling open. Hij was net de volgende oefening aan het lezen toen Pol glimlachend binnenkwam.

'Ik heb hem gevonden. Dit is onze Soufian', zei hij.

'En? Wat weet je nog meer?' Pol gaf hem trots een stapel pas geprint papier, die nog warm aanvoelde.

'Hij wordt verdacht van hasjsmokkel van Marokko naar Nederland via Spanje, heeft twee jaar vastgezeten voor mishandeling van een man die hij met zijn zus samen zag en het vermoeden bestaat dat hij de pooier is van drie meisjes. Geen van hen minderjarig, zo slim is hij wel.' Fontein keek naar de papieren. 'En sinds 21 december heeft niemand hem nog gezien, ook niet op de plekken waar hij anders rondhangt.' Fonteins hart maakte een sprongetje. De kans bestond dat ze de moord op Drent sneller op konden lossen dan verwacht.

'Vergelijk de vingerafdrukken die we in het huis van Drent hebben gevonden met die van hem. Waar woont hij?'

'Zijn officiële adres is Bachlaan 483.'

'Heeft hij meer adressen?'

'Ik denk het wel. De buren op zijn officiële adres hebben hem nog nauwelijks gezien. Als hij een loverboy is, heeft hij zeker verschillende flats voor zijn meisjes.'

'Zou het bezorgen van pizza's een dekmantel kunnen zijn?'

'Dat zou kunnen. Hij heeft trouwens ook een uitkering.'

'Wat kan hij te maken hebben met Erik Drent?'

'Ik weet het niet, maar hij had in ieder geval regelmatig contact met hem.'

'Hopelijk is hij Nederland niet uit gevlucht. Misschien moeten we Interpol inschakelen. We kunnen het best zijn familie in de gaten houden.'

'Zij zeggen dat ze geen contact meer met hem hebben', zei Pol.

'Tja... Hij zal in elk geval inmiddels wel weten dat we hem zoeken. Ik zal met Teunissen overleggen of we zijn naam in de media bekend moeten maken. Als hij zich dan niet aangeeft, weten we zeker dat hij iets te verbergen heeft.'

'Toch jammer dat criminelen tegenwoordig geen gebruik

meer maken van een vast telefoonnummer. Mobiele nummers zijn zo makkelijk te veranderen; ze nemen elke maand een nieuwe simkaart, zo niet wekelijks', besloot Fontein. 'Blijf zijn officiële adres in de gaten houden.'

Daarop liep hij naar het kantoor van André Teunissen. Hij bedacht dat Pol tot een nieuwe generatie politieagenten behoorde en hijzelf ouderwets aan het worden was. Pol kon in korte tijd veel informatie vinden in de computer, en hij kon autorijden en bellen tegelijkertijd. Zelf behoorde hij tot de generatie die overal naartoe ging om dingen met eigen ogen te zien of van de persoon in kwestie te horen.

'Nieuws?' vroeg Teunissen. Fontein voelde aan dat Teunissen graag op de hoogte gehouden wilde worden van de zaak omdat het om een oud-collega ging.

Hij vertelde wat Pol te weten was gekomen.

'Die Soufian komt vanzelf wel ergens tevoorschijn', zei Teunissen.

'Hoezo?'

'Hij weet via de pizzeria dat we hem zoeken, maar hij heeft een uitkering en meisjes die voor zijn portemonnee rondneuken. Hij zal niet zomaar alles achterlaten en weglopen, ook niet als hij Drent heeft vermoord. Pak hem op als hij boven water komt.'

Ineens was Fontein er niet meer zo zeker van dat ze de goede kant op gingen met het onderzoek. Als Soufian Drent had vermoord, zou hij dan het risico nemen terug te gaan om de pizzadozen te stelen? Pakten ze nu niet te groot uit voor een kruimeldief? De geheime draad vervaagde en het mysterie was weer even groot als toen hij ontdekte dat er was ingebroken in het huis van Drent.

'Ik zal navragen of de technische recherche vingerafdrukken heeft gevonden op het gebroken raam', zei Fontein en
hij verliet het kantoor van Teunissen.

Hij was bezig met yogaoefening nummer 12 in de hoop dat
zijn bloed rustiger zou gaan stromen, zodat hij alles wat ze
tot nu toe hadden ontdekt op een rijtje kon zetten. Hij vroeg
zich af of hij niet te snel tot een conclusie was gekomen.
Niemand was schuldig tot het tegendeel was bewezen, dus
ze moesten alle mogelijkheden openhouden. Op dat moment
kwam Fabiola binnen met een dossier.

'Ik heb alle informatie in dit dossier verzameld', zei ze
onzeker. 'Leek mij wel handig.'

'O, mooi', zei hij. 'Zo kan ik niets vergeten en alles snel
terugvinden.'

'Zal ik dit voortaan aan het eind van elke week doen?'

'Goed idee.'

'Kun je bij Pol de lijst halen met adressen van de misdadigers die Drent ooit heeft vastgezet en die inmiddels zijn
vrijgelaten?'

'Doe ik.'

'En nog iets: David en Kim vroegen of je ze volgende week
vrijdag kunt ophalen.'

'Ik denk het wel, maar ik moet nog even in mijn agenda
kijken.'

'Ze zullen heel blij zijn als het kan.' Fabiola ging het kantoor weer uit en Fontein bedacht dat de sfeer altijd veranderde als zij er was door de positieve energie die ze uitstraalde. Hij zocht haar gegevens op in de computer. Het
leeftijdsverschil tussen hen was zestien jaar. Ook zonder

die informatie wist hij wel dat ze te jong voor hem was. En een meisje met haar schoonheid had zeker een vriend. Het was beter als hij niet te veel aan haar dacht. Dat ze het leuk vond met zijn twee kinderen om te gaan, was meer dan hij kon wensen. Soufian Benali was een belangrijker onderwerp om zijn gedachten over te laten gaan. Ergens geloofde hij niet dat hij degene was die ze moesten hebben, maar op dit moment wees alles in zijn richting. Bovendien leek hij van de aardbodem verdwenen, dus hij moest iets op zijn kerfstok hebben.

Om kwart over twee kreeg hij een vrouw aan de telefoon.

'Fontein?' zei een boze stem nadat hij zijn naam had genoemd. 'Dan bent u degene die verantwoordelijk is voor het onderzoek naar de moord op Erik Drent?'

'Dat klopt', zei Fontein.

'Bij 112 zeiden ze dat je terug zou bellen', zei de vrouw, informeler dan hij had verwacht, alsof ze een bericht had achtergelaten bij een familielid. 'Niemand voelt zich nog veilig', ging ze verder. 'Met al die Marokkanen, bedoel ik. Zomaar binnenkomen, martelen en moorden. Wanneer gooien jullie ze nu eens allemaal het land uit?'

'Het is niet zeker dat de moordenaar een Marokkaan is', zei Fontein.

'Dus jij denkt dat die Marokkaan onschuldig is?' zei de vrouw boos en ze verbrak de verbinding.

Nadat Pol hem had verteld dat er geen vingerafdrukken waren gevonden op het raam, ging de telefoon weer. Een zachte meisjesstem zei dat ze wist waar Soufian Benali te vinden was. Fontein vroeg naar haar naam.

'Ik wil anoniem blijven', zei ze. 'Ik geef zijn adres, maar verder wil ik er niets mee te maken hebben.' Fontein zag dat ze met een mobiele telefoon belde met een privénummer. Ze wist vast niet dat de politie haar telefoonnummer zo kon achterhalen.

'Hoe weet je dat we Soufian Benali zoeken?'

'Van hemzelf.' Haar stem klonk angstig. 'Ik weet waar hij meestal 's nachts is. Als hij weet dat ik jullie gebeld heb, zal hij...' Ze zweeg.

'Zal hij wat?' vroeg Fontein, maar hij kreeg geen antwoord. 'Zijn er anderen die gebeld zouden kunnen hebben?' vroeg hij. Maar ook daarop kreeg hij geen antwoord. Ze had de verbinding verbroken.

Hij ging met haar mobiele nummer naar Pol. 'Zoek uit van wie deze simkaart is', zei hij tegen hem. 'Ik denk dat het het nummer is van een van de meisjes van onze Soufian. Ik wil weten waar die simkaart gekocht is en eventueel wie er heeft betaald.'

Fred Fontein pakte een appel uit zijn tas en las even het dossier door dat Fabiola had gemaakt. Vervolgens keek hij naar de lijst met drie namen en adressen van ex-gedetineerden die ooit door Drent waren opgepakt. Hij schatte dat hij vandaag nog bij een van hen langs kon gaan, als hij geluk had nog bij twee. Hij trok zijn jas aan en ging naar buiten om naar de Randweg 42 te gaan, waar Piet Klompenmaker werkte. Die had toen hij werd opgepakt door Erik Drent twee tweelingdochters met zijn ex-vrouw en een zes maanden zwangere vriendin.

Buiten sloeg de kou hem in het gezicht. Hij snelde naar de auto, startte de motor en zette de verwarming hoog. Net buiten het parkeerterrein van het politiebureau zag hij dat hij moest tanken. Hij stopte bij het Shellstation naast de bankgebouwen en zette daarna koers richting industrieterrein. Op de ringweg nam hij uit gewoonte afslag 14, maar op het einde ervan realiseerde hij zich dat hij nog niet naar huis ging, maar twee uitritten verder moest nemen, nog net op tijd om bij het stoplicht de rijstrook voor rechtdoor te nemen. Hij reed de ringweg weer op en nam daarna wel de juiste afslag. Het industrieterrein lag er stil en donker bij. Tussen kerst en oud en nieuw waren heel wat bedrijven gesloten. Alleen op de parkeerplaats van de klusbedrijven was het druk. Er was niet gestrooid en hij baande zich voorzichtig een weg langs de grauwe gebouwen met gekleurde logo's. Een vrachtwagen deed natte sneeuw op zijn voorruit terechtkomen en hij moest stoppen omdat zijn ruitenwissers de hoeveelheid sneeuw niet aankonden. Daarna ging hij met een slakkengangetje verder. Waarom zitten sloopbedrijven toch altijd in de verste uithoeken, vroeg hij zich af.

Tot zijn verbazing liepen er aardig wat mensen rond op het enorme terrein met autowrakken. Hij parkeerde langs de kant van de weg, tussen twee auto's met een Pools kenteken, en liep met zijn handen in zijn zakken naar de keet die als kantoor moest dienen. Twee Polen waren er druk aan het overleggen en wezen naar een Peugeot met een deuk in de linkerdeur. Het was duidelijk dat ze het niet eens waren. Een van hen schopte tegen de achterband toen Fontein langsliep en vriendelijk knikte. De deur van de keet stond op een kier. Op de kleurloze houten tafel stonden vieze koffiemokken. Van de stalen stoeltjes bladderde de gele verf af. Er hing een kalender met het plaatje van de pin-up van vorig jaar oktober. Piet Klompenmaker beantwoordde net een telefoontje. Hij sprak met een Gronings accent.

'Vijfenzeventig euro, meer kunnen we daar echt niet voor geven.' Klompenmaker had een karakteristiek gezicht met dikke wenkbrauwen die in elkaar overliepen. Op zijn wang was de helft van het litteken van de messteek waarover Fontein had gelezen te zien, de andere helft verdween onder een grijze stoppelbaard.

'Wat kan ik voor u doen?' vroeg hij toen hij het telefoongesprek had beëindigd. Voor Fontein iets kon zeggen, rinkelde een andere mobiele telefoon in zijn broekzak. Hij nam op en gebaarde dat zijn bezoeker even moest wachten. Hij sprak kort over een paar sloopauto's die later die middag zouden arriveren en haakte in.

'Normaal gesproken is het niet zo druk rond deze tijd van

het jaar, maar met die sneeuw komen er heel wat gedeukte auto's binnen.' Hij vroeg Fontein of hij iets wilde drinken.

'Nee, bedankt. Ik heb een paar vragen en dan ga ik weer. Ik wil niet meer van uw tijd in beslag nemen dan nodig.'

'Vragen?'

'Ik ben rechercheur Fred Fontein.' Piet Klompenkamer keek wantrouwend. 'Ik heb een paar vragen over de moord op Erik Drent.'

'Wie is Erik Drent?' Zijn vraag klonk oprecht.

'Een ex-rechercheur die betrokken was bij uw arrestatie.'

'Ach, dat waren er zoveel. Alleen in Rotterdam al minimaal vijf.' Fontein toonde Klompenmaker een foto van Drent uit de tijd dat hij hem had opgepakt. Hij bekeek de foto een seconde.

'Ah. Hij. Hij is dus vermoord?' Dit keer klonk de vraag niet verbaasd.

'U weet dus toch wie hij is.' Hij nam de foto in zijn hand en keek naar Drent.

'Een klootzak. Hij verdient het.' Het bleef even stil, hij leek zich dingen te herinneren die ver in zijn geheugen zaten. Daarna keek hij Fontein aan. 'En waarom heb je vragen voor mij? Denk je dat ik er iets mee te maken heb?' Er ging weer een telefoon. Klompenmaker nam op en vroeg of ze over tien minuten konden terugbellen. Hij keek Fontein onvriendelijk aan om hem duidelijk te maken dat hij slechts tien minuten tijd voor hem had.

'We onderzoeken alle opties', zei Fontein en hij nam Klompenmaker peilend op. 'Waar was u in de middag van 18 december tussen één en zes?' De man haalde een dikke, duidelijk vaak gebruikte agenda uit een lade.

'In de sauna', zei hij vervolgens. 'Van halfeen 's middags tot tien uur 's avonds. Wil je weten welke sauna?' Fontein knikte. 'De Regenboog.'

'Hebt u nog contact met uw dochters?' vroeg Fontein terwijl hij alles noteerde.

'Nee', zei Klompenmaker zuchtend.

'Hebt u hun adres?'

'Nee.'

'En van de vrouw die zwanger was toen u werd opgepakt?'

'Nee.' Fontein schreef het telefoonnummer van Klompenmaker in zijn notitieboek en toen hij weer langs de wrakken liep, belde hij Pol voor het telefoonnummer van De Regenboog. Voor hij weer in de auto zat, belde hij de sauna. Hij had verwacht dat het meisje bij de receptie moeilijk zou doen en zeker zou willen weten dat hij van de politie was, maar ze hielp hem meteen door het alibi van Piet Klompenmaker te bevestigen. Fontein startte de auto en gaf het adres van Ron Artevelde in in zijn navigatiesysteem, de tweede naam op zijn lijst.

De lieftallige navigatiestem leidde hem moeiteloos naar de andere kant van de stad. Het was niet druk, door de kou bleven mensen binnen als ze niet naar buiten hoefden en er waren zoveel inkopen gedaan voor de kerst dat de meeste huishoudens nog dagen konden overleven van de restjes en boodschappen niet noodzakelijk waren. In een gezellige jarendertigwijk ontmoette hij slechts een eenzame fietser en wat mensen die hun hond uitlieten. Hij was blij dat het huis van Ron Artevelde aan de hoofdweg lag en hij niet de gladde zijstraatjes in hoefde. Het huis was groter dan die ernaast en volgens het jaartal op de voorgevel ook een stuk ouder. Hij had geen zin om een parkeerplek te zoeken en zette de auto met twee wielen op de stoep met de knipperlichten aan. Het was alsof het licht verdween in de sneeuw, in plaats van erdoor weerkaatst te worden. Het was zo stil op straat dat de sneeuw er al jaren leek te liggen en nooit meer zou smelten. Hij belde aan bij het grote huis, en nogmaals toen er niet open werd gedaan. Hij luisterde goed. Hij hoorde de bel weergalmen en klopte op de deur. Kort daarna ging het ouderwetse luikje in de deur open en verscheen het gezicht van een vrouw van een jaar of vijftig.

'Wie?' vroeg ze, zichtbaar bang voor de vreemde die voor de deur stond.

'Ik ben Fred Fontein van de politie. Ik heb een paar vragen voor Ron Artevelde.'

'Hij is niet thuis.'

'Wanneer komt hij terug?'

'Over vijf jaar, hoop ik', zei ze. Aan haar stem hoorde hij dat ze geen grapje maakte.

'Waar is hij dan?'

'En dat vraagt een politieagent aan mij? Hij zit in Duitsland.'

'Wat doet hij daar?'

'Hij zit. In de gevangenis', zei de vrouw.

'Sinds wanneer?'

'Een maand of zeven.'

'Dan weet ik genoeg', zei Fontein. Maar toen hij zich om wilde draaien hoorde hij de kettingen en sloten van het slot gaan en vervolgens deed een vrouw met een gerimpeld, eenzaam gezicht en grijze haren de deur open.

'Wilt u misschien binnenkomen?' zei ze en ze deed een stap achteruit.

'Nee, dank u', zei Fontein. 'Ik wilde net weer weggaan.'

'Is hij weer ontsnapt?'

'Niet dat ik weet.'

'In België is hij drie keer ontsnapt, in Nederland één keer. Maar in Duitsland lukt het hem volgens mij niet. Elke keer als ik bij hem op bezoek ben, zegt hij dat ik nog even geduld moet hebben, maar hij is nog niet gekomen.' De vrouw wilde graag praten en Fontein had het koud. Daarom ging hij toch naar binnen. De meubels in de hal waren oud. Er hingen schilderijen van iemand die graag kunstenaar had willen zijn, maar geen enkel werk had kunnen verkopen. In de woonkamer stonden een versleten bank en een glazen salontafel met eronder stapels veel gelezen tijdschriften.

'Gaat u zitten', zei de vrouw en ze wees Fontein een plaats aan bij de donkere houten eettafel.

'Bent u zijn vrouw?' vroeg Fontein.

'We zijn nog niet getrouwd', zei ze, met de nadruk op het woord nog. 'Hij vroeg mij ten huwelijk toen ik vijfentwintig was. Een week voor de bruiloft werd hij opgepakt. Hij beloofde me te zullen ontsnappen om te trouwen, maar elke keer als hij dat deed, werd hij weer opgepakt. We hebben vaak een datum geprikt, maar hij zat elke keer weer vast als het zover was. Een keer werd hij zelfs een dag voor de bruiloft opgepakt. Wilt u iets drinken?'

'Nee, dank u.'

'U bent niet voor niets door de kou hier naartoe gekomen om naar hem te vragen. Is er iets gebeurd?'

'Ik had wat routinevraagjes.' De vrouw trok een oude lade open en haalde er een briefje uit.

'Hij zit hier', zei ze. 'U kunt hem daar bellen of bezoeken.' Fontein schreef de naam van de gevangenis over en stond op, maar de vrouw stelde hem ineens een vraag. Hij ging weer zitten.

'Hebben ze de moordenaar van Erik Drent al opgepakt?'

'Nog niet', zei Fontein.

'Ik heb op het nieuws gehoord dat hij gemarteld en vermoord is', zei ze met medelijden in haar stem.

'Hoe kent u hem?'

'Ik heb hem vaak gezien, hier in dit huis. Hij kwam vaak vragen naar Ron. Hij wist dat hij hier was als hij met verlof was of weer was ontsnapt. Vaak onderzocht hij alles en als hij een tweede tandenborstel vond, zei hij dat die van hem moest zijn. Als ik ontkende, vroeg hij waarom ik een tandenborstel zou bewaren van iemand die jarenlang vastzat. Hij stelde mij privévragen, zoals hoe lang ik alleen sliep. Dan zei ik dat het zijn zaak niet was.'

'Wist Ron dat?'

'Ja, nadat ik het hem had verteld, vroeg hij mij altijd of Drent nog langs was geweest. Het was moeilijk: Drent wilde niet geloven dat Ron hier niet was en aan Ron moest ik bewijzen dat Drent er niet was geweest. Hij dacht dat ik iets had met Drent toen ik niet met hem naar de DDR wilde vluchten toen hij weer eens ontsnapt was.'

'Waarom de DDR?'

'Hij wilde daar zeggen dat hij een communist was en als spion in West-Duitsland wilde werken, want hij kon goed Duits.'

'Had hij redenen om te denken dat jullie iets hadden?

'Natuurlijk niet, maar zoveel jaar in de nor, daar word je niet blijer van.'

'Waarom dacht hij dat u iets met Erik Drent had?'

'Hij hoorde geruchten over hem in de gevangenis. Als Ron boos was, schreeuwde hij dat hij nog één ding wilde doen voordat hij naar de DDR ging: Drent vermoorden. Maar dat meende hij niet serieus, hoor. Ik ken hem goed genoeg.'

Fontein gaf haar zijn kaartje en vroeg haar hem te bellen als ze zich nog iets herinnerde. Hij zou controleren of Ron Artevelde nog steeds in de gevangenis zat of weer ontsnapt was. Weer in de auto bedacht hij dat wraak een logisch motief was voor de moord op Erik Drent. De verhalen die hij hoorde, schilderden hem niet echt als een aardige man af. Maar eerst moest hij het mysterie van de gestolen pizzadozen oplossen. Hij hoopte dat ze Soufian snel zouden oppakken.

Terug in het politiebureau stond Martin Pol hem op te wachten.

'Is jouw dag al lang genoeg geweest?' vroeg Fontein hem.

'Kan best wat langer zijn', zei Pol en hij gaf hem een papier met de naam van het meisje dat gebeld had.

'Angelique Bethlehem. Ze is bijna twintig en heeft een kamer in een studentenhuis in Utrecht, maar daar is ze nooit. Haar vader en moeder zijn gescheiden. Haar moeder woont samen met haar nieuwe vriend en haar vader woont nog steeds op de boerderij. Haar moeder zei dat ze waarschijnlijk bij haar vader verblijft.'

'Heb je haar moeder gezegd dat we haar zoeken?'

'Ja, maar ze weet niet waarom.'

'Wat heb je dan gezegd?'

'Niets. Ik heb niets gezegd. Ze is alcoholist.'

'Heb je haar vader gebeld?'

'Nee. Ik heb het gevoel dat ze daar is en weg zal gaan als ik bel.'

'Dat denk ik ook', zei Fontein. 'Ik wil meer weten over het meisje. Hoe meer informatie, hoe makkelijker we hem te pakken krijgen.' Pol keek hem vragend aan. 'Het meisje klonk bang, alsof zij de enige is die het adres weet. En misschien weet ze wel meer over de connectie tussen Soufian en Drent.'

Het politiebureau was intussen zo goed als leeg. Fontein zei tegen Pol dat hij ook naar huis kon gaan.

'Wanneer ga je naar het meisje?'

'Nu', zei hij.

'Waarom niet morgen?'

'Misschien belt haar moeder om te vertellen dat ze gezocht wordt. Dat moet ik voor zijn.'

'Dat doet ze, denk ik, niet', zie Pol. 'Ze sprak met dubbele tong. Ik denk niet dat ze zich zo bezighoudt met haar dochter.'

'Misschien heb je gelijk, maar ik ga toch. Vertraging is niet nodig.'

'Hoe ging het onderzoek naar de ex-gedetineerden?'

'Het ging sneller dan ik dacht. Ik heb er al twee weg kunnen strepen. Eén man moet ik nog bezoeken.'

'En?'

'Eén werkt bij de sloop en één zit in de gevangenis in Duitsland. Bij allebei zou wraak een motief kunnen zijn voor de moord op Erik Drent.'

'Weet je zeker dat geen van hen de dader is?'

'Nog niet, maar ik denk dat mijn gevoel juist is. Bovendien zijn er geen aanwijzingen in hun richting.'

Fontein ging achter de computer zitten en opende het internet. Hij googelde 'loverboy', maar toen hij zag hoeveel artikelen er waren, besloot hij dat hij het beter een andere keer kon doen. Bovendien was het een mooi klusje voor Fabiola en ook Pol was veel sneller in die dingen dan hij. In de auto zette hij zijn schlagers op, zodat hij even nergens aan hoefde te denken. Hij voerde het adres dat hij van Pol had gekregen in in de tomtom en ging op weg. Toen de aanwijzingen ingewikkelder werden, zette hij de muziek uit en luisterde naar de rustgevende stem van de tomtom. Het was intussen donker en hoe dichter hij bij de boerderij kwam, hoe minder licht er was. De lege weg leek nergens naartoe te gaan. In de winter moet het vreselijk zijn zo ver van de beschaafde wereld te wonen, dacht Fontein. Er kwamen mooie beelden in hem op van glooiende plattelandslandschappen in de zomer, als hij fietstochten maakte. Hij probeerde zich het lied te herinneren dat hij zong tijdens zijn eerste dagtocht met zijn eerste liefde, toen hij zeventien was.

De tomtom gaf aan dat de bestemming was bereikt. Een hond blafte toen hij uitstapte op het erf. Er sprong een lamp aan. Een man wachtte hem op. Naast hem aan de riem stond een grote, blaffende hond.

'Goedenavond, ik ben Fred Fontein van de recherche.' De man snauwde naar de grote hond en keek weer naar Fontein. Die herhaalde zijn naam en beroep, waarop de man hem een hand gaf.

'Theo Bethlehem, wat kan ik voor u doen?'

'Ik ben op zoek naar Angelique Bethlehem.'

'Mag ik uw legitimatiebewijs zien?' vroeg de vader, waarop hij goed naar Fonteins foto op de kaart keek en hem binnenliet. Het rook er naar natte hond. Een deur leidde naar de voorkamer, waar tegen twee wanden grote boekenkasten stonden. Er stonden drie ouderwetse rookstoelen waarvan de bekleding verkleurd was. Theo Bethlehem nodigde Fontein uit plaats te nemen en zei dat hij zijn dochter zou halen. Hij liet hem achter in de kamer met de hond, die voor hem stond en hem nauwlettend in de gaten hield. Als Fontein ging verzitten of bewoog, gromde hij. Hij keek naar de boekenkast, waarin naast boeken ook cadeautjes stonden die kinderen hadden gemaakt en foto's van een onschuldig jong meisje met lange blonde krullen. Dat was vast Angelique. Theo Bethlehem kwam terug.

'Ze komt zo.'

'Dan rook ik buiten een sigaretje', zei Fontein als smoes om naar buiten te kunnen.

'U mag hierbinnen roken', zei de man en hij pakte een ouderwetse glazen asbak uit de boekenkast.

'Buiten is beter', bedankte Fontein.

'Wilt u straks koffie of thee?'

'Koffie graag.'

'Dan zet ik koffie', zei de man. Fontein was blij dat de vader niet mee naar buiten kwam en zou zien dat hij geen sigaretten had. Hij ging iets bij het huis vandaan onder een grote walnotenboom staan. De sneeuw verlichtte het donker een beetje. Het was doodstil, op de hond na die in huis blafte. Fontein hoorde Theo Bethlehem schreeuwen en de hond werd stil. Verder gebeurde er niets. Even leek het alsof hij voor niets in de kou was gaan staan. Fontein dacht dat het beter was geweest als hij wel had gerookt, dan had hij zichzelf niet zo belachelijk gemaakt onder die boom in de sneeuw, maar toen zag hij zachtjes de zijdeur opengaan. Iemand sloop naar buiten. Hij verborg zich achter de dikke boomstam en zag een meisje voorzichtig naar een grote schuur lopen. Toen het licht aansprong, zag hij blonde haren onder een dikke sjaal en een wollen muts uitkomen. Even later, toen het licht weer uit was en het erf donker, zag hij haar een brommer door de sneeuw duwen. Voor ze bij de weg was en de brommer kon aanzetten, stond Fontein voor haar.

'Angelique?' vroeg hij. Het meisje trapte haastig op de pedalen om de brommer te laten starten. Op het moment dat de motor aansloeg, sprong Fontein op haar. Ze vielen allebei en rolden door de sneeuw. Op het moment dat Fontein het meisje vastgreep, voelde hij iets op hem terechtkomen. De hond beet hem in zijn enkel en hij liet het meisje los. Hij hoorde Theo Bethlehem schreeuwen.

Hoofdstuk 7

'Wat gebeurt hier?' schreeuwde de vader van Angelique.

'Ze wilde er vandoor gaan', hijgde Fontein. Hij stond op en liep naar Angelique. 'Ik ben hier ook voor jouw veiligheid. Jij bent het slachtoffer. De politie kan je helpen.'

'Wat gebeurt hier?' vroeg Theo Bethlehem nogmaals.

'Zij kan het u vertellen en ik hoop dat ze meewerkt', zei Fontein. Daarna richtte hij zich tot Angelique. 'We willen Soufian oppakken, maar niet voordat we zeker weten dat jij veilig bent', zei hij luid. Door de val had hij zijn schouderbladen bezeerd en de hond had zijn broek gescheurd.

'Engeltje, kom naar binnen', zei de vader zacht. Het meisje bleef staan, alsof ze geen stap meer kon zetten. Theo Bethlehem nam zijn dochter bij de hand en nam haar mee naar binnen. Fontein trok de brommer overeind en duwde hem terug naar de schuur.

Binnen zat Angelique als een plumpudding in een van de stoelen. De hond begon tegen Fontein te blaffen toen hij binnenkwam en Bethlehem schreeuwde opnieuw tegen hem. Aan de manier waarop hoorde Fontein dat hij zich niet goed voelde bij de situatie.

'Soufian zal denken dat ik de drugs nog heb als hij weet dat ik niet ben opgepakt door de Spaanse politie', zei Angelique snikkend. De tranen stoomden over haar wangen terwijl ze voor zich uit staarde.

'Welke drugs?' vroeg Fontein verbaasd. Dit had hij niet verwacht. Nu kwam er een heel ander verhaal bij kijken.

'De drugs die ik uit Spanje moest smokkelen.'

'Waar zijn ze nu?'

'In Algeciras stonden we in een busstation te wachten, Soufian en ik. Opeens riep iemand: "Politie!" Soufian rende weg met de twee jongens die hem de tas hadden gegeven. Daar stond ik, helemaal alleen. En die tas stond er nog. Naast mij. Ik durfde geen stap meer te verzetten.' Een rilling trok over haar hele lichaam. 'De Spaanse politie kwam het gebouw binnen met honden. Die renden meteen naar de tas en blaften heel hard. Ik was bang. Iedereen schrok, alle toeristen die er stonden. We renden met z'n allen naar een hoek. Niemand wist van wie de tas was. Ik kon naar buiten lopen. Ik draaide me om en verwachtte dat Soufian zou verschijnen, maar ik heb hem nooit meer gezien. Hij zal wel gedacht hebben dat de politie mij te pakken had en dat ik mijn dagen in een Spaanse cel doorbreng. Ik dacht dat hij misschien was opgepakt, maar toen ik in Nederland kwam, hoorde ik dat hij hier ook was.'

'Heb je weer contact met hem gezocht?'

'Nee, nooit meer. Ik ben er klaar mee. Ik wil verder met mijn leven.' Ze keek naar haar vader, die stil op een van de andere rookstoelen zat en verdrietig naar zijn dochter keek.

'Dit is je kans om schoon schip te maken, engel', zei hij tegen haar en hij knikte bemoedigend. Angelique sloeg haar ogen neer.

'Hoe wist je dat hij weer in Nederland was?'

'Van Erik Drent.' De naam viel als een steen in een plas water. Fontein wist dat hij op een goed spoor had gezeten. Waar het heen ging, wist hij niet, maar dit meisje kon hun waardevolle informatie geven.

'Erik Drent?' vroeg hij om haar aan te moedigen om verder

te praten. Het meisje knikte bevestigend. 'Hoe ken je Erik Drent?'

'Hij was een goede klant van Soufian. Hij bracht meisjes naar hem toe.'

'En jij was een van hen?' Angelique keek naar de grond en antwoordde niet. 'Oké, je hoorde van Erik Drent dat Soufian in Nederland was. Wat gebeurde er daarna?' ging Fontein verder.

'Toen ik terugkwam uit Spanje had ik geld nodig. Ik besloot naar Drent toe te gaan.'

'Om met hem te slapen?' Weer bleef het stil. Fontein herhaalde zijn vraag op een andere manier. 'Om geld te verdienen?' Angelique maakte een klein knikje en begon opnieuw te huilen.

'Ik deed dat vaak voor Soufian', fluisterde ze. 'Toen ik net terug was in Nederland zag ik geen andere uitweg. Zodra Drent wist dat ik op de vlucht was voor Soufian, drong hij erop aan dat ik zou zeggen waarom. Hij zei dat Soufian bang voor hem was omdat hij veel vrienden bij de politie had en dat hij tegen hem zou zeggen dat ik de tas niet heb. Dan hoefde ik niet meer bang voor hem te zijn.'

'Geloofde je Drent?'

'Eerst wel. Maar daarna begon hij mij te bellen. Hij werd opdringerig en wilde dingen die ik niet wilde. Ik durfde geen nee te zeggen, ik was bang dat hij Soufian zou vertellen dat ik in Nederland was.'

'Heeft hij je bedreigd?'

'Niet echt, maar hij bleef maar zeggen dat ik hem nodig had om veilig te zijn. Ik dacht dat ik geen andere keuze had.'

'En toen?'

'Toen werd Erik Drent vermoord', zei ze angstig.

'Weet je wie dat gedaan kan hebben?'

'Ik denk dat hij Soufian heeft verteld dat hij hem wilde aangeven, om hem te chanteren misschien. En ik denk dat Soufian hem toen heeft vermoord.'

'Dus Soufian weet dat je vrij bent en niet in de gevangenis in Spanje zit?'

'Misschien wel', zei ze en begon weer te huilen.

'Ik geloof je, dus maak je geen zorgen', zei Fontein om het meisje gerust te stellen. 'We zullen Soufian zeker pakken. Hij is degene die bang moet zijn, niet jij. Weet hij dat je vader hier woont?'

'Nee.'

'En weet hij wie je moeder is?'

'Ook niet. Hij wilde niet dat ik contact met hen opnam. Ik moest helemaal breken met mijn verleden, dus dat heb ik toen gedaan. Pas toen ik dacht dat ik nergens anders meer heen kon, toen ik hoorde dat Erik Drent was vermoord, heb ik mijn vader gebeld.' Ze keek naar de man die stil in de stoel naar zijn dochter was blijven kijken.

'Gelukkig wist ze nog wel dat ze hier altijd terechtkan, wat er ook is gebeurd', zei de vader. Er was een brok in zijn keel hoorbaar.

'Mijn moeder denkt dat ik nog steeds studeer, zij is te druk met zichzelf om zich met andere dingen bezig te houden', zei Angelique en ze zuchtte.

'Waar denk je dat we Soufian zullen vinden?' vroeg Fontein en hij keek haar strak aan. Angelique aarzelde even en noemde toen het adres. Ze zette haar mobiele telefoon aan en liet hem een telefoonnummer zien.

'Deze telefoon heeft hij altijd bij zich. Zijn andere nummers verandert hij regelmatig, behalve dit. Dan kan zijn baas, de man van zijn zus in Marokko, hem altijd bereiken om te zeggen wanneer er weer een lading in Algeciras aan zal komen.' Fontein keek haar vragend aan.

'En waarom heeft hij dit nummer aan jou gegeven?'

'Ik kreeg het samen met de tas vol hasj. Hij zei erbij dat ik hem dan altijd kon bereiken, dat ik de lading zo altijd bij hem kon krijgen.'

Fontein sprak nog een tijdje met het meisje en haar vader. Hij verzekerde haar dat ze veilig was. Voordat hij wegging, gaf hij haar zijn kaartje en zei dat ze hem altijd kon bellen als haar nog iets te binnen schoot of als ze bang was.

'U kunt uiteraard ook altijd bellen', zei hij tegen Theo Bethlehem toen hij hem bij de deur een stevige handdruk gaf. 'En jij, bedankt voor je hulp en je vertrouwen.' Angelique knikte met rood behuilde ogen en glimlachte.

Fred Fontein reed zijn auto van het erf. Zijn hoofd was zwaar van de informatie die hij van Angelique had gekregen. Hoe moest hij dit morgen aan Teunissen vertellen? Een oud-collega van hem, een ex-rechercheur, die met meisjes sliep via een loverboy en Angelique chanteerde. Hij dacht aan wat de vriendin van Ron Artevelde had verteld, dat Erik Drent de macht die zijn functie hem gaf misbruikte om haar in bed te krijgen met insinuerende opmerkingen. Het leek toch echt een wraakmoord te zijn, terwijl alles nu wees in de richting van Soufian. Waarom zou Soufian Benali, een loverboy, Erik Drent vermoorden? Had Angelique gelijk en was Drent hem gaan afpersen voor geld, meer meisjes of zeer verregaande wensen?

Thuisgekomen dronk Fontein een biertje. Hij had het nodig. Met het koude flesje in zijn hand staarde hij naar de stilte buiten. Daarna ging hij naar bed. Zonder dat hij het wilde, dacht hij aan Fabiola. Na een paar uur diepe slaap schrok hij wakker. Hij had gedroomd dat Angelique dood was terug- gevonden op de boerderij van haar vader. De wekker gaf 5.53 uur aan. Hij besloot haar om negen uur te bellen om te horen of alles in orde was. Na nog even in bed te hebben gelegen, sprong hij onder een warme douche, denkend aan de verschillende sporen in het onderzoek en aan de lijst met namen van ex-gedetineerden. Dat spoor mocht niet worden verwaarloosd, want het briefje op het voorhoofd van Erik Drent was nog steeds het grootste raadsel in deze zaak. Naast het lijk van Drent was dat het enige wat de dader of daders achtergelaten had. Hij kon de boodschap die er onge- twijfeld in zat, nog niet achterhalen. Vandaag zou hij bij Leo Pijnacker langsgaan, de derde man op de lijst. Hij trok zijn kleren aan, nam een broodje en snelde naar zijn auto. Het had niet meer gesneeuwd die nacht, maar het vroor nog flink. Fontein was blij dat hij het slot van de auto zonder pro- blemen openkreeg, startte de motor, krabde de ruiten schoon en reed naar het bureau. Hij groette Astrid, de receptioniste, en vroeg haar of ze wist waar Teunissen was. Ze wees naar zijn kantoor.

'Niet in vergadering?'

'Nee, hij heeft zo dadelijk een afspraak in het gemeente- huis.' Fontein liep meteen door, klopte op de deur, ging bin- nen en zag dat Teunissen de krant las.

'Je hebt niet goed geslapen, Fred', zei Teunissen. 'Zoek een vriendin. Anders word je snel oud.' Fontein glimlachte.

'Wat is die rode plek in je nek? Ben je gebeten?'

'Ik ben gisteravond gevallen', zei hij en hij masseerde zijn nek toen hij dacht aan de harde smak die hij had gemaakt toen hij Angelique probeerde tegen te houden.

'Is er, behalve dat je een pijnlijke nek hebt, nog nieuws?' Teunissen keek nieuwsgierig, want hij wist dat er iets ging komen.

'Ik heb gisteren met een van de meisjes van Soufian gesproken en ik heb belangrijke informatie gekregen', zei Fontein. Teunissen liet de krant op het bureau zakken en keek hem verwachtingsvol aan. 'Drent was een klant van Soufian Benali.' Hij stopte om te zien welk effect zijn woorden op Teunissen hadden. De spieren in zijn gezicht spanden zich, wat hem op slag tien jaar ouder maakte. 'Soufian Benali bracht meisjes naar Erik Drent en dat meisje, Angelique, sliep met hem.'

'Ongelofelijk', zei Teunissen in zichzelf. 'Dit moeten we binnenshuis houden. Als de media dit ontdekken, villen ze ons levend.'

Fontein vertelde Angeliques verhaal over het smokkelen van drugs van Marokko naar Nederland. Teunissen leunde met zijn kin op zijn hand. 'Geloof je haar?' vroeg hij.

'Ik heb geen reden om dat niet te doen. Als ze zou liegen had ze het verhaal van de drugs niet verteld, om zichzelf niet schuldig te maken aan drugssmokkel. Bovendien probeerde ze ervandoor te gaan, ze was echt bang.'

'Voor die Marokkaan?'

'Ja, en voor...'

'We moeten die Marokkaan snel oppakken', zei Teunissen. Zijn stem bleef in zijn keel hangen.

'We zitten hem op de hielen', zei Fontein vol vertrouwen.

'Hoe dichtbij zijn we?' vroeg Teunissen. Als hij naast Fontein had gestaan, had hij zijn hand op zijn schouder gelegd.

'Een paar uurtjes nog. We hebben zijn adres', zei Fontein. Teunissen was degene die moest beslissen of iemand opgepakt kon worden.

'Ik moet om tien uur op het gemeentehuis zijn, maar om één uur komen we bij elkaar om de arrestatie voor te bereiden.'

'Denk je dat we het moeten voorbereiden? Al dat gebabbel kost tijd.'

'Ik weet dat je een hekel hebt aan vergaderingen, maar het moet', zei Teunissen. Ze liepen samen naar de koffieautomaat. 'Wat ga jij vandaag verder nog doen?'

'Bij Leo Pijnacker langs. Hij is de laatste van de ex-gedetineerden die door Erik Drent zijn opgepakt. Teunissen nam het plastic bekertje uit de automaat, zei Fontein gedag en liep naar de rookruimte. Na de informatie over zijn ex-collega had hij een sigaret nodig.

Fred Fontein liep door de Indische buurt naar de flat van Leo Pijnacker. Uit de grijze flatgebouwen klonk hier en daar harde muziek. Toen hij in de lift stapte van de flat waar hij moest zijn, rook hij sterke kruiden, een geur die vaak in deze wijk waar te nemen was. Op de galerij blies de koude wind hem in het gezicht. Hij duwde op de bel en toen er niet open werd gedaan, klopte hij aan. De deur van de buren ging open. Daar stond een dikke zwarte vrouw met grijze haren.

'Hij is niet hier. Zijn jullie van de reclassering?' zei ze met een Surinaams accent.

'Nee', zei Fontein. 'Waar kan ik meneer Pijnacker vinden?'

'Ik weet het niet', zei ze. 'Hij is er bijna nooit, en als hij terugkomt is hij meestal dronken. Soms slaapt hij in de lift of wordt hij door iemand naar huis gebracht.'

'Heeft hij geen werk?'

'Toen hij hier net kwam wonen, zei hij dat hij geen werk kon vinden als hij bij sollicitaties zei dat hij gezeten had', zei ze medelijdend.

'Dus u weet dat hij gezeten heeft', zei Fontein vriendelijk.

'Iedereen hier in de buurt. Maar waarom, dat weet ik niet.'

'Krijgt hij wel eens bezoek?'

'De reclassering', zei de vrouw en ze keek hem onderzoekend aan. 'Bent u van de reclassering?'

'Nee', zei Fontein.

'Dan zal ik tegen hem zeggen dat u niet van de reclassering bent', zei ze, waarop ze uit de deur stapte om zich om te kunnen draaien en haar flat weer inliep.

Fontein dacht na. Het was met deze kou niet logisch dat Pijnacker zou zitten te drinken in het park. Misschien was er een kroeg in de buurt die voor twaalf uur open was. Hij liep wat rond tot hij een kroeg zag waar licht brandde. Een vrouw was bezig de zaak te openen. Leo Pijnacker zat alleen aan de bar met een groot glas bier. Zijn hoofd hing op zijn borst. Er was nog geen slok uit zijn glas genomen. De grijze stoppels op zijn wang waren hard op weg om een baard te worden. Fontein ging naast hem zitten en toen hij hem goedemorgen wenste, keek Pijnacker hem aan.

'Goedemorgen', zei hij glimlachend en hij zakte terug in zijn slaaphouding.

'Wilt u iets drinken?' vroeg de vrouw achter de bar.

'Een koffie graag.' Hij draaide zich naar de man naast hem. 'Meneer Pijnacker, kan ik u even spreken?' Moeizaam opende de man zijn ogen en draaide hij zijn hoofd om.

'Jawel', zei hij en hij keek Fontein met toegeknepen ogen aan. 'Ken ik u?' vroeg hij met zware stem.

'Ik denk het niet.'

'Hoe weet je dan wie ik ben? Ben je van de reclassering?'

'Ik ben van de politie en heb een paar vragen', zei Fontein, niet te hard opdat de vrouw achter de bar het niet zou horen. Maar Leo Pijnacker keek naar haar en zei trots, of als grap: 'Hij is van de politie.' De vrouw glimlachte, alsof ze die informatie waardeerde. Toen keek hij weer naar Fontein.

'Jij zoekt zeker iemand, niet?'

'Dat klopt', zei Fontein terwijl hij zijn koffie kreeg.

'Sinds wanneer?' vroeg hij en hij moest lachen om zijn vraag. De vrouw achter de bar deed alsof ze druk bezig was, maar luisterde mee.

'Te lang', zei Fontein. Pijnacker leek stilaan een beetje wakker te worden en nam een slok bier. 'Ik wil graag wat vragen over Erik Drent.' Toen hij zag dat die naam geen indruk maakte op Pijnacker ging hij door. 'Ex-rechercheur Erik Drent.'

'Waarom vraag je mij naar Erik Drent? Misschien moet ik jou vragen naar Erik Drent. Jij bent van de politie.'

'Wat wil jij weten over Erik Drent dan?' vroeg Fontein aandachtig. Hij wilde Pijnacker zo lang mogelijk wakker en pratend houden.

'Niets, niets', zei hij en hij maakte een wegwerpgebaar. 'Ik trakteer', zei hij vervolgens en hij gebaarde de vrouw achter de bar Fontein nogmaals bij te schenken. Die vond dat hij zijn tijd aan het verdoen was. Waarschijnlijk had hij te maken met een zware alcoholist. Hij geloofde niet dat een verslaafde Erik Drent gemarteld en vermoord kon hebben. Hij bedankte voor de koffie, legde drie euro naast het kopje en stond op. Hij wilde afscheid nemen van Pijnacker, maar zag dat die alweer in slaaptoestand achter zijn biertje zat. Voor hij naar buiten ging, hoorde hij Pijnacker roepen dat het nog vroeg was, maar hij ging. Toen hij in zijn auto zat, belde hij Angelique. Hij vroeg haar hoe het met haar ging, zei dat ze hem moest bellen als het nodig was, dat ze ten minste vandaag op de boerderij moest blijven en dat hij haar weer zou bellen.

Hij draaide de auto en bedacht dat het goed zou zijn Leo Pijnacker nog een keer te spreken, maar dan in een wat wakkerder toestand.

De middag werd besteed aan de voorbereidingen op de arrestatie van Soufian Benali en het doornemen van de bewijsstukken en rapporten. Fontein was blij dat hij die avond thuis door kon brengen en ging na een biertje vroeg naar bed.

Hoofdstuk 8

Fontein werd wakker van de rinkelende telefoon. Terwijl hij probeerde zijn ogen open te krijgen om er zeker van te zijn dat hij niet droomde, nam hij op.

'Ik heb je wakker gemaakt?' zei Pol, een vraag en verontschuldiging tegelijkertijd.

'Wat is er aan de hand?' wilde Fontein weten en hij keek door zijn half geopende ogen naar de wekker.

'Ze hebben Soufian opgepakt.'

'Ik ben er binnen een uur', zei Fontein terwijl hij probeerde de slaap van zich af te schudden. Hij drukte de telefoon uit. Het was twintig over zeven. Hij liet zich terugvallen in het kussen en besloot nog tien minuten te blijven liggen voor hij op zou staan. Maar hij was nieuwsgierig naar Soufian, dus stond hij op, nam een snelle douche, dronk een koffie en vertrok. Op het bureau kwam hij Pol tegen met een dossier in zijn hand. Achter hem liep een grote zwarte man met te veel gouden kettingen. Die zei dat hij zo een belangrijke afspraak had en niet veel tijd had om weer dezelfde antwoorden te geven op dezelfde honderd vragen.

'Vandaag hebben we maar drie vragen', zei Pol. Het was duidelijk dat hij de man kende.

'Maar die drie vragen leiden zeker tot die honderd vragen die ik bedoel, meneer', zei de man.

'Wacht hier', zei Pol in het midden van de gang en hij liep met Fontein naar een ruimte waar de beveiliging het hele gebouw in de gaten kon houden. Pol wees naar een van de schermen.

'Kijk, daar zit Soufian. Teunissen zei dat jij hem moet verhoren.'

Soufian zag er ouder uit dan hij had gedacht. Op zijn linkerwang zat een litteken van een mes of iets anders scherps. Dat gaf hem een harde uitstraling. Fred Fontein keek goed, liet het beeld inzoomen op zijn gezicht en dan weer uitzoomen naar de hele cel, waar hij heen en weer liep. Het verbaasde hem dat iemand zoals hij al die meisjes voor zich kon laten werken. Angelique leek hem heel voorzichtig en Soufian was niet de meest aantrekkelijke jongeman.

'Ik wil geen tijd verliezen aan hem', zei Fontein bijna onhoorbaar, alsof hij tegen zichzelf praatte. Pol, die al lang met hem samenwerkte, begreep wat hij bedoelde.

'Wil je hem niet verhoren?'

'Hij is niet de moordenaar.' Weer was zijn stem zacht, alsof het een geheim betrof. Hij klonk eerder teleurgesteld dan zeker.

'Waar baseer je je op? Je hebt niet eens met hem gepraat.'

'Kijk naar hem', zei Fontein en hij knikte naar de ijsberende Soufian. 'Zijn nette kleren passen niet bij zijn hippe kapsel. Dat betekent dat hij veel geld heeft, maar nog niet zo lang. En kijk naar zijn schoenen. Die passen er helemaal niet bij, die sportschoenen. Hij is het gewend hard te lopen en te rennen. Hij wil nog niet overstappen op dure Italiaanse schoenen, want hij werkt nog voor zichzelf en moet nog steeds af en toe een sprintje trekken. Die schoenen. Dat is voor mij het bewijs dat Soufian niet de moordenaar is van Erik Drent', zei Fontein terwijl hij ingespannen naar de louche figuur in de cel keek. 'Zeker weten.'

'Hoezo dat?' zei Pol, die ook aandachtig naar Soufian keek, alsof het een scène van een actieserie betrof.

'De moordenaar van Drent kent niet de haast van iemand die sportschoenen nodig heeft. Hij nam de tijd en had de rust om Drent al die martelingen toe te brengen en hem daarna in een andere ruimte op een stoel vast te binden. Soufian zou hem met een mes hebben gestoken of een kogel door het hoofd hebben gejaagd, en daarna zou hij zijn weggerend voor Drent op de grond terecht was gekomen. Voor de eerste druppel bloed zou hij drie blokken verder zijn geweest.'

De zwarte man klopte op de deur en stak zijn boze hoofd om de hoek.

'Meneer, een agent zei tegen mij dat ik niet in het midden van de gang mocht wachten', zei hij.

'Wacht dan aan het eind van de gang', antwoordde Pol.

'Waar is het eind van de gang?'

'Als je iets verder loopt. Wat moet ik tegen Teunissen zeggen?' zei hij vervolgens tegen Fontein.

'Zeg maar dat ik naar Leo Pijnacker ben', zei Fontein en hij liep weg.

'Denk je dat hij daar genoegen mee neemt?'

'Fantaseer er maar iets bij als dat niet zo is', zei hij tegen Pol. Hij glimlachte naar de zwarte man en wees naar achteren. 'Nu is het eind van de gang daar. Succes.' Daarna liep hij naar de auto om weer naar de flat van Pijnacker te rijden, in de hoop hem dit keer nuchter aan te treffen.

Een vrouw deed open. Als haar haren niet helemaal grijs waren geweest, had hij gedacht dat ze rond de veertig was.

'Ik ben op zoek naar Leo Pijnacker', zei Fontein beleefd en hij glimlachte omdat de vrouw nerveus leek. Misschien was ze het niet gewend dat er rond deze tijd iemand aan de deur kwam.

'Wie zal ik zeggen?' vroeg ze met zachte stem.

'Fred Fontein,' zei hij, 'recherche.' Ze draaide zich om. Hij hoorde hoe ze hem wakker maakte, waarna Pijnacker in een groezelige badjas naar de deur kwam, met de vrouw achter hem, alsof ze door hem beschermd wilde worden.

'Kom binnen. We zijn zo weer klaar', nodigde hij hem niet heel vriendelijk uit. In het midden van de woonkamer stond een afvalzak gevuld met etensbakjes van bestel- en kant-en-klare maaltijden en met bierblikjes. Pijnacker liet hem alleen en kwam even later de kamer weer binnen in een sport-broek die niet bij hem paste.

'De vorige keer zagen we elkaar in de bar', zei Pijnacker terwijl hij Fontein recht in de ogen keek. 'Nu wil je vast meer weten over Erik Drent.'

'Dat klopt', zei Fontein en hij keek recht terug. Fabiola had in het dossier dat ze over hem had gemaakt vermeld dat hij in de gevangenis veel had gesport. Zijn handen waren groot en zijn armen zagen er sterk uit.

'Wat wil je weten dan? Wie hem vermoord heeft?'

'Eigenlijk wel. Dus vertel het maar.' Het werd stil. Pijnacker zag dat de vrouw nog stond en zei dat hij wel koffie wilde.

'Ik wil het ook wel weten.' Hij legde zijn handen op zijn knieën en bracht zijn gezicht dichter bij dat van Fontein. Zijn ogen schoten vuur. 'Dan kan ik zijn handtekening vragen', zei Pijnacker en hij liet zich terugzakken in de bank. 'En misschien een bakkie koffie doen als hij vastzit of een biertje als hij weer vrijkomt.' Omdat Fontein niet reageerde, ging hij door: 'De gevangenis is eenzaam als je geen bezoek krijgt. Te moeilijk soms.'

'Heb je nog contact met je zoon?' vroeg Fontein plots. De vraag leek als een donderslag bij heldere hemel te komen. Pijnackers lippen begonnen te trillen, alsof hij wilde huilen, schreeuwen of iemand bijten. Hij gaf geen antwoord.

'Weet je waar je zoon woont?'

'Nee.'

'Wil je dat weten?'

'Nee. Nu in elk geval niet.'

'Wanneer dan wel?'

'Ik moet een tijdje werken en geld verdienen. Zodat ik naar Suriname kan gaan en een huis naast een waterval kopen. Dan pas zal ik contact met hem opnemen. Maar daar heb ik tijd voor nodig.' Na een stilte zei Pijnacker dat de moordenaar hoe dan ook iets goeds had gedaan. 'Die Drent heeft me alles afgenomen wat me lief is. Ik ben blij dat iemand voor mij wraak genomen heeft.'

Fontein stond op en gaf Pijnacker zijn kaartje. In de lift bedacht hij dat hij nu een totaal andere man had gesproken dan gisteren. Het was duidelijk dat Pijnacker niet kon liegen als hij boos was. Het verwarde hem dat hij Drent zo openlijk haatte, maar misschien juist daarom en door de ervaringen die Pijnacker zeker had met de politie, was hij ervan overtuigd dat hij zichzelf was geweest. Het kon natuurlijk zijn dat hij het expres deed, zodat de verdenking niet op hem zou vallen. Dus vond Fontein dat hij hem nog eens terug moest zien.

Dat weekend at de hele stad oliebollen en stak vuurwerk af. Fontein keek alleen in zijn huis filmpjes, maakte wandelingen als het niet sneeuwde en niet te hard waaide en probeerde zich de moordenaar van Erik Drent voor de geest te halen. Na Nieuwjaar ging het onderzoek verder. Fontein probeerde alle zaken op een rijtje te zetten met behulp van de dossiers die Fabiola zo vaak als nodig samenstelde en ging de eerste drie werkdagen dagelijks naar Leo Pijnacker, met Pol of Fabiola aan zijn zijde. Elke keer was hij te dronken om een zinnig woord te zeggen. Fontein zou hem het liefst hebben opgepakt om hem te ontnuchteren, maar er waren geen gronden waarop ze dat konden doen. Het onderzoek richtte zich ondertussen op Soufian Benali. Een week nadat die was opgepakt, werd duidelijk dat hij niet de moordenaar was, maar wel degene die had ingebroken. Soufian bekende dat hij Drent had betaald om te zwijgen over de drugssmokkel, in totaal vijftigduizend euro, die hij bij de inbraak had meegenomen. Hij had Drent elke week vijfduizend euro gebracht in een pizzadoos, die hij ook had meegenomen om de connectie met Il Tramonto te verbergen.

Teunissen liet Fontein bij zich komen. Die vond dat hij er slecht uitzag.

'Ongelofelijk', begon Teunissen met een stem die hij niet boos wilde laten klinken. 'Ongelofelijk.' Hij sloeg met zijn vuist op zijn bureau. 'Zo'n jonge Marokkaan die onze dochters in hoeren verandert, oké, dat kan ik me misschien voorstellen. Maar dat ze onze collega's crimineel maken, dat kan ik absoluut niet begrijpen, Fred.' Zijn kale hoofd werd rood van woede. Fontein was bang dat hij ter plekke een hartaanval zou krijgen. De boosheid deed hem opblazen als een ballon. 'Kijk dan. Lees dit!' Hij smeet een papiertje voor Fontein neer, die nog niet was gaan zitten. 'Soufian Benali heeft de basisschool afgerond, maar kan nauwelijks lezen en schrijven. Hij is pooier en smokkelt elke maand voor weet ik hoeveel euro's hasj van Algeciras naar Amsterdam. En dan heeft hij ook nog een uitkering van 810 euro per maand. Vanwege zogenaamde rugpijn! Terwijl hij een sterkere rug heeft dan... Hoe heet die kerel bij de marechaussee ook alweer, die zoveel fitnest?'

'Raymond?'

'Ja, die. Zijn rug is sterker dan die van Raymond!' Astrid, de receptioniste, keek om de deur en zei tegen Teunissen dat hij dadelijk moest vertrekken als hij op tijd wilde zijn voor de vergadering met de korpschefs uit de omgeving.

'Helemaal vergeten', zei Teunissen. Zijn boosheid veranderde in haast. Hij sprong op, trok zijn colbert aan en knoopte een sjaal om zijn nek alsof hij vier handen had. Hij verontschuldigde zich en vertrok. Fontein vond dat hij hem eens moest uitnodigen voor de sauna. Als hij zo zou blijven doorgaan, kon hij elk moment doodvallen. Toch bewonderde hij Teunissen omdat hij van het ene moment op het andere zijn emoties onder controle kon krijgen. Zelf bleef hij lang hangen in zijn gevoelens. Maar hij was dan ook geen doorsneeagent. De meeste politiemensen zagen hun werk als een jongensdroom die uitkwam en konden zich niet voorstellen dat ze een ander beroep zouden uitoefenen.

Fontein was een laatbloeier. Hij was na de middelbare school naar de kunstacademie gegaan, maar voor hij het eerste jaar kon beëindigen, kreeg hij een telefoontje van zijn moeder dat zijn leven op zijn kop zette. Daphne was vermist en bleek later vermoord. Iemand had het leven van zijn beste vriendin genomen, zonder reden. Later kwam hij erachter dat ze ook verkracht was. Daphne was op kamers gegaan in Amsterdam, wat voor de meeste bewoners uit hun dorpje een angstaanjagend grote stad was vol mensen met slechte bedoelingen. Ze was een weekend op bezoek bij haar ouders toen ze verdween. Fred Fontein kon niet geloven dat zoiets afschuwelijks kon gebeuren in een rustig dorp als waar ze waren opgegroeid. Hij stopte met zijn studie. Toen de politie na zes maanden de dader nog niet had en ze geen nieuwe sporen meer vonden, werd het dossier afgesloten. Dat was het moment dat Fontein besloot bij de recherche te gaan. Zijn moeder geloofde niet dat die naïeve Fred, die romantische jongen die in zijn kinderjaren al niet van wapens had gehouden, het ver zou schoppen.

'Denk goed na voor je zo'n beslissing neemt, Fred', had ze gezegd, maar hij had al nagedacht en ging naar de politie-academie. Daar viel hij behoorlijk uit de toon met zijn tengere gestalte, zijn meisjeshanden en zijn kamer vol boeddha-beeldjes. Tijdens de eerste schietoefeningen schrok hij bij elk schot en werd hij uitgelachen. Zelf moest hij er soms ook om lachen, want hij had nooit gedacht dat hij zoiets zou doen. Maar hij had een goede intuïtie en juist daardoor werd hij een heel goede rechercheur.

Terwijl Fontein naar zijn kantoor liep, bedacht hij dat hij wel een rustpauze kon gebruiken. Als de zaak-Drent was opgelost, was het tijd om vakantie te nemen, minstens drie weken. Hij wilde zijn yogaoefening doen, maar Fabiola schoot hem aan in de gang en hield trots een nieuw dossier met de informatie van die week omhoog.

'Goed nieuws', zei ze. 'Een crimineel opgepakt en vier meisjes bevrijd van hun loverboy.' Fontein was blij dat tussen al de stress van het bureau iemand glimlachte en een positieve uitstraling had. Hij bladerde door het dossier en keek naar de foto's, vooral die van Pijnacker.

'Wie denk je dat het heeft gedaan?' vroeg Fabiola.

'Ik weet het niet. Maar als ik nu iemand zou moeten aanwijzen, zou ik toch Leo Pijnacker zeggen.'

'Die ex-gedetineerde?'

'Die ja.' Hij keek naar de foto van toen Pijnacker net in de gevangenis zat. 'Hij is slimmer dan wij, als wij al slim zijn. En als wij stom zijn, zijn we zeker stommer dan hij.'

'Waarom zou hij het kunnen zijn?'

'Ik weet het niet. Ik kan niet anders dan hem geloven. Stiekem, als ik diep nadenk, is het vreemd dat iemand als Drent Leo Pijnacker oppakte.'

'Dus je wilt niet geloven dat Leo Pijnacker de moordenaar kan zijn?'

'Zo is het niet, maar ik wil geen fout maken.' Praten met Fabiola maakte hem rustiger, terwijl Teunissen hem juist opfokte. Voor elke minuut bij Teunissen zou hij minstens tien minuten met Fabiola moeten doorbrengen om weer kalm te worden en helder te kunnen nadenken.

Die middag haalde Fabiola zoals afgesproken David en Kim op bij hun moeder. Fontein zorgde ervoor dat hij op tijd thuis was voor het avondeten en het lukte hem zelfs spaghetti op tafel te zetten, waar allebei zijn kinderen van smulden.

's Avonds, toen zij in bed lagen, ging hij naar de kelder, opende een fles rode wijn en probeerde zich voor te stellen hoe de moordenaar eruitzag, maar hij kon zich niet concentreren. Fontein gebruikte nog steeds zijn tekentalent en wat hij op de kunstacademie had geleerd voor hij stopte. Tijdens zijn eerste jaren als rechercheur maakte hij ook tekeningen van de criminelen die hij moest opsporen. Dan probeerde hij zich voor te stellen hoe die eruit zouden zien en begon te schetsen. Het resultaat hing hij in de wijnkelder en als de crimineel gepakt was, hing hij zijn foto eronder. Met de tijd werden de tekeningen sterker. Hoe meer ervaring hij kreeg, hoe meer de foto's en de tekeningen op elkaar leken. Maar bij de moord op Erik Drent kon hij zelfs niet beginnen met een tekening. Als hij zijn ogen sloot en zijn potlood op papier zette, kwam telkens het gezicht van Leo Pijnacker in hem op terwijl hij Drent martelde en buiten de kermis lawaai maakte. Dan kon hij niet verder.

Even voor tienen ging hij weer naar boven, sloot de kelderdeur en hing de sleutel aan de daartoe bestemde spijker. Met het wijnglas nog in de hand liep hij naar de woonkamer. Hij kon nog best een filmpje kijken voor hij naar bed ging, dat zou zijn gedachten misschien verzetten. Toen hij op de bank zat, ging de telefoon.

'Fontein', zei hij.

'Fred Fontein?'

'Spreekt u mee.'

'Agent De Blei. Kunt u zo snel mogelijk komen naar Kikkerkroos nummer 8?'

'Waarom?'

'Een moord. U bent bezig met de moord op Erik Drent, toch?'

'Dat klopt.'

'Dit heeft er iets mee te maken.'

'Hoezo?'

'Een stukje papier op het voorhoofd van het slachtoffer.'

'Ik kom er meteen aan.'

Hoofdstuk 9

Fontein legde de hoorn op de haak. Een tweede slachtoffer. Meteen bekroop hem het gevoel dat hij medeplichtig was aan deze moord. Als hij de moordenaar van Erik Drent al had gepakt, was dit slachtoffer nog in leven geweest. Ik had beter mijn best moeten doen, dacht hij toen hij zijn sjaal om zijn nek deed. Voordat hij de deur uitstapte, dacht hij eraan dat David en Kim boven lagen te slapen. Hij belde Fabiola, die bereid was meteen te komen. Zodra zij gearriveerd was, reed Fontein weg door de lege straten. Nu en dan kwam hij een fietser tegen met het gezicht naar de grond gericht, zodat de koude wind niet in zijn ogen woei. Hij reed even achter een strooiwagen en passeerde een bus, die net zo leeg was als de rest van de stad. Op zomeravonden was er altijd wel iets te doen, maar in de winter leek de stad wel uitgestorven. Hij nam zoveel mogelijk de grotere wegen, waar gestrooid was, en kwam na een halfuur aan bij het opgegeven adres. Er stonden twee politieauto's en een ambulance voor de deur, zodat hij niet hoefde na te denken over waar hij moest zijn. Hij snelde naar het huis. De deur stond op een kier. De agent in de gang gaf hem een hand en stelde zichzelf voor.

'Waar?' vroeg Fontein.

'Boven. Haar naam is Rachel van Dijk.' Fontein liep eerst de warme woonkamer in. Hij zag drie ambulancemedewerkers en wist meteen dat ze daar nog zaten omdat ze niet wisten of ze konden gaan of niet. Een jongeman in sportkleding zat verslagen op de bank.

'Dit is haar vriend', zei de agent. Fontein gaf hem geen

hand; daar had hij waarschijnlijk niet op gereageerd, zoals hij voor zich uit staarde. Hij liep naar de gang en de trap op. Bij elke stap werd de geur van bloed sterker. Het beeld van de eindeloze ziekenhuisgang kwam weer voor zijn ogen.

Een jonge vrouw met lange krullen om haar gezicht lag op het bed, de ogen wijd open en naar het plafond gericht. Haar handen lagen naast haar met de palmen naar boven, de vingers bij elkaar, alsof ze twee onzichtbare appels vasthield. Ze had een wit T-shirt aan met een tekst die niet meer te lezen was door het bloed. Uit haar linkerborst stak het heft van een mes, dat geheel in haar lichaam zat. Het bed stond tegen een donkerroze muur met een uitvergrote foto van een bloem. Fontein liep naar de linkerkant en zag dat het bloed op het matras was gestroomd en daarna op het tapijt, waar het een cirkel had gevormd die nog niet helemaal was opgedroogd. Als er laminaat had gelegen, was het nog verder gestroomd. Ernaast lag een afstandsbediening. De plaats delict zag er helemaal anders uit dan die bij Erik Drent. Veel minder luguber, misschien zelfs zuiver en steriel. De jonge vrouw was niet gemarteld of geslagen. Waarschijnlijk was ze in een diepe slaap geweest toen het scherpe mes in haar hart was gestoken, om haar op hetzelfde moment wakker en dood te maken. Het televisietoestel stond op pauze op een dvd. De scène waarop het beeld was stilgezet maakte het geheel akelig: er was een man met opgeheven vuist te zien voor een meisje dat volgens de ondertiteling 'Stop!' riep. Fontein lette erop niet op het bloed te gaan staan of niets aan te raken. Hij boog voorover en keek naar het papiertje dat op haar voorhoofd zat geprikt. De dunne naald zag er hetzelfde uit als bij Erik Drent. Het briefje zat op dezelfde plek midden op haar voorhoofd. Er stond, dit keer met pen, op geschreven: *'Rachel, zonder jou kan ik niet verder. Jij bent de enige die mijn leven kleur gaf en nu...'* In de hoek was nog net een stukje plakband zichtbaar met daaronder een haartje. Hij haalde zijn vergrootglas uit zijn zak, een ouderwets stuk gereedschap waarvan hij meende dat een goede rechercheur het altijd bij zich moest hebben voor dit soort situaties. Hij bekeek het haartje. Het was onnatuurlijk knalrood. Hij maakte een foto van het briefje en riep de agent naar boven.

'Wat kan ik voor je doen?' vroeg de agent.

'Laat hier niemand binnen tot de technische recherche er is', zei Fontein en hij liep naar beneden. Hij belde Martin Pol, zei hem zo vlug mogelijk te komen en wachtte op hem in de gang. Pol was er snel, nog voor de technische recherche. Zijn haar zat verward. Hij had waarschijnlijk al in bed gelegen.

'Nog een slachtoffer', zei Fontein toen ze naar boven liepen. De agent aarzelde even voor hij hen naar binnen liet. Pol liep voorzichtig naar de jonge vrouw.

'Dezelfde moordenaar', constateerde hij. 'Dat moet wel.'

'Dat denk ik ook', antwoordde Fontein. Vervolgens gaf hij zijn collega het vergrootglas en zei hem goed naar het papiertje te kijken.

'Hetzelfde handschrift', merkte deze op.

'Kijk goed. Dat plakband.'

'Ik zie het. Er zit iets onder.'

'Het is een haar. Ik wil dat jij hier blijft tot de technische recherche er is. Ik wil dat je het haartje goed opvolgt, we moeten zo snel mogelijk weten of het van de vermoorde vrouw is of van iemand anders.'

Hij liet Pol alleen en ging naar de woonkamer, waar de vriend van de jonge vrouw in een glas water zat te staren.

'Het spijt me, maar ik moet je een paar vragen stellen', zei Fontein en hij liet zijn hand even op de schouder van de jongen rusten. 'We willen degene die dit heeft gedaan zo snel mogelijk pakken.' Hij haalde zijn notitieboekje uit zijn tas. 'Hoe lang ken je haar?'

'Vier jaar.' Hij had een brok in zijn keel.

'Wonen jullie samen?'

'Drie jaar.'

'Was jij vanavond thuis?'

'Ik was in de sportschool. Ik ben nog even aan de bar blijven hangen', zei de jongen. 'En toen lag zij hier misschien al dood in bed', voegde hij er zacht aan toe, terwijl hij wezenloos voor zich uit bleef staren.

'Heeft ze de afgelopen vier jaar haar haren rood geverfd?' Hij keek hem indringend aan om duidelijk te maken dat het antwoord belangrijk was. De jongenman schudde resoluut het hoofd. 'Zijn er fotoalbums van voor je haar leerde kennen?' ging Fontein verder.

'Die liggen nog bij haar ouders.'

Fontein vroeg de jongen naar het adres van de ouders, wenste de jongen sterkte en vertrok.

Even dacht hij erover direct naar de familie van het meisje te gaan om de fotoalbums in te zien, maar dan zou hij er na middernacht aankomen. Dat was te laat. Ze zouden vast machteloos in de woonkamer zitten en niet weten wat ze moesten doen van schrik. In hun rustige huis was er telefoon geweest en daarna was alles voor altijd veranderd.

Fontein remde piepend omdat hij bijna op een andere auto botste. Het beeld van Rachels borst met het mes erin bleef hem voor ogen staan. De geur van bloed zat nog in zijn neus. Hij zette het raam half open. De ijskoude wind bracht hem een beetje tot rust en hij kon weer op de weg letten. Toen hij de voordeur van zijn huis opende, lag Fabiola op de bank te slapen.

'Het spijt me dat ik je lastig heb gevallen, maar ik wist zo snel niet wie ik anders kon bellen', zei hij tegen haar.

'Geeft niets', zei ze. 'Al had ik ook wel mee gewild.'

'Doen we de volgende keer', zei Fontein. Nadat ze op haar fiets naar huis vertrokken was, ging hij op de bank liggen. De warme afdruk van Fabiola's slaperige lijf was nog voelbaar. Hij vond dat hij moest stoppen met zijn werk als rechercheur, dat hij dit niet nog vijf jaar moest doen. Dit werk was te veel voor hem. Eén fout en iemand betaalde ervoor met zijn leven. Hoeveel moorden hij ook zou oplossen, er bleven altijd gekken rondlopen die moordden. Het onrecht dat Daphne was aangedaan, kon hij niet rechtzetten. Als hij een jonge vrouw als Rachel van Dijk dood aantrof, moest hij altijd weer aan haar denken. Haar dood was de reden geweest waarom hij bij de politie was gegaan. Zo niet had zijn leven er totaal anders uitgezien. Maar toch wist hij dat hij geen andere keuze had. Als hij het niet deed, wie zou dan alles op het spel zetten om ervoor te zorgen dat elke moord eindigde met de veroordeling van de dader in plaats van in een doos met bewijzen die nergens naar leidden. Fontein lag op de bank te malen en voelde dat hij in slaap zou vallen, maar elke keer als hij wilde opstaan, besloot hij toch nog even te blijven liggen. Zo viel hij in slaap. Na een uurtje werd hij wakker en sleepte zich met zijn kleren aan naar zijn bed, waar hij meteen weer insliep. Hij droomde dat hij bij een bergrivier stond. Hij stak zijn voeten in het water. Opeens werd zijn schoen uitgetrokken door de kracht van het water. Hij staarde naar het snelle water en hoorde zijn vader roepen van achter de stenen: 'Fred, niet het water in. Fred, niet het water in!' Hijgend kwam zijn vader aanrennen en stopte voor hem. 'Levensgevaarlijk', riep hij. 'In dat water tot je knieën. Als het water je grijpt, rol je langs al die rotsen en stenen. Dat overleef je niet.' De dag dat dit was gebeurd, had Fontein zijn andere schoen uitgedaan en in het water gegooid, maar omdat hij dit vaak droomde, wist hij zelf niet meer of het echt was geweest of alleen in de droom. Om kwart voor negen ging de telefoon.

'Goeiemorgen', zei Fabiola. 'Jij slaapt ook nog.'

'Hoezo ook?' vroeg Fontein slaperig.

'Martin was ook nog niet wakker. Teunissen vraagt waar jullie blijven.'

'Zeg tegen hem dat ik me voor tien uur bij hem meld.' Hij sprong al onder de douche toen het water nog ijskoud was en schreeuwde om zichzelf wakker te maken. Toen het water warm werd, bleef hij er nog even onder staan. Daarna ging hij naar beneden. David en Kim hadden de televisie aangezet en keken naar tekenfilms.

'Goeiemorgen', kuchte Fontein.

'Dag pap', zeiden de kinderen in koor.

'Ik moet jullie zo weer naar huis brengen', zei hij. 'Ik moet vandaag echt naar het bureau.'

'Heb je die moordenaar dan nog niet gepakt?' vroeg David, teleurgesteld omdat zijn vader niet zo'n snelle boevenvanger bleek, maar vooral omdat hij zich eigenlijk best had verheugd op dit weekend.

'Nog niet', zei Fontein. 'Maar als ik hem te pakken heb, gaan we een weekend op stap. Naar Scheveningen misschien. Of Vlieland?'

'Of Disneyland Parijs!' riep Kim enthousiast. Nadat ze snel hadden ontbeten, bracht Fontein de kinderen naar het huis van Carolien. Hij had haar kort gebeld, ze wist dat ze eraan kwamen, maar ze zei geen woord toen ze de kinderen naar binnen liet. Met een verontschuldigende blik naar haar zei hij de kinderen gedag en reed snel naar het bureau.

Hij liep direct naar het kantoor van Teunissen, die achter zijn bureau naar een foto zat te kijken. Toen Fontein ging zitten schoof hij de foto aan de kant.

'Weer een slachtoffer', zei Teunissen. 'Ik ben meteen gekomen.'

'En dezelfde moordenaar', zei Fontein.

'Maar geen gemartel dit keer.'

'Als het papiertje niet op dezelfde manier op het voorhoofd van het slachtoffer was geprikt, had ik niet meteen een verband gezien.' Hij pakte een van de foto's die voor Teunissen lagen.

'Hoe leg je dit uit?' vroeg Fontein.

'Al dat geweld bij Erik Drent en dit keer slechts één messteek?'

'Zouden er niet meer daders zijn? Deze keer iemand anders?'

'Ik weet bijna zeker dat het dezelfde is, maar dat is een gevoel.'

'Jij en je gevoel... Maar ga je gang. Ik weet dat je je gevoel uiteindelijk altijd staaft met bewijzen.'

'De technische recherche vergelijkt de handschriften op de twee papiertjes. Dan weten we meer.'

'Het zit je niet lekker', zei Teunissen opeens. 'Je voelt je schuldig, denkt dat je de moordenaar had moeten pakken en dat die vrouw dan nog in leven was geweest. Stop daar toch eens mee. Als je zo blijft denken, ga je er nog eens aan onderdoor.'

'Eerlijk gezegd waren er bij Erik Drent zoveel vijanden die hem dood wensten dat ik er niet aan heb gedacht dat er nog een slachtoffer kon volgen. Mijn fout. En zij heeft het met haar leven bekocht.'

'Schuldgevoel is voor een rechercheur niet handig, Fred. *Take it easy*.' Teunissen nam een telefoontje aan en zei dat ze bij de receptie moesten wachten. 'Jouw probleem is dat je ze met je hart wilt pakken en niet met je hand. Dan word jij het slachtoffer voor elke crimineel die je wilt oppakken. Als elke rechercheur schuld heeft aan de slachtoffers van een seriemoordenaar, moeten we straks allemaal naar de gevangenis. In de eerste tien jaar bij de politie heb ik nooit een seriemoordenaar gepakt voor zijn zesde, nee, zijn vijfde slachtoffer. En nu, langslaper, zullen er nog meer slachtoffers volgen. We moeten stoppen met die onzinnige discussies en voorkomen dat er meer doden vallen. Kijk, nu ga ik al denken zoals jij.' Hij stond op en ging naast Fontein staan. 'Heb je een goed spoor?'

'Er was een rood haartje.' Fontein zag er geen foto van.

Daarom haalde hij zijn camera uit zijn tas en toonde Teunissen de foto die hij zelf had gemaakt.

'Laat dat haartje geen misleiding zijn zoals Soufian en zijn pizzadoosjes.'

'Als dit haartje van Rachel is, zal het het belangrijkste zijn wat we tot nu toe hebben', zei Fontein. Hij stond op en keek Teunissen na, die als een pinguïn naar de receptie liep.

Hoofdstuk 10

Teunissen kende Fontein door en door, zowel zijn sterke als zijn zwakke punten. Wanneer die zwakke punten hem leken te gaan beheersen en ervoor zorgden dat hij vast kwam te zitten, liet Teunissen ze met een paar woorden ploppen als een luchtbel. Dat was precies wat er in hun korte gesprek was gebeurd. De jonge vrouw zou nooit meer wakker worden. Fontein zou nooit wennen aan de dood. Zijn werk als rechercheur had zijn leven veranderd in een zoektocht naar getuigen en criminelen. Het had hem zijn huwelijk gekost. Hij zat in zijn kantoor toen Pol binnenkwam met een rapport.

'Goed geslapen?' vroeg Fontein.

'Vier uurtjes.'

'Is de uitslag van het haartje binnen?'

'Nog niet', zei Pol. Als het had gekund, zou hij staand in slaap vallen.

'Ik kan niet wachten op het lab. Ik ga zo naar de ouders. En voor jou heb ik een belangrijke taak.'

'Wat dan?'

'Ga naar huis. Ik wil je sombere gezicht niet meer zien voor maandagochtend acht uur.'

'Dat doe ik met veel plezier', zei Pol en hij vertrok.

'En stuur Fabiola', riep hij hem nog achterna. Hij bekeek het rapport dat Pol hem had gegeven. De technische recherche bevestigde dat Rachel in haar slaap was overvallen en dat ze met een snelle messteek om het leven was gebracht. Fabiola kwam binnen en overhandigde hem met een bezorgde blik een tijdschrift.

'Wat moet ik daarmee?' vroeg Fontein.

'Er staat een lang artikel in over Erik Drent, met veel foto's', zei Fabiola. 'Iemand moet het dossier dat ik heb gemaakt, gekopieerd hebben', zei ze en ze kreeg een rode kleur.

'En verkocht aan dat tijdschrift, zeker?' Fontein was niet erg onder de indruk.

'Is dat niet heel erg? Gebeurt zoiets vaker?' vroeg ze verbaasd.

'Niet vaak, maar het gebeurt. Meestal gaat zo'n dossier door veel handen. Iedereen kan het verkopen. Heeft Teunissen dit al gezien?'

'Ik weet het niet.'

'Doe dan alsof je het niet weet, dan kan hij je ook niet beschuldigen.' Fabiola keek verbaasd. 'Ik vertrouw je, ik weet dat jij er niets mee te maken hebt. Als ze moeilijk doen, verwijs je ze maar door naar mij. Trouwens nog bedankt voor het oppassen gisteren.'

'Kleine moeite.'

'Ik ga naar de ouders van Rachel van Dijk. Pol is naar huis. Wil je mee?'

'Graag', zei Fabiola.

Ze stapten samen in de auto.

'Als het lab iets laat weten over het haartje bij het papiertje bellen ze me meteen. Ik moet weten of het van het meisje is of niet', vertelde Fontein haar onderweg.

'Welk rood haartje?' vroeg Fabiola, die nog niet op de hoogte was van de details van gisteren. Fontein vertelde haar wat ze hadden aangetroffen.

'Dat haartje is belangrijk, het zat op het papiertje op haar voorhoofd. Ze onderzoeken nu of het van haar is of van iemand anders', legde hij uit.

'Dat was dan heftig gisteren. Misschien vind ik het toch niet zo erg dat ik er niet bij was', zei Fabiola.

De temperatuur buiten was aan het stijgen en de sneeuw begon te smelten. De straten waar niet gestrooid was, bestonden uit grijze smurrie, die als het opnieuw vroor weer glad werd. Fontein reed langzaam. In de Torenstraatweg, langs een kanaal met een brede strook bomen, liepen eenden en ganzen op zoek naar eten. Fontein stopte om een groep witte ganzen te laten oversteken, die er tergend langzaam over deden en niet reageerden op zijn getoeter.

Fabiola zag dat hij zich zo goed en zo kwaad als het ging achter het stuur uitrekte. 'Je bent toch niet ziek?' vroeg ze hem.

'Gewoon wat moe. Een keer uitslapen zou wel lekker zijn, maar dat zit er voorlopig niet in, vrees ik', zei hij.

'Denk je trouwens echt dat iemand van ons mijn dossier heeft gekopieerd en verkocht?'

'Zeker. Het dossier zal dat niet zelf hebben gedaan, toch? Er wordt goed betaald voor zulke informatie. Sommige tijdschriften geven minstens zevenduizend euro.'

'Ik dacht dat zoiets alleen gebeurde in Amerikaanse series.'

'Als je lang genoeg voor de politie werkt, zul je zien dat er veel dingen gebeuren die je anders niet zou geloven. Maar het is nu belangrijker dat we ontdekken wie die vreselijke moorden heeft gepleegd. Laat anderen zich maar bezighouden met lekken.'

Ze reden naar de snelweg, waar er gestrooid was en ze weer door konden rijden. Fontein zette de radio aan en hoorde op het nieuws over de moord op Rachel van Dijk. Terwijl de nieuwslezer vertelde dat de politie nog geen uitspraken wilde doen en geen details kenbaar maakte in het belang van het onderzoek, dacht Fontein aan hoe hij haar ouders zou aantreffen. Het was altijd moeilijk nabestaanden van een moordslachtoffer vragen te stellen, maar ouders vond Fontein het lastigst. Hij zette de radio weer uit en volgde de aanwijzingen van de tomtom tot ze aankwamen bij het huis van Rachels ouders.

Het was een oude ruime tussenwoning. Achter het grote raam stonden planten met verschillende kleuren bloemen netjes in een rij. Het was duidelijk dat iemand ze regelmatig verzorgde. Fontein stond even stil bij de deur, keek Fabiola aan, haalde diep adem en klopte aan. Een dikke vrouw met lang grijs haar opende de deur.

'Ik ben Fred Fontein van de recherche', zei hij beleefd. 'En dit is Fabiola Winkel, stagiaire.'

'Kom binnen', zei de vrouw. 'Meneer Van Dijk is boven, hij zit bij het bed van mevrouw Van Dijk. Ze is ziek. Ik zal hem roepen.' Fontein werd door deze mededeling nog meer in verlegenheid gebracht. Op dit moment moest hij zijn werk doen, terwijl dit voor die twee mensen mogelijk de moeilijkste periode uit hun leven was. Ze gingen zwijgend de woonkamer in met hun jassen nog aan en bleven twijfelend staan tot de dikke vrouw met het grijze haar terugkwam.

'Hij komt eraan. Kan ik u iets te drinken inschenken?'

'Nee, dank u', zei Fontein. Ook Fabiola schudde haar hoofd. De vrouw bleef net als zij staan. Ze keek hen aan alsof ze verwachtte dat zij haar zouden vragen te gaan zitten. Even later kwam er een oude man met diepe rimpels over zijn hele gezicht binnen. Hij stelde zich voor en wees Fontein een grote rookstoel aan, waarin hij plaatsnam. Fabiola ging aan de hoek van de tafel zitten en luisterde goed naar het gesprek. De dikke vrouw ging naar boven; misschien ging ze bij de zieke mevrouw Van Dijk zitten. Meneer Van Dijk keek Fontein aan. Hij leek al lange tijd niet goed geslapen te hebben en zag eruit alsof hij de diepe pijn die hij vanbinnen voelde niet wilde tonen.

'Mijn excuses dat we juist nu langskomen om wat vragen te stellen.'

'Ik weet niet of ik de energie heb om vragen te beantwoorden als het niet heel erg nodig is', zei de man vermoeid. Zijn gezicht verhardde, wat zijn woorden kracht bijzette.

'Ik zal het kort houden. Heeft uw dochter ooit haar haren rood geverfd?' De vader reageerde verbaasd. 'Dat is belangrijk voor het onderzoek naar de moord op uw dochter', vervolgde Fontein.

'Ik weet het niet', zei Van Dijk.

'Kan ik het uw vrouw vragen?' vroeg Fontein voorzichtig.

'Op dit moment liever niet.' Elke keer als hij antwoord gaf, zag de man er moeër uit.

'Kan ik misschien de oude fotoalbums van uw dochter inkijken?'

'Dat kan', zei de oude man. Moeizaam stond hij op, leidde Fontein naar een inbouwkast in een hoek van de woonkamer en opende de witte deur.

'Hier vindt u alle fotoalbums. Bekijk wat u wilt. Wilt u er iets te drinken bij?' vroeg Van Dijk, die zich opeens leek te realiseren dat er bezoek was.

'Nee, bedankt.' Langzaam schuifelde de man naar de deur. alsof hij bij elke stap kon vallen. Fontein ging op zijn knieën voor de kast zitten en wenkte Fabiola. Hij pakte het eerste album in de rij. Het waren foto's van Rachel als baby. De papieren van het ziekenhuis met haar gewicht en lengte zaten voorin. Plots voelde hij dat er iemand achter hen stond. Het was de dikke vrouw met het grijze haar. Ze glimlachte, omdat ze nu eenmaal iets moest doen.

'Misschien wil ik toch wel koffie. Zonder suiker graag', zei Fontein. Zo had de vrouw iets om handen en bleef ze niet naar zijn rug staren. Hij en Fabiola bladerden door de albums, waarin Rachel elke keer ouder werd, tot haar gezicht begon te lijken op hetgene dat hij levenloos op het bed had aangetroffen. Daarna bladerde Fontein langzamer door. Ze zagen foto's van een vakantie in Frankrijk, van schoolreisjes en verjaardagsfeestjes. In elk album bladerden ze van de eerste tot de laatste pagina en daarna pakten ze een volgend fotoboek. Fabiola bekeek een dik boek met een blauwe kaft toen ze opeens een foto van Rachel zag met kort rood haar. Ze tikte Fontein met haar elleboog aan en gaf hem het album. Op dat moment kwam de vrouw binnen met de koffie.

'Zet het maar op de tafel', zei Fontein, om haar duidelijk te maken dat ze niet hoefde te blijven staan. Hij bladerde verder door het album, maar op de rest van de foto's hadden haar haren weer hun natuurlijke kleur. Er zat maar één foto in van Rachel met knalrood haar. Nog even zochten ze door in de volgende albums, maar nergens kwam die haarkleur terug. Fontein stond op, zocht de vrouw en zag dat ze in de keuken zat. Hij vroeg haar of hij meneer Van Dijk kon zien, die even later langzaam de trap afdaalde.

'Kunt u mij iets vertellen over deze foto?' Hij schoof het album naar de vader. De man keek aandachtig en zei dat hij zich niet kon herinneren dat zijn dochter ooit rood haar had gehad, maar dat het dan wel zo moest zijn geweest.

'Het is heel belangrijk voor het onderzoek. Kunnen we deze ene vraag toch niet aan mevrouw Van Dijk stellen?' Meneer van Dijk zuchtte.

'Ik heb het haar niet verteld', zei hij. 'Ze is al zo ziek. De dokter zegt dat ze niet lang meer te leven heeft. Hoe kan ik haar vertellen dat Rachel is vermoord?'

'Ik begrijp uw zorg, meneer Van Dijk', ging Fontein verder. 'Maar ik wil alles doen om degene die het heeft gedaan te vinden.' De man zuchtte nogmaals, haalde voorzichtig de foto uit het album en ging Fontein en Fabiola voor op de trap.

Boven lag een magere vrouw in bed. Alles in de kamer was wit, behalve haar grijze haren; zelfs haar gezicht was wit. Fontein begreep waarom de man haar liever geen vragen stelde. Fabiola bleef in de deuropening staan. De vrouw zag eruit alsof ze nergens meer antwoord op kon geven. Ze draaide haar blauwe ogen die naar het plafond staarden naar Fontein toe. Langzaam volgde haar hoofd. Haar blik was onverwacht helder. Ze was klaar voor zijn vraag. Fontein pakte de foto uit de hand van de vader en hield hem vlak bij het gezicht van de vrouw. Ze glimlachte bij het zien van haar dochter.

'Rachel', zei ze zacht.

'Weet u nog dat ze haar haren zo rood had geverfd?' Fontein zag de oude, vermoeide hand naar boven reiken vanuit het wit van het bed. Ze duwde de foto iets naar achteren en knikte.

'Weet u ook waarom?' Ze knikte weer. Hij wachtte geduldig tot ze meer zou zeggen.

'Ze had het niet alleen geverfd, maar ook haar mooie lange haren afgeknipt. 'Er was een jongen verliefd op haar en ze was te lief om te vertellen dat ze hem niet wilde. Daarom deed ze ineens zo raar. Ze hoopte dat hij zich zou bedenken. Ze knipte en verfde haar haren en maakte haar oogleden zwart. Maar het hielp niets, hij vond haar alleen maar leuker, dus voor haar vader terugkwam uit Canada, had ze haar eigen haarkleur alweer terug.'

'Hoe oud was ze toen?' De vrouw dacht even na.

'Negentien.'

'Weet u nog hoe die jongen heet?' Fontein voelde dat hij op een goed spoor zat. De vrouw bleef stil en sloot haar ogen. Het leek alsof ze de vraag vergeten was en elk moment kon sterven, maar opeens gingen haar ogen weer open.

'Dat kan ik me niet herinneren. Het is al zo lang geleden.'

'Hebt u hem ooit gezien?'

'Nee, maar Rachel klaagde dat hij haar bang maakte. Dat hij zichzelf iets zou aandoen als ze hem zou zeggen dat ze hem niet leuk vond.'

'Hoe zou ik zijn naam kunnen achterhalen?'

'Waarom wilt u dat weten? Vraag het anders aan Rachel zelf, die weet het vast nog wel.' De vrouw glimlachte. Fontein keek naar meneer Van Dijk, die zijn blik smekend beantwoordde.

'Dat is misschien wel een beter idee', zei hij toen en hij bedankte haar. Ze verlieten de kamer met meneer Van Dijk.

'Misschien wordt u iets wijzer van haar persoonlijke spullen', zei hij en hij bracht hen naar haar oude slaapkamer, waar een roze kast eraan herinnerde dat dit ooit een meisjeskamer was geweest. Fontein schrok van de kleur. Het was hetzelfde donkerroze als de muren in de slaapkamer waar ze vermoord was. Meneer Van Dijk opende met een sleutel een laatje waar schriftjes, dagboeken en briefjes lagen.

Ze zochten in de dagboeken naar aanwijzingen uit 1996 of 1997. Rachel was gestopt met schrijven in 1993, maar twee jaar later was ze weer begonnen. In een doos vond Fontein ansichtkaarten die netjes per jaartal waren samengebonden met een elastiekje. Van 1997 was er maar één kaart, verstuurd uit Siofok aan het Balatonmeer in Hongarije door ene Linda Verhagen. Fontein noteerde haar naam, stond op, vroeg de vader of hij de kaart mocht meenemen en vertrok.

Hij draaide de auto en reed met Fabiola naar het bureau, terwijl ze de details van de moordzaken bespraken en hij Fabiola's vragen over verhoormethoden beantwoordde.

'Dit weekend kunnen we niet veel meer doen', zei hij tegen haar toen ze bij het bureau waren gekomen. 'Maar ik heb nog een opdracht voor je. Kun je voordat je gaat het adres en het telefoonnummer van Linda Verhagen opzoeken? Zij zal nu ongeveer zo oud zijn als Rachel was en ze zaten vermoedelijk in 1997 bij elkaar in de klas. Als je het mij sms't, ga ik er maandag meteen achteraan.'

Die zondag haalde Fontein David en Kim op om de middag door te brengen in de dierentuin, terwijl hij eigenlijk niet kon wachten om het onderzoek voort te zetten. Hij had het gevoel dat ze in de goede richting zaten en was benieuwd of Linda Verhagen hen verder kon helpen. Die maandagochtend vroeg toetste Fontein het opgegeven adres dat Fabiola intussen had gevonden in de tomtom in en reed snel richting de middelbare school waar Linda lesgaf. Bij de

receptie stelde hij zich voor, waarna hij naar de lerarenka-
mer werd gebracht. Daar legden ze hem uit hoe de koffieautomaat werkte. Fontein ging met een plastic kopje aan
een van de tafels zitten en sloeg een tijdschrift open. Na een
tijdje kwamen de leraren binnen. Ze gingen aan de grote tafel
zitten en aten een broodje. Sommigen spraken bij de deur
nog met enkele leerlingen. Daarna kwam Linda Verhagen
binnen, een mooie jonge vrouw met een sportief lichaam
in trainingskleren. Ze keek hem serieus aan en gaf hem een
hand.

'Ik begreep dat u mij zocht', zei ze.

'Ik heb wat vragen over Rachel van Dijk.' Linda Verhagen
leidde hem een kleiner lokaal binnen, waar ze tegenover
elkaar plaatsnamen. De jonge lerares keek hem verbaasd
aan. 'U kent Rachel van Dijk', zei Fontein. Hij haalde zijn
notitieboekje en de ansichtkaart uit zijn jaszak.

'Vroeger, ja. We waren goede vriendinnen. Maar dat is al
meer dan tien jaar geleden.'

'In 1997 had u contact met haar, toch?' Hij wees naar het
kaartje. Ze glimlachte toen ze de tekst las die erop stond.

'Goh, dat ze die heeft bewaard', zei ze. 'Wat is er met haar
aan de hand?'

'Ze is dit weekend vermoord', zei Fontein. Linda staarde
hem aan.

'Vermoord?' Fontein knikte.

'Ik was bij haar ouders en vond dit kaartje tussen haar spullen. Ik moet weten wat ze in 1997 deed.' Linda bleef hem
geschokt aanstaren. 'Was ze toen verliefd op iemand?'

'Ik zat toen net op kamers. Zij was een jaar eerder aan de
Calo gaan studeren. Ik ontmoette haar tijdens de introduc-

tie. Dat jaar zagen we elkaar veel. Daarna ben ik van Leiden naar Groningen geswitcht en is ons contact verwaterd.'

'Was ze dat jaar verliefd op iemand?'

'Er was altijd wel iemand, ze was populair. We gingen elke donderdag stappen. Ze zoende dan vaak met jongens', zei Linda. Ze keek nog steeds geschokt. 'Vermoord?' vroeg ze weer. 'Waarom?'

'We zijn op zoek naar de reden. Daarom ben ik hier', zei Fontein. Hij liet haar de foto van Rachel met het rode haar zien. 'In 1997 had Rachel van Dijk haar haren geknipt en rood geverfd. Kun je daar iets over vertellen?' Zijn hart ging sneller kloppen omdat hij het gevoel had dat het antwoord hem naar de moordenaar zou kunnen leiden.

'Jazeker, dat weet ik nog goed. Een van de jongens was verliefd op haar. Een beetje een rare vogel. Hij was altijd alleen. Hij volgde haar overal en irriteerde haar. Nu zouden we zeggen dat hij een stalker was. Maar ze had ook een beetje medelijden met hem en was bang dat hij zichzelf iets zou aandoen als ze hem vertelde dat ze niets van hem moest hebben. Daarom begon ze minder uit te gaan, knipte haar haren en verfde ze rood. Ze zei dat die jongen dan zou denken dat ze gek geworden was en haar met rust zou laten.'

'Ze vreesde dat hij zelfmoord zou plegen?'

'Hij was raar. Hij had geen vrienden en praatte nooit over zichzelf of zijn familie.'

'Kende jij hem?'

'Ik heb wel eens met hem gesproken. Ik hoorde bij het groepje van Rachel en zo leerde ik hem kennen. In het begin vond ik hem een beetje zielig. Hij kon elk contact goed gebruiken. Als ik het me goed herinner, vertelde hij dat hij bij

zijn oma woonde. Maar als ik doorvroeg, gaf hij me het gevoel dat ik te nieuwsgierig was.'

'Hoe heette hij?'

'Robin', zei ze.

'En verder?' Ze werd stil.

'Als ik klaar ben met werken, kan ik er thuis achter komen.'

'Kan het ook eerder? Nu, bijvoorbeeld?' drong Fontein
aan. Ze keek op haar horloge.

'Dan moeten we snel zijn.'

'Ik breng je met de auto heen en terug.' Linda Verhagen
snelde met Fontein naar de politieauto. Ze reden naar haar
woning en gingen er naar binnen. Haar hond kwispelde vrolijk toen ze onverwacht thuiskwam. Ze gaf hem geen aandacht en ging met grote stappen de trap op. Het dier blafte
tegen Fontein en Linda riep hem van boven boos toe dat
hij moest stoppen. Hij werd stil, maar bleef vijandig naar
hem kijken. Ze kwam terug met een schoenendoos, die was
dichtgebonden met een strik. Er stond met stift 'Studietijd
Leiden' op geschreven. Voor ze de doos begon open te
maken, stopte ze opeens. Ze stond als verstijfd onder aan
de trap, met de punt van de strik in haar hand.

'Pijnacker', zei ze. Ze klonk boos op zichzelf. Daarna lachte
ze naar Fontein. 'Ik weet het weer. Wat stom dat ik het me
nu pas herinner. Het is Pijnacker. Robin Pijnacker.'

Nadat hij Linda Verhagen weer bij de school had afgezet, reed hij naar het bureau. Hij overschreed de snelheidslimiet, want hij voelde dat de informatie die hij had gekregen zeer waardevol was. Hij had de lerares hartelijk bedankt, zonder te laten merken dat zij hem de sleutel had gegeven die naar de moordenaar kon leiden. Hij moest Robin Pijnacker snel te spreken krijgen. Terwijl hij over de snelweg raasde, belde hij naar het politiebureau en vroeg Astrid, de receptioniste, hem door te verbinden met Stanley Rozenblad, een Surinamer en de betrouwbaarste agent als Pol niet aan het werk of niet bereikbaar was.

'Hé mierenneuker', zei hij toen hij Rozenblad aan de lijn kreeg. Die bijnaam werd in zo'n beetje elke situatie gebruikt. Rozenblad lachte luid. 'Ik heb zo snel mogelijk het adres nodig van Robin Pijnacker', vervolgde hij.

'Daar heb je toch stagiaires voor?' antwoordde Rozenblad lachend.

'Dit is belangrijk, dus jij bent de aangewezen persoon.'

'Blijf aan de lijn, Fred.' Fontein nam de afrit naar een benzinepomp en zette zijn auto op de parkeerplaats. Daar wachtte hij met zijn notitieboek op zijn been.

'Je zei Robin Pijnacker?' vroeg Rozenblad na een paar minuten.

'Ja, wat heb je?'

'Bedoel je waar hij toen woonde?' zei Rozenblad rustig, het tegenovergestelde van de opgewonden stem van Fontein.

'Wanneer?'

'Toen hij zelfmoord pleegde.'

'Wat zeg je?'

'Zoals ik net zei. Hij is in 1997 onder de trein gesprongen.'

Het bleef stil. Fontein voelde zijn hartslag weer dalen. Teleurstelling maakte zich van hem meester. Een dood spoor. Figuurlijk gesproken dan.

'Wat was zijn laatste adres?'

'Hier staat dat hij aan de Raadhuisweg woonde, nummer 47. In Reeuwijk, bij Gouda in de buurt.'

'Wie woont daar nu?

'Momentje, even kijken. Zwaantje Pijnacker.'

'Is ze de vrouw van Leo Pijnacker?'

'Ze heeft een zoon die Leo Pijnacker heet. Wil je zijn adres ook?' Fontein bladerde door zijn notitieboek.

'Hij woont in de Asterstraat. Klopt dat?'

'Precies.'

'Vraag een arrestatiebevel voor hem aan. Zo snel mogelijk.'

'Een arrestatiebevel waarvoor?'

'De moord op Erik Drent en Rachel van Dijk.'

'Ik ga meteen aan de slag.'

Fontein beëindigde het gesprek en reed naar het huis van Zwaantje Pijnacker.

Zwaantje was er op haar negenentwintigste komen wonen, na haar huwelijk met Jan Pijnacker. Ze trouwde laat. Niemand had gedacht dat ze nog iemand zou vinden. Al haar zussen en vriendinnen trouwden en zij bleef alleen. Ze werkte als dienstmeid bij rijke families. Toen ze negenentwintig was, verscheen Jan in haar leven. Hij was een grappige man. Hij werkte in een melkfabriek en had nooit veel geld. Na haar huwelijk stopte Zwaantje met werken bij de familie Van Rijn. Als dank voor tien jaar trouwe dienst kreeg ze een mooie kast, die nog steeds als pronkstuk in de woonkamer stond. Jan stierf niet lang na hun bruiloft bij een bombardement op Rotterdam tijdens de Tweede Wereldoorlog. Niemand wist waarom hij op dat moment in Rotterdam was. Zelfs Zwaantje kon geen reden bedenken. Kort daarna ontdekte ze dat ze zwanger was. Zevenenhalve maand later werd Leo geboren. Ze bleven samen in het huis in Reeuwijk wonen. Het was niet makkelijk voor Zwaantje haar zoon alleen op te voeden. Leo raakte al jong betrokken bij kleine misdaden met foute vrienden. Ook toen hij ouder werd, slaagde hij er niet in het rechte pad te bewandelen. Hij raakte bekend bij de politie en werd vaak gezocht. Daarom kwam hij bijna nooit meer thuis. Heel soms, als het vakantie was of het flink gesneeuwd had, kwam hij weer opdagen, omdat hij verwachtte dat de politie er dan niet zou zijn. Zwaantje woonde nog steeds in het oude huis, maar was inmiddels afhankelijk van de thuiszorg.

Fontein arriveerde om kwart over vier bij het oude huis in Reeuwijk. Boven de deur stond in witte stenen letters het bouwjaar, 1838. Het huis was duidelijk al jaren niet onderhouden. De verf van de kozijnen bladderde af. Fontein keek naar de oude muren vol scheuren en realiseerde zich niet dat de familie Pijnacker al generaties lang in dit huis woonde. Hij belde aan en een meisje met een schort om opende de deur.

'Is mevrouw Pijnacker er?' vroeg hij.

'Jazeker, wie zal ik zeggen?' zei het meisje snel, omdat ze niet lang in de kou wilde blijven staan.

'Fred Fontein. Van de politie', voegde hij eraan toe toen het meisje geen genoegen nam met alleen zijn naam.

'Moment', zei het meisje. Even later kwam ze terug om hem in de woonkamer plaats te laten nemen. Mevrouw Pijnacker zat rechtop in haar stoel en keek afwezig naar buiten. Tot hij zat gunde ze hem geen blik waardig. Daarna keek ze naar het meisje, alsof ze vergeten was wat die even daarvoor tegen haar had gezegd.

'Zei je nu dat hij van de politie is?'

'Ja', zei het meisje met luide stem, terwijl ze er overdreven bij knikte.

'Praat alsjeblieft niet zo hard. Ik kan je goed horen', zei ze en ze draaide haar eenennegentig jaar oude ogen naar Fontein. 'Wat kan ik voor u doen?'

'Ik kom u wat vragen over uw kleinzoon Robin', zei Fontein. Het meisje verdween uit de kamer.

'Wat wilt u weten?', vroeg mevrouw Pijnacker verdrietig. 'Ze zijn allebei weggegaan.' Haar hand, waarop de blauwe aderen goed te zien waren, zocht naar een zakdoekje op het tafeltje naast haar stoel. Toen ze het te pakken had, veegde ze de tranen weg die over haar wangen liepen.

'Sorry dat ik u hiermee lastigval', zei Fontein.

'Zit Leo nog bij jullie?' Ze leek niet te weten dat Leo Pijnacker vrij was en Fontein was bang dat ze nog verdrietiger zou worden als ze van hem zou horen dat dat het geval was.

'Ik heb eigenlijk wat vragen over Robin, uw kleinzoon', zei hij om haar vraag te ontwijken.

'Hij is dood', zei ze terwijl haar tranen bleven lopen. 'Mijn kleine kindje is dood. Ze belden en zeiden dat hij onder de trein was gesprongen. Maar welke trein? En waarom? Ik weet het niet.'

'Had Robin contact met zijn vader?'

'Toen Robin geboren werd, wilde zijn moeder niets met hem te maken hebben. Na vier maanden ging ze weg.'

'Waarom?'

'Het was een ongelukje. Ze was nog jong. Ze was er niet klaar voor. Toen ze zwanger was, kwam ze huilend naar me toe en zei dat Leo had gedreigd haar te vermoorden als ze het kind weg zou laten halen. Ze vroeg mij wat ze moest doen. Ik zei dat ze het kind moest laten komen en dat ik ervoor zou zorgen.'

'En ging het uiteindelijk zo?'

'Zij liet de baby bij mij achter. Leo's leven veranderde toen het kind geboren werd. Het was voor hem een nieuw begin. Hij besloot zijn criminele veleden af te sluiten en voortaan het rechte pad te bewandelen, maar de politie bleef hem achtervolgen. Hij moest nog steeds op de vlucht. Hij zei tegen mij dat ik voor Robin moest zorgen tot hij genoeg geld had om zijn zoon mee naar Suriname te nemen. Ik mocht ook mee als ik wilde.'

'Bleef Leo problemen hebben met de politie?'

'Eigenlijk niet. Hij was veranderd. Hij zorgde alleen maar voor die kleine Robin. Soms ging hij even weg en kwam dan terug met geld. Als ik hem vroeg waar het vandaan kwam, zei hij dat hij zwartwerk deed op een boerderij in België. Ik geloofde hem omdat zijn handen veranderden, het werden de handen van een werker. Hij liet geld bij me achter voor zijn reis naar Suriname. Ik twijfelde er niet aan dat hij zou vertrekken, want hij was gek op zijn zoontje. Maar hoewel hij geen problemen meer veroorzaakte, bleef één agent hier komen om naar hem te vragen.'

'Eén agent?'

'Ja,' zei ze, 'altijd dezelfde.'

'Weet u hoe hij heet?'

'Ik weet niet hoe hij heet. Dat heeft hij nooit gezegd.'

'Hoe zag hij eruit?

'Dat zal ik nooit vergeten.' Fontein haalde een foto van Erik Drent uit zijn binnenzak. Mevrouw Pijnacker riep het meisje om haar bril te brengen en keek naar de foto. 'Dat is hem. Hij kwam binnen en zei altijd hetzelfde: "Ik zoek Leo Pijnacker." Daarna liep hij overal rond, keek in alle kasten en kwam naar mij in deze stoel om te zeggen dat hij wist dat Leo hier nog woonde. Soms kwam hij 's avonds en zei dat Leo net weg moest zijn. Hij had gehoord dat het kind "Papa, papa" zei. Op een dag, toen Robin drie jaar oud was, vroeg de agent hem waar zijn vader heen was. "Naar de kinderboerderij", zei Robin. Daar nam Leo hem vaak mee naartoe. Toen glimlachte de agent en ging weg. Dat was de laatste keer dat hij hier was. Ik denk dat Leo later bij de kinderboerderij werd opgepakt door Robins opmerking', zei ze verdrietig.

'Wist Leo dat Robin dat tegen de agent had gezegd?'

'Ik zei het hem meteen toen hij 's nachts terugkwam. Ik zei dat hij niet meer naar de kinderboerderij mocht gaan, maar Robin drong aan omdat hij gek was op het konijn daar. Even dacht Leo erover het konijn te stelen, dan hoefde hij er niet meer heen, maar hij wilde niet dat Robin zou denken dat zijn vader een konijnendief was.' Mevrouw Pijnacker begon te snikken. 'Ze vertelden me later dat Robin tegen de politie schreeuwde: "Laat mijn papa los!" De agent zei tegen hem dat ze Leo nodig hadden om hem te helpen en dat hij terug zou komen. De vrouw die Robin naar huis bracht, vertelde dat Leo naar Robin had geglimlacht. Hij had gezegd dat hij naar Suriname zou gaan om te werken en daarna terug zou komen om hem op te halen. Hij had geknipoogd en was rustig met de agent meegegaan.'

'Hebben ze elkaar daarna nog gezien?'

'Nooit meer', zei ze.

'Waarom niet?'

'Leo wilde niet dat Robin wist dat zijn vader in de gevangenis zat. Ik weet niet hoe, maar hij had het zo geregeld dat er kaartjes en brieven kwamen uit Suriname. Leo stuurde zelfs foto's van hem waarop het leek dat hij in Suriname was. Hij knipte foto's van zichzelf uit en plakte die op kaartjes met watervallen en tropische stranden. Op een dag vertelde Robin tegen mij met een van de brieven in zijn hand dat zijn vader niet in Suriname zat, maar in de gevangenis. Degene in Suriname die de brieven van Leo doorstuurde, had per ongeluk de brief aan hem gericht vanuit de gevangenis in de envelop laten zitten. Na die fout ging ik naar Leo toe en vertelde hem dat Robin wist dat hij vastzat. Hij begon te huilen en sloeg zijn hoofd tegen het glas dat tussen ons zat. Daarna wilde hij mij niet meer zien.'

Fred Fontein voelde dat mevrouw Pijnacker moe werd van zijn vragen en van wat ze in haar losmaakten. Hij besloot nog één vraag te stellen.

'Mevrouw Pijnacker, heeft Robin een dagboek achtergelaten? Of heeft hij brieven bewaard?'

'Ik weet het niet', zei ze. 'Hij was vaak op zolder voor hij overleed. Dat was zijn wereld. Misschien ligt daar iets. Ik ben er nooit meer geweest.'

'Mag ik daar even gaan kijken?' De oude vrouw liet haar hoofd zakken en het bleef stil. Het leek alsof ze in slaap was gevallen in haar stoel. Plots keek ze hem aan met wijd open ogen, alsof ze niet wist wie hij was. Fontein herhaalde zijn vraag. Ze stond moeizaam op, liep naar een kast en haalde een sleutel uit een lade. Daarna riep ze het meisje en vroeg haar hem naar de zolder te brengen. Fontein ging de trap van het oude huis op. De muren boden er al eeuwenlang bescherming tegen kou en regen. Boven gekomen wees het meisje naar een smal houten trapje dat naar de zolder leidde en ging toen verder met haar werk. Hij bleef alleen achter in de gang tussen het donkere hout. Hier had Robin Pijnacker gelopen en gestaan tijdens zijn laatste dagen. Fontein beklom voorzichtig het krakende trapje. Hij voelde spanning in zijn lijf. Elke tree kraakte op een andere toon, als een muziekladder. Bij het deurtje gekomen zag hij dat het slot opengebroken was. Uit de lichte kleur van het hout naast het slot maakte hij op dat dat nog niet lang geleden kon zijn gebeurd.

Hoofdstuk 12

Het hart van Fontein klopte bij elke trede sneller. De deur kraakte flink, waardoor de tonen van de muziekladder leken te eindigen in een heftig akkoord zoals in een symfonie van Beethoven. De zolder rook naar oud hout en natte kleren. Het deed hem denken aan de geur van hun eigen zolder als zijn moeder die de dag voor Koninginnedag opende om alle spullen die zich daar in de loop van het jaar hadden verzameld in dozen te doen om ze op de vrijmarkt te verkopen. Het was er donker, op wat zonlicht na dat via een klein raampje in de schuine wand naar binnen viel. Fontein vond een lichtknopje en een peertje in de nok sprong aan. Nu leek de ruimte onder de houten balken op de gang van een schip. In het midden kon hij net staan. Hij probeerde het raampje te openen, maar het zat vast. De geur van verrot hout vulde zijn neus. Op de grond voor zijn voeten lagen ansichtkaarten met de punaises er nog in. Het waren de kaarten die Leo Pijnacker vanuit de gevangenis via Suriname naar Robin had gestuurd. Fontein pakte er een op en las de groeten en wensen van Leo uit Suriname. Hij keek naar de muur. Er hing nog één kaartje. Daarnaast waren de gaatjes van de punaises van de andere kaarten nog zichtbaar. Hij zette twee stappen naar achteren om goed om zich heen te kunnen kijken, op zoek naar dagboeken, dozen met brieven of andere aanwijzingen, maar hij zag niets van die strekking. Opeens ontwaarde hij op de muur met de punaisegaten een vage schildering. Het was een afbeelding van een gouden fazant die op de schouder van een jongen zat en uit zijn hand at. Het tafereel was bijna onzichtbaar geworden op de vochtige muur. Fontein ging dichterbij staan; erachter was een bos geschilderd. Ineens zag hij overal op de muren de naam Rachel staan. Het handschrift leek op dat van de papiertjes op de voorhoofden van Erik Drent en Rachel van Dijk. Hij maakte foto's van de oude zolder en van de naam op de muren. Toen merkte hij voor de schildering op de grond een rood boekje op met een kruis erop. Het leek op een bijbeltje. Hij pakte het op en opende de eerste pagina. Hij moest moeite doen om het krullerige en nauwelijks leesbare handschrift te ontcijferen.

Deze woorden schrijf ik in mijn cel als spijt voor wat mijn handen hebben gedaan. Zo vraag ik God om vergiffenis. Uw wil geschiede. Pieter Pijnacker, 1870.

Geïnteresseerd las Fontein verder. Eronder stond een gedicht.

Genade Gods, wilt U erbarmen?
Ik weet dat ik de dood moet ondergaan.
Ach, wilt U over mij ontfermen.
Ik zie het schavot reeds voor mijn ogen staan.

Ik heb de dood alle dagen te verwachten
De leraar komt voor mij staan.
Zaligheid heb ik niet te wachten
Denk eens wat hij heeft begaan.

Deze vrouw was nog zoo jong van jaren
en was bemind bij ieder mensch

en die deze vrucht niet kon baren
aldoor die wrede moordenaar.

De dag die aankomt is voor mij vervlogen
want ik heb geen rust nog duur.'

Fontein sloeg de pagina om en las verder.

'Ach, menschen, houdt dit toch voor ogen.
die op het doodsplein deez' spiegel komt zien.

Wilt elk een voorbeeld aan mij nemen
voor de fout die ik heb begaan,
voor de schande die ik moet beleven
op het schavot in de stad Gouda te staan.

Vrienden oud en jong van jaren,
weest allemaal met mijn lot begaan.
Hoopt dat God u daarvoor zal bewaren
om zoo een misdaad te ondergaan.

Ik voel de dood nu steeds naderen.
Ik zie een voor mij droevig lot.
Vrouw en kind'ren moet ik verlaten
Bid voor mijn ziel in eeuwigheid.

Voorzichtig sloeg hij het boekje dicht en legde het terug op de plek waar hij het gevonden had.

'Een huis met geschiedenis', zei hij hardop. In een hoek lag van alles rommelig bij elkaar. Het waren oude spullen, waarschijnlijk van de familie overgeërfd. Er lagen oude kleren, wat de geur verklaarde. Hij vond verder een oude bijbel, een paar klompen, een ondermutsje. Fontein was onder de indruk van de spullen, die in een museum konden thuishoren. Hij pakte een stoof op en een oude doofpot, vond een verzameling oude petten onder een naaimachine en bekeek een geborduurd speldenkussen met vervaagde bloemen, koperen potten en een koffiemolen. Hij voelde dat hij in het verleden van de familie Pijnacker dook. Hij kon zich beter concentreren op het heden en de recente geschiedenis. De tafel met de leeslamp die er stond was van latere datum. Ineens werd de rotte geur hem te veel en hij ging de krakende trap weer af. Beneden zag hij het meisje in de woonkamer zitten met een tas voor haar voeten. Terwijl ze op hem wachtte om weg te kunnen gaan, was ze sms'jes aan het versturen of haar inbox aan het leegmaken.

'Bent u al klaar?' vroeg ze vrolijk.

'Jij ook, zo te zien', zei Fontein. 'Maar mag ik je nog een vraag stellen? Weet jij of er iemand op de zolder is geweest de laatste tijd?'

'Niet dat ik weet', zei het meisje. 'Mevrouw Pijnacker komt zelf niet eens meer op de eerste verdieping. Wij hoeven daar eigenlijk ook niet te zijn. Wij zijn waar mevrouw Pijnacker is.'

'Komt er nog wel eens bezoek?'

'Niet dat ik weet', zei het meisje weer. 'Maar ik kan het mijn collegaatjes vragen.'

'Weet je iets over haar kleinzoon Robin Pijnacker? Hebben jullie ooit ergens dagboeken of brieven van hem gevonden?'

'Misschien in zijn oude kamer.'

'Dan wil ik daar nog even kijken, als dat kan. Mag ik het heel even zien?' Haastig liep het meisje met hem naar boven en opende een van de deuren. Het kamertje was netjes. Er stond een bed en een stoel. Er lagen stapels kleren en beddengoed op het bed, maar verder waren er geen echt persoonlijke spullen.

'Sorry dat ik je zo lang liet wachten. Kan ik je ergens afzetten?' vroeg Fontein beleefd aan het meisje.

'Met een politieauto, zeker', zei het meisje lachend. 'Maar ik moet naar het station met mijn vouwfiets.'

'Dan ben ik je taxichauffeur', zei Fontein. 'Ik ben trouwens met mijn eigen auto, dus je hebt geluk.' Samen gingen ze naar buiten. Het meisje pakte haar tas, klikte de vouwfiets in elkaar tot die hetzelfde formaat had en gooide hem toen achter in de auto. Fontein bracht haar naar het station van Gouda.

Daarna reed hij naar het bureau. De sneeuw was zo goed als helemaal verdwenen. Hier en daar lagen op stoepen, in voortuinen en bloemperken nog wat bijeengeveegde hoopjes of half gesmolten sneeuwpoppen. Het einde van de strenge winter leek in zicht. Fontein was blij dat hij de sneeuw zeker tot volgend jaar niet meer zou zien. Dat vond hij prettig aan Nederland. Eén keer sneeuw per jaar en even wat ijs, hooguit een week of twee, en dan was het voorbij. Ondanks het feit dat hij nog een keer met zijn vader de Elfstedentocht zou willen schaatsten, geloofde hij al jaren niet echt meer in een nieuwe editie.

Op het bureau zocht hij Teunissen, maar die was er niet.

Daarna ging hij naar mierenneuker Rozenblad om te kijken of het arrestatiebevel inmiddels geregeld was.

'Dat duurt nog een dag of twee.'

'Dan wil ik dat hij in de gaten wordt gehouden, zodat hij niet verdwijnt.'

'Dat heb ik al in gang gezet', zei Rozenblad. 'Hij kan geen scheet laten zonder dat wij het horen.' Hij lachte hard om zijn eigen grap. 'Lach, man', zei hij tegen Fontein en hij gaf hem een flinke duw. 'Dat is toch heel grappig?' Hij lachte zelf nog harder.

'Dus je mannen hebben een microfoon op zijn kont gemonteerd? Je lijkt wel Peter R. de Vries, die overal microfoontjes en cameraatjes kan verstoppen.' Rozenblad lachte nog harder.

'Dat is grappig, Fred. En dat is dan voor het eerst in lange tijd. Je grappen worden beter nu de sneeuw smelt.'

Fontein liep naar zijn kantoor. Rozenblad had zijn zinnen weten te verzetten en Fontein bedacht dat hij nog eens bij hem langs moest voor een vrolijke babbel en dat heerlijke Surinaamse eten. Zijn opgeklaarde stemming gaf hem ruimte om een paar yogaoefeningen te doen. Hij opende het boek van Hans Wesseling en deed wat er stond. Zijn spieren en zenuwen leken vaster te zitten dan een paar dagen geleden. De laatste dagen waren dan ook niet echt ontspannend geweest. De moorden op Erik Drent en Rachel van Dijk vielen hem zwaar. Ze brachten hem naar hoeken van de samenleving die op het eerste gezicht vredig leken, maar uiteindelijk vol pijn en angst zaten. Fontein dacht na over zijn werk als rechercheur en over het feit dat hij met elk spoor dat hij volgde slachtoffers ontdekte die niet beschermd konden worden door de wet. Het was jammer dat hij moorden moest onderzoeken in plaats van ze te kunnen verijdelen. Misschien moest hij een nieuwe afdeling bij de recherche opzetten die misdaden zou voorkomen. Het probleem was alleen dat er voor de politie eerst slachtoffers moesten zijn voor er een onderzoek kon worden gestart. Als agent kwam je eigenlijk altijd te laat.

Fontein concentreerde zich op zijn spieren, die steeds harder werden. Hij dacht aan fijne, lichte dingen. Een waterval, een stromende rivier, een zingende vogel in de zon of druppels water op bladeren die blonken in het zonlicht, een bootje dat langzaam tussen waterlelies zeilde. Hij voelde dat zijn spieren losser werden en kon de volgende yogapositie uitvoeren. Toen hij klaar was, bedacht hij dat hij eigenlijk een lange, verre reis moest ondernemen waarop hij alleen bereikbaar zou zijn voor David en Kim. Hij zou het aansnijden bij Teunissen zodra deze moordenaar gepakt was. Een tijdje onbetaalde vakantie. In de natuur en ergens waar het warm was. Dan kon hij de yoga misschien buiten op het strand of in het bos doen. Wie weet kon hij weer eens naar de sauna binnenkort, dat werkte ook vaak ontspannend voor hem. Terwijl hij opstond en weer achter zijn bureau wilde plaatsnemen, werd er op zijn deur geklopt. Fabiola kwam binnen.

'Goeiemiddag', zei ze.

'Goeiemiddag', zei hij. 'Ik zat net te denken weer eens naar de sauna te gaan. Weet jij een goed adresje?'

'Volgens mij is de beste sauna degene die het verst van je woonplek is. Dan is de kans dat je iemand tegenkomt die je kent klein. Het is echt vervelend als je in je nakie een bekende tegen het lijf loopt', zei Fabiola. Ze sprak zo te horen uit ervaring.

'Dan kies ik er een die een halfuurtje rijden is.'

'Een uur is beter. Hoe verder hoe beter.' Ze legde een nieuw dossier op de tafel. Fontein trok zijn schoenen weer aan. 'Wordt er trouwens nog onderzocht wie mijn dossier heeft verkocht aan het tijdschrift?'

'Daar ga ik niet van uit. Vergeet het. Het is niet belangrijk. We zijn hier om moorden op te lossen.'

'Maar ik ben degene die het dossier heeft gemaakt', zei ze met beverige stem.

'En dat weet de dader. Hij weet dat al het bewijs naar jou leidt.'

'Wat moet ik dan doen?' vroeg ze nerveus.

'Niet bewijzen dat je niet de dader bent. Na een tijdje wordt alles vanzelf opgelost, geloof me. Het zit erop voor vandaag. Ga je ook naar huis?' Fabiola zei dat ook zij voor die dag alles had gedaan wat ze moest doen en liep met hem naar de uitgang. 'Misschien moet je proberen in plaats van je zorgen te maken voor jezelf te bewijzen dat je het niet hebt gedaan. Als oefening. Voor als je later echt rechercheur wilt worden', zei Fontein glimlachend voordat ze het politiebureau verlieten.

De volgende ochtend klopte Fontein meteen aan bij het kantoor van Teunissen.

'Klopt het wat Rozenblad zei?' vroeg die gelijk.

'Als je bedoelt dat ik de moordenaar heb gevonden, dan is het waar. Het is Leo Pijnacker.' Op de tafel zag hij het oude dossier van Leo Pijnacker liggen uit de tijd dat hij gepakt was door Drent, en ernaast het dossier van Fabiola.

'Hoe weet je dat zo zeker?'

'Het rode haartje dat met plakband aan het briefje zat, was van Rachel van Dijk. Ik wacht nog op bevestiging van het lab, maar eigenlijk weet ik het zeker. Zij heeft haar haren ooit rood geverfd om van ene Robin Pijnacker af te komen. Pijnacker, ja. De zoon van. Hij was een vreemde vogel, zoals oude vrienden van Rachel zeiden. Niet lang daarna heeft hij een eind aan zijn leven gemaakt door onder een trein te springen.'

'Liefdesverdriet?'

'Dat was waarschijnlijk de aanleiding, ja. Daarom wilde Rachel van Dijk hem eigenlijk niet afwijzen: ze wist dat hij ertoe in staat was.'

'Maar je weet nog niet zeker dat die jongen zelfmoord pleegde uit liefde voor Rachel van Dijk?'

'Nog niet, maar dat is niet belangrijk in deze zaak. Het gaat erom of de moordenaar het zeker weet.' Teunissen stond op, keek naar buiten en draaide zich vervolgens weer naar Fontein. 'De oma van Robin gaf mij de sleutel van de zolder waar zijn persoonlijke spullen hadden gelegen. Ik ben naar boven gegaan en zag dat de deur was geforceerd. En niet zo lang geleden, aan de houtkleur te zien. Ik denk dat Leo Pijnacker, die zijn moeder al die jaren in de gevangenis niet wilde zien, heeft ingebroken in het huis en naar de zolder is gegaan. Hij heeft het dagboek van Robin meegenomen, heeft het gelezen en is zo te weten gekomen hoe erg zijn zoon hem heeft gemist. Omdat Drent hem had opgepakt, heeft hij hem vermoord. Uit wraak. De moeder van

Leo Pijnacker zei dat hij gek was op zijn zoon. De moord op Rachel van Dijk was ook uit wraak, want door haar besloot zijn zoon zelfmoord te plegen.'

'Perfect, Fred. Het klinkt plausibel. Perfect', herhaalde Teunissen. 'Vraag Rozenblad om Pijnacker meteen te laten oppakken.' Hij klonk enthousiast.

'Rozenblad zei dat het even duurt voordat het arrestatie-bevel rond is.'

'Laat hem nu oppakken, voordat er meer slachtoffers vallen. Dat arrestatiebevel komt er wel. Als hij onschuldig blijkt, zullen we hem weer vrijlaten voordat de papieren rond zijn. Dan is het rechtvaardig.'

'Ik denk dat jij het beter kunt vragen aan Rozenblad. Die mierenneuker zal zeker met mij in discussie gaan over de rechten van de burgers.'

'Luilak. Nou, ga dan maar koffie drinken. Ik regel het wel.' Hij gaf Fontein een schouderklopje. 'Goed gedaan. Later, als je met pensioen gaat, zullen we het hier nog wel eens over hebben.'

'Ik heb nu al zin in dat feestje', zei Fontein en hij verliet het kantoor. Drie uur later belde Rozenblad hem met de mededeling dat Leo Pijnacker in de cel op hem zat te wach-ten.

Hoofdstuk 13

Leo Pijnacker lag met zijn hoofd op zijn handen op de tafel in de verhoorkamer. Hij sliep nog toen de politie hem kwam arresteren. Fontein sloot de deur met een klap, maar Pijnacker reageerde pas toen zijn naam werd genoemd. Hij tilde langzaam zijn hoofd op. De diepe slaap zat nog in zijn ogen, en hij had vast een zware kater.

'Meneer Leo Pijnacker', begon Fontein terwijl hij plaatsnam aan de andere kant van de tafel. De man leek hem te herkennen, maar bleef knikkebollen. 'U wordt verdacht van de moord op Erik Drent en Rachel van Dijk', ging Fontein verder. Zijn woorden leken niet tot Pijnacker door te dringen. 'Begrijpt u wat ik zeg? U wordt verdacht van twee moorden', zei hij duidelijk.

'Ja, ik begrijp het.' Pijnacker richtte zijn hoofd op en keek hem vriendelijk aan.

'Alles wat u zegt kan tegen u gebruikt worden, u hebt recht op een advocaat.'

'Heb ik ook recht op een biertje?' vroeg de arrestant iets wakkerder maar onverschillig.

'Helaas niet.'

'Dan heb ik niet veel rechten.'

'Ik meen het, meneer Pijnacker. U wordt verdacht van heftige moorden. We hebben bewijzen tegen u en de kans bestaat dat u levenslang in de cel terechtkomt', zei Fontein, eerder bezorgd dan beschuldigend.

'Ik ook, meneer.'

'Bent u schuldig?'

'Dat heb jij toch al uitgemaakt. Waarom wil je dat dan nog van mij weten?'

'Dat is mijn werk.'

'Ik ben niet schuldig. Zo, en krijg ik nu een biertje?' Fontein haalde twee foto's van de dode Erik Drent en Rachel van Dijk tevoorschijn en schoof ze naar hem toe. Pijnacker pakte de foto van Drent op en ging rechter zitten. Hij keek er lang en stil naar terwijl Fontein hem aandachtig gadesloeg.

'Is dit Erik Drent?' vroeg Pijnacker zacht, meer aan zichzelf dan aan iemand anders. Fontein kon hem nauwelijks horen.

'Ja, dat klopt.'

'Erik Drent, Erik Drent', fluisterde Pijnacker. 'Bedoelt u rechercheur Erik Drent? Ze hebben hem flink te pakken gehad.'

'Daar wilt u zeker mee zeggen dat u niet de dader bent?' vroeg Fontein en hij bracht zijn gezicht dichter bij dat van Pijnacker.

'In mijn cel fantaseerde ik vaak dat ik hem vermoordde. Dat ik hem wurgde of doodstak. Of dat ik hem een kogel door het hoofd joeg. Maar zoiets? Nooit aan gedacht.' Pijnacker leek niet blij of opgelucht over het geweld dat Drent was aangedaan, hij klonk eerder bang.

'Waarom hebt u er nooit aan gedacht het zo te doen?'

'Daarvoor is mijn haat niet groot genoeg. Laat staan mijn fantasie. Jezus Christus', zei Pijnacker. Fontein twijfelde er geen seconde aan dat hij zich niet bewust was van de ruimte waarin ze zaten of van het feit dat hij tegenover een agent zat. Hij wist alleen dat hij terug naar de cel zou moeten. Alles wat hij zei, moesten ze in dat licht zien.

'Vindt u dat hij dit verdiende?'

'Dat weet ik echt niet. Nu ik hem dood zie, schrik ik me rot. Hij heeft waarschijnlijk ook dingen gedaan die nog afschuwelijker zijn dan wat hij mij heeft aangedaan.'

'Wat heeft hij u aangedaan?'

'Ik ben geen slecht mens. Drent heeft mij de kans ontnomen om een goed mens te worden.' De spieren van zijn gezicht begonnen te trillen. Hij kon niet meer naar de foto kijken en legde hem op de tafel.

'Dit is het tweede slachtoffer. Ze is dood gevonden op haar bed.' Leo Pijnacker draaide de foto een beetje.

'Haar ken ik niet. Ik heb haar nooit gezien.'

'Haar naam is Rachel van Dijk. Zegt dat u iets?'

'Nooit van gehoord.' Hij bekeek de foto.

'Uw zoon Robin was verliefd op haar en pleegde daarom zelfmoord.' Toen hij de naam Robin uitsprak, begon Pijnacker over zijn hele lichaam te trillen. Hij pakte de foto met beide handen vast en begon te huilen. 'Hebt u er spijt van dat u haar vermoord hebt?' vroeg Fontein even later.

'Ik ben verdrietig om haar', zei Pijnacker. 'Ach, het meisje van Robin.' Zijn ooghoeken vulden zich weer met traanvocht.

'Weet u waar we het dagboek van Robin kunnen vinden?' Pijnacker bleef naar de foto kijken en begon weer te huilen. Ook nadat Fontein de vraag had herhaald, kwam er geen antwoord. 'Hebt u uw moeder bezocht nadat u uit de gevangenis kwam?' vervolgde hij.

'Nee', zei Pijnacker met een brok in de keel. Fontein keek op zijn horloge en zei dat hij later terug zou komen. Hij nam Pijnacker de foto uit de hand, die hem even leek te willen vasthouden, alsof het de reddingsboei was die hem uit deze situatie kon bevrijden.

Fontein ging naar zijn kantoor en trok zijn jas aan. Op dat ogenblik belde Teunissen hem om te vragen hoe het gegaan was bij Pijnacker.

'Ik heb tijd nodig. Hij is een geniale acteur. De ene seconde speelt hij een zielige alcoholist, de andere een verdrietige man. Hij kan echt huilen. En hij weet hoe de politie denkt.'

'Hoe bedoel je?'

'Hij leidt je naar wat hij wil dat je weet, niet naar wat jij wilt weten. Laten we de alcohol de tijd geven om uit zijn lichaam te verdwijnen. Bovendien kunnen we beter wachten tot het arrestatiebevel er is. Anders ben ik straks ook nog schuldig. Maar we hebben hem en daar gaat het om.' Toen hij de telefoon had neergelegd, belde hij Teunissen meteen terug, maar die was al van zijn plek weg. Hij trof hem op de gang. 'Ik bedacht net dat we, als je niets te doen hebt, misschien nog eens samen iets kunnen gaan eten.' Na een glimlach van Teunissen zei hij dat hij zou trakteren. 'De vorige keer heb jij betaald.'

'Goed idee. De Griek?'

'Ja, ze hebben een parkeergarage.'

'Ga je ook met de auto?' Fontein knikte. 'Dan zie ik je straks daar.'

'Ik ben er even na zessen', zei Fontein. Hij dacht aan Moniek, de vrouw die bij de Griek werkte. De vorige keer dat ze er gingen eten, was ze er niet en hij had niet naar haar durven te vragen. Altijd als hij daar was, hing er spanning in de lucht. Zij bediende de gasten en deed alsof ze niet doorhad dat hij haar in de gaten hield, maar soms gaf ze hem een knipoog of een glimlach, vooral als hij alleen zat. Een keer had ze tussen de bedrijven door bij een jongeman aan tafel gezeten. Toen hij weg was, vertelde ze Fontein bij het opdienen van het dessert ongevraagd dat het haar ex was. Met een geheimzinnige glimlach had ze eraan toegevoegd dat het helemaal voorbij was met hem, maar dat ze al een jaar voor zijn hond zorgde omdat hij had gereisd en nu ergens woonde waar hij geen hond mocht houden. Fontein vroeg haar waarom het uit was geraakt, waarop ze zei dat hij een gezinnetje wilde en zij niet. 'Nooit', voegde ze eraan toe. Daarop beëindigde ze het gesprek met een mysterieuze knipoog. Hoewel Fontein lang over zijn koffie deed, had ze het de rest van de avond te druk om nog een woord te kunnen wisselen.

Een keer daarna was Fontein expres op een rustiger uur gegaan. Ze had hem het menu gegeven en was even naast hem komen zitten, omdat het restaurant verder leeg was. Hij vroeg haar waarom ze geen gezin wilde en ze vertelde dat haar ouders een slecht huwelijk hadden gehad en dat zij en haar zus daardoor geen goede jeugd hadden gekend. Daarna informeerde ze naar zijn leven, waaruit hij opmaakte dat ze oprecht geïnteresseerd was in hem. Maar toen hij haar vroeg of ze elkaar eens buiten het restaurant konden zien, schrok ze. Ze stond op en behandelde hem verder als een gewone klant, alsof ze spijt had van het persoonlijke gesprek. Daarna was Fontein nog een keer in het restaurant geweest, maar het was er heel druk en zij had geen tijd om bij hem te komen zitten of hem enige aandacht te schenken. Ondertussen waren er drie maanden verstreken. Hij zou haar nu voor het eerst weerzien.

Aangekomen bij de Griek keek hij stiekem naar binnen en zuchtte teleurgesteld, maar ook een beetje opgelucht toen hij haar niet zag. Hij nam plaats aan een tafeltje, kreeg de menukaart aangereikt en keek verbaasd op toen hij haar stem hoorde.

'Dat is lang geleden.' Hij keek omhoog. Ze had haar haren kort geknipt en had ineens veel krullen. Ze glimlachte breed.

'Inderdaad lang geleden. Ik zie dat je een ander kapsel hebt.' Ze ging naast hem zitten op het puntje van haar stoel om duidelijk te maken dat ze geen tijd had voor een lang gesprek. 'Ik moet zeggen dat het goed bij je past', zei Fontein. Hij kreeg het even benauwd toen hij zag dat haar borsten strak in haar T-shirt zaten.

'Vind je?' vroeg ze, maakte een zwaaibeweging met haar hoofd en keek Fontein aan met een halve, geheimzinnige glimlach.

'Ja, soms', zei Fontein verward, waarop zij lachte en opstond. Ze schreef haar telefoonnummer op een blad van haar boekje, scheurde het uit en gaf het aan een verbouwereerde Fontein.

'Ik werk nog maar vier dagen per week. Misschien kunnen we nu een keer wat afspreken', fluisterde ze. Hij wist niet hoe hij moest reageren. 'Wil je iets drinken voor je bestelt?'

'Een rood wijntje, graag.' Toen ze zich omdraaide, kwam Teunissen binnenlopen met zijn pinguïnstappen.

'Ik heb echt trek. Ik moet wat eten', zei hij, waarop ook hij een menukaart kreeg. Hij begroette Moniek en bestelde een rode wijn en pastitsada, zoals altijd.

'Doe mij maar moussaka', zei Fontein.

'Die Moniek, Fred, is dat niets voor jou?' vroeg Teunissen zodra ze weg was, zoals elke keer als ze daar aten.

'Misschien wel.'

'Schiet daar dan eens een beetje mee op. Hoe lang komen we hier nu al? Man, kijk dan, ze is te mooi om te laten lopen.' Fontein verzweeg dat hij haar telefoonnummer had gekregen en besloot haar morgen of overmorgen te bellen om iets af te spreken. Moniek kwam terug met de wijn van Teunissen. Toen ze weg was, pakte hij zijn glas en proostte.

'Op Moniek', zei hij.

'Op de arrestatie van Leo Pijnacker', zei Fontein om van onderwerp te veranderen.

'Wat een wraakactie', zei Teunissen. 'Ik ben blij dat het afgelopen is.' Fontein zag hoe moeilijk het voor Teunissen was geweest, de wrede moord op een oud-collega. Teunissen liet nooit zijn gevoelens zien en al helemaal niet als het onderzoek nog liep. Het was doordat ze regelmatig contact hadden en elkaars tegenpolen waren in dat opzicht, dat Fontein af en toe door zijn masker heen kon prikken.

'Voor de puzzelstukjes in elkaar vielen en ik de bewijzen vond, heb ik Leo Pijnacker twee keer gezien, maar ik had niet verwacht dat hij de dader was. Terwijl het er met een beetje denkwerk toch dik op lag dat hij verdacht was', zei Fontein. Zijn gezicht werd bleek toen hij dacht aan de moord op Rachel van Dijk.

'Maar je hebt het goed gedaan, Fred. Echt goed gedaan.' Teunissen nam een slok wijn.

'Het had sneller gekund.'

'Dan hebben we nu twee mierenneukers, Rozenblad en jij', zei Teunissen hard. Een vrouw aan een tafeltje verderop keek geërgerd op. Teunissen had niets door en ging verder. 'Dan gaat het goed met de mieren in Nederland.' Daarna sprak hij verder over collega's en andere zaken. Het stoorde Fontein niet; hij was het gewend dat zijn overste snel van het ene onderwerp op het andere sprong. Hij vertelde die avond over zijn plannen een huis te kopen in Zuid-Frankrijk en er met zijn gezin heen te gaan, vooral omdat zijn jongste dochter van twintig nog thuis woonde en nooit een relatie had. Om kwart voor acht vertrokken ze.

'Nog een fijne avond en tot ziens', zei Moniek en ze glimlachte naar Fontein.

'Zag je hoe ze naar je keek? Ze vindt je leuk', zei Teunissen toen ze buiten waren.

'Ik hoop dat ze zo niet tegen alle klanten doet', zei Fontein.

'Dan hoop ik dat je genoeg hebt aan de mieren', antwoordde Teunissen en hij liep naar de parkeergarage.

Fred Fontein zat in de auto en voelde Monieks telefoonnummer in zijn broekzak branden. Het gaf hem een goed gevoel. De lastige laatste weken waren goed geëindigd met een moordenaar achter de tralies en een vrouw binnen bereik. De laatste jaren had hij meer gedacht aan de criminelen die hij moest pakken dan aan mooie vrouwen. Het voelde goed nu weer bezig te zijn met het andere geslacht. En waarschijnlijk met succes. Hij zou Moniek morgen meteen sms'en om te vragen of ze de komende dagen iets te doen had.

Haar antwoord was enthousiast: 'Vanavond als je tijd hebt, of morgen.' Zo zat hij om zeven uur de volgende avond met haar in een eetcafé aan de andere kant van de stad. Hij had besloten niet met haar te praten over zijn werk, criminelen of slachtoffers. Hoe ze ook probeerde hem er iets over te laten loslaten, het lukte niet. Hij kon aan elke vraag ontsnappen. Zij sprak lang over de baas van het Griekse restaurant, haar collega's en de koks. Toen hij haar om tien uur naar huis bracht, besloot hij niet te proberen haar te zoenen. Misschien na het tweede afspraakje, als hij haar thuis zou uitnodigen wanneer de kinderen er niet waren. Hij zou haar vrijdag bellen en haar vragen of ze zaterdag bij hem wilde eten.

De dagen gingen verder met het verhoor van Pijnacker, die zijn antwoorden niet veranderde. Fontein raakte er steeds meer van overtuigd dat ze goed zaten. Tot hij op vrijdagavond om twintig over negen thuis werd gebeld. Het politiebureau verzocht hem onmiddellijk naar de Onze-Lieve-Vrouwestraat te komen.

Hoofdstuk 14

Even na halfelf kwam Fontein aan bij het appartement van de gepensioneerde leraar Gijs ter Velde. Hij zat vastgebonden aan een stoel die naar de balkondeur was gericht, met een stukje papier op zijn voorhoofd geprikt. De man was gemarteld en op een gewelddadige manier om het leven gebracht, net als Erik Drent. De man zag er mager en zwak uit en had de martelingen vast minder lang doorstaan dan de afgetrainde politieagent Drent. Zijn gezicht was één grote blauwe plek. Over zijn mond was een stuk tape geplakt, wellicht om te voorkomen dat zijn pijnkreten in de hele stad te horen waren. Onder zijn neus was de huid opengescheurd, zodat zijn tandvlees zichtbaar was. Zijn schedel was ingeslagen. Het was een enorme wond, die vermoedelijk de oorzaak van zijn overlijden was. Machteloos staarde Fontein naar het lijk. Het was alsof hij sliep en een vreselijke nachtmerrie had.

'Wie heeft het lijk ontdekt?' vroeg hij aan een van de agenten, nadat hij even naar buiten was gegaan om tot zichzelf te komen.

'Zijn dochter. Ze had beloofd hem te bezoeken en omdat hij niet opendeed en de telefoon niet beantwoordde, liet ze zichzelf binnen.'

'Wanneer was dat?'

'Ze had hem rond zes uur vanavond nog aan de lijn gehad, zei ze. Om negen uur hadden ze hun afspraak, dus hij is tussen zes en negen vermoord.' Het eerste wat Fontein dacht toen hij het telefoontje had gekregen, was dat Leo Pijnacker achter slot en grendel zat. Hij kon dus onmogelijk deze moord hebben gepleegd die zoveel overeenkomsten vertoonde met die op Drent.

Martin Pol kwam binnen. Hij keek naar het lijk en daarna met een teleurgestelde blik naar Fontein, alsof hij zijn spijt wilde betuigen dat de moorden niet waren opgelost. Fontein knikte, ook hij was teleurgesteld. Het team had gedacht dat ze overtuigende bewijzen hadden en dat ze opgelucht konden ademhalen, maar het dossier moest weer uit de kast.

'Waar is de dochter?' vroeg Fontein.

'De ambulance heeft haar meegenomen. Ze was compleet in shock', zei de agent.

'Heeft ze verder nog iets losgelaten?'

'Het enige wat ze zei, was dat ze haar vader om zes uur had gebeld, om te zeggen dat ze om negen uur en niet om zeven uur zou komen. Gelukkig voor haar was ze hier niet om zeven uur. Dan had zij het misschien ook niet overleefd.' Fontein trok plastic handschoenen aan en keek voorzichtig rond het lijk, maar hij kon niets vreemds vinden. Pol bleef staan.

'Ongetwijfeld dezelfde moordenaar als bij Erik Drent. Zie je die martelsporen? Nu heeft-ie alleen de mond goed dicht moeten plakken, zodat niemand het geschreeuw zou horen. Kun je voorlezen wat er op het briefje staat?'

'*Nooit zal ik die saaie lessen van Ter Velde vergeten. Hij geeft ook altijd te veel huiswerk. Anders...* Meer staat er niet op.' Fontein en Pol verlieten de keuken toen de technische recherche binnenkwam. Ze liepen naar de andere drie kamers in het appartement. Op de slaapkamer na leek het alsof er jarenlang niemand was geweest. Naast het bed stond nog een glas halfvol water. Een boek lag geopend op z'n kop op het nachtkastje.

'Volgens mij woonde die man alleen', zei Pol om iets te zeggen.

'Zeker', zei Fontein. 'Het bed is maar aan één kant beslapen.' Hij liep naar de gang en keek door het raam. Zacht licht viel op de naakte takken van de bomen in het parkje waarop het appartement uitkeek. 'Dit zijn ingewikkelde moorden', zei hij met zijn rug naar Pol. 'Iemand moet het dagboek van Robin Pijnacker hebben. Hij leest het en gebruikt de teksten eruit als rechtvaardiging voor moorden op iedereen die Robin heeft gekwetst of beledigd. Iets anders kan het niet zijn. Maar wie doet zoiets in hemelsnaam? Leo Pijnacker zit achter de tralies, Robin zelf leeft niet meer. Hij heeft geen tweelingbroer, en zijn oma is er niet toe in staat. Wie vermoordt een wiskundeleraar vanwege zijn saaie lessen en het vele huiswerk dat hij gaf?' In zijn stem lag vooral verbijstering.

'Misschien heeft Pijnacker de moordenaar betaald om een lijst met mensen die zijn zoon hebben gekrenkt toen hij in de gevangenis zat, om te brengen.'

'Dat zou natuurlijk kunnen, maar heb je gezien hoe Ter Velde eruitzag? Dit is persoonlijk. Dit doe je niet in opdracht. Maar wie anders dan de vader kan er belang bij hebben mensen te vermoorden uit het dagboek van een wanhopig jongetje? Wie? Hoe is dit in godsnaam mogelijk? De wereld heeft een groot probleem als zulk soort mensen bestaat. Stel dat zo iemand de dagboeken van Mao leest of Nelson Mandela en dan iedereen die hen ooit pijn deed vermoordt? Dan verdwijnen hele landen van de aardbodem', filosofeerde Fontein. Hij draaide zich om en liep naar de voordeur. Vlak ervoor draaide hij zich weer naar Pol. 'Controleer morgen voor de zekerheid eerst de financiële middelen van Leo Pijnacker en hoeveel men dacht dat hij had toen hij de gevangenis inging. Kijk ook wie hem in de gevangenis bezocht, en zo mogelijk erna. Ik wil alles weten. We moeten uitsluiten dat hij een huurmoordenaar in kan schakelen, voor we weer op een verkeerd spoor worden gezet.'

'Dat is zo geregeld', zei Pol.

'Maak een foto van het papiertje op het hoofd van Ter Velde, voordat de technische recherche het weghaalt. Ga daarna maar naar huis en probeer nog wat te slapen.' Pol hoorde dat Fontein ook moe was.

'Jij klinkt ook niet op je best', zei hij.

'Ik ben moe en voel me even verslagen. Ik dacht dat het was opgelost. Ik heb er met Teunissen zelfs op geproost en nu begint alles opnieuw. Brigitte Bardot zei ooit dat soep die twee keer warm gemaakt wordt minder lekker is.' Hij stopte in de gang. 'Dit is ingewikkeld. Toen we proostten op het einde van de zaak, had de moordenaar twee tafels verderop kunnen zitten luisteren naar ons gelach.'

'Het is nog niet zeker dat Leo Pijnacker onschuldig is', zei Pol.

'Het is niet van belang of hij de moordenaar is of misschien de opdrachtgever. Er zijn al drie onschuldige mensen vermoord en zonder genade gemarteld, dat is waar het om gaat.' Hij wilde de deur openen en vertrekken, maar bedacht zich. 'O ja, en bel het ziekenhuis. Als de dochter van Ter Velde kan praten, ondervraag haar dan. Anders ga ik zelf morgen', zei Fontein en hij ging. De kou buiten voelde dit keer aangenaam. Met een hoofd vol beelden en gedachten liep Fontein naar de auto, de wind leek hem wat te verfrissen. Hij

stapte in en reed de binnenstad uit, maar werd al snel tegengehouden door twee meisjes en een jongen. Hij draaide het
raampje open. De jongen vroeg hem in het Engels waar ze
een koffieshop konden vinden. Fontein bood hun aan in
de auto te komen, waarop de jongen in het Spaans met de
twee meisjes overlegde. Die hadden het blijkbaar te koud
om geen gebruik te maken van het aanbod bij een vreemde
in de auto te kruipen. De jongen kwam naast Fontein zitten,
de meisjes gingen achterin.

'Thank you very much', zei de jongen. De meisjes vielen
hem bij. Toen vroeg de jongen of hij echt wel wist waar er
een koffieshop was, en Fontein knikte. Hij stopte naast de
grootste koffieshop. Ze zwaaiden hem na tot hij uit het zicht
verdwenen was. Hij voelde nog de energie van de drie licha-
men in de auto. Het was een positieve energie, zoals wanneer je je koffer pakt voor een verre reis of zoals wanneer de
zon opeens doorbreekt na slecht weer.

Om halfeen kwam Fontein binnen in een veel te warm huis.
Hij bedacht dat hij misschien maar eens een papegaai moest
kopen, die als hij naar buiten ging zou roepen: 'Fred, verwarming uit.' Het was natuurlijk nog beter een nieuwe thermo-
staat aan te schaffen. Hij zette het ding, waarvan de timer niet
meer werkte, op zestien graden en ging naar boven. In bed
vroeg hij zich af wat hij Teunissen moest vertellen. Die zou
zeker schrikken als hij vernam dat de moordenaar nog vrij
rondliep. 'Heeft Teunissen maandag niet de hele dag vergaderingen in het gemeentehuis?' zei Fontein hardop tegen
zichzelf, om zijn gedachten een halt toe te roepen. Maar hij
bleef malen. Hij probeerde een ander verband dan geld te

zoeken tussen Leo Pijnacker en de moordenaar, maar dat kon hij niet bedenken.

De moorden op Erik Drent en Rachel van Dijk waren voor Leo Pijnacker ergens nog logisch, omdat de eerste hem de kans op een nieuw leven met zijn zoon had ontnomen en de tweede Robin tot zelfmoord had gedreven wegens een gebroken hart. Maar een gepensioneerde wiskundeleraar doden omdat zijn lessen saai waren en hij veel huiswerk gaf, dat kon hij niet plaatsen. Als Leo Pijnacker de opdrachtgever was, was het dan logisch dat hij Ter Velde op de lijst had staan? Fontein zakte langzaam in een diepe slaap, terwijl hij het gevoel had met de drie Spanjaarden in de koffieshop te zitten. Hij zag zichzelf zitten en hoorde zichzelf praten. Enthousiast vertelde hij over een film waarin een man het dagboek van een jongen las die zelfmoord pleegde en wiens vader in de gevangenis had gezeten; vervolgens vermoordde de man alle personen uit het dagboek die de jongen pijn hadden gedaan.

'Mooi verhaal', zei de Spaanse jongen. 'Die moordenaar is gek. Hij neemt wraak voor de jongen.'

'Waarom?'

'Omdat hij stapelgek is.'

'Maar wat is het verband tussen de gekke moordenaar en de jongen? Hoe is hij aan het dagboek gekomen? Heeft hij ernaar gezocht of is hij het toevallig tegengekomen?'

'De moordenaar is zijn broer', zei een van de meisjes. 'Dat zou spannend zijn.'

'Mmmm, de moordenaar ontdekt dat zijn vader in de gevangenis zit en dat hij een halfbroertje heeft dat zelfmoord heeft gepleegd. Hij heeft alleen het dagboek en besluit wraak te nemen.' Fontein sliep inmiddels diep en kon de analyses van de Spanjaarden niet meer volgen.

Hij werd vroeg wakker en had hoofdpijn. Misschien had hij gisteren te weinig gedronken. 'Minstens twee liter water drinken', schreef hij voor zichzelf op een notitiebriefje en hing het aan de wc-deur, zodat hij het elke keer zou zien als hij op het toilet zat. Hij smeerde een boterham voor onderweg en drie voor in zijn broodtrommel en ging naar het politiebureau. Zonder te weten hoe het in zijn gedachten opgekomen was, zou hij vandaag onderzoeken of Leo Pijnacker nog een kind had. Ook moesten ze kijken of de zelfmoord van Robin de krant had gehaald. Met een beker koffie uit de automaat voor zijn neus belde hij Fabiola en vroeg haar om die twee zaken te checken. Daarna opende hij het rapport van de patholoog-anatoom over Ter Velde en ontdekte dat de leraar hartproblemen had gehad; waarschijnlijk had hij een hartaanval gekregen even nadat de martelingen waren begonnen. De doodsoorzaak was echter de harde klap op zijn hoofd met een stomp voorwerp. Toen legde Fontein de foto's van de drie briefjes op de voorhoofden van de slachtoffers naast elkaar en probeerde te bedenken wat er in zo'n moordenaar omging.

Even voor de lunchpauze kwam Pol binnen.

'Over Leo Pijnackers financiële situatie is niets interessants te vinden', zei hij. 'Hij stal auto's en verkocht ze in België, maar stopte daarmee na de geboorte van Robin. Een maand later gaf hij de laatste gestolen auto zelfs terug aan de oude eigenares in Amersfoort. Dat staat in het arrestatierapport. Maar misschien heeft hij ergens geld verstopt.'

'Lijkt me sterk. Als hij toen genoeg had gehad om een huurmoordenaar drie moorden te laten plegen, had hij geen werk hoeven te zoeken om het geld bij elkaar te krijgen om zijn zoon mee te nemen naar Suriname. Nee, een moordenaar kon hij niet betalen. Die optie kunnen we wegstrepen. Maar misschien heeft Pijnacker nog een kind.'

'Dat staat nergens. Alleen Robin wordt vermeld. Maar een kind kan ook alleen op zijn moeders naam staan', zei Pol, niet verbaasd over het nieuwe idee dat Fontein wilde laten onderzoeken.

'Kunnen we daar achterkomen?'

'Ik denk het niet. Als Pijnacker het zelf niet weet, kan alleen de moeder het weten. Haast onmogelijk dat te ontdekken.' Op dat moment kwam Fabiola binnen.

'Je hebt gelijk. Voor zover we kunnen achterhalen zijn er geen andere kinderen. Jij hebt zeker goed geslapen', zei ze met een knipoog naar Pol.

'Dat klopt niet helemaal. Mijn vriendin heeft me wakker gehouden', lachte Pol. Ze gingen de gang op. Fontein mijmerde over Pol en zijn toekomst als rechercheur. Hij leek een knop te hebben die hij om kon zetten na een vreselijke ontdekking, om dan door te gaan met zijn leven alsof er niets was gebeurd. Dat was een goede eigenschap voor een rechercheur. Pol zei vaak al vlak na het bekijken van een plaats delict dat hij zin had om iets te eten of te drinken. Zelf kon hij dat niet. Het duurde altijd lang voor zoiets uit zijn systeem was. Als hij Pol zo zag, moest hij vaak terugdenken aan de gebeurtenis die zijn leven voor altijd had veranderd. Daphne. Vanaf het moment dat zij verdwenen was, zat ze voor altijd in zijn systeem. Hij was toen meteen uit Amsterdam vertrokken en naar het dorp waar ze samen waren opgegroeid gegaan. Daphne moest toch ergens zijn. Elke seconde dat ze wegbleef, zou haar voor altijd veranderen. Dat zachte, romantische meisje uit een spiritueel nest, dat was opgegroeid met klassieke muziek, zat nu ergens opgesloten. Haar leven lag in de handen van een psychopaat die haar kon verkrachten wanneer hij dat wilde en kon besluiten haar te vermoorden wanneer het hem uitkwam. In het dorp viel hem op hoe rustig het er was. Het vredig voortkabbelende kanaal, de zacht ruisende bomen, het gras waar eenden rondscharrelden, de bruggetjes, de bloemen... En ondertussen zat Daphne ergens in de hel. Elke plek die hij zag herinnerde hem aan haar; ze hadden er vanaf hun twaalfde gefietst, rondgelopen en gespeeld. Zijn moeder was ook bezorgd en verdrietig geweest. Daphne was voor haar als een dochter.

'Niemand weet waar ze is', had ze gezegd.

'En de politie?'

'Ze zijn met honden door het bos gelopen en hebben allerlei vragen gesteld. Maar daarna gingen ze weer weg.' Twee maanden later was haar lichaam gevonden in het bos. Fontein ging vaak naar die plek en zat er dan lang te kijken naar de grond en naar de witte rozen die hij er had geplant. Nog voor de struik was uitgelopen, werd de zaak gesloten bij gebrek aan sporen. Fontein was rechercheur geworden om ooit Daphnes moordenaar te kunnen pakken. Tot op heden was geen enkele zaak in zijn carrière onopgelost gebleven. Elke keer als hij bij zijn moeder op bezoek was, ging hij naar de rozen en herinnerde hij zich zijn belofte aan zichzelf om Daphnes moordenaar achter de tralies te zetten.

Fabiola had op zijn deur geklopt en was zijn kantoor weer binnengekomen, maar hij was zo in gedachten verzonken geweest dat hij het niet had gemerkt. Ze vertelde dat de zelfmoord van Robin niet veel aandacht had gekregen omdat er toen Europese kampioenschappen voetbal waren geweest.

Na de lunch reed Fontein opnieuw naar de moeder van Leo Pijnacker in Reeuwijk. Bij het passeren van een mooie donkere vrouw op de fiets moest hij denken aan Moniek. Hij wilde haar graag zien, maar als hij zich bij het afspraakje zo zou voelen als nu, zou het niets worden. Hij had haar gesms't dat het etentje even moest worden uitgesteld vanwege zijn werk. Hij moest haar binnenkort bellen, anders zou ze denken dat hij niet meer geïnteresseerd was. 'Misschien volgend weekend uit eten of een filmpje pakken', zei hij tegen zichzelf. Hij stopte langs de kant van de weg en stuurde haar een sms'je met dat voorstel. Zijn gedachten sprongen van Moniek naar Teunissen. Wat zou die zeggen als hij zou zien dat hij was gestopt met rijden om een sms'je te sturen? Hij zou lachen en zeker schreeuwen dat hij ook de moordenaar moest sms'en om hem te vragen zich dat weekend rustig te houden. Dat soort grappen waren typisch Teunissen.

Bij het huis van Zwaantje Pijnacker klopte Fontein op de deur. Een vrouw deed open en keek hem verbaasd aan.

'Fontein, van de politie. Kan ik mevrouw Pijnacker even spreken?'

'Ze slaapt', zei de vrouw. 'Maar ze kan elk moment wakker worden. Soms blijft ze slapen. Vorige week was haar ritme totaal anders.'

'Kan ik binnenkomen?'

'Dat kan.' Binnen gaf ze hem een hand. 'Ik ben Tina van de thuiszorg.' Ze bracht hem koffie in de woonkamer.

'Mag ik u misschien iets vragen?' vroeg Fontein.

'Ik ben eigenlijk aan het werk', zei ze glimlachend.

'Ik ook.' Toen Tina bleef staan, vroeg hij haar hoe lang ze hier al kwam.

'Bijna drieënhalf jaar.'

'De vorige keer was hier een jong meisje.'

'Dat was mijn collega. We werken hier met zijn drieën.'

'Krijgt mevrouw Pijnacker wel eens bezoek?''

'Meneer Wester kwam regelmatig, maar die is overleden. Mevrouw Goedbloed ook. Mevrouw Van Dam kan niet meer komen na haar heupoperatie.' Tina probeerde zich andere bezoekers te herinneren.

'Is er iemand geweest die niet bejaard is?' Tina dacht diep na.

'Niet terwijl ik hier werkte, maar ik weet wel dat ze me eens op een dag riep en vroeg naar de jongen op de zolder.'

'Jongen? Welke jongen?'

'Ik weet het niet. Ze zakt steeds verder terug. Soms denkt ze dat haar zus die allang is overleden nog leeft.'

'Heeft ze iets gezegd over die jongen?

'Ze vroeg mij of hij er nog was. Ik antwoordde dat er niemand op zolder was. Ze zei dat ik nog eens moest gaan kijken. Een paar dagen later bracht ik haar thee en toen wilde ze dat ik ook een kopje zou brengen naar de jongen op de zolder. Toen ik haar vroeg wat die jongen daar moest, zei ze dat hij iets wilde weten over waarom Robin dood was. Ze had hem verteld dat Robin vaak op zolder was en dat daar misschien wel papieren of dagboeken lagen.'

Fontein wachtte ongeduldig tot mevrouw Pijnacker wakker was en vroeg haar naar de jongen, maar ze kon zich niet herinneren dat er een jongen op bezoek was geweest die naar Robin had gevraagd.

Haar geheugen kon niet teruggaan naar die zonnige dag in mei, de tweeëntwintigste. Om zeventien minuten over twaalf was er op de deur geklopt. Het waren strakke kloppen, die klonken als een ijzeren mechanisme en niet als een levende hand. Een hand die eerst had aangebeld, maar toen het te lang duurde voordat de deur openging, aanklopte. Mevrouw Pijnacker was moeizaam naar de deur gelopen, richting het eindeloze kloppen. Daar zag ze Stijn. Hij was stil blijven staan en had niets gezegd. De oude vrouw, die vermoeid tegen de deurpost leunde, vergat dat hij zich zou moeten voorstellen en dacht dat ze een afspraak met hem had.

'Kom binnen', zei ze en ze draaide zich om. 'Doe de deur achter je dicht.' Ze hoorde de deur dichtvallen en liep naar haar stoel in de woonkamer. 'De thuiszorg komt vandaag om twee uur, toch?' vroeg ze hardop aan zichzelf.

'Klopt', zei de bleke jongen, die opgetogen en rustig ademhalend naar de oude muren van het huis keek.

'Het spijt me, maar ik weet niet meer wie u bent?' vroeg Zwaantje Pijnacker de jongen, die haar met ogen vol vuur aankeek.

'Weet u waarom Robin Pijnacker zelfmoord heeft gepleegd?' beantwoordde hij haar vraag met een andere vraag.

'Nee.'

'Heeft hij een afscheidsbrief achtergelaten?'

'Ze hebben niets gevonden. Toen ik op het station kwam, zag ik veel mensen bij spoor 1, boos vanwege de vertraging. Iemand riep dat hij om vier uur in Den Haag moest zijn en dat het tijd was dat de trein zou vertrekken.' Ze knikkebolde en hief haar hoofd langzaam op naar de bezoeker. 'Wie bent u eigenlijk?' vroeg ze opnieuw, in verlegenheid gebracht omdat ze dacht dat de jongen zich al bij de deur had voorgesteld maar dat ze zijn naam vergeten was. Hij antwoordde haar niet, maar bleef gefascineerd van haar naar de muren en de oude balken tegen het plafond kijken.

'Kan ik zien wat Robin heeft achtergelaten?' vroeg hij.

'Op de zolder', zei ze. Terwijl mevrouw Pijnackers hoofd naar beneden zakte en ze in slaap leek te vallen, stond hij op en liep naar de trap, alsof hij het huis kende en er vaker was geweest. Alsof hij toestemming had gekregen om te gaan kijken. Hij ging de trap op met voetstappen die leken op zijn geklop op de deur. Mechanisch, steviger dan je van zo'n bleke jongen zou verwachten, trok hij de zolderdeur uit het slot.

Deel 2

Wet van 17 september 1870, tot afschaffing der doodstraf

Wij WILLEM III, bij de gratie Gods, Koning der Nederlanden, Prins van Oranje-Nassau, Groot-Hertog van Luxemburg, enz., enz., enz.
Allen, die deze zullen zien of hooren lezen, salut! doen te weten:
Alzoo Wij in overweging genomen hebben, dat het noodzakelijk is de doodstraf af te schaffen, met het na te melden voorbehoud ten aanzien van de militaire strafwetten;
Zoo is het, dat Wij, den Raad van State gehoord en met gemeen overleg der Staten-Generaal, hebben goedgevonden en verstaan, gelijk Wij goedvinden en verstaan bij deze:

Artikel 2
[1.] De doodstraf wordt mede afgeschaft in de gevallen, waarin zij door de militaire strafwetten wordt bedreigd, doch alleen ten aanzien van misdrijven in tijd van vrede en niet voor den vijand gepleegd.
[2.] Niettemin blijft de doodstraf gehandhaafd in alle gevallen van oproer, opstand, zamenzwering, zamenrotting of muiterij, voorzien bij de artt. 85 tot 92 van het Crimineel Wetboek voor het krijgsvolk te water, voor zooverre deze misdrijven aan boord worden gepleegd in volle zee of in den vreemde ook in tijd van vrede.

Artikel 7
De doodstraf, door de militaire strafwetten bedreigd, wordt, in de gevallen, voorzien bij het eerste lid van art. 2, vervangen:
die met den strop door militaire gevangenisstraf van ten hoogste twintig jaren;
die met den kogel door militaire gevangenisstraf van ten hoogste tien jaren.

Lasten en bevelen, dat alle Ministeriële Departementen, Autoriteiten, Collegien en Ambtenaren, wien zulks aangaat, aan de naauwkeurige uitvoering de hand zullen houden.

Gegeven te 's Gravenhage, den 17den September 1870

De Minister van Justitie, VAN LILAAR
De Minister van Oorlog, VAN MULKEN
De Minister van Marine, BROCX
Uitgegeven den negentienden September 1870.

Proloog
Oog om oog, tand om tand

Op het moment dat de doodstraf in Nederland werd afgeschaft, zaten er zeventig mensen in verschillende provincies
vast in afwachting van hun executie. Een van hen was een
man van zevenendertig jaar oud. Hij vermoordde een jonge
boerin uit Reeuwijk voor een pond kaas en wachtte in zijn
cel op zijn executie. Een van de bewakers kwam die dag
naar hem toe. Hij glimlachte zowaar.

'Gefeliciteerd', zei hij. 'Je wordt niet opgehangen.' De
man stond op van zijn betonnen bed en liep naar het kleine
getraliede raampje in de celdeur. Hij keek vragend naar de
bewaker. 'Het is echt waar', zei die. 'De doodstraf is afgeschaft. Nu moet alleen de post uit Den Haag nog aankomen
om het officieel te maken. Als dat is gebeurd, zullen ze je
niet aan Dirk Jansen overlaten.' De man knielde neer in de
cel en dankte Jezus, zonder te weten dat de liberale minister Van Lilaar in het parlement strijd had geleverd met de
christenen voor de afschaffing van de doodstraf.

In 1870 zat er een liberale meerderheid in het Nederlandse
parlement onder leiding van Franciscus van Lilaar. Zij ge-
loofden dat het uitvoeren van de doodstraf niet paste in een
beschaafd land als Nederland en dat de zwaarste straf le-
venslange celstraf moest zijn. Van Lilaar was in 1855 getuige
geweest van de executie van H. Beekman wegens brand-
stichting en in 1856 van die van A. Bloem in Schiedam. Hij
geloofde niet meer in de theorie dat er van de doodstraf een
afschrikkende werking uitging. De omstanders hadden naar

de executies gekeken als naar iets spannends, het was een festijn geweest. Daarom meenden de liberalen dat de protestants-christelijke uitleg voor de doodstraf, gesteund op 'oog om oog, tand om tand', niet meer in Nederland paste. Het systeem moest niet hetzelfde doen als de crimineel.

De grootste tegenstander van de afschaffing was meester J.A. Philipse, de voorzitter van het Provinciaal Gerechtshof en de Eerste Kamer en een belangrijke vertrouweling van koning Willem III, die hem regelmatig inschakelde voor advies. Het was indrukwekkend geweest hoe hij in het parlement had gestaan met zijn strenge blik boven de stevige, opgeblazen wallen die hij altijd had en waardoor het leek alsof hij nachtenlang niet had geslapen. Niemand vergat hoe hij zijn handen omhooghield en riep dat hij tegen de afschaffing van de doodstraf was. *'Wie des mensen bloed vergiet, zijn bloed zal door de mens vergoten worden. Want God heeft de mens naar Zijn beeld gemaakt!'* riep hij. 'Dat is wat de Bijbel zegt. Lees Genesis 9 vers 6. Hoe kunnen we leven in een land dat tegen de Bijbel ingaat? Er zullen moordenaars tussen ons rondlopen zonder dat we iets tegen hen kunnen doen. Mijne heren, oog om oog, tand om tand! Dat zeg ik u!'

Meneer Van Lilaar stond op en antwoordde: 'Ik kan niet ontkennen dat de Bijbel belangrijk is voor dit land, maar wij zijn doorgegroeid richting een menselijkheid zonder geweld. Ik heb een vraag voor meneer Philipse: wat nu als een crimineel zonder tanden mij de tanden uit de mond slaat? Wat zou meneer Philipse doen om die man te berechten? Volgens de Bijbel niets, tand om tand werkt niet, want de man heeft geen tanden meer. Onze crimineel kan dus ongestraft doorgaan met zijn geweld tegen onze maatschappij.

Dan heeft straks niemand meer tanden.' De liberalen lachten, de overwinning was duidelijk voor Van Lilaar. De christenen in het parlement werden stil.

'Meneer Van Lilaar moet de Bijbel beter leren lezen en hem niet letterlijk nemen', zei Philipse.

'Dat is precies mijn punt. Ik heb me de laatste tien jaar verdiept in de Bijbel en ik wil juist zeggen dat we hem niet letterlijk moeten nemen. Een moordenaar kan ook zijn leven lang in een cel doorbrengen. Dat is bovendien meer in de lijn van wat Jezus verkondigde. Wij weten allemaal van de vergeving die Jezus predikte. De vergeving waarover ik meneer Philipse nooit iets hoor zeggen, terwijl vergeving mijns inziens de geest van de Bijbel is.'

De liberale meerderheid vond de doodstraf onverenigbaar met het peil van beschaving dat Nederland had bereikt. Het nut en de noodzaak van deze straf en de afschrikwekkende functie ervan werden in twijfel getrokken. De Tweede Kamer nam het wetsvoorstel uiteindelijk met achtenveertig tegen dertig stemmen aan, de Eerste Kamer zou volgen met een geringe meerderheid. Meneer Philipse liep boos het parlement uit en siste: 'De liberalen, ze zullen ons land vernietigen.'

Hoofdstuk 15

17 september 1870

Willem Nieuwenhuis, de secretaris en adviseur van minister van Justitie Van Lilaar, kwam het kantoor van zijn baas
binnen met in zijn hand de wet tot afschaffing van de doodstraf. Na een lange strijd tussen de liberalen en de christenen was hij erdoor en vanaf dat moment zou de doodstraf
niet meer worden opgelegd aan moordenaars. Willem Nieuwenhuis had zich verdiept in het christendom en hoe dat
tegenover de doodstraf stond om de minister zo goed mogelijk bij te staan en wist hoe blij hij zou zijn met de papieren
die hij hem bracht. Hij legde ze trots, maar ook enigszins
terughoudend op de donkerhouten schrijftafel voor Van
Lilaar. Die begon de tekst voor te lezen, alsof hij het niet
alleen met zijn eigen ogen wilde zien, maar ook met zijn oren
horen.

*'Wij Willem III, bij de gratie Gods, Koning der Nederlanden, Prins
van Oranje-Nassau, Groot-Hertog van Luxemburg, enz., enz., enz.
Allen, die deze zullen zien of horen lezen, salut! doen te weten: Alzoo Wij
in overweging genomen hebben, dat het noodzakelijk is de doodstraf af te
schaffen, met het na te melden voorbehoud...'* zei hij hardop, waarna
hij steeds zachter ging mompelen en uiteindelijk onhoorbaar
de tekst las die voor hem lag. Daarna pakte hij zijn kroontjespen, doopte die geconcentreerd in de inkt en tekende.

'Meneer de minister,' zei Nieuwenhuis, die wist hoe belangrijk deze beslissing was voor de tolerantie in Nederland en
voor Van Lilaar persoonlijk, 'ik hoop dat u hiermee niet
hebt getekend voor uw eigen dood.'

'Maakt u zich geen zorgen', zei Van Lilaar en hij legde de papieren aan de overzijde van zijn schrijftafel om de inkt te laten drogen. Nieuwenhuis keek naar de handtekening, die het afschuwelijke wachten op de dood in cellen in verschillende provincies zou beëindigen.

'U weet toch dat de criminelen en moordenaars die op de doodstraf wachten u als een engel zullen beschouwen, maar dat meneer Philipse en zijn volgelingen van mening zijn dat u de Bijbel hebt geschonden? Zij zullen u zien als...' Hij kon zijn zin niet afmaken omdat Van Lilaar hem glimlachend onderbrak.

'Als een duivel. Ja, dat weet ik.'

'Ik hoop dat u persoonlijke bewaking zult accepteren.' Nieuwenhuis klonk bezorgd.

'Dat is niet nodig. In ons land wordt niet gemoord vanwege politieke ideeën. Wij zijn een volk dat de wet en de mens respecteert', zei Van Lilaar trots. Nieuwenhuis keek stil naar de minister zonder echt te geloven wat hij zei. De minister wist dat hij meer moest zeggen om zijn assistent te overtuigen. 'Als iemand mij vermoordt omdat ik de doodstraf heb afgeschaft, zal hij de doodstraf niet opgelegd krijgen. Is dat niet een overwinning van het idee waar ik zo hard voor heb gevochten? Mijn dood zou leven betekenen door de afschaffing van de doodstraf. Degene die mij vermoordt, zal niet gedood worden. En waarom? Omdat zijn slachtoffer de wet tot afschaffing van de doodstraf heeft getekend.'

'Gelovige fundamentalisten doen dingen waarvan zij denken dat het de gedachte van God is. Ze denken niet zelf.'

'Ik wil niet dat men denkt dat ik vanwege mijn beslissingen en mening een bewaker nodig heb. Dan nog liever de dood.'

'Dat is ook fanatisme, meneer de minister.' Van Lilaar lachte hard. 'Uw leven...' ging Nieuwenhuis verder, maar de minister liet hem niet uitpraten.

'Ander onderwerp, Nieuwenhuis. Op dit moment zitten er mensen in de cel die door dit stuk papier van de doodstraf zullen worden gered, als het op het juiste moment bij hen aankomt. Hoeveel mensen zijn op dit moment ter dood veroordeeld?' vroeg de minister bezorgd.

'Precies zeventig', zei Nieuwenhuis en hij haalde een dossier tevoorschijn. 'Zeventig mensen klaar voor de handen van Dirk Jansen.'

'Dirk Jansen?'

'De enige beul die ons land nog telt.'

'En de laatste na vandaag', zei Van Lilaar tevreden. 'Gelukkig hebben we nog maar één beul, hij kan niet op zeventig plekken tegelijk zijn.'

'Dat weten we maar nooit, meneer de minister. Dirk Jansen zal, als het over werk gaat, overal willen zijn.'

'Alsof u hem kent', zei de minister.

'Een aantal jaren geleden zag ik dat vier timmermannen bezig waren een schavot te bouwen. Degene die controleerde of ze het goed deden, was Dirk Jansen. De timmermannen waren net de galg in elkaar aan het zetten toen Dirk Jansen even wegging, waarop de mannen opgelucht ademhaalden. Ik heb met ze gesproken. Ze vertelden dat ze Dirk Jansen die ochtend wachtend op het hout hadden aangetroffen', zei de assistent, die opmerkte dat hij opging in zijn verhaal. 'Mijn excuses dat ik zo uitweid', vervolgde hij. 'Waar het om gaat is dat Dirk Jansen overal op het juiste moment kan zijn.' Hij overhandigde de minister de lijst met de zeven-

tig namen van veroordeelden en de provincies waar ze vastzaten. 'Ze wachten op hun executie. Sommigen omdat er nog
een gratieverzoek bij de koning ligt, anderen omdat het
weer niet goed genoeg was op het moment dat ze zouden
worden terechtgesteld.'

'Ik wil dat u deze post zo snel mogelijk verstuurt naar alle
provincies.'

'Het zal nog weken duren vooraleer de wet overal is aangekomen. En bovendien zitten de gevangenen soms tijde-
lijk ergens anders in de cel. Het wordt ingewikkeld.'

'Weken?' zei Van Lilaar, stond op en liep naar zijn assistent. 'Twee of drie, dat is acceptabel, maar niet langer. Nu
de wet erdoor is, mag er geen vertraging zijn in het doorgeven ervan. Ik wil dat alle veroordeelden in leven blijven. Ik
wil niet dat een van hen na deze handtekening nog opgehangen wordt.'

'Meneer de minister, onze paarden rennen, maar ze kunnen niet vliegen. Het regent nu al twee dagen. Als dit weer
aanhoudt, duurt het sowieso langer.'

De minister liep naar het raam en keek naar de vallende
regen. Hij vond dat zijn tijd in Den Haag erop zat en dat het
moment was aangebroken om terug te gaan naar Amersfoort,
waar hij weer als rechter aan het werk zou gaan, maar nu
zonder de doodstraf te hoeven opleggen. Dat was de reden
geweest waarom hij niet langer als rechter had willen werken.
Hij besloot, voordat hij terug zou keren naar zijn oude leven,
een tijdje naar Italië te trekken om nieuwe energie op te doen.

Die avond ging Simon Kroon, die als klerk op het ministerie van Justitie werkte, langs bij zijn vriend dominee Johan-

nes de Graaf. Hij vertelde hem dat de minister van Justitie de wet ter afschaffing van de doodstraf had ondertekend en dat iedereen alles op alles zette om de wet zo snel mogelijk door het land te verspreiden, zodat niemand van de zeventig mensen die op de doodstraf wachtten nog zou worden geëxecuteerd. Johannes de Graaf had de lange discussie over de afschaffing van de doodstraf op de voet gevolgd. Hij had zelf een pamflet geschreven met de titel '*De gerechtigheid van God en de betekenis van de vergeving*'. Hierin weerlegde hij de liberale mening dat de doodstraf onmenselijk was. '*De mens is de beelddrager van God, daarom is de overheid gerechtigd om bij ernstige levensdelicten de doodstraf toe te passen*', schreef hij. Hij citeerde onder meer Genesis 9 vers 6: '*Wie des mensen bloed vergiet, zijn bloed zal door de mens vergoten worden; want God heeft de mens naar Zijn beeld gemaakt.*' Naar aanleiding van Deuteronomium 19 vers 21, '*Oog om oog, tand om tand*', beweerde hij dat schade toegebracht met boos opzet niet alleen herstel vereiste, maar ook een gelijke schade voor de dader. Hij gaf aan dat de doodstraf '*een noodzaak is om de maatschappij te bevrijden van gevaarlijke burgers die het kwaad in de geest hebben. De doodstraf is een afschrikmiddel voor anderen om niet te moorden.*' Dominee Johannes de Graaf vond dat de Italiaanse schrijver Cesare Beccaria, die in 1794 was overleden, te ver ging toen hij met het subsidiariteitsbeginsel tegen de doodstraf pleitte. Dat zei dat de optimale straf een minimale straf is die toch effect sorteert, en dat de beste preventie voor criminaliteit niet de wreedheid van de straf is, maar wel het feit dat het onmogelijk is haar te ontlopen. In De Graafs pamflet stond dat de landen waar de doodstraf was afgeschaft – zoals Liechtenstein, dat eerst was in 1798 – het eeuwige licht van de Bijbel hadden verloren. Volgens De Graaf bevestigde het Nieuwe Testament de legitimiteit van de doodstraf. *'Denk bijvoorbeeld aan Romeinen 13 vers 4: "Zij draagt het zwaard niet tevergeefs; zij staat immers in de dienst van God als toornende wreekster voor hem die kwaad bedrijft", of Handelingen 25 vers 11: "Indien ik echter schuldig ben en een halsmisdaad gepleegd heb, verzet ik mij niet tegen een doodvonnis."'* De conclusie was dat hij die een mens vermoordt, moet boeten met zijn eigen leven. Met een beroep op de genoemde Bijbelteksten wees De Graaf erop dat God *'ter rechtvaardige vergelding voor het moedwillig vergieten van mensenbloed aan de overheden niet alleen de boeien of banden, maar zelfs het zwaard in handen heeft gegeven'*. Na de zondagsdienst gaf hij aan iedereen zijn pamflet.

Nu dominee De Graaf van Simon Kroon hoorde dat de wet ter afschaffing van de doodstraf was ondertekend, keek hij lang naar de grond.

'Dit is de vrucht van de drieste geest van deze tijd, die geen andere wijsheid erkent dan de zijne en zich zo hooghartig verheft boven de duidelijke uitspraken van het Goddelijke Woord. Ze gaan in tegen Gods wil. Ik moet doen wat ik kan om dit te voorkomen. Ik moet Gods rechtvaardigheid laten zegevieren. Ik moet er in elk geval voor zorgen dat de zeventig monsters die de doodstraf hebben gekregen, hun lot niet ontlopen en zich snel moeten verantwoorden voor het aanzien van de Heer. Simon, heb je voor mij de lijst met de zeventig namen van de ter dood veroordeelden?' vroeg hij.

'Nu niet.'

'Kunt je er voor mij aan komen?'

'Als u dat wilt.'

'Ik wil het vandaag nog', zei dominee De Graaf. 'We geloven in dit land in het Woord van God en niet in de onzin van Beccaria of die liberale honden.' Simon Kroon ging meteen terug naar het ministerie van Justitie om de lijst van de zeventig ter dood veroordeelden te halen. Weer bij het huis van dominee De Graaf gekomen, hoorde hij van diens vrouw dat hij naar de kerk was gegaan. Kroon liep door de regen naar de houten kerkdeur. De kerk was leeg, dominee De Graaf zat vooraan geknield. Kroon liep naar voren. De echo van zijn voetstappen weerklonk in de holle ruimte. Hij wachtte tot de dominee klaar was met bidden en gaf hem de lijst met namen en de steden waar ze gevangen waren.

'U hebt goed werk gedaan. God zal u zegenen', zei Johannes de Graaf.

'Meneer Philipse doet u de groeten. Hij vertelde dat hij uw pamflet met aandacht had gelezen en dat ik moest doorgeven dat God uw weg verlicht.'

'Hebt u meneer Philipse gezien?'

'Hij is degene die de lijst voor mij heeft geregeld.' Dominee De Graaf ging naar huis, ging zijn werkkamer binnen en vertelde zijn vrouw dat hij niet gestoord wilde worden. Hij vouwde de kaart van Nederland voor zich open en keek naar de lijst van ter dood veroordeelden. Tot drie uur 's nachts was hij bezig een route uit te stippelen. Op elke plek waar de paarden moesten pauzeren zou een moordenaar worden opgehangen. Hij schatte dat hij zo'n vijf weken nodig had om de steden langs te gaan waar de veroordeelden vastzaten en er zeker van te zijn dat ze hun straf niet zouden ontlopen. Of hij overal op tijd zou zijn voor de post uit Den

Haag er met de postkoets aangekomen was, wist hij niet, maar hij vond dat hij moest doen wat hij kon.

'De gerechtigheid van God moet zegevieren', zei hij vastberaden toen zijn vrouw midden in de nacht met een lamp in haar hand naar hem toe kwam. 'Mijn vrouw, ik ga morgen op reis.'

'Op reis? In dit rotweer?'

'Ik kan niet anders. De gerechtigheid van God heeft mij nodig.'

'Waar ga je heen?'

'Naar waar God wil dat ik ga.'

'Hoe lang zal dat duren?'

'Ik heb vijf weken nodig en hoop die tijd te krijgen om Gods wil uit te laten voeren.' Hij ging slapen, om de volgende ochtend vroeg in zijn zwarte kleren en met zijn hoge domineeshoed op met de Bijbel in zijn hand in de koets te stappen. Hij gaf de koetsier opdracht om de vier zwarte paarden in galop koers te laten zetten naar Amsterdam. Tijdens de rit las hij de Bijbel, bekeek de lijst met namen en de route die hij had uitgestippeld of staarde biddend door het raam. Het huis van Dirk Jansen was de eerste bestemming die hij aandeed. Er waren niet veel woorden nodig om hem ervan te overtuigen dat hij meteen mee moest in de koets. Dat dominee De Graaf hem zou betalen voor het werk dat hij zou verrichten, was voor hem bijzaak. Samen reden ze meteen door naar de gevangenis van Amsterdam, met als doel de drievoudige moordenaar Heinrich Kemper te pakken. Hij overhandigde het hoofd van de bewaking zijn pamflet en vroeg wie er verantwoordelijk was voor de uitvoering van de doodstraf, om vervolgens naar dat huis te gaan.

Een grote man van een jaar of veertig opende de deur.

'Wat kan ik voor u doen, dominee?'

'Voor mij niets, maar u kunt iets doen voor de gerechtigheid van God.' De man liet hem binnen. Hij ging niet zitten, maar begon te spreken alsof hij een preek voor zijn gemeente hield, over de beroering op aarde als moordenaars een kans hadden om te blijven leven. Na twee uur preken had dominee De Graaf zijn effect bereikt. Hij ging naar de gevangenis en vertelde Heinrich Kemper dat zijn ophanging de volgende dag om tien uur zou plaatsvinden. Ze brachten de nacht door in een herberg en nadat Dirk Jansen de executie had uitgevoerd op een vluchtig, maar degelijk in elkaar gezet schavot, stapte dominee De Graaf, die niet kon vertrekken zonder de beul, weer in de koets op weg naar Leiden, waar de ter dood veroordeelde Blom hetzelfde lot onderging als Kemper.

Elke dag nadat dominee De Graaf ergens was aangekomen, werden er een of meerdere executies voltrokken. Hij trok door Zeeland en door Noord-Brabant, terwijl de verhalen over zijn reis sneller dan hijzelf of de post met de wet door het land gingen.

Op een dag zat hij met zijn uitdrukkingsloze gezicht in de koets op weg naar de zevende stad op zijn route, toen een vrouw midden op de weg ging staan en de koets deed stoppen.

'Dominee, alstublieft, laat mijn zoon leven!' smeekte ze. Dominee De Graaf stapte uit en liep rustig naar de vrouw, die neerknielde op het grind.

'Moeder, God zegent u', zei De Graaf. 'Alleen God kan uw zoon laten leven. Niet ik.'

'Bent u niet dominee De Graaf, dan? De man die langs steden reist om onze kinderen op te hangen in de naam van God?' De moeder ging rusteloos verder. 'Ik wacht hier al dagenlang op u, zodat u de stad niet binnengaat en mijn zoon met rust laat.'

'Wat heeft uw zoon gedaan?'

'Ze zeggen dat hij zijn schoonmoeder vermoordde, maar hij zou nog geen vlieg kwaaddoen.' Niemand weet wat er daarna tussen de moeder en de dominee gebeurde. Er wordt gezegd dat de paarden voor de koets weigerden te draaien en de dominee wel verder moest naar de stad, waar vier uur later J. de Loeil werd opgehangen. Anderen zeiden dat niet de paarden van de dominee, maar de dominee zelf niet wilde omdraaien.

Het waren goede tijden voor Dirk Jansen. Elke paar dagen had hij een klant en met het geld dat hij met één terechtstelling verdiende, kon hij een maand lang in zijn onderhoud voorzien. Eigenlijk was dit voor hem, sinds hij in 1854 zelfstandig beul was geworden, een bijbaantje, naast zijn werk als laarzenmaker. Maar als de reis voltooid was, zou hij geld genoeg hebben voor zeventig maanden, over zoveel geld had hij zelfs niet durven te dromen. Zijn oom, die de beul van Amsterdam was geweest en die hij had geassisteerd om het vak te leren, had hem verteld dat dit werk in Frankrijk misschien goed verdiende, maar niet in Nederland. Maar nu was hij toch maar onderweg van de ene klant naar de andere.

Ook de kranten begonnen te schrijven over de reis van dominee De Graaf en Dirk Jansen en het doel ervan. Er werd zelfs een foto van dominee De Graaf en zijn koets gepubliceerd. Zijn vrouw bewaarde de krant in het archief van de familie, zodat de volgende generaties met eigen ogen konden zien welk een heldendaad hij verricht had. Een deel van de bevolking prees de moed en het doorzettingsvermogen van dominee De Graaf, een ander deel verafschuwde hem. De ter dood veroordeelden in de verschillende steden hoopten in hun donkere cellen dat de postkoets uit Den Haag sneller zou komen dan de koets van de dominee, waaraan niemand leek te kunnen ontsnappen. Minister Van Lilaar was ondertussen op weg naar Italië en wist niets van de missie van dominee De Graaf, die door wilde gaan tot de laatste van de zeventig ter dood veroordeelden zijn straf had gekregen. Maar na de tiende executie op de Botermarkt in Gouda ging dominee De Graaf niet verder om de anderen op te laten hangen.

Hoofdstuk 16

De wind waaide hard in de nacht van 28 oktober 1869 in Reeuwijk. Zo hard dat de boeren zeiden dat ze sinds lang niet zo'n storm hadden meegemaakt. Cornelius Vergeer lag in de bedstede en hoorde ergens gerammel, een tak tegen een raam of een luik dat niet goed sloot. Elke keer als hij in bed lag en het hoorde, bedacht hij dat hij de volgende dag de oorzaak moest zoeken en de tak moest afzagen of het luik vastzetten, maar de volgende ochtend vergat hij het altijd weer, omdat het gerammel verdween in het lawaai van het dagelijks leven van de boerderij. Cornelius keek naar Geertrui, die naast hem lag. Hij zag haar hand op haar buik liggen, alsof ze het kindje dat drieënhalve maand in haar baarmoeder zat wilde omhelzen. Hij ging zacht op het bed zitten, stond op en keek in het donker door het kleine raam. Daarna liep hij naar de keuken, trok zijn klompen aan en ging naar buiten. Door de harde wind waggelde hij alsof hij dronken was. Hij liep in de richting van het gerammel en zag dat het van het dak van de schuur kwam. Hij haalde een zak aardappelen, bracht hem met een ladder naar boven op het dak en legde hem op een stuk los hout. Het lawaai verdween meteen en hij hoorde alleen nog de wind en de takken.

'Morgen zal die aardappelzak mij herinneren aan dat verdomde stuk hout. Ik zal Piet vragen het vast te spijkeren', mompelde hij, draaide zich naar de schuur en plaste tegen de muur. Daarna liep hij terug naar binnen, waar hij zijn klompen zachtjes uitdeed, zodat Geertrui niet wakker zou worden.

'Waar was je?' hoorde hij haar fluisteren toen hij weer naast haar in bed stapte. Hij keek naar haar, maar ze sliep nog. Hij antwoordde niet. 'Moest je wateren?' Na een korte stilte ging ze door: 'De deur van het kippenhok.' Daarna zweeg ze. Cornelius wilde weer snel slapen, voordat ze begon te snurken. Dat deed ze meestal nadat ze in haar slaap had gepraat. Hij viel meteen in slaap en begon zelf te snurken. Later werd hij wakker doordat zijn broer Gerardus hem riep. Geertrui sliep nog. Hij besloot haar niet te wekken. De afgelopen maanden was ze vaak moe geweest door de zwangerschap. Daarom ontlastte hij haar waar hij kon en liet zijn nicht Sientje Okkerse, die als dienstmeid voor hem werkte, meer werk doen, vooral de zwaardere klussen op de boerderij. Beneden zag hij dat Sientje het ontbijt al had klaargemaakt. Gerardus zat klaar in zijn werkkleren.

'Wakker, Cor?' zei Gerardus.

'Dat verdomde stuk rammelhout maakte me weer wakker.'

'Rammelhout?' vroeg Gerardus, die met zijn nasale stem en geslis vaak moeilijk te verstaan was.

'Op het dak van de schuur.' Gerardus lachte hikkend.

'Nu begrijp ik wat die aardappelzak daar doet.' Hij lachte weer, nu hikten ook zijn schouders mee.

'O ja, de aardappelzak. Kon je die in het donker zien liggen?'

'Denk je dat ik blind ben? Het leek net of Geertrui jou uit de bedstede had gestuurd en je besloten had maar op het dak te gaan slapen.' Gerardus stond bekend om zijn flauwe grappen. 'Ik ging kijken en toen ik zag dat het een aardappelzak was, dacht ik dat de duivel hem uit de schuur gestolen had en achter had gelaten omdat hij te zwaar was om mee weg te vliegen', grapte hij. Sientje, die net als Cornelius nog slaperig was, wou dat ze in plaats van naar de grappen van Gerardus met zijn vervelende stem te luisteren nog in haar bed lag.

'We gaan zo', zei Cornelius en hij pakte Sientje schuddend bij haar schouders vast om haar wakkerder te maken. Ze nam een hap van de homp brood, zodat ze niet met een lege maag aan het melken zou gaan. Een boom werd door de wind omgewaaid en kraakte gemeen. De kraaien die er hun nachtverblijf hadden, schreeuwden. 'Had je niet een aardappelzak op die boom kunnen leggen, zodat die niet zo'n lawaai zou maken?' zei Gerardus en hij lachte met een volle mond brood met kaas. Cornelius stond op met een homp brood in zijn hand.

'Laten we gaan.' Sientje en Gerardus namen hun stukken brood ook in de hand en volgden Cornelius naar de koeienschuur. Voor ze naar buiten stapten, verscheen Geertrui in de keuken met een angstige blik in haar ogen.

'Wat was dat voor lawaai?' vroeg ze.

'Volgens mij de berkenboom', zei Cornelius.

'Ach, ik schrok me rot, ik was bang dat het huis zou instorten', zei ze. Er schoof opluchting over haar gezicht, zonder de slaap te verdrijven. 'Gaan jullie zo?'

'We moeten opschieten', zei Cornelius. 'Het is al bijna vier uur.' Hij opende de deur, wat een windstoot in de keuken veroorzaakte. Sientje en Gerardus volgden hem naar buiten en Geertrui sloot de deur achter hen.

'Gelukkig heb ik de koeien gister binnengehaald', zei Cornelius terwijl ze naar de koeienschuur liepen. Daar pakten ze elk een emmer en een kruk en begonnen te melken. Cornelius was altijd al snel geweest. Toen hij als eerste klaar was met zijn koe, zette hij de emmer aan de kant en stond op, keek naar Sientje en Gerardus die nog bezig waren, ging naast de volgende koe zitten en klopte haar op de billen. Nadat alle koeien gemolken waren, begonnen Gerardus en Sientje de emmers over te gieten in de melkbussen. Ze haalden de draaibrug die 's nachts altijd open werd gezet over en brachten twee volle melkbussen naar de weg, waar ze zouden worden opgehaald door de bakker. Cornelius liep ondertussen naar het huis en kwam er rond kwart voor vijf aan. Het waaide nog steeds, maar de wind was minder sterk. Hij opende de deur van het zomerhuis en zag dat de lamp op de tafel nog brandde, terwijl Geertrui er niet was. Dat was vreemd. Hij riep haar, maar kreeg geen antwoord. Hij pakte de lamp van de tafel en zocht haar, maar kon haar niet vinden. Hij bleef stil, luisterde en riep haar nog eens, maar kreeg weer geen antwoord. Hij begon harder haar naam te roepen. Als de lamp nog brandde, moest ze ergens zijn. Hij was meteen bezorgd. Ze waren nog steeds bang dat er iets mis zou gaan met haar zwangerschap. Hij liep langs het raam, dat niet goed dicht was. Een rukwind blies de lamp uit. Op het moment dat het flakkerende licht van de petroleumlamp de ruimte weer bescheen, hoorde hij een gorgelend geluid uit de aangrenzende kaasschuur. Langzaam stond hij op om de lamp, die net weer brandde, niet opnieuw uit te laten gaan en liep op het gorgelen af. Daar bleef hij geschrokken en vol ongeloof staan.

'Jezus', fluisterde hij. Geertrui lag op haar gezicht op de grond, haar hoofd in een plas bloed, alsof ze erin verdronk. Ze lag half tegen de tobbe aan. Cornelius zette de lamp op de grond, knielde naast haar neer en draaide haar snel op haar rug. Hij zag haar bloederige gezicht en hoorde haar piepend ademhalen, door het bloed in haar neus. 'Jezus, Geertrui!' riep hij uit. Ze kon geen antwoord geven en leek in een diepe slaap gevallen. Een woord ontsnapte zacht, als een zucht, aan haar lippen.

'Kaas.' Het was alsof ze nog iets anders had willen zeggen, maar dat dit woord haar haar laatste krachten had gekost. Cornelius bleef gekneld naast haar zitten en wist niet wat hij moest doen. Hij bracht de lamp naast haar gezicht en zag dat het bloed ergens uit haar hoofd stroomde. Daarna stond hij op en snelde naar het huis van Pieter Pijnacker. Voor hij het erf af was, zag hij Gerardus, die net alle melkbussen aan de weg had gezet, uit de koeienschuur komen. Hij wenkte hem en zijn broer rende naar de kaasschuur. Door zijn bloederige hand wist hij dat er iets afschuwelijks moest zijn gebeurd. Cornelius holde intussen naar het huis van Pieter Pijnacker en klopte aan. Buurvrouw Lena opende de deur.

'Ik zoek Piet', zei Cornelius, hijgend tegen de deurpost leunend. Lena zag dat Cornelius of net gehuild had of op het punt stond in tranen uit te barsten. Ze snelde naar binnen om haar man te halen. Even later verscheen Pieter.

'Piet, haal dokter Reuber uit Waddinxveen!' zei Cornelius, nog niet bijgekomen van het stuk dat hij gerend had en met de schrik nog in zijn lijf.

'Wat is er gebeurd?' vroeg Piet.

'Misschien heeft Geertrui een toeval gekregen omdat ze in verwachting is.' Pieter holde weg om de dokter te halen. Cornelius riep hem na: 'Zeg hem dat ze veel bloed verliest!'

Hij ging terug naar zijn huis en zag dat Gerardus en buurvrouw Elisabeth Verbey, de vrouw van Pieter Mourits,
Geertrui onder hun hoede hadden genomen. Ze was uit de
kaasschuur naar het zomerhuis gebracht en daar op kussens
op de grond gelegd. Ze bloedde nog steeds uit haar hoofd-
wond. Het ademen ging steeds moeizamer. Cornelius zat
geknield naast zijn vrouw. Elke keer als hij de doek op haar
hoofd drukte, begon het bloed ergens anders uit te stromen, alsof in haar hele schedel gaten waren geboord. Toen
dokter Reuber het zomerhuis van de boerderij binnenkwam,
begon hij haar meteen te onderzoeken en te behandelen.
Hij zag in een oogopslag dat de wonden niet door een val
konden zijn veroorzaakt, maar door een slag met iets zwaars
of scherps.

'Dit moet het gevolg zijn van mishandeling of een gevecht',
zei hij. Hij begon de blonde haren van Geertrui af te sche-
ren en de wonden een voor een te verbinden, maar ze bleef
maar bloeden. Hij deed zijn werk zo snel mogelijk, maar
zag dat het bloed langzamer begon te stromen. Hij voelde
haar pols. Daarna veegde hij zijn hand schoon met een doek.
Het zweet druppelde van zijn voorhoofd.

'De arme vrouw', zei dokter Reuber. 'De arme vrouw.'
Daarna keek hij even stil om zich heen. 'Het was geen toeval', zei hij tegen Cornelius. 'Dit was opzet. Iemand heeft de
arme vrouw op meerdere plekken op haar hoofd geslagen
met iets hards.' Hij keek naar de bleke gezichten om zich
heen en vroeg Gerardus of hij zijn handen kon wassen.

'Leeft ze niet meer?' vroeg Cornelius. Dokter Reuber schudde zijn hoofd, waarna Cornelius zijn gezicht in zijn handen
begroef en stilletjes begon te huilen. Hij kon niet geloven

dat de vrouw die een uur geleden nog zo warm en geurend naast hem had gelegen zomaar dood kon zijn. Hij tilde zijn hoofd op en keek in het bleke gezicht van Gerardus. Opeens schreeuwde hij hard en kort, de kippen en de kalkoenen op het erf werden er even stil van. Hij draaide zich naar de muur en sloeg er met zijn hoofd tegenaan. Gerardus trok hem weg bij de muur en bracht hem naar buiten. Henry Vlier, een naburige boer, kwam aangelopen met een zak vol bieten, gealarmeerd door de harde schreeuw.

'Cor, wat is er aan de hand?' riep hij van ver.

'Daar is ze', zei Cornelius en hij wees naar het huis. Henry zette de zak op de grond, rende naar binnen en kwam even later weer bleek naar buiten.

'Jezus', fluisterde hij. Het daaropvolgende uur kwam heel Reeuwijk naar het erf van Cornelius. Iedereen was verbaasd en verdrietig om wat er met Geertrui was gebeurd.

Diezelfde dag om drie uur 's middags kwamen chirurg en vroedmeester Nolens en dokter Van Vollenhoven aan op de boerderij. Ze voerden ter plekke een lijkschouwing uit. De schedel van Geertrui bleek aan de linkerkant versplinterd. Ze vonden maar liefst zestien stukken schedelbeen en ontelbaar veel kleine splinters in haar hoofd. Haar hersenen waren ernstig beschadigd en puilden zelfs deels naar buiten. Ze kwamen tot de conclusie dat medische hulp zelfs direct nadat het gebeurd was, geen effect zou hebben gehad. Ze zou sowieso aan haar verwondingen zijn overleden. Het was overduidelijk dat ze op zeer gewelddadige manier om het leven was gebracht met een stuk hout, een beitel of een zwaar breekijzer.

Het politieonderzoek werd dezelfde dag nog opgestart en verricht door de Rijksveldwacht met ondersteuning van de Goudse gemeentepolitie. Rijksveldwachter en jachtopziener E. Verwoert uit Bodegraven was als eerste aanwezig. Voor de zon van 29 oktober 1869 onderging, werd de naaste omgeving van de boerderij grondig afgezocht naar bewijsmateriaal. Het moordwapen of iets wat daarvoor door kon gaan, was onvindbaar. Cornelius ontdekte wel dat er dingen uit het huis waren verdwenen, waaronder een aantal sieraden, zilveren mesjes, horloges, een beugeltas en wat los geld. Bovendien was er een kaas verdwenen. De verbazing was groot: er was een vrouw vermoord om wat kleine dingetjes die niet eens erg waardevol waren.

Als er in Reeuwijk iets gebeurde, werd het door iedereen gezien of gehoord. Zelfs een troep vogels die door de Reeuwijkse hemel vloog, werd door de bewoners van de gemeenschap geregistreerd, inclusief de tijd en in welke richting hij verdwenen was. Cornelius zei dat hij zijn vrouw levend achter had gelaten om te gaan melken. Dat betekende dat de moordenaar vertrokken moest zijn toen de boeren al aan het werk waren. Als hij uit Reeuwijk was weggegaan, zouden zij hem zeker hebben gezien, maar niemand had iets of iemand opgemerkt die nacht of vroege ochtend. De moordenaar moest zich dus nog ergens verstoppen. De mannen keken in elk ganzenhok en iedere mestvaalt in Reeuwijk met rieken en schoppen in hun handen als wapens. Ze onderzochten elk bosje en sloegen op elke dichtbegroeide struik.

In een van de bossen vlak bij Reeuwijk zag een groepje mannen een rooksliert. Ze liepen er stilletjes op af en zagen een gespierde man van een jaar of vijfendertig slapen bij een vuurtje, dat behoorlijk rookte omdat het hout nat was. Ze maakten hem wakker en zeiden dat ze in zijn mond wilden kijken. De man weigerde, maar ze sprongen op hem en grepen hem, twee mannen bij zijn voeten en twee bij zijn handen. Ze bevalen hem zijn mond te openen. Een van de Reeuwijkenaren schraapte met een stokje over zijn kiezen. Hij haalde het stokje tevoorschijn en bekeek het nauwkeurig.

'Kaas', zei hij.

'Kaas?' riep iedereen.

'Kaas! Deze man heeft kaas gegeten!' Alle mannen bekeken het stokje.

'Heren, is kaas eten soms verboden?' vroeg de man die net nog had liggen slapen.

'Dat niet', zei een dun kereltje. 'Maar moorden om hem te stelen wel.' Ze bonden de man en namen hem mee naar Reeuwijk. Toen Cornelius de kaas in de jaszak van de man zag, bevestigde hij dat het een van zijn kazen was. De man werd naast een andere man gezet die gevonden was in een verlaten hutje. Zijn kleren waren bebloed. Hij beweerde dat het bloed van een konijn was dat hij had geslacht en opgegeten, maar de mannen lieten geen ruimte voor twijfel. De rijksveldwachters namen de twee mee naar Gouda en zetten hen daar in de gevangenis. De bewoners van Reeuwijk waren ervan overtuigd dat een van hen de moordenaar was, de man met de kaas van Cornelius in zijn jaszak was het meest verdacht.

Ook het politieonderzoek ging die dag door en in de sloot van de boerderij werd een dobberend roeibootje aangetroffen. Op de weg lag een roeispaan. De boot was van niemand en niemand wist waar hij vandaan kwam of wie hem er had achtergelaten en waarom. De andere roeispaan werd later teruggevonden in de buurt van de mestvaalt. Het bootje werd op het erf van Vergeer gelegd, omdat het misschien iets te maken had met de moord.

Later die middag zag een man met de naam Van der Berg in het voorbijlopen het bootje liggen en liep het erf op, waar nog veel mensen rondhingen op zoek naar bewijsmateriaal.

'Dit is mijn bootje, wat doet het hier?' vroeg hij aan Verwoert. 'Ik ben al de hele dag op zoek, het is vannacht weggedreven. Waarom hebben jullie het aan de kant gelegd?'

'Uw bootje? Sinds wanneer bent u het kwijt?'

'Ik ontdekte vanochtend dat het er niet meer was, terwijl ik het toch elke avond goed vastleg.'

'We hebben het nodig voor een moordonderzoek.' Van der Berg schrok toen hij hoorde wat er die nacht gebeurd was. Maar omdat hij het bootje nodig had voor zijn werk, kreeg hij het met toestemming van de rechter-commissaris mee op voorwaarde dat hij en de boot beschikbaar zouden blijven voor nader onderzoek.

Verwoert bestudeerde de hele dag de gezichten van de inwoners van Reeuwijk die naar het huis van het slachtoffer kwamen uit nieuwsgierigheid of om hun medeleven te betonen. Behalve verdriet, boosheid en angst zag hij niets op hun gezichten. Op het eind van de dag reed hij op zijn witte paard naar Gouda om verslag uit te brengen bij rijksveldwachter Schuppers, die ziek te bed lag en daarom niet had kunnen komen. Als hij nog een paar dagen koorts hield en het zou gaan regenen, zouden er misschien bewijzen wegregenen die nog niet gevonden waren. Terwijl hij zijn paard aanspoorde harder te gaan, dacht hij dat het oplossen van deze moord misschien zelfs voor Schuppers ingewikkeld zou zijn, omdat er geen braaksporen waren en het moordwapen nergens was gevonden, terwijl er wel al twee verdachten in de cel zaten.

Hoofdstuk 17

Verwoert reed rechtstreeks naar het huis van Schuppers en klopte aan. Zijn vrouw deed open.

'Ligt meneer Schuppers nog in bed?' vroeg hij.

'Hij heeft minder koorts, maar hij is nog moe.' Vanuit de kamer klonk een onverstaanbare stem, waarop de vrouw zei dat Verwoert door Schuppers binnen werd uitgenodigd. Schuppers was gekleed, maar zag nog erg bleek. Hij was de meest ervaren misdaadonderzoeker in Gouda en omgeving. Hij had veel misdaden op het platteland onderzocht en wist daardoor veel van boeren en hun denkwijze.

'Hoe was het in Reeuwijk?' vroeg hij, waarop hij begon te hoesten. Verwoert wachtte met zijn verhaal tot Schuppers na een slokje water was uitgehoest.

'Ik ben direct naar hier gekomen. Ik heb er goed rondge-keken.' Hij wachtte tot Schuppers iets zou vragen, maar die bleef hem vragend aankijken. 'De bewoners van het dorp hebben twee mannen opgepakt. Verder hebben we niets bij-zonders aangetroffen', ging hij daarom verder.

'Wat weten we over die twee mannen?' vroeg Schuppers. Daarop kreeg hij weer een hoestbui. Verwoert wachtte even.

'Een van hen had bloed op zijn kleren en zei dat hij een ko-nijn had geslacht en opgegeten.' Schuppers onderbrak hem.

'Weet je dat zeker?'

'Dat hij het konijn heeft opgegeten?'

'Wat anders dan? Het konijn de man?' Hij begon weer te hoesten.

'Ik heb de man zelf nog niet gesproken, maar hoorde het van de bewoners.'

'En die andere? Waarom hebben ze hem opgepakt?'

'Omdat ze kaas tussen zijn tanden vonden. Het laatste wat het slachtoffer zei, was het woord kaas.'

'Als iemand een moordenaar is omdat er kaas tussen zijn tanden zit, is de helft van Nederland verdacht. Zelfs de mannen die hem pakten, zullen kaas hebben gegeten. Is dat het enige wat ze hadden?' zei Schuppers geïrriteerd. Verwoert kreeg het gevoel dat hij zijn werk niet goed had gedaan.

'De kaas bleek afkomstig van de boerderij van Vergeer.'

'Aha, dat is interessant. Morgen gaan we samen naar Reeuwijk.'

'Maar u bent nog niet fit.'

'Nu zijn die boeren nog emotioneel door de dood van die jonge vrouw. Nu kunnen we hun gezichten bekijken en te weten komen wat ze denken, maar later, als ze weer bezig zijn met hun dagelijkse werk, zal het zijn alsof er niets is gebeurd', zei Schuppers vastberaden. 'Nog een dag wachten is een gemiste kans.'

'Hoe laat gaan we?' vroeg Verwoert, die, als hij het bleke gezicht van Schuppers zag, nog niet kon geloven dat ze morgen samen op pad zouden gaan.

'We vertrekken om zes uur. Laat ze de man van het konijn om elf uur naar Reeuwijk brengen', zei Schuppers. Verwoert nam afscheid. 'En zorg dat je goed slaapt. Morgen wordt een lange dag', voegde Schuppers er nog aan toe. Dat was precies wat Verwoert tegen hem had willen zeggen, maar de rijksveldwachter was hem voor.

Schuppers keek Verwoert na uit het raam. Zijn paard maakte vaart op het Regentesseplantsoen en verdween in de schemering. Schuppers dacht aan de zwangere boerin die in een klein dorpje was vermoord. Ze was nog maar een jaar getrouwd. Misschien was haar man de dader. Of iemand uit het dorp. Op basis van wat Verwoert hem had verteld, moest ze de dader hebben gekend. Zo simpel was het vaak in een dorp. Maar ook de twee vreemdelingen die waren opgepakt, moesten goed worden bekeken. Hij ging vroeg naar bed. In zijn hoofd kwamen al de mogelijke daders langs, zonder dat hij het slachtoffer had gezien of zelfs maar een stap in Reeuwijk had gezet.

De volgende ochtend zat hij aan de ontbijttafel toen hij de hoeven van Verwoerts paard hoorde. Hij dronk rustig zijn koffie op en stapte precies om zes uur naar buiten, waar ook zijn vaste koetsier al klaarstond.

'Laten we naar Reeuwijk gaan', spoorde hij hem en Verwoert aan. Zodra de koets in beweging kwam, boog hij zich naar Verwoert. Het voelde alsof hij hem aan een kruisverhoor onderwierp, waarin alle details van de dag ervoor nogmaals werden besproken.

'De rijksveldwachters zullen de man met de bebloede kleren om elf uur naar Reeuwijk brengen vanuit de gevangenis, zoals je wilde', zei Verwoert.

'Mooi, dan zullen we eens zien wat hij te vertellen heeft. Als ik het goed heb begrepen, kunnen we ervan uitgaan dat de vrouw door een slag van een boer is gedood.' Zijn hoofd hobbelde met de koets mee. 'De moordenaar wilde het slachtoffer niet in het gezicht slaan, hij kende haar.' Verwoert was niet verbaasd over de conclusie die Schuppers trok zonder de plaats delict of de mensen in Reeuwijk gezien te hebben. Hij had vaker met hem samengewerkt en wist dat hij over grote kennis beschikte. Verwoert was leergierig en altijd blij als hij samen kon werken met Schuppers, die nooit een zaak onopgelost had gelaten en zelfs in andere provincies bij lastige zaken werd geroepen.

'Is er een reden waarom het slachtoffer niet in haar gezicht geslagen is?' vroeg Verwoert.

'Als je iemand kent, sla je niet in het gezicht. De moordenaar is geen ervaren crimineel. Het is een boer, die ergens geslagen heeft waar hij de wond niet direct kon zien. In het geval van mevrouw Vergeer is de moordenaar misschien wel haar man. Meestal doodt een boer zijn vrouw door haar de schedel in te slaan, om haar gedachten te vernietigen.'

Toen de koets in Reeuwijk kwam, wilde Schuppers meteen naar de plekken waar het bootje en de roeispaan waren gevonden. Verwoert bracht hem naar de achterzijde van het erf van Vergeer.

'Waar is de boot?' vroeg Schuppers toen er niets bleek te liggen wat op een vaartuig leek.

'Van der Berg, de eigenaar, heeft hem meegenomen.'

'Wie heeft hem daarvoor toestemming gegeven?'

'De rechter-commissaris.'

'De rechter-commissaris? Waarom zo snel?'

'Van der Berg heeft hem nodig voor zijn werk.'

'Waar woont hij?'

'Aan de overkant in Randenburg.'

'Ach, die Van der Berg. Hier een zwangere vrouw gedood en ene Van der Berg kan niet zonder zijn boot. Wat een onzin', zei Schuppers. Als hij niet ziek was geweest, had hij zeker meteen actie ondernomen, maar hij besloot zijn energie nu te richten op wat er wel was. Schuppers keek goed rond op de plek waar de boot had gelegen. Daarna staarde hij over de brede sloot, waar de boot vandaan moest zijn gekomen. 'Vanaf wanneer was Van der Berg zijn boot kwijt?'

'Gisterochtend om vier uur heeft hij het ontdekt.'

'Dus hij was de avond ervoor gestolen?'

'Hij was ervan overtuigd dat hij hem goed had vastgemaakt aan twee pinnen; het was haast onmogelijk dat de boot uit zichzelf op drift was geraakt. Hij had er de hele dag naar gezocht.'

Terwijl Schuppers naar de voorzijde van het erf van Vergeer liep, dacht hij aan de reden waarom de boot aan de achterzijde van het erf was gevonden. Als de moordenaar met een bootje de boerderij had bereikt, waar was hij dan vandaan gekomen en waarom had hij het daar achtergelaten? Waarom had hij een boot nodig gehad? Maar toen hij over het erf liep en de draaibrug zag, zei hij tegen Verwoert dat daarin het antwoord voor het bootje lag.

'Hoezo?'

'Klopt het dat de draaibrug 's nachts wordt opengezet?'

'Ja, dat klopt. Dan kunnen vreemdelingen het erf niet op.'

'Precies. De moordenaar wist dat de boerderij niet via de draaibrug bereikbaar zou zijn. Daarom stal hij het bootje en liet hij het achter zodra hij de overkant weer had bereikt. Of het is een afleidingsmanoeuvre. Van iemand die geen toegang tot het erf nodig had om die vreselijke daad te plegen.'

Hij ging naar het huis, waar hij kennismaakte met Cornelius. Hij vroeg hem naar de plek waar de moord was gepleegd. Het bloed lag nog op de grond, bedekt met de laatste vliegen voor de winter. Daarna ging hij naar de slaapkamer waar

Geertrui lag opgebaard. Hij keek goed naar haar hoofd, waar op meerdere plekken het haar was weggeschoren. Het overige haar zat vol opgedroogd bloed.

'Heeft ze iets gezegd voor ze stierf?' vroeg Schuppers aan Cornelius.

'"Kaas"', zei hij. 'Dat was het laatste wat ze kon zeggen: "kaas".'

'Dus ze heeft niet meer gezegd dan dat?'

'Nee, ze bewoog haar lippen, maar zei niets.'

'Dus je hebt alleen het woord kaas gehoord.'

'Waar was jij toen ze vermoord werd?'

'Aan het melken, met mijn broer en mijn nicht.'

'Wanneer kwam je terug?'

'Rond kwart voor vijf.'

'Hoeveel koeien heb je gemolken?'

'Drie.'

'En je kwam eerder terug dan de anderen. Waarom?' vroeg Schuppers terwijl hij Cornelius streng aankeek.

'Denkt u soms dat ik de moordenaar ben?' zei Cornelius boos en hij draaide zijn hoofd met tranen in de ogen naar zijn dode vrouw.

'Meneer Vergeer', zei Schuppers hard. 'Ik ben hier om u te bevragen, niet om u antwoord te geven. Laat dat duidelijk zijn. Ik vraag, u geeft antwoord.' Hij wilde Cornelius in de war brengen, maar die haalde diep adem en beantwoordde Schuppers' vraag.

'Gerardus en Sientje konden de rest prima aan. Ik wilde naar huis om te zien hoe het met Geertrui was. Ze was zwanger, weet u.' Schuppers vroeg Cornelius om hem te laten zien waar hij Geertrui had gevonden en wat hij toen had gedaan.

Terwijl hij achter hem liep met stevige voetstappen, vroeg hij of hij meteen aan een misdaad had gedacht.

'Nee, ik dacht dat ze een toeval had gekregen. Ze was soms misselijk door de zwangerschap.'

'Is er iemand die u verdenkt?' Cornelius, die die nacht niet geslapen had, krabde in zijn haar.

'Ik weet het echt niet. We hebben nooit problemen.'

'En u en uw vrouw, had u soms problemen?' Cornelius keek Schuppers schuin aan.

'Op een boerderij heb je geen tijd voor problemen. Zoals u ziet is mijn vrouw gisteren vermoord en ben ik gedwongen vandaag weer aan het werk te gaan, vanaf vier uur vanmorgen. Koeien weten niet wat verdriet is. Ze moeten gemolken worden. We waren nog maar een jaar getrouwd.' De ogen van Cornelius vulden zich weer met tranen. Schuppers wist dat Cornelius de waarheid sprak, maar liet niets merken.

'Die draaibrug, wanneer is die gisteren opgehaald?' ging hij verder.

'Toen we klaar waren met melken, dus rond kwart voor vijf. Ik ben er vlak na vijven overheen gerend om Piet te vragen de dokter te halen.'

Schuppers ging het huis uit. Daarna vroeg hij Gerardus naar zijn versie van het verhaal en sprak met Sientje.

Sientje had het jaar daarvoor haar tweelingzus Neeltje verloren. Ze waren allebei een tijd naar school geweest, als een van de weinige meisjes in de buurt. Daarna waren ze in dienst gegaan bij rijke boeren. Sientje bij haar neef Cornelius en Neeltje bij boer Mulder in Boskoop. Sientje was altijd verbaasd als Neeltje vertelde over haar baas en de cadeaus die ze van hem kreeg. Zij had het goed op de boerderij van Vergeer, werd behandeld als een lid van het huishouden en niet zozeer als meid, maar op dure cadeaus hoefde ze niet te rekenen. Op een dag was Neeltje verdwenen. Pas na een paar dagen zoeken werd haar lichaam gevonden in de Reeuwijksche Plassen. Ze bleek drie maanden zwanger, ze had het aan niemand durven te vertellen. Volgens Sientje was haar zus zwanger geweest van haar baas, waar anders had zij al die dure presentjes aan verdiend. Daarom lag de dood van Geertrui voor haar extra gevoelig. Schuppers riep haar bij zich. Ze stonden ver van het huis. Al snel merkte de rijksveldwachter op dat ze heldere gedachten had. Aanvankelijk was ze wat stil, maar daarna kon ze niet stoppen met praten. Hij vroeg haar naar de koeienschuur waar ze die bewuste ochtend gemolken hadden, waar ze over hadden gesproken tijdens de werkzaamheden en wat Cornelius had gezegd. Sientje kon alles tot in detail vertellen. Schuppers bedacht dat hij meer getuigen als zij nodig had om de moord op Geertrui op te lossen.

'Ik heb nog één vraag, en concentreer je goed voor je antwoord geeft. Wat deed mevrouw Vergeer altijd als jullie gingen melken?'

'Eerst de vuren aanmaken', zei Sientje zonder aarzelen.

'Had ze dat gisteren ook gedaan?'

'Nee', zei Sientje, wederom vastberaden.

'Weet u dat zeker, mevrouw Okkerse?'

'Zeker. De vuren waren niet aangemaakt. De moord moet dus gebeurd zijn toen wij net het woonhuis hadden verlaten.'

'Ik bedank u', zei Schuppers, waarop Sientje dacht dat ze weg kon bij die lastige meneer. Ze draaide zich om en zette een paar stappen, toen ze Schuppers nog een vraag hoorde stellen. 'Mevrouw Okkerse, wie denkt u dat de moordenaar is?'

'Wist ik het maar, meneer', zei Sientje oprecht en ze keek Schuppers recht aan met haar blauwe ogen.

'Nogmaals bedank ik u, mevrouw Okkerse', zei Schuppers. Sientje draaide zich om en wilde weggaan, maar Schuppers riep haar nogmaals na. 'Nog even.' Ze stopte weer, ditmaal zonder zich om te draaien. Hij liep om haar heen, zodat hij haar aan kon kijken.

'Kent u deze buurt goed?'

'Min of meer.'

'Wie is niet langsgekomen om het lichaam van Geertrui Vergeer te zien?'

'Pieter Pijnacker en Gijsbert Vonk.'

'Waar wonen ze?'

'Daar woont Piet', zei ze en ze wees naar een huis vlakbij. 'Gijsbert woont iets verderop.'

'Ik bedank u nogmaals.' Sientje bleef staan, want ze verwachtte nog een vraag. 'Heb je een kaas gemist in het huis?' Toen ze niets zei, herhaalde Schuppers de vraag.

'Niet echt', zei ze na even te hebben nagedacht. 'Geen hele in elk geval. Misschien een pond of zo.' Zonder verder nog iets te zeggen, draaide Schuppers zich om en liep naar het huis, Sientje vol twijfel achterlatend of ze nu had geholpen of niet.

'Die dienstmeid heeft veel te vertellen', zei hij tegen Verwoert. En toen: 'Meneer Vergeer is niet de moordenaar.'

'Was hij voor u een serieuze verdachte dan?' vroeg Verwoert.

'Ja', zei hij kil.

'Hoe weet u dat hij het niet heeft gedaan?'

'Mevrouw Vergeer is direct gedood nadat haar man en de anderen waren gaan melken.' Na dat eerste uur had Verwoert nog meer respect voor Schuppers omdat hij in zo'n korte tijd in Reeuwijk al zoveel te weten was gekomen. 'Ze heeft de vuren niet aangemaakt, wat ze normaal gesproken direct deed als haar man, zijn broer en de meid naar de koeien waren gegaan. Ze is dus kort daarna vermoord.' Op zijn zakhorloge zag Schuppers dat het bijna elf uur was. 'En waar kunnen we de man vinden die het konijn heeft opgegeten?'

'Niet ver hier vandaan, in het dorpscafé. We kunnen de koets nemen.'

Voor het dorpscafé van Reeuwijk stonden de twee rijksveldwachters te wachten met de verdachte.

'Meneer, ik zweer dat ik...' begon de magere man. Een van de rijksveldwachters beval hem te zwijgen. Schuppers liep naar hen toe. De magere man was aan handen en voeten gebonden met kettingen. 'Ik zweer het, meneer, ik heb niemand vermoord', zei hij angstig.

'Hoe verklaart u dan het bloed dat op uw kleren werd aangetroffen?' vroeg Schuppers.

'Van een konijn. Een konijn!'

'Breng ons dan naar het konijn.'

'Naar het konijn?'

'Ja, naar het konijn.'

'Ik heb het opgegeten', zei de man verward.

'Helemaal?'

'Ja, ik had honger.'

'En de oren en de huid?'

'Die heb ik weggegooid.' Hij kreeg het steeds benauwder, alsof een hand zijn keel dichtdrukte.

'Breng ons dan naar de plek waar u het konijn hebt geslacht.' De twee koetsen zetten vaart naar het bos. De verdachte stapte uit en liep voor de anderen uit, maar hij struikelde elke keer.

'Heren,' zei Schuppers tegen de twee rijksveldwachters, 'die kettingen zitten ons in de weg.' Daarop maakte de kleinste van de twee de voetboeien los. De grote pakte de man stevig bij zijn boord.

'Denk maar niet dat je ver komt als je ontsnapt', siste hij. Voorzichtig om zich heen kijkend om niet te snel of te langzaam te gaan, liep de verdachte tussen de bomen en de struiken tot ze bij een hutje kwamen. Ernaast was een vuurplaats van stenen.

'Hier', zei hij tegen Schuppers.

'Hier?' De man wist niet goed wat hij moest antwoorden. 'Hebt u hier het konijn geslacht?' vroeg Schuppers en hij wees naar de hut.

'Daar', zei de man en hij wilde naar een oude eik lopen, maar de grote rijksveldwachter beval hem te stoppen. Hij hief zijn vinger in de lucht. 'Loop alleen als hij heeft gezegd dat dat mag.' De magere man bleef bewegingloos staan tot Schuppers naast de boom stond en hem riep. Langzaam, opdat de mannen van de rijksveldwacht niet zouden denken dat hij wilde ontsnappen, kwam hij dichterbij. Hij wees naar de grote wortels van de boom waarop hij het konijn had geslacht. Schuppers nam een vergrootglas en boog zich voorover. Er waren mieren bezig opgedroogd bloed mee te nemen en er lagen konijnenharen. De man had geluk dat de regen was tegengehouden door de takken van de grote boom. Schuppers stond op en vroeg naar de bebloede kleren van de man. De grote rijksveldwachter haalde ze uit een tas. Schuppers bekeek ze aandachtig met het vergrootglas en boog zich toen weer over de boomwortel.

'Ik heb genoeg gezien. Wat moet er gebeuren met deze man?' vroeg Schuppers.

'U beslist of hij met ons mee teruggaat of vrijgelaten wordt.'

'Dan is hij vrij. Hij hoeft niet mee terug te gaan. Haal die boeien van zijn handen.' Het gezelschap liep naar de koets, de magere man met de kettingen in zijn handen. Terug bij de zandweg gekomen legde hij de kettingen in de koets. Hij kon niet geloven dat hij vrij was.

'Ga', zei Schuppers tegen hem, waarop hij langzaam een paar stappen zette. Vervolgens ging hij wat sneller lopen, en toen hij zag dat er niemand op hem lette, rende hij naar de horizon.

'Hij zal de konijnen niet meer lastigvallen', zei Verwoert. De rijksveldwachters moesten hard lachen.

'Hij was bijna zelf een konijn', zei de grote man lachend, waarna de twee naar Gouda vertrokken. Verwoert vroeg Schuppers waar zij nu naartoe zouden gaan.

'Reeuwijk', antwoordde Schuppers luid, opdat de koetsier zou weten waar hij naartoe moest.

'Ik denk niet dat die man ooit nog stopt met rennen', zei Verwoert.

'Wie veel konijnen eet, moet veel rennen.'

'Kan het niet zijn dat hij dat bloed op de wortels heeft gesmeerd?' Verwoert wilde eigenlijk zeggen dat hij vond dat de magere man te snel was vrijgelaten, maar durfde niet zo direct te zijn. Schuppers bleef overtuigd.

'Het was konijnenhaar. Net als op zijn kleren. En bovendien was het bloed van dezelfde droogte.'

'Wanneer wilt u die andere verdachte zien?'

'Later. Ik wil niet te veel tijd verspillen met konijnen en kaas tussen tanden.'

Aan de boerderij van Vergeer stapten ze uit bij de draaibrug.

'De moordenaar is niet ver. Hij was op de hoogte van de gang van zaken in dit huis en wachtte op het moment dat er gemolken ging worden en mevrouw Vergeer alleen in huis zou zijn', zei Schuppers tegen Verwoert. Hij vroeg hem of hij Pieter Pijnacker al had ontmoet.

'Ja. Hij is degene die dokter Reuber voor Geertrui haalde.' Schuppers staarde een tijdje naar het huis van Pieter Pijnacker, dat niet ver van de boerderij van Vergeer stond. Toen Cornelius aan kwam lopen om de melkbussen bij de weg te zetten, vroeg hij hem of het lang had geduurd voordat Pieter de dokter had gehaald. Cornelius zei dat hij redelijk snel was geweest en dat hij zich niet vreemd had gedragen toen hij hem had gevraagd naar Waddinxveen te gaan.

'Kent Pieter uw huis goed?' vroeg Schuppers.

'Ja, ik huur hem af en toe in voor klusjes.'

'En waar woont Gijsbert Vonk?' Cornelius wees naar een boerderij wat verderop richting Gouda. Schuppers en Verwoert liepen ernaartoe. Gijsbert stond voor zijn huis hout te kloven. Toen hij hen zag, liep hij op hen toe met de bijl in zijn hand. Hij gooide hem achter zich neer om hun een hand te geven, die hij eerst aan zijn overjas schoonveegde omdat dit duidelijk nette heren en geen boeren waren.

'We hebben een paar vragen over de moord op Geertrui Vergeer. Kende u haar?'

'Ja', zei Gijsbert. 'Iedereen kent iedereen in Reeuwijk. Die arme vrouw.' Hij balde zijn handen tot vuisten.

'Hebt u haar gezien na haar dood?'

'Nee. Iedereen is gegaan, maar ik wil niet. Ik zou gek worden.'

'Hebt u iets raars gezien op 29 oktober? Een vreemdeling, een boot, een vreemd geluid gehoord?'

'Nee, niets gezien en niets gehoord. De moordenaar is dus niet ver.'

'Hoe bedoelt u?'

'Dat hij niet ver is.'

'Waarom denkt u dat?'

'Zoals ik al zei kent iedereen hier iedereen. Als er een haan kraait, weet ik van wie die is. Als wij niets vreemds hebben gezien, waar moet de moordenaar dan vandaan zijn gekomen?' Schuppers en Verwoert bedankten Gijsbert voor zijn tijd en maakten een wandeling langs de huizen in de buurt.

Aan het eind van de dag bespraken ze hoe ver ze waren in het moordonderzoek.

'Ik had mijn twijfels over Cornelius', zei Schuppers. 'Maar die zijn vervangen door twijfels over Gijsbert Vonk, ondanks zijn oprechte indruk, en die Pieter Pijnacker. Maar we hoeven ons geen zorgen te maken, de moordenaar zal niet uit Reeuwijk weggaan. Of hij zit al vast, we hebben nog die man van de kaas. Die moeten we nog zien.'

'Wanneer?'

'Nu.' Schuppers gaf de koetsier bevel naar de gevangenis van Gouda te rijden. Verwoert bewonderde hem omdat hij zich de hele dag zo goed hield, terwijl hij nog ziek was. Bij de gevangenis werden ze naar de cel van Klaas van der Wal gebracht. Hij keek hen angstig aan.

'Weet u waarom u hier bent?' vroeg Schuppers, die in het midden van de cel bleef staan.

'Ze... ze... ze zeggen dat er bij een vrouw in Reeuwijk kaas is gestolen', zei Klaas van der Wal verward. Hij stotterde van angst. Hij wist niet of hij bang moest zijn voor die twee mannen of op hulp van hen kon rekenen.

'Ze is niet alleen haar kaas kwijt, maar ook haar leven', zei Schuppers. 'Waar hebt u de kaas die u bij zich had en die tussen uw tanden zat vandaan?'

'Gekocht.'

'Waar?'

'In Den Haag', zei de man, zo snel dat het het eerste leek wat in hem opkwam.

'Waar precies in Den Haag?' Hij zweeg en wrong zijn handen. Verwoert fluisterde in het oor van Schuppers.

'Cornelius Vergeer zei dat hij zijn kaas alleen in Reeuwijk verkoopt. En heel soms in Boskoop en Bodegraven.'

'Is deze man getrouwd?' fluisterde Schuppers terug.

'Ja, en ze hebben twee kinderen.'

'En nu, vertel ons waar u die kaas kocht en wat hij kostte', zei Schuppers hardop. 'Uw vrouw heeft er een andere mening over.'

'Hebt u mijn vrouw naar de kaas gevraagd, meneer?' vroeg de man angstig.

'Zeker', blufte Schuppers.

'En wat zei ze?'

'Iets wat u zeker al weet. Nou, kom op, hoeveel kostte die kaas en waar hebt u hem gekocht?' De man zweeg. 'Als u zelf niet weet waar die kaas tussen uw tanden vandaan komt, zoeken wij het wel uit', zei Schuppers luid. 'We komen terug en verwachten dan een antwoord.'

Schuppers en Verwoert gingen de cel uit. Achter hen viel de zware deur in het slot.

'Hij weet waar hij die kaas heeft gehaald', zei Schuppers.

'Waarom zegt hij dat dan niet? Is hij de moordenaar?'

'Hij weet dat we aan hem twijfelen vanwege de kaas, maar zegt niets omdat hij een geheim wil verbergen.' Ze vroegen de bewaker wat hij wist over Klaas van der Wal.

'Gisteren was zijn vrouw bij hem op bezoek. Ze was verbaasd dat hij slapend tussen de bomen vlak bij Reeuwijk was gevonden, omdat hij had gezegd dat hij naar Den Haag zou gaan om te werken.'

'Luister, hij mag geen bezoek meer ontvangen, en zeker niet van zijn vrouw. Begrepen?' zei hij tegen de bewaker en daarop liep hij met Verwoert naar de koets. Onderweg dacht hij aan Klaas van der Wal.

'Wat deed hij daar?' vroeg Schuppers hardop en hij wilde dat hij die vraag in de cel had gesteld, maar hij was te moe geweest om langer te blijven. 'Deze man heeft tot nu toe niets geloofwaardigs gezegd.'

De volgende dag reden de twee rijksveldwachters weer vroeg richting Reeuwijk. Die dag zou Geertrui begraven worden. Ze kwamen aan in het dorp toen de stoet al op weg was naar de kleine begraafplaats. Schuppers en Verwoert liepen hen tegemoet.

'Wie is Pijnacker?' vroeg Schuppers fluisterend aan Verwoert. Die wees een van de kistdragers aan.

'Verdenkt u hem?'

'Ze gingen om even voor vier uur melken en waren nog geen tweehonderd meter ver toen de moordenaar het huis binnenkwam. Hij vermoordde mevrouw Vergeer en wist waar de sieraden en waardevolle zaken werden bewaard. Alles gebeurde in een halfuur. Of minder. Zou een moordenaar uit een ander dorp dat doen? Zou die Klaas van der Wal dat alles hebben geweten? De moordenaar was bekend in het huis van Vergeer en was er vaker geweest. Zou Klaas van der Wal, als hij de moord had gepleegd, zo dichtbij in de bosjes van de kaas eten en gaan slapen?'

'Maar hij had kaas van Cornelius.'

'Zeker, en we zullen moeten achterhalen hoe hij daaraan is gekomen. Maar nu richten we ons eerst op de gebeurtenissen hier. Kijk, die Pieter Pijnacker draagt de kist.'

'Zou een moordenaar de kist dragen?'

'Misschien. Die man is niet langs geweest om Geertrui na haar dood te zien. Straks wil ik naar zijn huis.'

Ze liepen mee tot aan het graf. Cornelius en twee oudere mensen die vast haar ouders waren, huilden tot de dominee aan zijn toespraak begon. De andere gezichten stonden strak. Pieter Pijnacker stond achteraan. Schuppers ging achter hem staan.

'Nog even en zij is begraven, maar het geheim van haar moord gaat niet met haar het graf in', fluisterde hij. Pieter draaide zijn hoofd om, maar durfde hem niet recht in de ogen te kijken. Een groep kraaien vloog op uit een grote eikenboom. De dominee sprak een gebed uit, Pijnacker en Schuppers bogen hun hoofden.

Diezelfde dag klopten Schuppers en Verwoert aan bij het huis van Pieter Pijnacker. Toen Lena, zijn vrouw, de deur opende, vroegen ze of hij thuis was. Ze antwoordde dat hij aan het werk was bij meneer Vergeer, maar dat ze er geen bezwaar tegen had dat de twee rijksveldwachters in het huis zouden rondkijken. Ze gingen overal, ook op de zolder, waar de oudste zoon Karel schilderingen aan het maken was op het dakbeschot. Het jongetje stopte even toen de twee mannen naar boven kwamen, maar Verwoert glimlachte naar hem en ze gingen weer weg om hem niet langer te storen. In het huis vonden ze niets verdachts, maar bij het verlaten van de woning viel het oog van Schuppers op twee stukjes papier. Even verderop lag nog een snipper. Hij pakte ze op en nam ze mee, en toen hij de drie stukjes papier tegen elkaar legde, bleek het een deel te zijn van een gedrukt biljet met een verkiezingsoproep voor de gemeenteraad van Reeuwijk. Voorzichtig bekeek hij de snippers. Er stond de naam Van der Pouw op.

'Wat doet dit papier in hemelsnaam bij Pieter Pijnacker op het erf?' vroeg Schuppers hardop.

'Hoe bedoel je?' vroeg Verwoert.

'Pieter Pijnacker behoort tot de klasse van minvermogenden; hij heeft geen stemrecht. Wie is dan die Van der Pouw? Daar zullen we morgen achter moeten komen. Maar morgenochtend gaan we eerst weer naar Klaas van der Wal', zei Schuppers voordat ze Reeuwijk uit reden.

Hoofdstuk 18

Die avond was mevrouw Schuppers verbaasd dat haar man weer de hele dag in Reeuwijk had doorgebracht, terwijl hij nog niet helemaal fit was. Bovendien leek hij niet moe, alleen wat druk in zijn hoofd. Hij kon de vele vragen die een antwoord nodig hadden niet van zich afzetten. De harde slag op het hoofd van Geertrui. Het woord kaas, het laatste wat ze had kunnen uitbrengen en waarmee ze zeker iets had willen vertellen – maar wat? Dat Klaas van der Wal kaas had gestolen? Schuppers kon echter geen verklaring vinden voor het vreemde gedrag van de man met de kaas tussen zijn tanden. Tot nu toe had alles wat hij had gezegd hem verdachter gemaakt. Hij was drukker bezig met een geheim rond de kaas van Cornelius dan met zijn onschuld aan te tonen, terwijl hij het met zijn leven kon bekopen. En dan de snippers bij het huis van Pieter Pijnacker. Ze vormden een deel van een stembiljet, maar wat deden ze op het erf van Pijnacker, die niet mocht stemmen? En als hij de dader was, waarom had hij dan zo snel de dokter gehaald, terwijl de redding van Geertrui een getuigenis tegen hem zou betekenen? Of wist hij zeker dat ze dood zou gaan omdat hij had gezien dat haar hersenen uit haar schedel puilden? Ze waren er nog niet achter wat het motief voor de moord was. Was het dat pond kaas? Die paar guldens en zilveren mesjes? Of was het wraak?

'Je moet naar bed', zei mevrouw Schuppers tegen hem. 'Vergeet niet dat je nog ziek bent.'

'Ik ga eerst nog een ommetje maken.'

'Je was al de hele dag buiten, toch?' Ze klonk wat nerveus.

'Je hebt gelijk. Ik moet naar bed. Morgen zal ook een lange dag zijn.'

Terwijl zijn vrouw al sliep, lag Schuppers nog te woelen omdat zijn hoofd vol zat. Hij had beter wel dat wandelingetje kunnen maken voor hij naar bed ging. Uiteindelijk viel hij toch in slaap. Toen zijn vrouw hem om halfvijf met zachte stem wekte, voelde hij dat hij nog niet uitgeslapen was. Ze stapte uit bed om ontbijt te maken en toen ze terugkwam omdat haar man nog niet verschenen was, zag ze dat hij weer in slaap gevallen was.

'Het ontbijt is klaar', riep ze hard.

'Ik kom eraan', zei hij, rekte zich uit en hoorde haar voetstappen naar de keuken verdwijnen. Aan tafel keek hij op zijn zakhorloge.

'De koets wacht al buiten', zei zijn vrouw, maar hij bleef rustig zitten om zijn brood te eten en ging de deur niet uit tot het precies zes uur was. Vanachter het raam zag zijn vrouw hem plaatsnemen naast Verwoert.

Klaas van der Wal zat al in de verhoorkamer. Schuppers zag dat er rond zijn linkeroog een enorme blauwe plek was ontstaan die er de dag voordien nog niet was geweest. Hij was die nacht schreeuwend wakker geworden uit een nachtmerrie, waarop de nachtwaker hem had gezegd zijn kop te houden, en toen hij opnieuw in slaap viel en weer schreeuwend wakker werd, had de nachtwaker hem gestompt en geslagen.

'Wat is er met uw gezicht gebeurd?' vroeg Schuppers.

'Ik ben gevallen', zei Klaas van der Wal, omdat hij niet zat te wachten op een nieuwe aframmeling van een bewaker.

'Gevallen of geslagen?' vroeg Schuppers.

'Gevallen, meneer.'

'Trek dat overhemd uit', beval hij. Toen zag Schuppers dat ook zijn bovenlijf onder de blauwe plekken zat.

'En hoe verklaart u die blauwe plekken?' Klaas van der Wal gaf geen antwoord. Bij zijn tepels zag Schuppers sporen van nagels.

'En dat?'

'Dat is...' zei Klaas van der Wal, en hij stopte midden in zijn zin.

'Dat is wat?' vroeg Schuppers. 'Spreek!' Toen de man bleef zwijgen, zei hij hem zijn overhemd weer aan te trekken.

'En nu: hoe laat verliet u op 29 oktober het huis?'

'Om drie uur 's ochtends.'

'Om waar naartoe te gaan?'

'Den Haag.'

'Hoe kwam u in Reeuwijk terecht?'

'Iemand zei dat hij een klus voor me had waar ik meer geld voor kon krijgen en ik ging met hem mee, maar hij bedacht zich halverwege en liet me achter.'

'Hoe laat was dat?'

'Weet ik niet.'

'Hoe heette hij?' Klaas van der Wal zei niets. 'U kent hem niet.'

'Kent u iemand in Reeuwijk?' Klaas zweeg en Schuppers herhaalde de vraag.

'Nee, niemand.'

'En de kaas? Waar komt die vandaag?'

'Ik heb hem gekocht.'

'Gekocht? Weet u nu wel waar precies?' Schuppers keek hem aan. 'Hebt u Geertrudis Vergeer vermoord?'

'Ik? Nee', zei Klaas van der Wal. Er parelde zweet op zijn voorhoofd.

'U zit hier vast tot u zegt wat u in de nacht van 28 op 29 oktober hebt gedaan', zei Schuppers en daarop verliet hij de kamer met Verwoert.

'Klaar met hem?' vroeg de bewaker.

'Ja', antwoordde Schuppers.

'Kan het zijn dat hij de moordenaar is?' vroeg Verwoert terwijl ze naar de koets liepen. Maar ook toen de paarden hun galop inzetten, bleef Schuppers zwijgen, tot de koets bij het erf van Cornelius Vergeer stopte. Ze stapten uit en klopten aan bij de boerderij. Sientje deed open met een bezem in haar hand. Ze vertelde dat Cornelius met Gerardus bij de koeien was.

'Mogen we binnenkomen?' vroeg Verwoert beleefd, terwijl Schuppers net deed alsof hij de vraag niet had gehoord en al een stap naar binnen zette voor ze antwoord had gegeven. Hij zag dat het huis opgeruimd was. Hij ging aan de tafel zitten en vroeg Sientje of ze Cornelius kon roepen, maar Sientje bleef verward staan. Als ze dat deed, moest ze het huis verlaten terwijl die irritante man die haar altijd volgde met zijn blik en die andere die hem volgde als zijn schaduw, nog binnen waren. Schuppers stond op en pakte haar linkerhand. Verwoert keek verbaasd naar wat hij deed. Ook Sientje keek verwonderd op.

'Mooie hand. Deze hand zou als ze stopt met melken en vegen een zachte hand kunnen zijn', zei Schuppers. Hij liet de hand los, nam haar bezem over en pakte haar rechterhand vast. Sientje keek hem aan alsof ze geen eigen wil meer had. Hij bekeek de hand.

'Wanneer is de nagel van uw middelvinger gebroken?'

'Een paar dagen geleden', zei ze.

'Niet op of na de dag van de moord op Geertrui?'

'Drie dagen ervoor. Ik legde hout in de schuur en toen gebeurde het.'

'Mag ik twee stukken kaas?' vroeg hij haar.

'Dat kunt u beter aan Cornelius vragen.'

'Ik vraag het hem straks, maar ik wil ze nu.' Sientje liep machteloos naar de keuken en bracht twee stukken kaas. Schuppers legde ze op de tafel, pakte nu Sientjes beide handen en trok haar nagels over de kaas. Hij deed elk stuk in een doos en schreef erop van welke hand de afdruk was, terwijl Verwoert en Sientje hem niet-begrijpend aankeken.

'Nog een vraag. Toen Cornelius terugkwam van het melken die bewuste dag, volgde Gerardus niet veel later. Jij kwam pas anderhalf uur later naar het huis. Waar was jij toen op de dag van de moord op Geertrui?'

'Aan het melken.'

'Hoeveel koeien heb je gemolken dan?'

'Vier.'

'Dat duurt hooguit een uur. Waar was je de rest van de tijd?' Sientje zweeg en kleurde rood.

'Ben je er een van een tweeling?' vroeg Schuppers opeens.

'Klopt, hoe weet u dat?' zei ze verbaasd.

'Je kijkt vaak om je heen, alsof je gewend bent jezelf naast je te zien. Wij zullen buiten wachten tot meneer Vergeer komt', zei hij en hij liep naar buiten met Verwoert achter zich aan.

Niet veel later zaten ze weer aan de tafel, dit keer met Cornelius. Schuppers haalde de snippers die hij bij het huis van Pijnacker had gevonden uit de binnenzak van zijn jas en legde ze naast elkaar op de tafel. Hij vroeg Cornelius of hij ze herkende. Die boog zich voorover en zag de naam Van der Pouw staan. Hij vroeg zich af hoe dat papiertje bij Schuppers terecht was gekomen en wat hij erover moest zeggen.

'Kunt u mij vertellen wie Van der Pouw is?'

'Hij is mijn schoonvader', zei Cornelius.

'Komt dit biljet uit uw huis?'

'Zeker.' Schuppers schoof zijn stoel verder naar voren en boog zijn hoofd naar hem toe. Cornelius kreeg het gevoel dat hij iets heel belangrijks had gezegd en vertelde verder. 'Toen Geertrui en ik trouwden, kregen we van haar broer wat zilveren mesjes cadeau. Die zaten in dit papier gewikkeld.' Hij legde zijn vinger vastberaden maar vragend op het stembiljet, maar Schuppers stak de snippers snel in zijn borstzak. Daarna ging hij het huis uit met Verwoert achter zich aan. Op het erf bleven ze staan naast de hooiberg. Schuppers keek Verwoert aan.

'Inderdaad,' zei hij, 'de moordenaar is niet ver.' Vervolgens liep hij naar het huis van Pieter Pijnacker. Verwoert dacht even na over wat hij net had gehoord en snelde toen achter Schuppers aan.

Die klopte op de deur van de Pijnackers en wachtte. Lena deed open en vertelde dat Pieter bij Cornelius aan het werk was. Daarop snelde Schuppers weer over de draaibrug en vroeg Cornelius waar hij Pieter kon vinden. Die verwees hem naar de koeien. Dicht bij de schuur stond Schuppers ineens stil en luisterde. Hij hoorde zakken of kisten verschuiven en iemand die een liedje neuriede en riedeltjes floot.

'Hoe kan hij in hemelsnaam zingen in het huis van de vrouw die gisteren is begraven', fluisterde Verwoert hem in het oor. Daarop ging Schuppers de schuur in met Verwoert achter zich aan. Toen Pieter hen zag, zei hij dat Cornelius naar de wei was gegaan.

'We komen voor jou, Piet', zei Schuppers en hij keek hem recht aan. Hij kwam zo dichtbij dat de twee mannen elkaars adem konden ruiken. Schuppers haalde de papiersnippers uit zijn jas en hield ze tussen hen in. Daarna pakte hij de hand van Pieter en legde de papieren erin. Die draaide ze om en gaf ze terug.

'Waarom lagen deze snippers op jouw erf?' vroeg Schuppers toen vastberaden en luid. Pieter had hem nog kunnen horen als hij dertig meter verderop had gestaan. Hij schokschouderde onrustig. Schuppers ging naast hem staan. 'Laat je mond antwoord geven, niet je schouders!' riep hij. 'Hoe komen die snippers op je erf? Ze zijn niet van jou. Je hebt niet eens stemrecht. Wat moet je dan met zo'n biljet?'

'Misschien hebben de kinderen het ergens gevonden en meegenomen.'

'Om het vervolgens te verscheuren?' vroeg Verwoert, die zich dapper mengde in het gesprek.

'Misschien vonden ze het niet interessant genoeg en gooiden ze het daarom weg', zei Pieter terwijl hij Schuppers schuin aankeek. Die gaf de snippers aan Verwoert met de opdracht de kinderen van de Pijnackers te vragen of zij er iets mee te maken hadden.

Hij liet Pieter achter in de schuur en ging weer naar Cornelius. Hij vroeg hem of hem iets bijzonders was opgevallen aan het gedrag van Pieter na de moord op Geertrui. Cornelius kon zich niets vreemds herinneren, behalve dat Pieter het lijk niet had willen groeten en zich die dag niet op de boerderij had vertoond, terwijl bijna de hele buurt op bezoek was geweest.

'Nu u het zegt, toen ik hem vroeg waarom hij niet kwam, zei hij dat hij zich haar wilde herinneren zoals ze was geweest en dat hij anders dat akelige beeld nog jaren voor zich zou zien. Maar hoe kon hij weten hoe ze was toegetakeld?'

Verwoert kwam terug en vertelde dat de kinderen van Pieter het papiertje niet hadden herkend. Daarop liepen ze samen terug naar het huis van de Pijnackers.

'Denk je dat Pieter Pijnacker de dader is?' vroeg Verwoert hem onderweg.

'De zilveren mesjes zaten in dit papiertje en we hebben het op zijn erf gevonden. Bovendien vertrouw ik die Pijnacker niet.'

'Dat hij een dief is, dat geloof ik misschien, maar een moordenaar? Waarom zou hij zijn buurvrouw, in wier huis hij werkt, vermoorden? Misschien heeft de echte moordenaar die snippers op zijn erf gegooid om hem verdacht te maken.'

'Dat kan ook', zei Schuppers. 'We zullen de vrouw van Pijnacker eens over hem uithoren. Bij hem zal het moeilijk zijn achter de waarheid te komen. Hij fluit en zingt terwijl hij werkt in het huis van het slachtoffer. Hij haalde de dokter en droeg de kist. Als hij de moordenaar is, draagt hij tien maskers.'

Vanaf het moment dat Schuppers Lena voor het eerst had gezien, had hij het gevoel dat ze op de hoogte was van iets wat ze niet hoorde te weten. Ze was het soort vrouw dat niets kon verbergen. Toen hij en Verwoert het huis hadden doorzocht, had ze niet in de buurt willen blijven. Bovendien kon hij zien dat ze niet goed sliep. Op haar hoede keek ze de twee mannen aan toen die opnieuw aan haar deur stonden.

'Mevrouw Pijnacker, iedereen denkt dat de moordenaar hier in de buurt is. Wat denkt u zelf?' vroeg Schuppers meteen. De lippen van Lena begonnen te trillen en haar mok viel uit haar handen. Schuppers pakte hem op en hield hem voor haar gezicht. Ze pakte hem aan, maar trilde nog steeds. Schuppers keek lang naar haar trillende hand om haar duidelijk te maken dat hij het had opgemerkt. 'Bent u bang voor de moordenaar?' vroeg hij dreigend. 'De moordenaar, mevrouw Pijnacker, is bij de buren geweest en komt misschien ook wel hier.' Toen vroeg hij plots: 'Hebben jullie kaas?'

'Die is op', zei ze, en nu trilden niet alleen haar handen, maar ook haar stem.

'Waarom bent u bang? Betekent het woord kaas iets?'

'Eh, eh', stamelde ze. Ze wilde nee zeggen, maar kon het woord niet over haar lippen krijgen.

'Wanneer gaan jullie kaas halen?' vroeg hij met nadruk op 'kaas'.

'Ik weet het niet. Dat moet u aan Piet vragen.'

'Dus Piet haalt de kaas?' Lena leek door haar knieën te zullen zakken, waarop Schuppers haar naar binnen hielp en haar op een van de stoelen deed zitten. Verwoert keek verbaasd. Als het nodig was, kon Schuppers duivelachtig zijn.

Schuppers ging achter Lena staan en bleef een paar lange minuten stil. Ze werd steeds bleker en kleiner.

'Helena Pijnacker', zei hij toen opeens luid. 'Dochter van Johannes van Rijn en Cornelia van der Borst. Geboren op zaterdag 12 augustus 1826 te Reeuwijk. Klopt dat?'

'Ja, meneer', zei Lena zacht tegen de man achter haar die alles over haar leek te weten.

'Bent u bang omdat de moordenaar nog niet is opgepakt?' Schuppers draaide de stoel en keek haar aan. 'Of omdat hij zal worden opgepakt?' Lena stond op het punt flauw te vallen.

'De moordenaar...' stamelde ze. 'De moordenaar...' Hij nam een stoel, ging voor haar zitten en nam het papiertje uit zijn jas.

'Hier. Deze snippers vonden we op dit erf. Er hebben zilveren mesjes in gezeten van mevrouw Geertrudis van der Pouw. Wist u dat?'

'Meneer, ik weet het niet', zei ze met verschietende stem. 'Piet weet alles. Vraag het aan Piet.'

'Wat vragen we Piet?' riep Schuppers hard in haar gezicht. Lena kon het niet meer verdragen.

'Vraag het Piet', snikte ze en ze begon te huilen. Haar oudste zoon Karel en haar dochter Maria Johanna kwamen binnen en zeiden dat de baby huilde. Ze bleef zitten. De kinderen begrepen niet waarom ze niet meteen naar de baby toe ging. Pas toen Schuppers het huis verliet met Verwoert, stond ze moeizaam op en waggelde naar het wiegje.

Later die middag zei Schuppers in de koets op weg naar Gouda dat ze voor de zekerheid nog een stop moesten maken bij de gevangenis.

'Bij Klaas van der Wal? Wat wilt u daar gaan doen?' vroeg Verwoert.

'Dat wordt duidelijk als we daar zijn.' Hij zweeg tot Klaas van der Wal tegenover hem in de verhoorkamer zat. Hij beval hem zijn overhemd uit te trekken, pakte de twee doosjes met de kazen waarin Sientjes nagelafdrukken stonden en vergeleek ze met de krabsporen op de borst van Klaas. De middelvinger aan de linkertepel had geen spoor achtergelaten. Schuppers beval Klaas zijn kleren weer aan te trekken en te gaan zitten.

'Weet u van wie de nagels in de kaas zijn?'

'Nee.'

'Het zijn dezelfde nagels als die over uw borst hebben gekrabd.' Het gezicht van Klaas werd rood, terwijl hij angstvallig naar de man voor hem staarde die te veel over hem leek te weten. 'Nou, wie is zij?'

'Sientje. Sientje Okkerse.'

'Aha, en ik dacht dat u niemand in Reeuwijk kende? Hoe kent u haar?'

'We zagen elkaar vaak voordat ze voor haar neef ging werken.'

'En wanneer zag u haar voor het laatst?'

'Een paar dagen geleden, nadat ze klaar was met melken.'

'En zij bracht u de kaas van Vergeer?'

'Ja.'

'En na een vrijpartij was u even gaan liggen om een dutje te doen, voordat u naar Den Haag zou gaan, zoals u uw vrouw had gezegd.' Klaas van der Wal knikte beschaamd. 'Waarom hebt u ons dat niet eerder verteld?'

'Ik woon in het huis van mijn schoonvader en heb twee

kinderen met zijn dochter. Ik was bang dat ik alles zou verliezen. Bovendien wist ik niet wat er dan met Sientje zou
gebeuren.'

'En uw eigen leven, was u daar niet bang voor?' zei Schuppers. Daarop verliet hij de ruimte. Op weg naar de koets
fluisterde hij tegen Verwoert: 'De moordenaar is inderdaad
niet ver te zoeken.'

Toen Pieter Pijnacker die avond thuiskwam, ging hij zwijgend zitten eten. Lena zag dat hij aandachtig naar de kinderen keek. Hij vroeg Karel, die in december tien zou worden,
hoe het stond met zijn schilderij op zolder. De jongen vertelde dat hij groene verf nodig had en Pieter zei dat hij
daarvoor zou zorgen als hij naar Rotterdam ging. Tot de
kinderen naar bed gingen, zat Pieter naar hen te staren en
zelfs toen ze al sliepen, keek hij nog lang naar hen met de
lamp in zijn hand. Toen zocht hij een potlood en scherpte
het langzaam met een mes. Lena was verbaasd, want ze had
hem nooit eerder zien schrijven. Hij zocht in de lades tot
hij een doosje vond dat aan een ketting om zijn nek had
gehangen. Hij opende het en haalde er een opgerold stukje
papier uit. Daarna ging hij naar de zolder. Daar keek hij bij
het licht van de lamp naar het schilderij van zijn zoon, waarop een jongen stond met een gouden fazant op zijn schouders die uit zijn hand at. Pieter zag dat de bomen slechts
vaag groen waren. Daarom had Karel dus groene verf nodig.
Als hij er genoeg zou hebben, kon zijn zoontje de hele zolder beschilderen met levensechte bomen. Hij keek door
het raampje naar het donker buiten. Hij voelde dat dit misschien de laatste nacht in zijn huis zou zijn. Hij liep terug

naar het schilderij, rolde het papiertje open en begon het over te schrijven op de plek waar zijn zoon ruimte had opengelaten.

'Achter de deur waardoor je binnenkomt om de wereld te zuiveren, zitten de duivels, vastgebonden aan hun stoelen met de touwen van de waarheid, bedekt met het bloed van hun zonden.' Pieter had liever iets anders voor zijn zoon geschreven, maar hij was geen man van woorden. Deze tekst had hij gekregen van een vreemdeling die hij eens gratis van Rotterdam naar Gouda had gebracht. Die had de tekst als een soort heilige spreuk op een briefje geschreven en het hem in het doosje gegeven als magische amulet. Hij had erbij verteld dat het een talisman tegen duivels was en die had om Pieters nek gehangen tot het koordje brak.

Hij zag bleek toen hij terug beneden kwam.

'Piet, wat is er?' vroeg Lena.

'Als je eens naar Rotterdam gaat, vergeet dan niet groene verf voor Karel te kopen', zei hij terwijl hij de lamp op de tafel zette. 'De bomen op de zolder, ze zijn te dof.'

'Bomen op de zolder?' vroeg Lena, maar hij haalde zijn schouders op. 'Wil je wat water?' vroeg ze.

'Ik ga naar bed. Ik ben moe', zei hij. Terwijl hij zich naar de bedstee sleepte, begon te baby te huilen. Lena gaf hem de borst tot hij sliep, legde hem in de wieg en wilde de was opvouwen toen ze ineens geklop op de deur hoorde. Ze deed open en zag Schuppers staan met Verwoert, de rijksveldwachters Havelhorst en Bruinsma en twee agenten van de gemeentepolitie, Schuling en Van Leeuwen.

'Waar is Pieter?' vroeg Schuppers.

'In bed', zei ze. Schuppers zette een stap naar voren. De politiemannen volgden.

'Haal hem uit bed', zei hij tegen de mannen. Die sommeerden Pieter om op te staan. Hij kleedde zich aan en liep zenuwachtig heen en weer. Het viel Schuppers op dat Pieter uit het lamplicht bleef en zijn ogen niet opsloeg.

'Meneer Pijnacker, u bent gearresteerd voor de moord op Geertrudis Vergeer-Van der Pouw', zei Schuppers rustig, omdat hij de kinderen die bij de trap stonden niet banger wilde maken dan ze al waren.

'Jezus Christus', zei Lena. 'Ik ben met mijn arme kinderen voor eeuwig ongelukkig.' Ze sloeg zich met de vuist voor het hoofd.

'Wees gerust, moedertje,' zei Pieter, 'er is niets aan de hand en je weet van niets.' Hij voelde dat zijn vrouw de controle over zichzelf aan het verliezen was en Schuppers nu alles uit haar mond kon trekken. Hij hoopte haar met zijn woorden nog in toom te kunnen houden, maar Lena richtte zich tot de twee politieagenten.

'Zal Piet nog lang leven?' vroeg ze. Schuppers keek naar de kinderen en fluisterde toen in haar oor, opdat de kinderen het niet zouden horen.

'Ik vrees van niet.' Lena begon hard te huilen, uit verdriet of van opluchting.

'O God. Daar is het al. O God, wat zal Hij genaken', huilde ze. Pieter was onrustig en wilde zijn vrouw geruststellen.

'Het is niets. Houd je maar bedaard', zei hij terwijl hij door de agenten naar buiten werd gevoerd en ook de kinderen begonnen te huilen.

'Je kunt afscheid van hen nemen', zei Schuppers. Pieter omhelsde de kinderen, waarop ze nog harder gingen huilen. Daarna liep hij naar Lena, zijn ogen vol tranen.

'Bedaar, want ik weet nergens van.' De agenten namen hem mee, Lena begon op haar gezicht te slaan.

'O God. Heb ik niet gezegd dat het uit zou komen?' Schuppers nam Lena apart, deed haar op een stoel zitten en zette een lamp voor haar, zodat hij haar goed kon opnemen.

'Vertel me, vanwaar die opmerking?' Ze bleef stil. 'Zeg nu wat je weet! Nu, aan deze tafel.' Lena keek in het lamplicht, waardoor Schuppers er nog angstaanjagender uitzag, en begon te praten, alsof niet zij maar iemand anders haar lippen bewoog. Ze vertelde dat Pieter op 29 oktober het huis uit was gegaan om kaas te halen. Ze had geprobeerd hem tegen te houden. 'Piet, Piet, doe het niet. Het zal uitkomen', had ze gezegd. Ondanks haar bezwaren was hij op pad gegaan en ongeveer een halfuur later met een kaas teruggekomen. Schuppers kreeg het gevoel dat ze meer wist, maar bang was voor Pieter.

'Het achterhouden van informatie is strafbaar, mevrouw Pijnacker', zei Schuppers.

'Vraag het Piet, alstublieft', zei Lena angstig.

'We vragen Piet wat hij weet, maar vragen ook u wat u weet.' Lena kreeg het gevoel dat hij alles al wist.

'Ik zei tegen Pieter dat hij niet moest gaan, maar hij zei dat hij kaas ging halen', vertelde ze, trillend over haar hele lichaam.

'En daarna?'

'Ik zei dat het uit zou komen.'

'Dat vertelde u al. En toen?'

'Hij kwam terug met kaas.'

'En?' Hij schoof zijn stoel piepend dichterbij.

'Hij zei dat hij mij ook zou vermoorden als ik maar één woord zou zeggen.'

'Ook?' Lena bekende dat zij diverse spullen van Pieter had gekregen en haalde een gouden ketting met een kruis, een zilveren snuifdoos en een pepermuntdoos uit de tafellade.

Schuppers wist dat dat niet het enige was dat uit het huis van Vergeer was meegenomen en vroeg haar waar de rest was, maar dat wist ze niet. Toen Schuppers haar vroeg of Pieter kort geleden nog in huis had getimmerd, vertelde ze dat hij op zolder bezig was geweest. Schuppers ging er met de lamp naartoe en nadat hij een stuk dakbeschot had weggehaald, vond hij een met een zwarte doek omwikkeld tonnetje. Daaruit kwamen nog meer zilveren en gouden voorwerpen tevoorschijn, evenals een pijpenwroeter en een beugeltas, en in een kistje vond hij een groen lederen portemonnee en de gouden ring met het witte kruisje. Alle gestolen voorwerpen werden in het huis teruggevonden. De kaas lag aangebroken in de broodkast.

Het rijtuig met de twee agenten, de rijksveldwachters en Pieter Pijnacker reed naar Gouda. Schuppers en Verwoert volgden in een koets daarachter met de gevonden voorwerpen.

'Jongeman, dat was Reeuwijk', zei agent Schuling tegen Pieter, die zich had omgedraaid naar het dorp waar hij had gewoond, alsof hij het in het donker had kunnen zien.

Onderweg was hij zwijgzaam. Hij vroeg toestemming om een pijpje te roken en de twee agenten knikten. Pieter stopte zijn pijp en begon in het donker te roken. Toen hij een groep ganzen hoorde overvliegen, dacht hij aan Karel en hoopte dat Lena niet zou vergeten groene verf voor hem te kopen.

'Geniet van je pijp', zei agent Schuling. 'Je dagen zullen op één hand te tellen zijn.' Hij lachte.

'Laat hem rustig roken', zei agent Van Leeuwen.

'Ik maakte gewoon een grapje, hoor. Dat kan hij wel hebben. Toch? Je bent toch niet bang voor Dirk Jansen?' Pieter antwoordde niet en bedacht dat hij gisteren nog een vrij man was geweest en nu afhankelijk was van die twee agenten.

'Misschien kent hij Dirk Jansen niet', zei Van Leeuwen. Schuling lachte hard omdat hij dacht dat Van Leeuwen nu een grap maakte, want hoe kon iemand Dirk Jansen, de enige beul in Nederland, nu niet kennen?

In de andere koets bespraken Schuppers en Verwoert de gebeurtenissen.

'Dat ging snel. Voor ons rijdt de moordenaar, het bewijs hebben wij, en zijn vrouw heeft bekend', zei Verwoert, verrast over de manier waarop en de snelheid waarmee Schuppers de zaak had opgelost. Ze wisten nog niet dat Schuppers naar aanleiding van dit onderzoek zou worden bevorderd tot brigadier-majoor titulair en dat Verwoert een gratificatie van twintig gulden zou ontvangen.

'Het was het woord kaas', zei Schuppers. 'Geertrui had dat niet als laatste gezegd als de moordenaar niet was gekomen om kaas te stelen.' Schuppers zweeg. Alleen de hoeven van de paarden en de wielen in het grind waren te horen. Pieter Pijnacker zou nooit meer terugkeren naar Reeuwijk.

Hoofdstuk 19

In Gouda stapte Pieter uit de koets met de twee agenten, die hem de gevangenis in leidden. Schuppers en Verwoert brachten hem naar een kamer, waar hij op een harde stoel werd gezet. Schuppers nam tegenover hem plaats, in een hoek van de kamer zat een klerk aan een tafel met papier, een inktpot en een kroontjespen.

'Wil je iets drinken?' vroeg Schuppers.

'Water', zei Pieter. Zijn keel was uitgedroogd op de weg van Reeuwijk naar Gouda. Hij kreeg een mok water die hij meteen leegdronk, waarna hij opnieuw een mok kreeg. Omdat er geen tafel was waarop hij hem neer kon zetten, bleef hij hem vasthouden.

'En nu wil ik dat je mij alles vertelt', zei Schuppers. Ondanks de lange dag klonk zijn stem helder en stabiel.

'Waarover?' vroeg Pieter.

'De moord op Geertrui.' Schuppers draaide zich naar de klerk. 'Als meneer Pijnacker begint te vertellen, kunt u gaan schrijven.' Toen Pieter Pijnacker aan zijn bekentenis begon, draaide Schuppers zich weer naar de klerk. 'Moet hij langzamer praten?'

'Dat is niet nodig, meneer.' Hij kon snel schrijven met zijn lange, dunne vingers en wist precies wanneer hij tijd had om zijn pen weer in de inktpot te dopen.

'Ga door', spoorde Schuppers Pieter aan.

'We hadden niets te eten', herhaalde Pieter.

'Noteer dat niet', zei Schuppers tegen de klerk. 'En dus ging je kaas halen.'

'Ja, ik ging kaas halen.' De klerk keek naar Schuppers en wist niet goed of hij nu moest beginnen met schrijven of niet.

'Niet vanaf hier, begin bij het bootje', zei Schuppers en hij knikte naar de klerk, die begon te schrijven zodra Pieter sprak.

'Ik haalde het bootje uit Randenburg.'

'Wacht', zei Schuppers en hij draaide zich weer naar de klerk. 'Wat heb je opgeschreven?'

'Ik haalde het bootje uit Randenburg', herhaalde de man zacht, zonder te laten merken dat hij geïrriteerd raakte omdat iemand hem zei hoe hij zijn werk moest doen.

'Haal het woord "haalde" door en verander het in "stal"', zei Schuppers en hij maande Pieter aan door te gaan.

'Ik heb het bootje gestolen in Randenburg', zei Pieter en hij keek naar de reactie van Schuppers.

'Nu klopt het, ga door.'

'Met twee roeiriemen.'

'Waar lagen die?'

'In het bootje.' Schuppers draaide zich naar de klerk. 'Met twee roeiriemen die in het bootje lagen.' Hij wendde zich weer tot Pieter. 'Ga door.'

'Ik verstopte het bootje.' Daarna praatte hij alsof hij niet in de kamer zat met die mannen om hem heen. Hij praatte en luisterde naar het gekras van de kroontjespen op het papier. Elk woord een paar krassen. Hij liet zijn gedachten naar die avond van 28 oktober gaan. Het was stil en donker. Hij roeide zacht, zodat niemand hem zou zien of horen en kwam aan de andere kant van het water. Hij verstopte het bootje tussen het riet en de bomen. De nacht was stil, de stilte voor de storm die een paar uur later zou beginnen. Hij liep naar zijn huis. Binnen zag hij Lena.

'Waar was jij?' vroeg ze hem.

'Waarom vraag je dat, moedertje?' Hij keek haar niet aan.

'Cornelius zocht je.' Hij keek aandachtig naar haar.

'Wat heb je tegen hem gezegd?'

'Ik zei dat je ergens rondliep.'

'Zei hij wat hij van me wilde?'

'Hij heeft een klusje voor je morgen.'

'Die klootzak. Ik heb nog vier dagen loon van hem te goed.'

'Zeg dat dan tegen hem.'

'Hij weet het. Ik heb het al twee keer gezegd. Hij antwoordt elke keer dat hij morgen zal betalen, maar ik heb nog geen cent gezien. Hoe meer ik werk, hoe meer hij moet betalen en dan wordt het steeds moeilijker. Je weet dat hij gierig is.' Lena reageerde niet omdat ze het haar man al vaak had horen zeggen. Pieter vroeg haar of er nog iets voor het ontbijt in huis was.

'Niets', zei ze.

'Morgen ga ik kaas halen', antwoordde hij. 'Wie niet wil betalen, moet maar een kaas verliezen.'

'Piet, doe het niet. Het zal uitkomen', zei Lena bezorgd.

'Moedertje, die man heeft zoveel. Hij zal dat pondje kaas niet missen.' Hij stopte een pijp, die hij rustig oprookte, en ging toen naar bed. Om halfvier werd hij wakker, een halfuur later dan gepland. Lena voelde dat hij gehaast was en stond ook op. Ze zag dat hij zijn jas aandeed en weg wilde gaan.

'Piet, doe het niet', zei ze slaperig.

'Waarom ben je wakker, moedertje? Ik ga alleen kaas halen', zei Piet. Hij probeerde het gewoon te laten klinken, maar hoorde zelf de spanning in zijn stem.

'Niet doen, Piet', zei Lena, maar hij ging toch. 'Piet', zei ze nog eens, maar haar stem verdween in de wind, die in de loop was de nacht was aangewakkerd. Ze deed de deur dicht.

Pieter sloop naar de plek waar hij het bootje had verstopt. Hij duwde het in het water en roeide naar het erf van Cornelius Vergeer. Aan de achterzijde meerde hij aan. Hij sprong zacht in het water en liep gebogen naar het huis. Zijn klompen liet hij achter in de boot want hij wilde geen geluid maken. Hij wist dat Cornelius rond vier uur zou gaan melken met zijn broer en de meid. Daarom wachtte hij even. Hij schrok toen een berkenboom krakend omwaaide, maar niet lang daarna zag hij drie schimmen in de koeienschuur verdwijnen. Hij wachtte nog even en voelde zijn hart bonzen. Daarna liep hij om het huis heen, van de mestvaalt naar de kaasschuur en het zomerhuis, om te weten waar Geertrui was. Hij keek door alle ramen, maar ze waren allemaal donker. Pieter kon niet geloven dat ze nog sliep. Opeens lichtte een flakkerende vlam op in het zomerhuis. Hij liep er voorzichtig heen en keek naar binnen. Geertrui droeg een kom en een kannetje en was bezig melk te halen. Pieter zag zijn kans schoon en ging via de openstaande staldeur het woonhuis binnen. Hij werkte regelmatig voor Cornelius en kende het huis. Hij liep meteen naar de kast en nam een stuk kaas. Op het moment dat hij weg wilde gaan, schrok hij op van Geertrui, die plotseling verscheen.

'Piet, wat doe je? Haal je mijn kaas weg?' zei Geertrui, die al net zo geschrokken was.

'Wat doe jij hier? Je was bezig in het zomerhuis', zei Pieter, die met de kaas in het donker had willen terugsluipen naar het bootje. Om zes uur zou hij dan met een volle maag in haar huis verschijnen om zoals afgesproken te werken. Ze werd boos.

'Maar dit is mijn huis!' riep Geertrui. 'Ben je soms gek geworden?' Ze liep naar hem toe en nam de kaas uit zijn handen, die op de grond viel. In plaats van de kaas op te rapen, greep Pieter een op de grond liggende knuppel en gaf haar daarmee een flinke klap op het hoofd.

'Je zou nu in het zomerhuis moeten zijn', schreeuwde hij, bozer op het toeval dan op haar. Geertrui slaakte een gil, hief haar handen naar haar hoofd en liep met haar rug tegen de kaaspers. Pieter gaf haar nog een klap, waarna ze op de grond viel en niet meer opstond. Pieter knielde neer. Haar hoofd bloedde hevig en haar hersenen leken uit haar schedel te puilen. Hij zag meteen dat ze of dood of stervende was. Snel liep hij terug het woonhuis in en griste wat papieren, een groene portemonnee, ongeveer dertig gulden en een aantal sieraden uit de bureaulade. Naast de bedstee pakte hij een zilveren horlogeketting en uit een zijkamertje haalde hij nog een zilveren horloge. Hij propte zijn zakken vol, pakte de kaas en de knuppel en verliet zo snel hij kon het erf. Bij de boot kon hij in zijn haast slechts één roeispaan vinden, maar dat was genoeg om aan de overkant te komen. Daar gaf hij de boot een zetje, zodat hij wegdreef, en liep naar zijn huis. Toen Lena zijn bezwete, rode gezicht zag, voelde ze dat er iets vreselijks was gebeurd, maar ze durfde niets te vragen.

'Pak aan die kaas die ik zo nodig van je moest halen', zei hij, alsof zij hem gedwongen had. Hij smeet hem in haar richting, waar hij voor haar voeten op de grond viel. In het lamplicht zag ze dat er bloed op zat.

'Wat heb je gedaan?' vroeg ze angstig.

'Geertrui', zei Pieter.

'Heb je haar vermoord?' fluisterde ze met bijna onhoorbare stem.

'Ze ligt morsdood.'

'Dood?' Pieter wist niet of ze het aan zichzelf of aan hem vroeg.

'Dood.' Hij keek in haar ongelovige ogen. 'En als jij ook maar één woord zegt, zul je hetzelfde lot ondergaan.' Hij waste bruusk zijn handen in de kom. Toen hij zag dat er nog bloed onder zijn nagels zat, liep hij terug naar de waskom. Lena zag dat hij zijn nagels zorgvuldig schoonmaakte. Daarna bekeek hij zijn grote handen opnieuw grondig, trok zijn kleren uit en ging naar bed. Lena was blijven staan en wist niet wat ze moest doen. Ze pakte de kaas, ging naast de lamp zitten, sneed de stukken met het bloed eraf en gooide die voor de kat. Ze fluisterde: 'Arme Geertrui', sneed nog een stuk af voor de kinderen en wikkelde de rest in een doek. Later, toen haar kinderen van de kaas aten, werd ze misselijk. Zelf nam ze geen hap. Het overschot legde ze in de broodkast, bedenkend dat ze bang zou zijn dat haar kinderen vergiftigd zouden worden als ze er meer van zouden eten.

Niet veel later werd er hard op de deur geklopt. Lena deed open en zag een verwilderde Cornelius staan. Ze durfde hem niet recht in de ogen te kijken, bang als ze was dat hij zou zien dat zij wist wie de moordenaar van zijn vrouw was. Verward vroeg hij naar Pieter om de dokter te halen, omdat Geertrui misschien een toeval had gekregen. Lena rende naar Pieter, die nog lag te snurken. Ze schudde hem wakker.

'Wat?' zei Pieter verschrikt.

'Ze leeft nog', siste ze.

'Wie?'

'Wie? Geertrui natuurlijk. Cornelius staat voor de deur. Hij wil dat jij de dokter haalt.' Pieter stond op.

'Zei hij iets?'

'Dat ze een toeval had of zo.' Pieter trok snel zijn kleren aan en ging naar buiten. Hij rende naar het koetshuis en zei dat hij een koets nodig had om de dokter te halen voor een spoedgeval. Hij liet de paarden in galop koers zetten naar Waddinxveen. Hij had de hersenen van Geertrui uit haar schedel zien puilen toen hij haar achterliet en kon zich niet voorstellen dat ze het zou overleven. Daarom haastte hij zich naar de dokter. Hoe sneller hij was, hoe minder ver- dacht hij was. Hij vertelde dokter Reuber dat hij moest komen voor een spoedgeval.

'Hoe spoedig?'

'Ze kan elk moment sterven', zei Pieter. Dokter Reuber nam zijn tas, die altijd klaarstond, en sprong in de koets. Pieter liet de zweep knallen en reed snel terug naar Reeuwijk. Daar aangekomen rende de dokter naar de open deur van Cornelius en Geertrui. Pieter bracht de koets terug en liep naar zijn huis, denkend aan de hersenen die hij had gezien. Thuis stopte hij de spullen die hij had gestolen voor het grootste deel in een tonnetje en ging naar de zolder om het te verbergen onder de dakspanten. De knuppel en de papie- ren die hij had meegenomen, waren op zijn verzoek al door Lena verbrand in de oven.

Pieter Pijnacker vertelde alles. De klerk schreef tot hij was uitverteld. Toen vroeg Pieter of hij een pijpje kon roken. Hij nam diepe teugjes en vertelde dat hij zijn vrouw twee dagen na de moord een gouden ring had gegeven, de zilveren pepermuntdoos en de zilveren snuifdoos. Het geld had hij ook voor een deel aan haar gegeven, hij had er zelf wat van uitgegeven en de resterende tien gulden had hij boven de bedstee verstopt.

Schuppers was moe en besloot dat hij klaar was voor die dag. Hij verzocht de klerk de volgende vraag niet te noteren. Daarop keek hij nieuwsgierig naar Pieter en vroeg hoe hij de volgende dag had kunnen werken in het huis waar hij een moord had gepleegd.

'Ik heb een gezin en moet verdienen', zei Pieter schouderophalend. Schuppers zei dat hij niet begreep dat hij zo respectloos kon zijn tegenover de omgekomen vrouw dat hij zelfs haar kist had gedragen. Pieter antwoordde niet. Hij was moe van alle vragen. Schuppers stond op, opende de deur en knikte naar de agent ernaast.

'Laat hem zijn pijpje oproken en breng hem naar de cel', zei hij. Pieter wilde dat deze pijp eindeloos zou duren en toen de tabak op was, nam hij een teug zonder dat er rook uit de pijpenkop kwam. De agent keek hem aan.

'Klaar?' vroeg hij dwingend. Pieter knikte en werd door een lange gang naar de cel geleid. Bij de ijzeren deur doorzocht de agent zijn kleren, nam de pijp, de tabak en het tienstuiverstuk dat hij bij zich had van hem af, duwde hem naar binnen en sloot de deur luidruchtig. Pieter bleef in het midden van de cel staan. Hij wilde dat hij in een nachtmerrie stond in plaats van in een cel en elk moment wakker kon worden. Hij staarde naar de donkere muren en het raampje met de tralies. Dit kan niet, dacht hij. Hij wilde schreeuwen, maar zijn stem bleef ergens in zijn keel hangen. Toen de lamp in de gang zachter werd en langzaam doofde, schreeuwde hij toch. Hij hoorde echoënde voetstappen naderen en zag een licht dichterbij komen. Een bewaker keek door het raampje van de celdeur.

'Wat is er aan de hand?' vroeg hij.

'De lamp gaat uit.'

'Nou en? Leer je mond te houden hier.' Hij ging weg met de lantaarn en liet Pieter in het donker achter. Die zeeg neer op het betonnen bed met de strozak. De tralies van het raampje in de deur wierpen een vage schaduw op de celmuur. De schaduw trilde vanwege het dovende lamplicht, waardoor de tralies krioelende slangen leken. Afschuwelijke gedachten gingen door zijn hoofd. Zijn leven behoorde hem niet meer toe.

Zijn hoofd werd zwaar en hij ging liggen. Hij dacht aan de bomen die zijn zoon op de zolder had geschilderd en de groene verf uit Rotterdam die hij nodig had. Zijn zoon zou de bomen een voor een beschilderen. Pieter Pijnacker zag zichzelf daar staan, tussen de bomen, in een ver bos. Zijn zoon stond naast hem met een gouden fazant op zijn schouders die uit zijn hand at. Zo trad hij uit de cel en kon hij voor altijd verdwijnen tussen de bomen. Niemand zou hem daar kunnen vinden.

Na een uur keek de bewaker door het raampje en hoorde hem snurken.

Hoofdstuk 20

Eind maart 1870, enkele maanden na de arrestatie van Pieter, kwam zijn zaak voor bij het Provinciaal Gerechtshof in Den Haag. De beschuldiging werd voorgelezen.

'Moedwillige manslag, voorafgegaan en gevolgd door diefstal bij nacht, gepleegd in een bewoond huis, welke manslag heeft gestrekt om het plegen van de daaropvolgende diefstal voor te bereiden en gemakkelijk te maken en om de ontdekking van zowel de daaraan voorafgaande als de daaropvolgende diefstal te voorkomen.' In het pleidooi van advocaat-generaal W.F.G.L. François werd Pieter neergezet als een nietsontziende sluipmoordenaar, die weliswaar niet vooraf van plan was geweest een moord te plegen, maar dit wel in koelen bloede had gedaan en bovendien gepoogd had dit te verbergen. Hij pleitte de doodstraf. Pieters advocaat S.M.S. de Ranitz bracht daartegen in dat de moord niet was bewezen en dat daarom de doodstraf niet gerechtvaardigd was. De rechtszaak duurde twee dagen, en dertig dagen later volgde het vonnis. Het hof achtte voldoende bewezen dat Pieter schuldig was aan de moord op Geertrui en legde hem de doodstraf op. Wat misschien meespeelde, was dat meester J.A. Philipse de rechter was die de zaak behandelde. Philipse was een fervent voorstander van de doodstraf en wist dat de liberalen bezig waren met een wet om deze af te schaffen. Nadat hij de uitspraak had gedaan, richtte hij zich tot Pieter, die tot dan toe weinig emotie had laten zien, maar zichtbaar was aangedaan door het vonnis.

'U hebt misschien uw aardse rechter willen misleiden, maar bij de rechter daarboven zult u minder succesvol zijn. God heeft gezien hoe u een jonge, onschuldige en bovendien vruchtdragende vrouw om het leven bracht. Alleen Hij weet wat er nu in u omgaat. Richt u tot Hem voor vergiffenis. Alleen bij Hem zult u rust kunnen vinden', sprak hij met strenge stem, terwijl hij Pieter aankeek met een nog strengere blik.

Het beroep van advocaat De Ranitz bij de Hoge Raad werd verworpen en zijn gratieverzoek bij koning Willem III werd afgewezen. Ook Pieter en Lena dienden gratieverzoeken in bij de koning. Pieter schreef dat hij de moord niet met kwaad opzet had gepleegd. Hij had alleen een kaas willen stelen en vond het vreselijk dat hij deze daad had gepleegd. Lena schreef in haar brief hoe ongelukkig zij en haar drie kinderen nu waren en hoe moeilijk het was zonder de man des huizes in hun onderhoud te voorzien. Maar niets mocht baten. De gratieverzoeken werden een voor een afgewezen. Of Philipse, die vaak door de koning om advies werd gevraagd, daarin een rol had gespeeld, zou nooit duidelijk worden. Al die maanden zat Pieter in zijn cel en hoopte hij dat zijn leven niet op het schavot zou eindigen. In de maand augustus waren alle mogelijkheden tot beroep en gratie uitgeput en kon hij alleen nog wachten tot de datum van terechtstelling zou worden bekendgemaakt.

Lena bezocht Pieter vaak in zijn cel. Ze zag dat hij was afgevallen en ver weg leek met zijn gedachten. Na de afwijzingen van de gratieverzoeken spookten de woorden van Philipse dat 'zijn verdere dagen kort zouden zijn en de dood hem plotseling kon overvallen' vaak door zijn hoofd. Op het moment dat Philipse ze had uitgesproken, hadden ze niet veel indruk gemaakt, maar nu hij alleen in zijn cel zat en niet wist hoe lang hij nog zou leven, begonnen ze hem onrust te baren. Hij vroeg Lena de volgende keer een bijbel voor hem mee te nemen en een notitieboekje met potlood. Ze bracht hem de bijbel, die hij lang in zijn hand hield terwijl hij ernaar keek alsof het een net opgegraven schat was, en een rood boekje met een kruis in het midden. Toen ze hem vroeg wat hij wilde schrijven, kreeg ze zo'n vaag antwoord dat ze begreep dat hij het zelf eigenlijk ook niet wist, maar nu zijn dagen geteld leken ineens een enorme aandrang voelde om zijn gedachten op papier te zetten. Hij vroeg haar bij elk bezoek naar de groene verf van Karel, maar zij moest hem elke keer vertellen dat ze daar geen geld voor had. Lena was de enige die hem bezocht in de gevangenis. Daarom was hij verbaasd toen er zich iemand anders meldde, niet lang nadat het vonnis was uitgesproken. De man heette Dries de Boer. Zijn gezicht kwam Pieter bekend voor, maar hij wist niet waarvan.

'Ik heb je zaak gevolgd', zei hij glimlachend van achter de ijzeren deur. Nu herinnerde Pieter zich dat hij hem tijdens de rechtszaak en bij het uitspreken van het vonnis in de rechtszaal had zien zitten. 'Ik ben bij je gezin in Reeuwijk geweest en ken de situatie daar.' Hij stak zijn neus door de tralies van het raampje. 'Ik ben gekomen om je een goed aanbod te doen', zei hij zacht. Pieter keek naar de nette man, die een mager gezicht met een spitse neus had, en zijn haren in een overdreven scheiding. 'Zoals je misschien weet is de goede handelaar niet degene met de beste waar, maar degene met de beste naam', vervolgde hij. Pieter wist niet wat de man eigenlijk tegen hem wilde zeggen. Die leek zijn gedachten te raden en legde uit wat hij daar deed. 'Ik heb niet veel tijd, ik kan maar een paar minuten blijven. Luister goed. Mijn aanbod is een maandelijkse betaling voor de komende tien jaar aan je arme familie in Reeuwijk. Tien jaar, Pieter', zei de man, trok zijn neus tussen de tralies uit en keek schichtig om zich heen.

'En wat staat daar tegenover? Ik zit in de nor, weet je nog?' zei Pieter.

'Je kunt veel doen, Pieter', zei de man. 'Ik regel een contract, dat we zullen tekenen in aanwezigheid van een advocaat, zodat het officieel is en dan krijgen je vrouw en je drie kinderen tien jaar lang een maandelijks salaris.'

'En wat moet ik daarvoor doen? Post naar je overleden familieleden in de hemel brengen?' De man wilde lachen, maar had er geen tijd voor.

'Iets belangrijkers. Er worden bij je executie duizenden mensen verwacht. Veel mensen die ik wil vertellen over mijn nieuwe product. Als jij op het schavot staat en schreeuwt: "De yoghurt van De Boer is de lekkerste in Nederland", goed hoorbaar welteverstaan, gaat het contract in.'

'Ik doe het', zei Pieter zonder nadenken. 'Wanneer begint de betaling?'

'Nadat we getekend hebben, geef ik je vrouw drie maanden voorschot.' Pieter kon niet wachten met tekenen. Dries de Boer kwam de week daarop inderdaad terug, met Lena en een advocaat. Pieter tekende het contract, waarna De Boer het geld uit zijn binnenzak haalde en Lena drie maanden vooruitbetaalde.

'Vergeet geen groene verf voor Karel te kopen', zei Pieter tegen zijn vrouw.

'Ik ga niet terug naar Reeuwijk zonder verf', zei ze. Dries de Boer haalde een tube groene verf uit zijn zak.

'Daar is al voor gezorgd.' Pieter begreep niet hoe Dries de Boer dat kon weten, maar was blij dat hij vanuit de cel en op het schavot toch nog iets kon doen voor zijn vrouw en kinderen. Voor De Boer ging, fluisterde hij iets in Pieters oor.

'Wees niet zenuwachtig. Eén zin schreeuwen, en daarna heeft je familie tien jaar lang geen geldzorgen. Ik heb het voor je opgeschreven, zodat je het niet zult vergeten.' Toen Lena de keer erna op bezoek was, vond ze dat Pieter erg stil was. Zijn ogen gingen steeds dieper in hun kassen liggen.

'Kom niet meer op bezoek', zei hij omdat hij de brok in zijn keel niet meer weg kreeg toen ze vertrok.

Toen die avond het eten werd gebracht, zag de cipier dat Pieter de eerdere maaltijd niet had opgegeten. Alleen het water was op. Hij kreeg geen hap meer door zijn keel. Hij las veel in de Bijbel, bad uren achter elkaar om vergiffenis en schreef in het rode boekje. Hij wist nu dat zijn dagen geteld waren en begon zijn gedachten om te zetten in gedichten, waarin hij zijn berouw over zijn daad uitte. 's Nachts droomde hij over de groene bomen van Karel en de gouden fazant.

Op een dag kwam Lena met de drie kinderen op bezoek. Hij zag dat Karel verbaasd naar hem keek. Hij vermoedde dat hij erg veranderd was, in elk geval een stuk magerder en bleker dan voor hij vastzat.

'Ze zeiden dat we je vandaag voor de laatste keer zouden zien', zei Lena. Pieter kwam dicht bij haar staan en fluisterde door de tralies in haar oor.

'Moedertje, ze gaan mij niet ophangen. Ik ga niet dood.'

'Hoe kom je daarbij?'

'Ik droomde gisteren van gouden fazanten. Het waren er heel veel. Een van hen had een snavel van vuur. Die sprong op mijn schouder en pikte het touw om mijn nek door.' Lena dacht dat haar man zijn verstand verloren had en begon te huilen. Daarop begonnen ook Karel, Maria Johanna en de baby te huilen en werden ze door de bewakers uit de gevangenis gezet. Pieter zat op de grond en fluisterde een gebed. In de hoek van de cel schreef hij verder in het rode boekje. Vanaf dat moment zagen de bewakers hem niets anders meer doen dan schrijven en bidden, alsof hij al niet meer van deze wereld was.

'Je hebt geluk, Piet', zei een van de bewakers toen hij hem op een ochtend zijn eten bracht. 'Van Lilaar heeft de doodstraf afgeschaft.' Pieter keek op uit zijn rode boekje. 'Het is echt waar, Piet. Zodra de postkoets uit Den Haag aankomt met de officiële wet, zul je niet op de Botermarkt worden opgehangen. Het kan nog even duren, vooral met dit weer, maar toch, je hebt geluk.' Pieter bleef zitten en dacht aan hoeveel langer zijn leven ineens zou zijn. Jaren zou hij hebben. Vele jaren. Maanden, weken, dagen, uren. Allemaal voor hem en voor hem alleen.

Twee dagen later liet de bewaker weten dat hij nog niet gered was. Hij vertelde dat ene dominee De Graaf het niet eens was met de afschaffing van de doodstraf en nu aan een kruistocht bezig was langs de zeventig ter dood veroordeelden in verschillende steden om hen alsnog hun straf op te leggen, voordat overal officieel bekend was dat de doodstraf werd omgezet in levenslang. Elke keer als hij in een stad aankwam, werden de ter dood veroordeelden nog de volgende dag opgehangen door Dirk Jansen. Pieter keek met wijd open ogen naar de bewaker. Hij kon zijn oren niet geloven.

'Dus hij wil ook mij zien hangen?' vroeg hij.

'Er is maar één ding dat je van dominee De Graaf kan redden: de post, Piet', zei de bewaker. 'Ze zeggen dat de paarden van de dominee niet hoeven te worden gevoederd of gewisseld en dat ze van stad naar stad vliegen.'

'Waar is die dominee nu?' vroeg Pieter, die de hoop die hij twee dagen had gehad voelde wegzakken.

'Niet bekend, maar er wordt gezegd dat hij onderweg is naar Gouda. Maar het kan ook Rotterdam of Delft zijn. Geen idee of je het wilt weten, maar het is hem al gelukt om negen van de zeventig ter dood veroordeelden op het schavot te krijgen. Begin maar te bidden dat jij niet de tiende bent! En vraag God of Hij de koets met de post uit Den Haag wil laten opschieten.' Pieter ging in een hoek van de cel zitten, pakte zijn bijbel en opende hem op een willekeurige pagina. Hij las Mattheus 3 vers 15.

'Jezus echter antwoordde en zeide tot hem: "Laat Mij thans geworden, want aldus betaamt het ons alle gerechtigheid te vervullen."' Pieter sloeg de bijbel dicht, legde zijn hoofd tegen de muur en sloot zijn ogen. Zo bleef hij even zitten en viel toen in slaap.

De volgende ochtend vertelde de bewaker dat dominee De Graaf op de markt van Gouda was verschenen en opriep om de gerechtigheid van God te eren.

'En de postbode?' vroeg Pieter.

'Ach, Piet,' zei de bewaker, 'in zo'n rotweer rijden alleen de paarden van God.'

Pieter voelde dat zijn laatste uren hadden geslagen. Hij dacht aan Geertrui en het kind in haar buik, aan het moment dat ze met bloedend hoofd op de grond was gevallen. Daarna dacht hij aan de andere ter dood veroordeelden naar wie de dominee na zijn executie zou gaan om ze eveneens terecht te laten stellen. Hij bedacht ineens dat als hij de dominee in Gouda vast kon houden en zo de zestig anderen redden van de dood, Geertrui en haar ongeboren kind hem misschien zouden vergeven. Hij dacht diep na, pakte het potlood en opende het rode boekje op de laatste pagina, die nog leeg was. Hij dacht aan het schilderij van zijn zoon op de zoldermuur, schreef zijn laatste woorden en sloeg het boekje dicht. Niet veel later kwam de mededeling dat Pieter om twaalf uur die dag zou worden opgehangen.

'Wat voor dag is het?' vroeg Pieter.

'Zaterdag.' Op die dag ging Pieter vroeger met Karel naar de markt in Gouda.

Als hij er nu maar niet is, dacht Pieter en hij ging door met bidden tot hij een stem zijn naam hoorde noemen. De r klonk alsof de man gorgelde. Pieter keek op en zag iemand met een uitdrukkingsloos gezicht voor de celdeur staan. Aan de hoge zwarte hoed zag hij dat dit de dominee was die ervoor had gezorgd dat zijn laatste dag op deze aarde in was gegaan.

'Pieter Pijnacker. Vandaag zult u sterven om de gerechtigheid van God in leven te houden', zei Johannes de Graaf.

'Ik heb kinderen, meneer', zei Pieter in de hoop dat hij de dominee nog kon overhalen hem in leven te laten. Hij pakte de tralies vast.

'En de onschuldige vrouw die u vermoordde? Het onschuldige kind in haar?' zei dominee De Graaf met diepe, rustige stem. Het leek alsof de tralies een deel waren van zijn strenge, emotieloze gezicht. 'Bid voor uw ziel, Pieter, zodat die klaar zal zijn om geaccepteerd te worden in het koninkrijk der hemelen.' Pieter sloot zijn ogen en fluisterde Jezus' naam. 'Ik ben gekomen om u geestelijke bijstand te verlenen.'

'Mag ik u ook iets vragen?' vroeg Pieter en hij liep met knikkende knieën naar de hoek van de cel, waar hij het rode boekje met het kruis pakte. 'Ik wil dat u mij belooft dit boek naar het adres dat op de laatste pagina staat te brengen voordat u verder gaat met uw reis. Ik wil dat u het zweert, want het is mijn laatste wens.' Hij stak het boek door de tralies heen. 'Het is niet ver, hooguit vijftien minuten van hier.' Dominee De Graaf nam het boekje aan, sloeg de eerste pagina open en las: *'Genade God, wilt u erbarmen? Ik weet dat ik de dood moet ondergaan. Ach, wilt u over mij ontfermen. Ik zie het schavot reeds voor mijn ogen staan.'* Hij sloot het boekje toen een bewaker Pieter Pijnackers laatste maal kwam brengen, stak het in de binnenzak van zijn jas en zette een stap opzij om ruimte te maken.

'Ik zweer op de Bijbel dat ik het boekje aflever voordat ik uit Gouda wegga. Wees gerust', zei hij, klopte op zijn zak en liep weg.

Om kwart voor tien werd Pieter naar het kantoor van de gevangenisdirecteur gebracht.

'Weet hij hoe laat?' vroeg de directeur aan de bewaker. Die knikte. 'Je wordt om tien uur in het kantongerechtsgebouw van Gouda verwacht. Precies twee uur later is de executie op de Botermarkt', zei de directeur tegen Pieter, die plaats had genomen op een stoel.

'Ik ben de laatste die de doodstraf zal ondergaan', zei Pieter bedroefd omdat hij het met zijn leven zou bekopen, maar trots dat door hem de dominee niet verder zou gaan dan Gouda. De directeur, die niet wist wat hij bedoelde, maar het ook niet nodig vond uitleg te vragen, knikte beleefd.

'Heb je nog een laatste wens?' vervolgde hij.

'Een pijpje roken', zei Pieter.

'Dat mag', zei de directeur en hij wachtte, maar Pieter bleef roerloos op zijn stoel zitten. De directeur begreep de hint, haalde zijn eigen pijp en tabak uit een lade en gaf die aan hem.

'Dat is te veel tabak', zei Pieter. 'Ik heb nog maar twee uur te leven.' Hij stopte de pijp en gaf de rest van de tabak terug aan de directeur, die hem een brandende lange lucifer voorhield, waarmee Pieter de tabak liet gloeien. Bij een groot raam in de gang rookte hij de pijp. Buiten zag hij een vader met een kind aan de hand lopen. Zijn gedachten gingen naar zijn kindertijd, toen hij met zijn vader naar de apotheek ging om medicijnen te halen voor zijn zieke moeder. Pieter wist nog dat hij verbaasd was dat zijn vader in plaats van medicijnen tegen tuberculose rattengif kocht en het thuis stiekem in een ander flesje overgoot. Het flesje waar het gif in had gezeten, verborg hij in de achtertuin. Regelmatig gaf zijn vader een beetje van het gif vermengd met medicijn aan zijn moeder. Na een paar dagen vond Pieter zijn moeder roerloos in bed. Hij riep haar en probeerde haar wakker te schudden, maar ze was helemaal slap en reageerde niet. Hij rende naar zijn vader, die zonder dat hij had gekeken, wist wat er aan de hand was. 'Ze is dood, Piet', had hij gezegd. Die avond brak er brand uit in het huis met het lijk van zijn moeder erin. Dat zijn vader die had aangestoken om zijn misdrijf te verhullen, wist niemand. 'Vuur, vuur', had Pieter geroepen, waarop de buren met emmers water kwamen aangelopen. Twee buurmannen renden het huis in en brachten zijn dode moeder met gevaar voor eigen leven naar buiten. Tijdens de lijkschouwing kwam aan het licht dat ze vergiftigd was, en zijn vader werd gestraft. Pieter had zijn eigen kinderen een betere jeugd willen geven dan hij zelf had gehad en was daar tot enkele maanden terug redelijk in geslaagd. Ze hadden het niet breed, maar hadden een dak boven hun hoofd en hij en Lena waren er samen voor de kinderen.

Toen zijn pijp op was, werd Pieter naar het kantongerechtsgebouw Arti Legi in Gouda gebracht. Vanuit het rijtuig zag hij hoe de timmerlui de laatste hand legden aan het schavot, dat in aller haast pal tegen de gevel van het kantongerechtsgebouw werd gezet. Op de markt had zich al een menigte verzameld. In de loop van de ochtend zou de massa aangroeien tot ongeveer zevenduizend mensen. Er waren weinig kinderen, de schoolcommissies hadden de leerkrachten opdracht gegeven hen op school te houden tot de terechtstelling voorbij was.

In een klein kamertje met hoge muren zonder ramen wachtte Pieter zijn laatste uren af. Om kwart voor twaalf werd de deur geopend en pakten soldaten hem vast. Ze liepen het gebouw uit. Er stond een rij soldaten vanaf de deur tot aan het schavot. Pieter liep ertussendoor. Het was maar een klein stukje. Toen hij op het schavot verscheen, werd de menigte, die in een halve cirkel om de galg stond, stil.

'O, Here Jezus, in Uw handen beveel ik mijn geest', zei Pieter, terwijl de beulsknecht hem ontdeed van zijn schoenen en Dirk Jansen de strop om zijn hals legde en hem liet plaatsnemen op het valluik. Pieter keek naar dominee De Graaf, die vooraan stond, en knipoogde. De dominee haalde het rode boekje uit zijn zak en knikte naar hem. Iedereen hield zijn adem in, in afwachting van het openen van het valluik.

'Piet, nu', riep ineens een man vanuit de menigte. Pieter zag Dries de Boer staan. Hij wilde de zin roepen die hij uit het hoofd had geleerd, maar kreeg geen geluid uit zijn keel. Hij haalde diep adem en schreeuwde uiteindelijk uit volle borst: 'De yoghurt van De Boer is de lekkerste in Nederland!'

'Nu', zei Dirk Jansen en opende het valluik. Daarmee was de terechtstelling van Pieter Pijnacker een feit.

Johannes de Graaf haalde het rode boekje met het kruis uit zijn binnenzak. Hij sloeg de laatste pagina open, waar het adres stond waar hij het boekje naartoe moest brengen voordat hij wegging uit Gouda, staarde naar de tekst en wist dat hij een belofte had gedaan die niet na te komen was.

'Dit boek is voor de jongen met de gouden fazant op zijn schouder. Zoals de dominee mij beloofde, zal hij dit boek voor hij zijn reis voortzet, brengen naar het bos achter een deur op niet meer dan vijftien minuten van mijn bungelende lijk.'

Nadat om twee uur 's middags het lijk van Pieter was weggehaald, de flauwgevallen mensen weer waren bijgekomen en het leven van alledag in Gouda weer zijn gewone gang ging, klopte dominee De Graaf op de deuren van de huizen die minder dan vijftien minuten van het schavot stonden. Overal vroeg hij of er zich een bos achter de deur bevond. Toen de zon onderging, was hij terug op de Botermarkt en stond hij naast de koets met de zwarte paarden.

'O Heer, ik kan mijn woord niet breken. Laat mijn belofte nagekomen worden', bad hij. Een paar dagen later waren de bewoners van Gouda al gewend aan de dominee die rondjes draaide rond de Botermarkt. Zijn reis om de laatste ter dood veroordeelden te laten terechtstellen, was geëindigd met zijn belofte in verband met het boekje van Pieter Pijnacker.

Deel 3

*'Want Hij gaf de onreine geest bevel van de man uit te varen. [...]
En de geesten voeren uit die mens en voeren in de zwijnen en de kudde
stormde langs de helling het meer in en verdronk.'*
Uit Lucas 8 vers 29-33

Het vinden van het graf van Pieter Pijnacker kostte Stijn de Graaf niet veel tijd. Toen hij op een regenachtige dag bij de oude beheerder van de begraafplaats de naam opgaf en vroeg waar hij lag, had die hem wantrouwend aangekeken. Hij had hem van top tot teen opgenomen, zijn ogen waren blijven hangen bij zijn magere gezicht en zijn grote, sterke handen die niet pasten bij de zorgen die hij leek te hebben.

'Mag ik uw identiteitskaart zien?' vroeg de beheerder. Stijn keek hem verbaasd aan.

'Is dat nodig? Ik kom alleen een oud graf bezoeken. Dit is toch geen bank of een vliegveld?' De oude man raakte geïrriteerd door de vraag of door de indringende blik van de jongen.

'Soms gebeuren er rare dingen met die oude graven. Tien jaar geleden werd er een graf geopend omdat er gezegd was dat de vrouw begraven was met een diamanten ring. Dat gebeurde in...' Hij opende een grijze archiefkast, haalde er een dossier uit en opende het. 'Augustus 2000, de dertiende om precies te zijn.' Daarna bladerde hij door. 'En op 4 juni 2007 werd de grafsteen van mevrouw Koning gestolen. Ik zou niet weten wat men met een oude grafsteen moet. Maar dat soort dingen gebeurt dus.' Hij stopte het dossier terug in de kast en keek de jongen onderzoekend aan. Zijn woorden leken indruk te hebben gemaakt, want die haalde zijn identiteitskaart uit zijn binnenzak. Hij overhandigde hem, alsof het een groot geheim betrof. De beheerder pakte de kaart aan en legde hem op het oude kopieerapparaat. Daarna gaf hij hem terug aan Stijn.

'Regels zijn regels', zei de oude man. 'Maar mag ik u vragen waarom u dat graf wilt bezoeken?'

'Hij was de laatste die in Nederland de doodstraf kreeg', zei Stijn. De man bleef hem aankijken omdat hij vond dat hij nog geen antwoord had gekregen op zijn vraag, maar de jongen leek niet meer te willen prijsgeven.

'En vanwaar die interesse?' probeerde de beheerder.

'Een tijdje geleden werd er geopperd de doodstraf weer in te voeren. Er ontstond dezelfde discussie als in 1870, voor de doodstraf werd afgeschaft.'

'Dus u hebt zich ook verdiept in de geschiedenis van de discussie toen?' De man werd nieuwsgierig naar de jongen, die niet van deze tijd leek, maar Stijn wilde niet meer zeggen. 'Ik zal kijken waar ik zijn graf kan vinden. Weet u wanneer hij is gestorven? Wat was zijn naam?' vroeg de beheerder.

'Pijnacker, Pieter. Gestorven zaterdag 27 september 1870', antwoordde Stijn.

'1870, 1870, 1870', zei de man terwijl zijn vinger over een lijst ging. Daarna opende hij een ander dossier uit de archiefkast. 'Oké, ik breng u naar meneer Pijnacker.' Hij trok zijn regenjas aan en bood Stijn zijn paraplu aan, maar die sloeg het aanbod af. Ze liepen tussen de bomen en de oude graven tot ze bij een plek aankwamen, achter op de begraafplaats, waar niet echt iets te zien was.

'Hier moet het ergens zijn', zei de man. Er staken hier en daar wat stukken steen boven de grond uit. 'Normaal gesproken is dit soort graven allang opgeruimd, maar dit is zo'n afgelegen stuk dat er niets mee wordt gedaan.' Het begon harder te regenen, maar Stijn leek er geen erg in te hebben.

'Wilt u binnen even schuilen?' vroeg de man.

'Nee, maar hebt u een schop?' vroeg Stijn.

'Wat wilt u daarmee doen?'

'Het graf zichtbaar maken.'

'Ik zal er een brengen.' Toen hij terugkwam, begon Stijn voorzichtig de aarde weg te schoppen. De beheerder begon hem steeds vreemder te vinden.

Zodra hij weer in zijn kantoortje zat, pakte hij zijn mobiele telefoon, die hij nooit gebruikte. De batterij was leeg. Hij zocht de oplader, maar bedacht toen dat hij die waarschijnlijk thuis had laten liggen. Hij zette de waterkoker aan om thee te maken, maar veranderde toen van gedachte en ging weer naar buiten. Hij nam een ander weggetje en begluurde van achter de struiken Stijn, die zachtjes grond wegschraapte tot de grafsteen duidelijk zichtbaar was. De regen spoelde de modder eraf. De beheerder liep een stukje terug, nam de gewone weg en liep naar de jongen. Nu kon hij goed zien wat er op de grafsteen stond: *Hier rust Pieter Pijnacker, 1833-1870*.

Twee weken later verscheen Stijn de Graaf in dezelfde kleren op de begraafplaats. Dit keer was het droog. De beheerder zat voor zijn kantoortje thee te drinken en zag hem aankomen met een boeket bloemen in zijn hand. Hij hield de bos omhoog en zei dat hij ze op het graf van Pijnacker wilde leggen. De beheerder liet hem verder lopen en nam zelf de weg naar achter de struiken. Zo zag hij dat Stijn de bloemen voorzichtig op het graf legde. Een week later liep hij toevallig langs de afgelegen plek en zag een vers boeket op het graf liggen. Ergens zat het hem niet lekker. Hij besloot te politie te bellen, maar de agent die hij aan de lijn kreeg, nam zijn verhaal niet serieus. Het enige wat hij vroeg was om nog eens terug te bellen als hij iets raars zag.

'Iemand die ineens bloemen op een graf uit 1870 komt leggen is voor u niet raar genoeg?' vroeg de beheerder.

'Ik vind het niet heel vreemd', antwoordde de agent. Hij wenste hem een fijne dag verder en legde de hoorn op de haak. Toen de beheerder een week later weer een verse bos bloemen zag liggen, vertelde hij het aan zijn vrouw, maar ook zij vond het niet raar. Het maakte hem boos.

'De politie vindt het niet raar, jij ook niet. Wie dan wel?'

'Niemand, Marcel, niemand', zei zijn vrouw, die het niet gewend was dat haar man zich zo opwond.

'Negenenvijftig jaar werk ik daar. Nooit eerder zag ik iemand zoals die jongen. In de regen een oud graf opgraven en dan elke week dure bloemen komen brengen.'

'Ach, stel je niet zo aan. Ben je na al die tijd ineens verbaasd dat iemand bloemen op een graf legt?' zei zijn vrouw. Daarna zweeg ze, omdat ze het onzinnig vond erover door te praten. De beheerder besloot dat de enige die het kon uitleggen de rare jongen zelf was. Hij wist niet dat die een paar jaar eerder voor de rechter had gestaan omdat hij een schilderij van Van Gogh had beschadigd.

'Stijn de Graaf, u wordt ervan verdacht dat u op 18 januari om veertien minuten over drie 's middags het schilderij *Vlinders en klaprozen* uit 1890 van Van Gogh ernstig hebt beschadigd door een messteek van 7,6 centimeter. Als de beveiligers u niet direct hadden opgepakt, had u het hele schilderij vernietigd, dat is wat u tijdens het verhoor beweerde. Schuldig of onschuldig?'

'Onschuldig, mevrouw de rechter', zei Stijn, met een rustige stem vol zelfvertrouwen, hoewel hij nog nooit eerder op een beklaagdenbank had gezeten. Hij keek de rechter met haar gerimpelde gezicht aan.

'U weigerde een advocaat. De rechtbank heeft u er een toegewezen. Ik heb begrepen dat u niet echt hebt meegewerkt, klopt dat?' De rechter keek hem met opgetrokken wenkbrauwen aan.

'Klopt.'

'Kunt u mij uitleggen waarom u het schilderij hebt beschadigd?' vroeg de rechter.

'Van Gogh heeft in zijn hele leven geen enkel schilderij verkocht. Na zijn dood begon de handel in zijn gekte. Dat is niet rechtvaardig.'

'Wat kan dat schilderij eraan doen?'

'Het heeft geen schuld, maar het moet verdwijnen.' Stijn de Graaf kreeg vijf maanden gevangenisstraf en zou aan een psychiatrisch onderzoek worden onderworpen. Afhankelijk van het resultaat daarvan zou mogelijk nog een tbs-straf volgen. Tijdens de gesprekken met de psychiater vertelde Stijn over de vreemde droom die hij al sinds zijn kinderjaren had, waarin hij vastgebonden in een zwarte koets zat die werd getrokken door zwarte paarden. Een man in zwarte kleren en met een zwarte hoge hoed op zat op de bok met een zweep in zijn hand. Hij sloeg de hinnikende paarden hard. Als de koets in een stad aankwam, gingen de gordijnen voor de raampjes dicht, maar als de koets weer in sneltreinvaart buiten de stad reed, gingen ze weer open. Stijn vertelde dat die droom hem zijn hele kindertijd bang had gemaakt en hem vaak 's nachts had wakker gehouden. Toen de psychiater wilde weten of hij het niet eerder een nachtmerrie dan een droom zou noemen, kreeg ze geen antwoord. Ze vroeg hem of het dan misschien een bange droom was. Hij haalde zijn schouders op. Hij zei dat hij door die droom nooit bij zijn grootouders wilde slapen, omdat hij daar nog banger werd. Wat hij precies voelde, kon hij niet uitleggen. De psychiater groef verder in het leven van Stijn. De droom kwam vaak ter sprake. Hij vertelde dat hij die later gebruikte als hij een belangrijke beslissing moest nemen. Dan was hij een teken iets niet te doen, of juist wel. Hij vertelde over vier jongens die hem tijdens zijn middelbareschooltijd pestten. Na weer de droom van de koets te hebben gehad, waarbij hij voor het eerst tussen de donkere bomen in het bos had durven te kijken, wist hij wat hij moest doen om hen te doen ophouden. De dag erna had hij een van hen zo hard in elkaar geramd dat de anderen bang wegrenden.

'En hoe voelde je je daarna?' vroeg de psychiater.

'Ik weet het niet. Angst veranderde in woede, geloof ik.'

'En daarna?'

'Niet alleen de vier jongens, maar de hele school dacht dat ik gek was. Maar niemand durfde het nog hardop te zeggen en dat was irritant.'

In het psychiatrisch rapport stond dat Stijn niet verplicht moest worden opgenomen, maar na zijn vrijlating langdurige psychische begeleiding moest volgen om de problemen uit zijn kinderjaren te verwerken. Door te zijn opgevoed door een strenge, dominante protestantse vader en een naïeve moeder in een onstabiele familiesfeer, waren zijn kinderjaren ook niet stabiel geweest. Hij had gedurende zijn jeugd weinig sociale contacten en kon extreem reageren op normale situaties.

Toen Stijn de Graaf werd vrijgelaten, richtte hij zijn aandacht op andere zaken en hij stortte zich op een studie bosmanagement en -bescherming. Een jaar lang was hij de fanatiekste student uit zijn lichting, maar daarna zag men hem steeds minder. Hij was iemand die zich ergens compleet op stortte, dan ging zijn oeverloze energie nergens anders heen dan naar die passie. Tot er iets gebeurde waardoor zijn leven een andere wending nam en dan stortte hij zich daar weer op. De enige met wie hij regelmatig contact had, was medestudente Mirjam. Hij bleef onuitgenodigd op haar verjaardag verschijnen, waar hij ook de anderen zag die hij tijdens zijn studie had leren kennen. Mirjam had hem in het eerste jaar uitgenodigd en vanaf dat moment dacht hij dat hij voor eeuwig welkom was. Hij had niet door dat dat allang niet meer zo was. In de negen jaar dat ze elkaar inmiddels kenden, was ze al vier keer verhuisd, van een kleine kamer naar een grotere, van een grote kamer naar een appartementje, van een appartementje naar een huisje en van een huisje naar een huis met een tuin. Zonder dat ze hem haar nieuwe adres gaf, stond hij elk jaar op de dag van haar verjaardag stipt om acht uur 's avonds bij haar op de stoep, altijd met een bosje oranje gerbera's. Mirjam durfde hem nooit te vragen hoe hij steeds achter haar adres kwam. Op een keer belde hij een dag voor haar verjaardag aan met dezelfde bloemen in zijn hand.

'Sorry, ik ben vandaag gekomen omdat het dan minder druk is', gaf hij als verklaring voor zijn vroege komst. Hij stond ongemakkelijk bij de deur.

'Maar het is nooit druk op mijn verjaardag', zei Mirjam, en toen hij geen aanstalten maakte om binnen te komen of weg te gaan, vervolgde ze: 'Het wordt elk jaar rustiger.' Stijn haalde zijn schouders op en omdat Mirjam niet goed wist wat ze anders moest doen, liet ze hem binnen. Hij volgde haar naar de woonkamer. Aan hoe hij ging zitten zag Mirjam dat hij zich meer op zijn gemak voelde dan de vorige jaren.

'Vandaag is het de laatste keer dat ik bij je op bezoek kom', zei hij dramatisch, alsof hij regelmatig op bezoek kwam en er nu een gat in haar leven zou ontstaan.

'O', zei Mirjam neutraal, zodat hij niet zou denken dat ze het erg vond. 'Ga je op reis?'

'Ik ben druk met belangrijke dingen. Ik moet op veel vragen antwoorden vinden.'

'Ben je met een nieuwe studie begonnen dan?'

'Nou nee, niet echt. Weet je nog dat ze een tijdje terug discussieerden over het opnieuw invoeren van de doodstraf in Nederland?'

'Ja, ze noemden het een proefballonnetje, dacht ik. Niet echt interessant, volgens mij.'

'Het is belangrijk. Als je erover nadenkt misschien wel het belangrijkste', zei hij en hij keek haar recht aan met zijn grote ogen, wat haar een ongemakkelijk gevoel gaf.

'Ik wil er niet over nadenken', zei ze omdat ze wel klaar was met het onderwerp. Ze luisterde een uur lang naar de vage filosofieën van Stijn waarin hij helemaal opging, tot hij opstond en vertrok. Mirjam vond dat hij stiller was geworden en misschien nog raarder. Eigenlijk was ze nieuwsgierig naar die verandering in hem, maar ze had geen zin in een diep gesprek en was bang dat hij, als ze te veel interesse toonde, toch nog eens terug zou komen. Toen hij er de volgende dag om acht uur niet was, wist ze dat hij had gemeend wat hij had gezegd. Ze vond het jammer dat ze hem toch niet had gevraagd hoe hij er altijd achter kwam waar ze woonde en haalde met de oude studievrienden herinneringen op aan hun eerste jaar. Ze hadden zich toen vaak geërgerd aan Stijn, die altijd deed alsof hij alles wist en overtuigd was van zijn gelijk, en bij discussies geregeld woede-uitbarstingen had.

Mirjam was de enige geweest die medelijden had met de vreemde, bleke jongen. Maar ook zij kon zich niet voorstellen dat hij zich enkele jaren later zou ontpoppen als een seriemoordenaar. Ook niet toen hij vertelde over de enorme energie in hem die soms wel een vulkaan leek die op uitbarsten stond, en over het feit dat hij zich verplicht voelde zich compleet te geven als hij een bepaalde beslissing had genomen. Mirjam kon zich niet voorstellen dat die vegetariër en milieuvriend zijn slachtoffers ooit genadeloos zou martelen tot ze hun laatste adem uitbliezen, en dat zou doen met een rustig gezicht en handen van ijzer.

Hoofdstuk 22

Stijn zat met een kop thee uit de automaat in het Historisch Centrum, waar hij al zijn tijd doorbracht met het zoeken naar informatie over de doodstraf en de afschaffing ervan. Het leek alsof niets anders er meer toe deed en al het andere wat hij ondernam verspilde moeite was. Hij at en sliep thuis, omdat het Historisch Centrum dan gesloten was. Die dag las hij in het *Algemeen Politieblad* van september 1870 dat er zeventig ter dood veroordeelden in de cel zaten op het moment dat de doodstraf werd afgeschaft. Ze hoopten allen dat de post met de nieuwe wet uit Den Haag zou komen voor hun executie, maar voor tien van hen was dat niet het geval geweest. Zij waren opgehangen kort nadat de wet was ondertekend. In het *Weekblad van het Recht* uit 1870 las hij een artikel over de rechtszaak van Pieter Pijnacker, de laatste ter dood gebrachte in Nederland, en hij zocht verder in andere nummers van de uitgave. In het *Weekblad van het Recht* nummer 2134 was de bekentenis van Pieter Pijnacker opgenomen. In nummer 2140 las hij wat meester J.A. Philipse, de voorzitter van het Provinciaal Gerechtshof, had gezegd: *'Op genade van de koning hoefde Pieter niet te rekenen. Hij zou zich beter tot God wenden en zich in ootmoed voor hem nederbuigen omdat hij alleen daar zijn rust zou vinden.'* Hij keek op en zuchtte diep. Rond hem was het rustig. Achter de informatiebalie zat een jonge vrouw door een tijdschrift te bladeren. Af en toe nam ze de telefoon op. Drie andere mensen die hij niet eerder had gezien zaten aan een tafel of op een van de hippe loungebanken in dikke, oude boeken te kijken of documenten te lezen. De meeste bezoekers, was Stijn opgevallen, waren studenten of gepensioneerden die bezig waren hun stamboom uit te zoeken tot zo ver mogelijk terug in de geschiedenis. Stijn keek even door het grote raam naar buiten, waar het regende en een vrouw met een paraplu haar rillende hondje uitliet. Daarna zocht hij verder naar informatie over Philipse. De uitspraak van de voorzitter van het Provinciaal Gerechtshof fascineerde hem. Philipse bleek een belangrijke vertrouweling van koning Willem III te zijn geweest en was regelmatig door hem ingeschakeld voor advies. Stijn ontdekte dat hij een grote rol speelde bij het afwijzen van de gratieverzoeken van de Pijnackers. Op zoek naar meer informatie over Philipse en zijn rol stuitte hij op een artikel uit de *Nieuwe Rotterdamsche Courant* over wat er gebeurde op 27 september 1870, tijdens de ophanging van Pieter op de Botermarkt in Gouda. *'De dag van heden zal voor Gouda's ingezetenen lang een treurig aandenken blijven'*, stond er. In dezelfde krant zag Stijn een foto van een zwarte koets met vier paarden. Ernaast stond een man in zwarte kleren en met een zwarte hoge hoed op. Hij schrok. Hij keek om zich heen of iemand het had opgemerkt, maar de andere bezoekers waren te druk met hun eigen bezigheden en de jongedame achter de balie was alleen geïnteresseerd in het tijdschrift. Schichtig keek hij weer naar de foto. Die koets. Het was de koets uit zijn dromen. Die koets had hem slapeloze nachten en vele jaren angst bezorgd. Stijn zocht verder naar informatie over de dominee op de foto, die langs steden reisde om de ter dood veroordeelden op te laten hangen. In de *Rotterdamsche Courant* stond een foto met zijn naam erbij: Johannes de Graaf.

Ineens herkende Stijn hem. In het huis van zijn grootouders hing ook een foto van hem. Hij geloofde zijn eigen ogen niet. Hij herinnerde zich dat zijn opa toen hij nog een kind was vaak naar die foto had gewezen en trots had verteld dat die man de beroemdste en grootste telg van hun familie was. Hij vertelde dat hij naar Gouda was gekomen en daar niet meer was weggegaan tot aan zijn dood, omdat hij een belofte voor God moest nakomen. Hij had de verhalen van zijn opa niet geloofd, maar nu hij verder zocht in de archieven, bleek dat wat zijn opa had verteld geen verzinsel was. Terwijl hij koortsachtig aan het zoeken was, kwam de jongedame van de informatiebalie melden dat het Historisch Centrum ging sluiten. Stijn verliet het nieuwe glazen gebouw, maar kon niet wachten tot na het weekend en besloot de volgende dag bij zijn grootouders langs te gaan. Hij was er al lang niet meer geweest.

Zijn opa was verbaasd toen hij hem voor de deur zag staan, maar nog verbaasder toen hij hoorde dat zijn kleinzoon in het archief van de familie wilde snuffelen. Ze hadden een familie De Graaf-kamer waar schilderijen, foto's en dozen met informatie stonden. Stijn was in zijn kinderjaren bang geweest voor die kamer. Hij was bij zijn grootouders ook banger voor de droom van de zwarte koets, maar besefte niet dat dat kwam omdat zijn opa hem een foto van de koets had laten zien toen ze eens samen de archieven van de familie bekeken. Hij had hem ook verteld over de magische reis van zijn overgrootvader voor de gerechtigheid van God.

Zijn opa bracht Stijn naar de familiekamer, waar hij een oude, bruin leren koffer van Johannes de Graaf tevoorschijn haalde waarin Stijn exemplaren zag liggen van *De gerechtigheid van God en de betekenis van de vergeving*, een bijbel en een rood boekje met een kruis erop. Stijn vroeg zijn opa of hij een pamflet en het rode boekje kon lenen en ging weer weg, zonder een verklaring te geven voor zijn plotselinge interesse in de geschiedenis van de familie. Zijn opa gaf hem een document mee met de familiestamboom en zei hem dat hij altijd welkom was. Terug in zijn kamer in de fabriek waar hij antikraak woonde, las Stijn het pamflet dat Johannes de Graaf had geschreven, terwijl de rillingen over zijn rug liepen. Daarna opende hij het rode boekje en las: *'Deze woorden schrijf ik in mijn cel als spijt voor wat mijn handen hebben gedaan. Zo vraag ik God om vergiffenis. Uw wil geschiede. Pieter Pijnacker, 1870.'* Daarna las hij de gedichten die Pieter in zijn cel had geschreven.

Een paar weken later doorzocht Stijn in het huis van zijn opa en oma de hele middag de papieren van Johannes de Graaf. Hij wilde uitvissen waarom de dominee in Gouda was blijven hangen, maar kon niets vinden. Thuisgekomen opende hij het rode boekje, waarin hij dagelijks las, en bedacht opeens dat het vreemd was dat dit boek bij de persoonlijke spullen van Johannes de Graaf werd bewaard en niet bij die van Pieter Pijnacker. Hij las het boek opnieuw van begin tot eind. Ineens begreep hij wat er op de laatste pagina stond. *'Dit boek is voor de jongen met de gouden fazant op zijn schouder. Zoals de dominee mij beloofde, zal hij dit boek voor hij zijn reis voortzet, brengen naar het bos achter een deur op niet meer dan vijftien minuten van mijn bungelende lijk.'* Plots werd hem alles duidelijk. Dit boek had Pieter Pijnacker in zijn cel geschreven en Johannes de Graaf had beloofd het naar het adres achterin te brengen voor hij uit Gouda weg zou gaan. Nu begreep hij dat

Johannes de Graaf inderdaad, zoals zijn opa had verteld, een belofte had gedaan en daarom niet meer uit Gouda was weggegaan. De resterende ter dood veroordeelden waren dankzij Pijnacker niet opgehangen.

De volgende dag ging Stijn naar het huis van zijn opa en oma om het rode boekje terug in de koffer te leggen. Diezelfde nacht hoorde hij in zijn slaap een stem die zijn naam riep. Het klonk als iemand die in zware ademnood was. Stijn tastte in het donker en wist dat hij de eigenaar van de stem moest helpen. Tussen de bomen zag hij een man. Hij hing aan een touw dat uit de hemel leek te komen. Stijn wilde wegrennen van het akelige beeld, maar stond als aan de grond genageld.

'De zwarte koets die sinds mijn dood rijdt, bracht jou hier, Stijn. Dit is de bestemming van de koets die sinds mijn dood in jouw hoofd reist.'

'Wie bent u?' vroeg Stijn. Zijn stem klonk bijna net zo hijgend als die van de hangende man.

'Stijn, Stijn. Breng mijn gedichten naar het adres op de laatste pagina, voor ze mij opnieuw ophangen.' Angstig en badend in het zweet werd hij wakker. Hij kon de slaap niet meer vatten en ging de volgende ochtend meteen naar het huis van zijn grootouders om het rode boekje weer op te halen. Zijn opa was niet thuis, maar zijn oma wel. Hij vroeg haar of hij het boekje mee mocht nemen en zei erbij dat hij het niet zou terugbrengen. 'Het moet naar de rechtmatige eigenaar', zei hij. Zijn oma had geen bezwaar omdat het zo belangrijk was voor haar kleinzoon, maar vond het wel vreemd omdat hij het boekje de dag ervoor nog had teruggelegd. Hij stak het in zijn tas en wilde haastig weer weggaan.

'Je ziet er moe uit', zei ze. 'Wil je iets drinken?'
'Ander keertje', antwoordde hij.

Stijn zocht in de archieven van het Historisch Centrum naar
het adres van Pieter Pijnacker en ontdekte dat hij tot zijn
arrestatie in Reeuwijk had gewoond. Hij sloeg de telefoongids open, zocht onder Reeuwijk naar de naam Pijnacker en
zag dat er één huis was dat op die naam stond: Raadhuisweg 47.

Op een zonnige dag klopte hij aan. De deur werd door een
oude vrouw geopend. Mevrouw Pijnacker was in de war.
Ze steunde tegen de deurpost en vergat dat haar bezoek
zichzelf moest voorstellen. Ze dacht dat ze een afspraak
met hem had die ze vergeten was. En dus liet ze hem binnen.
Hij zag eruit alsof al hij een paar nachten niet had geslapen
of zich geregeld te buiten ging aan grote hoeveelheden
alcohol. De bezoeker vroeg of Pieter Pijnacker in het huis
had gewoond, maar mevrouw Pijnacker zei van niet, in elk
geval niet voor zover ze zich kon herinneren. Ze wilde weten
wie hij was en waaraan ze zijn bezoek te danken had.

'Ik heb een boek met gedichten van Pieter Pijnacker dat
ik naar het juiste adres moet brengen. Anders gaat hij dood.'
Mevrouw Pijnacker begreep er niets van. Ze wilde dat hij zou
weggaan zodat ze op bed kon gaan liggen tot het meisje dat
om twee uur dienst had zou komen, want haar heup deed
pijn.

'Geen van de Pijnackers is nog thuis. Eentje zit in de gevangenis en de andere gooide zichzelf onder de trein.'

'Wanneer gebeurde dat?' vroeg Stijn.

'Leo ging naar de gevangenis toen Robin...' Ze dacht even

na, maar kon zich niet herinneren hoe oud haar kleinzoon was in het jaar dat Erik Drent Leo naar de gevangenis had gestuurd. Mevrouw Pijnacker begon te hoesten toen Stijn naar de reden van de zelfmoord van Robin vroeg. Toen hij van haar wilde weten of hij een brief had achtergelaten, zei ze dat ze niets hadden gevonden in zijn broekzakken. Ze herhaalde het verhaal dat ze altijd vertelde, over hoe ze naar het station ging en hoe de mensen bij elkaar stonden op spoor 1, vanwaar Robin gesprongen was. Ze vroeg Stijn nogmaals wie hij was, maar hij antwoordde niet. Door de stilte die viel, dacht ze dat hij zich toch had voorgesteld, maar dat zij het vergeten was. Hij vroeg naar persoonlijke bezittingen van Robin en was blij dat ze een smoesje had om naar bed te gaan.

'Op zolder', zei ze, en ze legde haar handen op haar knieën en liep met een been trekkend naar haar slaapkamer. Stijn keek rond in het huis, dat niet veranderd was sinds de tijd van Pieter Pijnacker, op een lik verf en gaten in de muren voor stopcontacten en verwarmingsbuizen na. Hij liep naar boven, nam de kleine trap die naar de zolder leidde en zag dat de deur dicht zat met een klein hangslot. Hij dacht er niet over om de oude vrouw te storen, ging naar de keuken, pakte een mes en trok de sluiting van het deurkozijn. Hij drukte het deurtje open en ging de zolder op. De lucht leek decennialang gevangen gezeten te hebben op de zolder. Alles was er oud. Sinds Pieter Pijnacker waren er regelmatig spullen bij gekomen. Het rook er naar verrot hout. Tegen een muur stond een tafel met een leeslamp erop. Aan de schuine wand hingen foto's en ansichtkaarten van een lachende man voor tropische achtergronden. Het was overduidelijk dat de foto was uitgeknipt en op de plaatjes geplakt. Hij haalde een van de ansichtkaarten van de muur om te lezen wat erop stond en zag ineens de kop van een gouden fazant. Gehaast begon hij alle kaartjes van de muur te trekken. Hij staarde verbaasd naar het geschilderde tafereel dat tevoorschijn kwam. Een gouden fazant zat op de schouder van een jongen. Door vocht was de schildering wat vervaagd, maar Stijn kon duidelijk zien dat de gouden fazant uit de hand van de jongen at. Eromheen waren bijna onzichtbare bomen te zien. Stijn wist niet dat Karel niet genoeg groene verf had gehad en na de dood van zijn vader nooit meer terug was gegaan naar de zolder om te schilderen, ook niet toen hij groene verf had gekregen. Hij haalde het rode boekje uit zijn jaszak, opende het op de laatste pagina en herlas de tekst: *'Dit boek is voor de jongen met de gouden fazant op zijn schouder. Zoals de dominee mij beloofde, zal hij dit boek voor hij zijn reis voortzet, brengen naar het bos achter een deur op niet meer dan vijftien minuten van mijn bungelende lijk.'* Hij wist dat Pieter Pijnacker had bedoeld dat het boekje naar de plek moest worden gebracht waar hij nu stond. Hij keek van het boekje naar de schildering en wist dat dit de reden van zijn zoektocht was: hij moest dit boekje terugbrengen naar deze plek. Stijn keek naar de plek rechtsonder waar kunstenaars hun handtekening zetten, in de hoop te kunnen achterhalen wie de schilder was geweest, maar in plaats van een naam zag hij een krullerig handschrift dat hij herkende.

'Achter de deur waardoor je binnenkomt om de wereld te zuiveren, zitten de duivels, vastgebonden aan hun stoelen met de touwen van de waarheid, bedekt met het bloed van hun zonden.' Wat Pieter Pijnacker had geschreven om zijn zoon te beschermen was voor Stijn

een bevel om de wereld te zuiveren. Hij verstijfde en voelde dat hij, daar op die zolder, eindelijk wist waarom hij geboren was. Hij moest de geschiedenis corrigeren, zodat Pieter Pijnacker, de crimineel en het slachtoffer, niet opnieuw voor altijd zou worden opgehangen. Hij boog en legde het rode boekje met het kruis eerbiedig neer voor de schildering. Daarna doorzocht hij de ruimte, in de hoop dat Robin Pijnacker iets had achtergelaten voor zijn zelfmoord. Het kon niet anders dan dat het dagboek op de tafel met de leeslamp daar voor hem was neergelegd. Hij pakte het zacht op en nam het mee naar huis. Hij had geen uur van zijn leven meer te verspillen. Diezelfde dag besloot hij Mirjam te bezoeken en haar te vertellen dat hij voor de laatste keer zou komen, dan was hij ook van de enige jaarlijkse afspraak die hij had bevrijd. De dagen erna bracht hij lezend in het dagboek van Robin Pijnacker door. Hij besloot zijn dood goed te maken om de geschiedenis te zuiveren, en gerechtigheid te doen geschieden voor Pieter Pijnacker.

In de archieven van het Historisch Centrum zocht Stijn naar informatie over Leo Pijnackers arrestatie. In een krant vond hij een interview met Erik Drent, die vertelde dat hij er trots op was dat hij Leo Pijnacker was blijven achtervolgen, ook toen hij al was gestopt met zijn misdaden, tot hij hem had opgepakt bij de kinderboerderij. In hetzelfde interview stond dat de woorden van het arme kind van Leo hem altijd bij waren gebleven: 'Laat mijn papa los!' Hij zou ook nooit vergeten dat Leo naar zijn zoon had geglimlacht en had gezegd dat ze hem niet naar de gevangenis brachten, maar naar Schiphol, omdat hij naar Suriname ging, en dat hij terug zou komen om hem op te halen. In het dagboek van Robin had Stijn al over die situatie gelezen.

'Ik miste mijn vader altijd en elke dag. Hij beloofde dat hij terug zou keren uit Suriname om mij op te halen en ik geloofde dat jarenlang, tot ik erachter kwam dat hij de kaartjes niet uit Suriname stuurde, maar uit de gevangenis. Hij kwam niet terug.' Stijn knipte het stuk met die woorden uit en hing het bij een A4'tje 'Erik Drent' aan zijn muur, waar ook de foto van Drent hing die bij het interview had gestaan. Hij keek even naar de papieren die naast die van Erik Drent hingen met meer namen en foto's erop, en richtte zich weer op Erik Drent.

Het huidige adres van Drent achterhalen bleek moeilijk. Hij belde iedereen uit de telefoongids met die achternaam op, zogezegd als telemarketeer voor uitvaartverzekeringen, maar dat had geen succes. Daarna googelde hij de naam van de journalist die het interview had afgenomen, Gerrit Besteman, en vond zijn website. Hij belde hem met de mededeling dat hij student journalistiek was en hem graag wat vragen wilde stellen voor zijn afstudeerscriptie. Tijdens dat gesprek vroeg Stijn de negenenvijftigjarige man eerst naar zijn interviews met politici en daarna naar zijn misdaadinterviews, waarbij hij terloops de naam Erik Drent liet vallen. Besteman, die het interview met Drent een van zijn beste ooit vond, vertelde Stijn dat het interview eigenlijk in het politiebureau had moeten plaatsvinden, maar dat Drent een paar dagen thuiszat wegens problemen met zijn knie en dat ze elkaar daarom hadden gesproken in zijn huis aan de Rozenstraat. Nog diezelfde dag liep Stijn door de Rozenstraat en zag het huis van Erik Drent. Op een plein naast het huis werd de kerstkermis opgebouwd, wat hem goed uitkwam. Hij besloot

Erik Drent te vermoorden als de kermis open was, die zou flink wat lawaai maken. De eerste dag van de kerstkermis liep Stijn door de drukte van de schiettenten, suikerspinkramen, waarzegsters en achtbanen. De tweede dag ging hij naar de achterdeur van Drent. Daar stond hij even stil, keek om zich heen of er niemand in de buurt was en haalde een breekijzer onder zijn jas vandaan. Hij hoorde voetstappen de trap afkomen die richting de keuken kwamen. Hij herkende hem meteen. Van de keuken liep hij naar de woonkamer. Stijn opende zachtjes de achterdeur, die niet op slot zat, liep naar binnen, sprong en sloeg Drent met het breekijzer op zijn hoofd. Het slachtoffer draaide zich om, zijn handen op de wond in zijn hoofd. Weer werd hij geslagen, waarbij de vingers van zijn rechterhand werden gebroken. Stijn wist dat het niet lang meer kon duren en sloeg nog eens, waarna Drent op zijn knieën zakte. Hij probeerde op te staan, maar werd overal geslagen en kon niet meer overeind komen. Zijn kreten werden overstemd door het lawaai van de kermis, tot hij dood neerviel op zijn bloederige gezicht. Stijn zette hem op een stoel en bond zijn handen aan de leuning. Daarna stak hij hem meerdere malen met een mes en sloeg hem nog een aantal keren. Opgelucht nam hij het papiertje dat hij uit Robins dagboek had geknipt, scheurde het doormidden en prikte het met een naald op het voorhoofd van Drent. Daarna trok hij de stoel naar de achterdeur. *Achter de deur waardoor je binnenkomt om de wereld te zuiveren, zitten de duivels, vastgebonden aan hun stoelen met de touwen van de waarheid, bedekt met het bloed van hun zonden.* Toen ging hij weg met een breekijzer onder zijn jas.

Hoofdstuk 23

Midden op de straat zag Stijn dat zijn handen onder het bloed zaten. Hij stopte ze diep in zijn jaszakken en liep over het drukke plein vol kermisattracties naar het steegje waar hij zijn auto had geparkeerd. De kou sneed door zijn jas. Het was hartje winter en er was sneeuw voorspeld voor het eind van de week, maar nu was het onbewolkt en stond er een ijskoude wind. Hij reed naar de fabriek waar hij woonde, denkend aan Erik Drent. Hij was de laatste weken bezig geweest met te ontdekken waar hij woonde, te kijken hoe sterk hij was en te bedenken hoe hij hem zou doden. Hij had er met zoveel concentratie over nagedacht dat hij een rust ervoor die hij nog nooit had gevoeld. Voor een verkeerslicht stopte hij, en keek naar de grijze straten. Hij siste tussen zijn tanden: 'Het monster.' Hij herhaalde het, terwijl hij in zijn fantasie Erik Drent nog een keer vermoordde.

In zijn kamer gekomen was er geen temperatuurverschil tussen binnen en buiten, want hij het raam opengelaten. De ruimte in de oude fabriek, waar waarschijnlijk een magazijn of een kantoor had gezeten, was moeilijk warm te krijgen. Luchten was noodzakelijk, omdat het gebouw voordat hij erin kwam jarenlang niet was geopend en de muren naar olie en ijzer roken. Buiten hoorde hij niets, zelfs geen auto's. Door de winter werd alles stil. Hij sloot het raam en zette het elektrische kacheltje op de hoogste stand. Aan zijn tafel keek hij naar het dagboek van Robin Pijnacker. Het lag open op de pagina waar hij het stukje had uitgescheurd dat hij op het voorhoofd van Erik Drent had geprikt. Hij pakte een rode stift, stond op en liep naar het A4'tje aan de muur met de krantenfoto en de informatie over Drent. Met veel druk op de stift trok hij tevreden een kruis over het papier. Hij keek naar het A4'tje ernaast. Daarop hing een foto van Rachel van Dijk, die hij tussen de papieren van Robin had gevonden. Op het A4'tje stond ook haar adres, dat hij makkelijk via het internet had kunnen opsporen. Toen Stijn het dagboek van Robin had gelezen en de lijst van mensen die zijn leven hadden verpest zich in zijn hoofd vormde, wist hij niet goed wat hij aan moest met Rachel van Dijk. Meer dan de helft van het dagboek ging over haar en dat was verwarrend. Robin was niet duidelijk in wat hij schreef. De ene keer leek zij zijn hemel, de andere keer zijn hel. Dan schreef hij weer liefdevol en lyrisch over haar, en even later waren zijn woorden hard en harteloos. Hij was gek op haar en zij maakte hem tegelijkertijd gek. Die tegenstrijdigheid was er door het hele dagboek heen. Het werd Stijn duidelijk dat Rachel betekenis aan zijn leven gaf, maar dat zij uiteindelijk dat leven stal. Toen zij zijn liefde niet beantwoordde, besloot hij zichzelf onder de trein te gooien. Maar hoewel Rachel de reden was van de dood van Robin, dacht Stijn er op een gegeven moment over haar niet te doden. Hij haalde haar A4'tje van de muur, om het de volgende dag weer terug te hangen. Dat deed hij nog een paar keren tot hij besloot haar te doden om af te zijn van de twijfel die hem verzwakte, maar dan zonder haar pijn te doen. Hij had haar huis een tijd in de gaten gehouden en wist dat haar vriend elke vrijdagavond naar de sportschool ging. Hij wist dat die de deur achter zich dichttrok zonder hem op slot te draaien. Ook wist hij dat zij dan naar de slaapkamer ging en televisie keek. Hij wachtte tot haar vriend weg was en het licht in de woonkamer uitging. Een halfuur later trok hij met een stuk ijzerdraad de deur open door de brievenbus. Hij sloot de deur zachtjes en bleef staan om te luisteren of zij iets had gehoord, maar het bleef stil in huis. Toen hij na een tijd nog steeds niets hoorde, dacht hij dat ze in slaap moest zijn gevallen. Hij liep op zijn tenen de trap op en opende een deur die op een lege kamer uitkwam. De tweede deur piepte. Hij stopte uit angst dat ze het zou horen, maar er gebeurde niets. Door de kier zag hij dat ze lag te slapen. Er klonk geen geluid, maar het blauwige licht van de televisie bescheen haar gelaat. Hij zag dat ze een dvd gekeken had en de pauzeknop had ingedrukt voor ze in slaap was gevallen. Alsof het een waarschuwing of een voorspelling was, was op het scherm een man te zien die zijn vuist omhooghield en op het punt stond het meisje voor hem neer te slaan, van wie de tas stil tussen haar hand en de grond zweefde. Zelfs de ondertiteling leek speciaal op dat moment te zijn gepauzeerd. Hij las: *'Stop!'* Even dacht hij erover weer te vertrekken en haar later rustig wakker te laten worden om verder naar de film te kijken en haar leven voort te zetten, maar toen viel de afstandsbediening, die Rachel nog vasthad, op de grond. Rachel smakte. Stijn twijfelde geen seconde en stak haar diep in het hart. Hij hield het heft met twee handen vast, zijn hoofd vlak boven haar lijf, en bleef zo even liggen. Het had nog geen drie seconden geduurd, maar het voelde aan als een hele nacht. Daarna prikte hij een fragment uit het dagboek van Robin op haar voorhoofd. *'Rachel, zonder jou kan ik niet verder. Jij bent de enige die mijn leven kleur gaf en nu...'* Stijn snelde naar buiten en toen hij in het donker verdween, dacht hij niet meer aan haar, alsof ze niet net dood voor hem had gelegen. Hij dacht aan Erik Drent, alsof hij degene was die hij net had omgebracht.

In zijn kamer in de fabriek kruiste hij met rode stift Rachels A4'tje door zonder naar de foto te kijken. Hij ging naar bed, hij was zo moe als hij nooit eerder was geweest en viel in een diepe slaap.

De dag erna begon hij met het in de gaten houden van het appartement van oud-wiskundeleraar Gijs ter Velde. Stijn las het dagboekfragment over hem vaak over. *'Ik baal zo van al dat huiswerk en die saaie wiskundelessen van Ter Velde. Hij staat altijd stokstijf voor het bord en praat de hele les met zijn monotone stem vol cijfers. De hel! Ik kan me nog beter uit het raam gooien dan blijven luisteren naar die lelijke stem.'*

Stijn ontdekte dat hij alleen woonde, maar dat er bijna altijd bezoek bij hem was. Daarom belde hij hem als zogenaamde controleur van de verwarmingsketel, waarop Ter Velde zei dat hij geen verwarmingsketel had – wat niet kon kloppen, want in de appartementen in zijn blok was zeker centrale verwarming. Toen hij vroeg om een afspraak te maken om de opties voor een goedkopere ketel te overlopen, zei hij dat hij de komende drie weken geen gaatje in zijn agenda had en daarna vier weken op vakantie zou gaan. Stijn maakte het telefoontje netjes af en legde toen boos neer. 'Geen gaatje in zijn agenda. Tsss...' fluisterde hij. Hij begon het huis langer en vaker in de gaten te houden. Hij ontdekte dat hij op vrijdag de meeste kans had om hem alleen te treffen, dus dat zou de dag worden.

Hij was later in de stad dan hij wilde omdat er een ongeluk

was gebeurd en de weg even was geblokkeerd, maar kon meteen in het appartementencomplex komen toen iemand naar buiten kwam. Hij kreeg de deur in één keer van het slot met de loper die hij op de kop had getikt op het internet. Gijs ter Velde voerde met luide stem een telefoongesprek; het was duidelijk dat zijn gehoor hem in de steek begon te laten. Stijn maakte gebruik van het moment, sloop dichterbij en voelde ineens dezelfde woede als die hem bij Erik Drent had overspoeld. Hij hield het breekijzer in de lucht en wachtte met ingehouden adem tot het gesprek was afgelopen.

'Nee, dat is geen probleem. Ik ben de hele avond thuis. Ja, negen uur is prima, hoor. Tot dan. Doei', zei Ter Velde. Toen sloeg Stijn met een enorme kracht op het hoofd van de oude man, die meteen dood neerviel.

De volgende dag staarde Stijn lang naar het volgende A4'tje aan de muur, waar drie namen op stonden. Het waren jongens die Robin Pijnacker vreselijk hadden gepest en die veelvuldig in zijn dagboek voorkwamen: Wouter, Patrick en Dennis. Stijn, die wist hoe het voelde om gepest te worden, raakte in de war van de zinnen die Robin over hen schreef. Ze waren kort en vaag. Er sprak een enorme boosheid uit – in sommige zinnen wenste hij hen dood – maar het was vooral duidelijk dat hij bang voor hen was. Met een enorm schuldgevoel schreef hij over een meisje met de naam Amy Feddema. *'De grootste fout van mijn leven. Amy ging met me mee op de fiets en ik bracht haar naar de oude boerderij. Naar Wouter, Patrick, Dennis. De drie duivels aan wie ik Amy overliet op 24 juli. Ik wist dat ze daar waren en was bang voor wat ze zouden doen, maar ik weet het niet...*

Ik heb het gewoon gedaan. Ik zorgde ervoor dat ze de schuur binnenging en ben weggegaan. Ik hoorde nog dat ze mijn naam riep, maar ik ben weggefietst. Ik heb haar in de steek gelaten. O, Amy.' Later schreef hij dat hij haar nooit meer had gezien. Hij leek te denken dat Amy door hem was verdwenen.

Stijn, die bij het zoeken naar de woonplaatsen van Drent, Rachel en Gijs ter Velde geen grote problemen was tegengekomen, kon geen informatie vinden over de drie jongens die Robin noemde. Ook toen hij ontdekte dat de achternaam van Wouter Dirksen was, lukte het niet. Zijn adres in Nieuwegein bleek een onbewoond pand, waar ook stapels ongeopende post voor Patrick en Dennis lag. De drie jongens huurden sinds 1997 een huis waar ze niet woonden en leken vervolgens van de aardbodem verdwenen. Over Amy Feddema ontdekte Stijn dat ze op 24 juli 1994 spoorloos was verdwenen. Hij las dat er een beloning was uitgeloofd van vijfentwintigduizend gulden voor de tip die zou leiden naar haar vondst. Hij spitte alle informatie die hij kon vinden uit en kwam erachter dat de politie negen maanden na haar verdwijning met het onderzoek was gestopt. Daarna bleef de zaak opduiken in de media; verschillende kranten en misdaadprogramma's probeerden elke keer weer nieuwe sporen te vinden. In sommige artikelen stond dat Amy, die net vijftien was toen ze verdween, misschien zwanger was geweest. In andere werd erop gezinspeeld dat haar verdwijning iets te maken zou hebben met haar stiefvader, die al eens veroordeeld was voor zware mishandeling en seksueel misbruik van een stiefdochter uit een eerder huwelijk. Hij had vier jaar lang gedreigd dat hij haar of haar moeder zou vermoorden. Na haar aangifte had hij acht maanden vastgezeten. In een artikel uit 1997 vond Stijn dat Amy's stiefvader vijftien jaar cel had gekregen voor de dood van Amy en de vrijheidsberoving en verkrachting van een ander meisje van dertien, dat hij anderhalve maand had vastgehouden in de kelder van een huis op het platteland. De kranten berichtten dat hij weigerde de politie naar de plek waar Amy's lijk lag te leiden.

Toen hij helemaal niets meer vond over de drie jongens, belde Stijn vanuit een telefooncel naar de politie en zei dat hij informatie had die kon leiden tot het oplossen van de zaak-Amy Feddema. Hij zei dat ze op 24 juli 1994 naar een lege boerderij was gegaan met Robin Pijnacker en daar was opgewacht door Wouter, Patrick en Dennis. De agent vroeg meer informatie, zoals het precieze adres van de boerderij, waarop Stijn het telefoongesprek verbrak omdat hij dat niet wist, en omdat de politie nu toch wel weer een aanwijzing had om verder te gaan met het onderzoek. Een paar dagen later belde hij de moeder van Amy om te horen of zij gebeld was over de verdwijningszaak omdat er nieuwe informatie was, maar zij wist van niets. Zo kwam Stijn erachter dat de politie zijn telefoontje niet serieus had genomen. Hij belde verschillende kranten met hetzelfde verhaal en na drie dagen las hij een groot artikel over de verdwijning, een interview met haar moeder, verschillende foto's van haar en een foto van de boerderij, die inmiddels weer bewoond was. In datzelfde artikel las Stijn interviews met de familieleden van de drie jongens. Dennis bleek sinds 2001 in Vancouver in Canada te wonen. Patrick was vrachtwagenchauffeur tussen Polen en Nederland; zijn moeder zei dat hij een vriendin had in Krakau, bij wie hij vaak verbleef. De media bliezen de verdwijningszaak nieuw leven in, net als het verhaal dat haar pleegvader ervoor in de cel had gezeten. Omdat er in al de artikelen flink werd afgegeven op de politie die het telefoontje niet serieus had genomen, maakte die werk van de oude boerderij. Ze dregden het kanaal en vonden de fiets van Amy. Vervolgens ontdekten ze haar lijk, begraven achter een van de schuren. Een paar dagen later gaf Wouter Dirksen een radio-interview waarin hij alle betrokkenheid ontkende en beweerde dat het verhaal niet klopte. Zo kwam Stijn erachter dat hij in Amsterdam een bedrijfje had met de naam Uw.nl Internetverkopen.

Hoofdstuk 24

Drie dagen na het radio-interview met Wouter werd rechercheur Fred Fontein gebeld. Er was een lijk gevonden waar
hij onmiddellijk naartoe moest, omdat er overeenkomsten
waren met de moorden die hij onderzocht. Fontein belde Pol
en samen reden ze naar het bedrijfje van Wouter Dirksen.
In de kleine barakachtige kantoorruimte zat Wouter Dirksen
vastgebonden op een stoel bij de voordeur. Hij was in de nek
en de borst gestoken en flink geslagen. Op zijn voorhoofd
zat een stukje papier: *'Wouter, Patrick, Dennis. De drie duivels aan
wie ik Amy overliet op 24 juli.'*

'De moordenaar heeft de beveiligingscamera onklaar gemaakt', zei de agent van de Amsterdamse technische recherche, die al bezig was sporen te verzamelen. Fontein zag dat
er meerdere werkplekken met computers in het kantoor
stonden.

'Waar zijn de andere medewerkers?'

'Ik vermoed dat die al naar huis waren. Ze stoppen hier om
zes uur en om acht uur komt de schoonmaakster. Zij heeft
gebeld.'

'Maak foto's van het papiertje op zijn voorhoofd', zei Fontein tegen Pol.

'Dat betekent dat er nog twee mogelijke slachtoffers zijn',
antwoordde Pol, verwijzend naar de drie duivels van wie
sprake was op het papiertje.

'Bel Rozenblad en laat hem uitzoeken wie dat zijn en
waar ze verblijven', zei Fontein. 'En zo snel mogelijk. Er is
haast bij.'

'Ik denk dat Rozenblad al naar huis is.'

'Bel dan iemand anders. En anders ga je zelf.' Pol liep druk pratend in de telefoon naar buiten en kwam even later terug.

'Ik denk dat ik zelf ook maar ga voor de zekerheid. Je komt straks nog naar het bureau, toch?' Pol verdween haastig. Toen Fontein zich om kwart over tien bij hem voegde, had Pol allerlei papieren uitgeprint. Fontein zag aan zijn gezicht dat het niet echt nodig was zo te haasten.

'Volgens mij is de moordenaar slimmer dan we denken, Fred', zei hij.

'Hoezo?' vroeg Fontein, die een fotootje van voor Amy's verdwijning oppakte. 'Weet je al wie die andere twee zijn? En is dit Amy?' Hij klonk ongeduldig.

'Ja, dat is Amy voor ze verdween op 24 juli 1994. Ze was spoorloos, tot iemand twee weken geleden de politie belde en daarna de kranten met de mededeling dat ze op de dag van haar verdwijning op een boerderij was achtergelaten waar ze heen was gegaan met Robin Pijnacker. Daar waren nog drie jongens, Wouter Dirksen, Patrick Molenaar en Dennis ten Oever. Blijkbaar klopte de informatie van de anonieme tipgever. De politie deed na het artikel onderzoek en vond het lijk van het meisje achter de boerderij.'

'Is ons bekend wie de anonieme bron was?'

'Nee, die bleef anoniem natuurlijk.'

'Wat weten we over de twee anderen?' Pol haalde een papier tussen de prints uit.

'Patrick Molenaar, vrachtwagenchauffeur tussen Nederland en Polen...'

'En Dennis?' onderbrak Fontein hem.

'Woont in Canada sinds 2001.'

'Wat weet je over Wouter Dirksen?'

'Drieëndertig jaar. Eigen bedrijfje sinds 2005, waarmee hij van alles inkoopt en doorverkoopt via het internet. Vier medewerkers. Getrouwd. Twee kinderen', las Pol voor.

'En zijn adres?'

'Dat is lastig. Zijn officiële adres is sinds 1997 in Nieuwegein, maar daar heeft hij nooit gewoond.' Fontein krabde op zijn hoofd.

'Het is duidelijk', zei Fontein teleurgesteld.

'Wat?'

'De moordenaar liet de politie het zoekwerk doen omdat hij er niet achter kon komen waar hij de drie duivels, zoals hij ze noemde, kon vinden. En toen Wouter naar voren kwam, is hij meteen vermoord. De andere twee zal hij vast niet vermoorden, want hij weet nu dat wij het weten.' Pol keek verbaasd naar Fontein, die verder ging. 'Hij is geniaal, Martin. Het wordt een kat-en-muisspelletje. Al lijkt hij soms de kat te zijn, zonder dat wij doorhebben dat wij de muis zijn. Hij is slim.' Na een korte stilte ging hij verder: 'We moeten denken zoals hij. Dan alleen kunnen we hem te pakken krijgen. Maar de grote vraag is: hoe denkt hij in hemelsnaam?'

De daaropvolgende dagen zag Fontein Teunissen niet. Hij hoorde dat zijn moeder op haar sterfbed lag en ging die zaterdag hij hem thuis langs. Teunissen zag er moe uit, had weinig geslapen en had de laatste dagen veel tijd bij zijn moeder doorgebracht.

'Hoe is het met haar?' vroeg Fontein.

'Ze haalt de lente niet. Ze is 96 jaar.' Acht jaar geleden was zijn moeder naar een verzorgingstehuis gegaan. Daarvoor al was ze begonnen haar spullen weg te geven. Teunissen, de enige van de vier kinderen die regelmatig bij haar op bezoek ging, kreeg de oude rode Volvo automaat. Hij was de enige met wie ze goed kon opschieten en toen haar geheugen achteruitging, was hij de enige die tegen de stilte kon. Hij had de ijzersterke vrouw tot het begin van deze winter altijd zittend in haar stoel in haar zondagse kleren aangetroffen, maar vond haar nu meestal liggend in bed. Ze was op 15 november 1913 geboren. Teunissen zei altijd trots dat zijn moeder de Oktoberrevolutie, de Eerste en de Tweede Wereldoorlog, de Koude Oorlog en de oorlog tegen de terreur had overleefd en dat ze de economische crisis van dit moment ook nog aankon. Ze had over Lenin, Stalin, Mao, Hitler, Roosevelt en Gandhi gehoord; niet als geschiedenis, maar als nieuws. Dat alles was nu niet meer van belang. Als Teunissen op bezoek kwam, dacht ze soms dat hij Dirk was, haar broer die tijdens de Tweede Wereldoorlog was gestorven van de honger, of haar man Cor, die in 1983 was heengegaan. Teunissen was trouw elke zondag blijven komen, tot de arts hem vertelde dat ze elk moment kon sterven.

'Alles gaat snel, Fred', zei hij, op een filosofische toon die Fontein niet van hem gewend was. Fontein zweeg. Hij wist niet goed wat hij moest zeggen en was in zijn hoofd bezig met de seriemoordenaar, die een gevaarlijk virus leek dat resistent was tegen alle antibiotica. 'We pakken hem, maar moeten eerst veel van hem leren', zei Teunissen opeens, alsof hij de gedachten van Fontein had gelezen. 'Erik Drent werkte samen met de drugsmaffia, de meisjes zijn gered van Soufian, en dan is er die man die onschuldig vastzat voor de moord op Amy Feddema. Dat weten we allemaal dankzij hem. Het leven is een grote leerweg, Fred.'

'Toch betwijfel ik of ik het goed aanpak. We zijn verdorie anderhalve maand en vier slachtoffers verder.'

'Twijfel kan je behoeden voor het maken van grote fouten', zei Teunissen en hij keek naar het kippenhok, waar de kippen en de haan stil bij elkaar zaten. 'Kom, we lopen een rondje', nodigde hij Fontein uit. Ze wandelden rond op de boerderij waar Teunissen was geboren en tot zijn achttiende had gewoond. Toen zijn moeder naar het verzorgingshuis ging, had hij de boerderij gekocht.

'Die kalkoen daar', zei Teunissen en hij wees naar de wei waar kalkoenen, ganzen en pauwen rondliepen, 'is gemener dan jouw seriemoordenaar. Een psychopaat. Vorig jaar vermoordde hij zeven kippen.'

'Hoe dat zo?'

'Met al zijn gewicht sprong hij boven op ze en drukte ze dood. Eerst snapten we niet wat er met al die platte kippen was gebeurd, tot we ontdekten dat de kalkoen een vrouwtje nodig had. Vanaf het moment dat we twee kalkoenmeisjes voor hem hadden gekocht, hebben we geen dode kip meer gevonden.' Ze liepen langs de schuren, waar kisten vol aardappels stonden. Teunissen vertelde dat hij het land en de schuren verhuurde. Als zijn zoon klaar was met zijn studie journalistiek zou hij een jaar reizen en daarna misschien de boerderij overnemen met zijn vriendin. Een pauw schreeuwde hard en Fontein zag hem boven op de loopband voor de aardappels zitten.

'Maar zeg, wat heb je met dat lekkere ding van de Griek?'

'We hebben elkaar een paar keer ontmoet en dat was leuk. Eén afspraak moest ik afzeggen omdat ik werd opgeroepen voor de moord op Ter Velde.'

'Op een dag ontmoette ik een zeiler in Harlingen die zei dat elke reis die hij maakte hem een vrouw kostte. Volgens mij kost elke seriemoordenaar ons een vrouw.'

'Tot nu toe kostte mijn werk mij m'n huwelijk', zei Fontein. 'Maar ik troost mezelf met de gedachte dat ik veel huwelijken red door wat ik doe.'

'Jouw probleem, Fred, is dat je de moordenaars met je hart wilt pakken en niet met je handen. Je denkt te veel, man. Dat is niet goed in ons vak.' Zijn telefoon ging over, hij nam op en zei dat hij eraan kwam. Hij moest naar zijn moeder en rende naar zijn auto, achterom zwaaiend naar Fontein, die ook maar ging. Hij reed naar huis, denkend aan de snelheid waarmee Teunissen om kon schakelen van de ene situatie op de andere. Dat had hij hem in al die jaren dat ze samenwerkten niet kunnen leren.

Fontein reed door een laan met aan weerszijden grote, kale bomen waarvan de takken boven de weg in elkaar overliepen en dacht aan Moniek. Hij wilde haar graag zien, maar had zich de laatste weken alleen op het oplossen van de moorden kunnen concentreren. Twee weekends geleden waren de kinderen bij hem geweest en dat had een prettige afleiding gevormd. Het weekend daarna had hij zijn afspraak met Moniek om naar de film te gaan niet af durven te zeggen, maar was hij zwijgzaam geweest. Ze had genoegen genomen met zijn verklaring dat hij op het werk in een impasse zat bij het oplossen van een moeilijke zaak, maar hij had er geen goed gevoel aan overgehouden. Hij had haar zijn excuses ge-sms't en laten weten dat hij het snel goed wilde maken. Voor dit weekend had hij Fabiola bereid gevonden zaterdag iets leuks met de kinderen te doen, zodat hij naar Teunissen kon, maar hij wist nu al dat ze het hem kwalijk zouden nemen als hij ook 's avonds zonder geldige werkreden niet bij hen zou zijn en dat kon hij zich, vooral ten opzichte van David, niet veroorloven.

Al snel gingen zijn gedachten weer naar de ingewikkelde moorden. Hij moest een nieuwe manier vinden om de moordenaar te pakken. Wat hem verwarde, was een vraag die in zijn hoofd bleef ronddraaien: was er een verband tussen de moordenaar en Leo Pijnacker? En als dat er was, wat was het dan? Het was onmogelijk dat Leo een huurmoordenaar had ingeschakeld, dus geld was geen motief voor de moorden. Leo Pijnacker leek niet degene te zijn die de moordenaar had aangespoord. Maar wat was dan wel het motief? Had Leo Pijnacker nog een zoon? Was iemand verliefd geweest op Robin en wraakzuchtig geworden omdat ze haar leven niet meer met hem kon delen? In zijn hoofd had Fontein al duizenden redenen bedacht waarom iemand de mensen uit het dagboek van Robin Pijnacker die hem pijn hadden gedaan vermoordde, maar geen ervan klonk logisch. Waarom zou iemand mensen vermoorden uit het dagboek van een jongen die zelfmoord had gepleegd? Wie deed zoiets?

Nadat hij David en Kim weer bij hun moeder had afgeleverd, bracht hij de rest van de zondag door in zijn wijnkelder. Hij probeerde de moordenaar te tekenen, maar kon zich geen beeld vormen van de persoon die dit alles op zijn geweten had. Hij zat vast en dat vond hij vreselijk. Helemaal omdat hij bang was dat de dader nog niet was uitgemoord.

Die maandag zaten alle betrokkenen, behalve Teunissen,

samen in de vergaderzaal. De afgelopen weken waren ze bezig geweest met een breed onderzoek naar het leven van Robin Pijnacker. Ze hadden uitgezocht op welke scholen hij had gezeten, welke plekken hij regelmatig had bezocht, met wie hij bevriend was geweest en wie zijn klasgenoten en buren waren geweest. Daarop waren ze bij iedereen langsgegaan om navraag te doen naar wat ze zich konden herinneren van Robin. Fabiola notuleerde met de opdracht alles in een rapport samen te vatten.

'We hebben te maken met een moordenaar die om de een of andere reden het dagboek van Robin Pijnacker volgt en iedereen over wie iets negatiefs is geschreven, vermoordt', zei Fontein luid en duidelijk. 'Om te weten hoe de moordenaar beweegt en wie het volgende slachtoffer wordt, moeten we weten hoe Robin Pijnacker dacht toen hij zijn dagboek schreef. Zijn gedachten zijn de gedachten van de moordenaar. Dus: ik wil weten hoe Robin Pijnacker dacht. Wie waren de mensen om hem heen? Vooral degenen met wie hij vervelende ervaringen had, moeten we opsporen, dat zijn mogelijk nieuwe slachtoffers. Laten we beginnen.' Fabiola, Pol, Rozenblad en de andere agenten die aan het team waren toegevoegd, vertelden een voor een wie ze hadden gesproken, wat hun connectie met Robin was en wat ze over hem hadden verteld.

Het werd een lijst met 293 mensen. Het bleek onmogelijk om te raden hoe Robin dacht, hij was een gesloten jongen geweest, maar een van de verhalen sprong eruit. Zeker vijf mensen uit zijn klas herinnerden zich dat Robin hoogtevrees had. Tijdens een gymles had een net beginnende leraar met de naam Weiland vlak in het bange gezicht van Robin geroepen: 'En nu, klim!' De echo klonk door de gymzaal en iedereen keek ademloos naar Robin, die ineengekrompen voor de leraar stond. Daarna was Robin naar het touw gelopen en naar boven geklommen. Toen hij een meter of drie hoog was, keek hij naar beneden, schreeuwde en viel. Hij brak zijn pols en moest weken in het gips.

'Weiland staat waarschijnlijk wel op de lijst', zei Fontein.

'Ik denk het ook', zei Pol. 'Dat klinkt als een heftige gebeurtenis tijdens zijn middelbareschooltijd.'

'Misschien niet', zei Fabiola. 'Misschien heeft hij daardoor zijn hoogtevrees overwonnen.'

'Is er nog iemand die op de lijst kan staan? Zeg het, ook als je twijfelt.'

'Meneer Weiland is de enige die logisch lijkt. Robin had weinig contact met anderen.'

'Misschien moeten we al die 293 mensen laten bewaken', zei Fabiola.

'Dat krijgen we er nooit door. Daar is een heel leger voor nodig en dan moeten ze de soldaten in Afghanistan terugroepen. Maar laten we ze alle 293 op het hart drukken elke vreemde gebeurtenis serieus te nemen en geen vreemdeling meer te vertrouwen', zei Fontein.

Nog dezelfde dag ging Pol op verzoek van Fontein naar Tom Weiland en vertelde hem dat zijn naam mogelijk op het lijstje van een seriemoordenaar stond. Weiland geloofde de waarschuwing niet, ook niet na anderhalf uur praten, maar hij ging akkoord met vierentwintiguursbewaking.

Na de vergadering sprak Fontein Patrick Kuiper aan, de psycholoog die aan hun team was toegevoegd. Hij vroeg hem hen te helpen inzicht te krijgen in de manier waarop Robin Pijnacker naar de wereld keek. Een dag later liet de psycholoog weten dat Robin alle kenmerken van een depressieve jongere had. Fontein luisterde geïnteresseerd met zijn notitieboek in zijn hand.

'Een kind als Robin heeft geen broers en zussen. Zijn moeder liet hem in de steek toen hij nog een baby was, de politie pakte zijn vader op voor zijn ogen. Daarna ontwikkelde hij zich tot een stille, teruggetrokken jongen met geen tot weinig vrienden. Gepest op de middelbare school, extreem groot schuldgevoel vanwege de verdwijning van een meisje, een onbeantwoorde liefde. Hij leefde in zijn eigen wereld in een mix van onzekerheid, twijfel en soms woede. Iemand zoals Robin kijkt naar de wereld om zich heen op een onrealistische manier. Het zal niet makkelijk zijn te achterhalen wat hij over wie dacht.' Fontein had gehoopt dat het na het gesprek van twee uur en een kwartier met Kuiper duidelijker zou zijn wat er in het hoofd van Robin omging, maar hij liep naar de koffieautomaat met het gevoel dat het onmogelijk was te raden wat er in het dagboek stond. De enige die de sleutel tot zijn gesloten wereld kon hebben, was zijn oma. Daarom besloot hij regelmatig bij haar op bezoek te gaan, in de hoop haar eens te treffen op een dag waarop haar herinneringen niet waren afgeschermd door een muur van ouderdom.

Toen hij de volgende dag op de terugweg was van Reeuwijk na een teleurstellend bezoek aan Zwaantje Pijnacker, belde Pol hem en vertelde dat hij zo snel mogelijk moest komen.

'Wat is er gebeurd?' vroeg Fontein hoopvol en angstig

tegelijk. Hij hoorde aan de stem van Pol dat het belangrijk was.

'Weet je nog die godsdienstleraar met wie we contact probeerden te krijgen toen we op zoek waren naar mensen uit het leven van Robin?'

'Welke godsdienstleraar?'

'Meneer Barneveld. Zijn vrouw liet net weten dat iemand haar heeft gebeld en naar haar man vroeg. Hij zei dat hij van de verzekering was. Even later contacteerde ze de verzekering om te vragen waarom er eigenlijk was gebeld en daar wisten ze van niets.'

'Waar is die vrouw?'

'Onderweg naar hier.'

'Ik ben er over maximaal veertig minuten.' Fontein baalde dat hij niet al op het bureau was. Hij zag dat hij ook nog eens moest tanken, stopte bij een benzinepomp en vervolgde zijn weg met honderdveertig per uur, ook op de plekken waarvan hij wist dat er camera's stonden. Hijgend kwam hij het kantoor van Pol binnen.

'Daar is hij', zei Pol glimlachend tegen de vrouw, die er oud uitzag, maar door haar manier van zitten de energie van een vrouw van middelbare leeftijd uitstraalde. Fontein gaf haar een hand.

'Fred Fontein, recherche.'

'Karina Barneveld.'

'Sorry dat ik wat laat ben. Ik kom net uit Reeuwijk.'

'Geeft niet', antwoordde de vrouw. 'Maar ik moet om zes uur thuis zijn.'

'Dat gaat lukken', zei Fontein, die zag dat het vijfentwintig over vier was. Hij ging naast Pol zitten en keek haar aan.

'Mevrouw Barneveld heeft belangrijke info', zei Pol. 'U kunt het het beste zelf vertellen.'

'Alles nog een keer opnieuw vertellen?'

'Als dat kan, graag', zei Fontein. De vrouw bleef naar Pol kijken, maar die knikte alleen maar.

'Ik heb hem alles al verteld. Wilt u ook alles weten?' zei ze lichtelijk geërgerd.

'Graag, als dat kan.' Na een diepe zucht stak de vrouw van wal.

'Een tijdje geleden kwam die meneer bij ons langs', zei ze en ze wees naar Pol. 'Hij vroeg naar mijn man, die op bezoek is bij zijn zus in Duitsland. Ik kon niet mee omdat ik problemen heb met mijn gezondheid. Mijn hart, weet u. Die meneer', haar vinger bleef naar Pol wijzen, 'zei dat hij informatie zocht over iemand die Robin Pijnacker heet. Mijn man had godsdienstles aan hem gegeven. Hij zei ook dat ik moest bellen als er iets raars gebeurde.' De vrouw werd stil en keek langs haar vinger naar Pol, alsof ze vond dat die nu wel door kon gaan met vertellen.

'En', zei Fontein. 'Gebeurde er iets raars?' De vrouw liet haar vinger zakken en frummelde aan haar jurk.

'Vandaag belde er rond een uur of tien een man. Hij zei dat hij van de verzekering van mijn man was en dat hij met hem wilde praten over een nieuw pakket. Toen ik zei dat mijn man in Duitsland was, vroeg hij wanneer hij terugkwam. Ik zei dat dat volgende week donderdag zou zijn. Hij vroeg naar ons adres. Ik zei dat we nog steeds in hetzelfde huis woonden, maar hij wilde het controleren, zei hij.'

'Hebt u uw adres gegeven?'

'Ja', zei de vrouw, zich niet realiserend dat ze een moordenaar had verteld waar ze woonde.

'En daarna?

'Toen hij ophing, bedacht ik dat mijn man en ik dezelfde verzekering hebben. Waarom had hij mij niets verteld over dat nieuwe pakket? Daarom belde ik de verzekering, maar ze wisten niets van een nieuw pakket of van een telefoontje naar mijn man.' Fontein legde de pen op zijn notitieboek en schoof zijn stoel naar achter.

'Zei de man wie hij was?'

'Nee, hij stelde zich voor als een medewerker van de verzekering.'

'Klonk hij oud of jong?'

'Ik weet het niet. Een beetje tussenin. Wel dertig, maar zeker nog geen veertig.'

'Zou u zijn stem kunnen omschrijven?'

'Hij praatte rustig, en als hij luisterde was het zo stil dat ik dacht dat hij er niet meer was. Dat verbaasde me, omdat je normaal op de achtergrond al die andere telefonisten hoort.'

'Vroeg hij nog meer?'

'Alleen wanneer en hoe mijn man uit Duitsland terugkomt.'

'En dat was het?'

'Daarna zei hij "Fijne dag verder". En toen hing hij op.' De vrouw keek op haar horloge, waarna Fontein vroeg hoe ze op het bureau gekomen was. 'Met de bus.' Hij belde Fabiola en vroeg haar mevrouw Barneveld naar huis te brengen. Hij gaf haar zijn kaartje en vroeg haar hem te bellen op elk moment dat ze iets vreemds hoorde of zag. Fontein keek in het dossier dat Fabiola had samengesteld en las wat de leerlingen hadden gezegd over de lessen van meneer Barneveld. Robin bleek veel contact met hem te hebben gehad en Barneveld gaf hem extra zorg wegens de moeilijke omstandigheden waarin hij werd grootgebracht, zonder ouders en met een laag inkomen. Een aantal oud-leerlingen wist zich nog te herinneren dat Barneveld hulp van de kerk bij zijn oma had gebracht, waar Robin nooit met iemand over sprak. Fontein belde Kuiper en vroeg hem of Barneveld op de moordlijst kon staan. Die zei dat dat zeker mogelijk was.

'Juist in zo'n geval, als iemand goed contact met hem had, kan iets kleins tot een negatieve reactie leiden', zei hij. Na dat telefoontje draaide Fontein zich naar Pol, die bezig was met het dossier over Barneveld.

'Zijn de inkomende gesprekken van mevrouw Barneveld gecontroleerd?'

'Ja, er is gebeld vanuit een telefooncel.'

'Van waar?'

'Drie kilometer van het adres van Barneveld.' Fontein bleef even stil.

'Dus de moordenaar is in de buurt. Dat huis moet in de gaten worden gehouden. En alle telefoontjes afgeluisterd. Is meneer Barneveld al gewaarschuwd?'

Pol knikte.

'Mooi. Laat hem dan nog weten dat hij op een andere manier naar huis moet rijden dan hij van plan was en deze nacht ergens anders door moet brengen. Op onze kosten, als hij ernaar vraagt. Vraag Noorman contact op te nemen met de collega's in Duitsland.'

'Dat lijkt me verstandig.'
'Hij loopt in de val.'
'Nog een week en dan is het donderdag', zei Pol.

Hoofdstuk 25

Om kwart voor zes zag Stijn een blauwe Ford met een blond meisje voor het huis van Barneveld stoppen. De oude vrouw die hij de laatste twee weken regelmatig had gezien, stapte uit. Hij zei het nummerbord een paar keren na elkaar hardop en toetste het in zijn mobiele telefoon in omdat hij geen pen en papier bij zich had. De volgende dag stopte dezelfde auto voor het huis. Dit keer stapte er een man uit, die aanbelde en naar binnen ging. Twee dagen later stopte een andere auto verderop in de straat. Een man en vrouw stapten uit, belden aan en gingen naar binnen. Stijn liep weg en ging op een bank bij de gracht zitten. Hij haalde de simkaart die hij in Amsterdam had gekocht uit zijn broekzak, stak die in zijn mobiele telefoon en belde het nummer van mevrouw Barneveld. Toen ze opnam, drukte hij het gesprek meteen weer uit. De dag daarna werd hij gebeld op de simkaart waarmee hij Barneveld had gebeld. Hij nam op, bleef stil en hoorde een meisjesstem. 'Met Debora van Eik. Bel ik gelegen?' Hij drukte het telefoontje weg en werd twee uur later door een andere vrouw gebeld. Nu wist hij zeker dat de telefoon van Barneveld werd afgeluisterd en gooide hij de simkaart in de gracht. De politie wist dat de godsdienstleraar de volgende op zijn lijst was. Die dag koos Stijn twee namen uit het dagboek van Robin die niet op zijn lijst stonden. Het waren Brenda Metselaar en Tom Weiland. Hij zocht hun telefoonnummers op, belde met een nieuwe simkaart en legde zonder iets te zeggen weer op. Ook op dit nummer, dat hij had afgeschermd, werd hij even later teruggebeld. Bij het huis van Brenda Metselaar was niets opvallends te zien, maar bij Tom Weiland zag hij dat er politiebewaking was. Zo ontdekte hij dat de politie niet alleen het huis van Barneveld in de gaten hield, maar meerdere mensen die Robin Pijnacker hadden gekend.

Die donderdag om vier uur belde een keurig geklede jongeman met een aktetas aan bij het huis van Barneveld. Meneer Barneveld vroeg hem via de intercom wie hij was. De jongeman stelde zich voor als de makelaar en zei dat hij kwam voor de afspraak om het huis te taxeren.

'Kom binnen', hoorde hij na een stilte, waarop de deur openging. Hij wilde een stap naar binnen zetten toen twee politiemannen met pistolen op hem gericht naar voren sprongen. Ze schreeuwden dat hij zijn handen in het zicht moest houden. Hij smeet zijn tas op de grond en stak zijn handen in de lucht. Een van de agenten gebood hem op de grond te gaan liggen. Geschrokken keek de jongeman om zich heen, maar de agent bleef schreeuwen.

'Op de grond! Nu!' Hij ging meteen neer. Met een pistool op hem gericht liep een agent dichterbij en duwde een voet op zijn rug. Hij trok zijn handen naar achteren en boeide hem. Twee agenten pakten hem elk bij een pols en trokken hem op. Ze doorzochten zijn zakken en fouilleerden hem. Daarna sleepten ze hem naar een auto, waarin hij tussen twee agenten werd afgevoerd. Een andere auto met agenten die zijn aktetas meenamen, reed er achteraan.

'Laat me eruit', zei de jongeman.

'Houd je mond', snauwde de agent naast de chauffeur.

'Luister', probeerde de jongeman opnieuw, maar de agent

draaide zijn hoofd en legde zijn vinger op zijn mond. 'Mond houden betekent mond houden.'

'Ik wil eruit!' riep de jongeman opeens woedend. De agent draaide zich om en sloeg hem hard in zijn gezicht.

'En nu stil, of anders...' zei hij. De jongeman zweeg met trillende lippen. Even later klonk Rozenblads stem door de mobilofoon.

'Is alles goed gegaan?' vroeg hij.

'Zeker, we hebben hem', zei de agent met lichte trots in zijn stem.

'Wanneer zijn jullie hier?'

'Over hooguit twintig minuten.'

'Doe rustig aan', zei Rozenblad. Daarna belde hij Fontein om te zeggen dat de moordenaar was opgepakt en onderweg was naar het bureau.

Even later zat Fontein tegenover hem. Het pak van de jongeman was nat en vies van de stoep waarop hij had gelegen.

'Uw naam?' vroeg Fontein.

'Ik zeg niets zonder advocaat. En ik zal een klacht indienen omdat ik ben geslagen. Ik ben een burger en betaal belasting. Ik heb ook rechten.'

'Waarom heeft die agent u geslagen?'

'Waarom? Vraag het hem. Ik ben genoeg in de maling genomen, dacht ik. Ik begrijp hier niets van.'

'Wilt u echt een advocaat of kan ik u een paar vragen stellen?'

'Ik geef geen antwoord zonder advocaat, maar heb zelf wel wat vragen.'

'Zoals?'

'Waarom ik hier ben.'

'Ik denk dat u weet waarom.' Fontein keek de verhitte jongen rustig aan.

'Wat is dit voor onzin? De politie slaat mij en u vraagt mij waarom. De politie brengt mij hier en u vraagt mij waarom?'

'U wordt verdacht van de moord op Erik Drent, Rachel van Dijk, Gijs ter Velde en Wouter Dirksen.'

'Wat?'

'Ik denk dat u mij goed hebt gehoord.'

'Luister goed, meneer. Ik was bij het huis van meneer Barneveld omdat hun zoon mij belde en zei dat zijn ouders over zes maanden naar een bejaardenhuis gaan. Ik zou het huis komen taxeren. Volgens mij zoeken jullie een seriemoordenaar, geen makelaar.' Fontein stond op, liet de jongeman alleen in de verhoorkamer en rende naar het kantoor van Rozenblad.

'Is een van de agenten bij Barneveld gebleven?' zei hij hijgend.

'Waarom?'

'Hij is niet degene die we zoeken.'

'Wat?'

'Stuur er nu iemand heen. Iemand die er vlakbij is.'

Mevrouw Barneveld was trillend op de stoel naast het bed gaan zitten nadat de agenten de jongeman hadden afgevoerd naar het politiebureau. Ze vroeg haar man om twee paracetamolletjes met een glas water. Hij was net tweeënhalf uur terug uit Duitsland en kon haast niet geloven waarin hij terecht was gekomen. Hij haalde twee paracetamols uit het medicijnkastje en liep naar de keuken voor een glas water. Maar daar kwam hij niet binnen. Mevrouw Barneveld was slaperig op bed gaan liggen en lette niet op het geluid van iets zwaars dat viel en een korte schreeuw.

Stijn wist dat hij dit keer niet veel tijd zou hebben. Hooguit een halfuur. Binnen die tijd moest hij de politie in zijn val laten lopen, meneer Barneveld vermoorden en ontsnappen. De politie om de tuin leiden zou hem slechts een paar minuten kosten en ontsnappen was ook zo gebeurd, maar hij piekerde urenlang over wat hij moest doen met mevrouw Barneveld als zij in de weg zou staan. Haar ook vermoorden? Hij wist dat hij eenmaal in het huis geen tijd zou hebben voor twijfel. Uiteindelijk besloot hij dat hij haar ook neer zou steken of op het hoofd slaan als het nodig was.

Stijn had gedacht dat de politie na de moord op Erik Drent meteen Rachel van Dijk zou waarschuwen of haar onder bescherming zou plaatsen, maar dat was niet gebeurd. Vanaf dat moment geloofde hij dat ze stuntelden als een dronkenman en niet wisten in welke richting ze moesten zoeken. Maar nu was het anders. Nu moest hij snel als de bliksem toeslaan en zeker voor halfvijf weer in zijn auto zitten richting de snelweg, op weg naar zijn fabriek.

'Donderdag om vier uur', zei hij hardop. Hij schoor zich, kleedde zich aan en bleef voor hij naar buiten ging even naar de foto van Barneveld kijken. 'Donderdag vier uur', fluisterde hij tegen de foto en ging op weg.

Hij was langs vele makelaarskantoren gelopen en had tussen de foto's van huizen door naar de medewerkers gekeken. In een van de kantoren zag hij een jongeman in nette kleren telefoneren. Stijn noteerde het telefoonnummer op de etalage, liep een eindje verder en belde. De lijn was nog bezet. Even later probeerde hij het weer.

'Met Vigo Folkers, makelaar Huizenshop.'

'Ja, met Arno Barneveld. Mijn ouders gaan over een half-jaar naar het bejaardenhuis. Ze hoorden een paar dagen geleden dat ze eindelijk aan de beurt zijn en willen hun huis te koop zetten', zei Stijn.

'Dat kan, ik kom graag langs om het huis te bekijken. Mag ik het adres en telefoonnummer?' Stijn gaf het adres van meneer Barneveld door en zei dat het beter was telefonisch contact met hemzelf op te nemen.

'Mijn moeder is weinig thuis en mijn vader hoort niet zo goed meer', zei hij en hij gaf het telefoonnummer van de simkaart op die hij hiervoor gebruikte.

'Ik zal een rondje door het huis lopen en dan bespreken we verder wat de te nemen stappen zijn. Wanneer kan ik langskomen?'

'Ik woon vijftig kilometer verderop en heb met mijn vader afgesproken dat ik aanstaande donderdag bij hen zal zijn. Kunt u om vier uur?'

'Even in mijn agenda kijken... Donderdag, vier uur. Staat genoteerd. Tot dan.'

'Tot dan', zei Stijn en tevreden drukte hij de telefoon uit. Zijn plannetje zou zeker slagen.

Toen de politiemannen binnenkwamen, vonden ze meneer Barneveld vastgebonden op een stoel bij de achterdeur. Hij bloedde nog. Ze belden meteen de ambulance, die hem naar het ziekenhuis bracht. Alles was razendsnel gebeurd. Fontein was er om halfvijf achter gekomen dat de jongeman die aan de deur had gestaan echt een makelaar was. Hij haastte zich direct na het bericht dat Barneveld was gevonden naar het ziekenhuis, waar hij tot halfzeven wachtte. Toen kon hij een blik werpen in de kamer op de intensive care waar Barneveld lag. Een arts en verpleegster waren druk met hem bezig en hij lag doodstil aan allerlei apparaten en slangen. Een uur later kwam de arts naar buiten.

'Ik ben van de politie', zei Fontein. 'Meneer Barneveld is een belangrijke getuige tegen een seriemoordenaar. Is er hoop dat hij het redt?' De arts zag er doodmoe uit.

'Hij heeft veel bloed verloren en heeft op verschillende plekken op zijn hoofd slagwonden. Als hij bijkomt, heeft hij waarschijnlijk een hersenbeschadiging. Daarnaast is hij een paar keren gestoken met een mes. Eigenlijk is het een wonder dat hij nog leeft', zei de arts. Op dat moment kwam de verpleegster haastig de kamer uit en wenkte hem. Hij ging meteen weer naar binnen, gevolgd door andere verpleegsters. Fontein ging weer zitten. Een kwartier later zag hij de arts en de verpleegsters weer de gang in komen. Hij stond op en keek de kamer van Barneveld in. Een andere verpleegster was bezig de slangen en apparaten los te koppelen. Daarna trok ze het laken over zijn hoofd.

'Hij heeft het dus niet gehaald. Heeft hij nog iets gezegd?' vroeg hij de verpleegster.

'Ik denk van niet', zei ze. 'Hij kon niets meer zeggen.'

'Was u erbij in de ambulance?'

'Nee, maar ook in de ambulance had hij geen woord kunnen uitbrengen.'

'Waarom niet?'

'Zijn tong is afgehakt.' Verslagen bleef Fontein achter in

de lange, witte gang. De geur van de dood kwam zijn neus binnen en hij wist nu waarom hij altijd aan een ziekenhuis moest denken als hij op een plaats delict kwam.

'Zo stom. Zo ongelofelijk stom', herhaalde hij kwaad. Hij stond in de weg toen een ziekenhuisbed naar een andere afdeling werd gereden en liep naar buiten. In de parkeergarage ging hij in zijn auto zitten, pakte het stuur met beide handen vast en legde zijn hoofd erop. Zo bleef hij liggen tot iemand op het raam klopte. Hij tilde zijn hoofd op en zag een jongen en een meisje met een baby in een draagdoek naast het portier staan.

'Gaat het, meneer?' vroeg de jongen toen het raam openging.

'Jawel', antwoordde Fontein. Hij grijnsde, startte de motor en reed naar het politiebureau. Daar zag hij Teunissen. 'Je hebt het zeker al gehoord', vroeg hij beschaamd.

'Je bent op zoek naar een duivel', zei die om hem te troosten. 'Maar je komt elke keer dichterbij.'

'Maar het kost elke keer een leven. Hij weet hoe we werken, hoe we denken. Hij wist de laatste moord in een halfuurtje te plegen. Dat had ik nooit gedacht', zei Fontein boos op zichzelf, zoals Teunissen hem nog nooit had gezien. 'Hij misleidde de media om het adres van Wouter Dirksen te achterhalen en nu heeft hij ons misleid, terwijl we zo dichtbij waren.'

'Ga naar huis. Ga slapen. Denk dat Barneveld het eerste slachtoffer was en dat je de moordenaar bijna had.' Teunissen zag dat hij bleek en moe was. 'Ik ben er. En je team hier is hard aan het werk. Ze kunnen wel even zonder jou.' Fontein leek het niet te horen.

'Wat de zaak zo ingewikkeld maakt, is dat we met twee onvoorspelbare mensen te maken hebben. Van Robin Pijnacker kunnen we niet weten hoe hij dacht en van de moordenaar... Meerdere mensen bevestigden dat Barneveld juist voor Robin zorgde. Hij was altijd aardig voor hem. We hadden niet verwacht dat hij op de moordlijst zou staan en met een fragment uit het dagboek van Robin op zijn voorhoofd zou eindigen.'

'Wat stond er op het papiertje?'

'Dat Robin zich altijd zielig en dakloos voelde door die overdreven zorg van Barneveld. Het eindigde met: *We zijn toch geen bedelaars!*'

'Als Robin wist dat zijn dagboek zo gebruikt zou worden, had hij het misschien anders geformuleerd. Ga naar huis. Ga slapen. Dat doet de moordenaar ook om weer vol energie naar het volgende slachtoffer te kunnen gaan.'

In de gang ontmoette hij Pol, die naar hem op zoek was.

'Wat is er aan de hand?' vroeg Fontein.

'Tom Weiland belde boos en zei dat hij de bewaking niet meer aankan. Ze verpesten zijn leven.'

'Wie is Tom Weiland?'

'Een van de mogelijke namen op de lijst van de moordenaar.'

'En waarom is hij boos?'

'Hij zegt dat hij geen privacy meer heeft en dat hij het zat is om als lokaas te dienen.'

'Waarom gaat hij dan niet op vakantie met dit kutweer tot we die kutmoordenaar hebben gevonden!' viel Fontein uit. Als Weiland zelf voor hem had gestaan, had hij hem misschien wel een klap verkocht. Pol keek hem verbouwereerd aan. Zo had hij hem nog nooit gezien. 'Overal ter wereld gaan mensen dood door honger en door vulkaanuitbarstingen. En als je hier iemand een paar dagen wilt bewaken, voor zijn eigen veiligheid nota bene, gaat hij piepen als een klein kind!' Op dat moment hoorde Fontein zichzelf en wist hij dat hij overdreven reageerde. 'Sorry, Martin,' zei hij, 'ik ben moe. Luister, neem wat foto's van eerdere slachtoffers mee en laat ze hem zien. Zeg dat ook hij zo kan eindigen. Als hij dan nog geen bewaking wil, laat hem dan een formulier ondertekenen waarin hij zelf de verantwoordelijkheid neemt voor zijn veiligheid.'

'Welk formulier is dat?' zei Pol, die de meer dan dertig formulieren die hij kende aan zich voorbij liet gaan.

'Maakt niet uit welk. Het kan in de prullenbak nadat hij het heeft getekend.' Fontein liep verder en ging naar huis.

Onder de douche bedacht hij dat hij zijn yogaoefeningen al lang niet meer had gedaan en hij probeerde zijn ademhaling onder controle te krijgen. Met nat haar viel hij in slaap op de bank. Om negen uur werd hij koud wakker en kon niet meer op zijn benen staan. Het was alsof alle energie uit zijn lichaam was verdwenen. Hij belde Teunissen om te melden dat hij niet kon komen en liet daarna de receptie weten dat alle telefoontjes voor hem naar Pol dienden te worden doorgeschakeld. Hij viel weer in slaap tot twaalf uur 's middags, at wat brood, ruimde op en deed boodschappen, zodat het eten klaar zou zijn als hij om vijf uur David en Kim ging ophalen. Hij probeerde een plan te maken voor het weekend, maar met alles wat hij bedacht voor Kim zou David het niet eens zijn en andersom. Hij realiseerde zich dat hij zijn kinderen nauwelijks begreep en besloot meer tijd voor hen vrij te maken zodra de seriemoordenaar was opgepakt. Hij ging achter de computer zitten op zoek naar een leuk idee en vond de adressen van drie zwembaden, een met verschillende sauna's, een gewoon en een tropisch zwemparadijs. Hij schreef ze op papiertjes, gooide ze samen met enkele lege briefjes in een bakje en liet de kinderen zaterdagochtend een briefje trekken. Dat van David was leeg, Kim nam het tropisch zwemparadijs. Ze had een hekel aan zwembaden, maar vond het deze keer fantastisch omdat ze gewonnen had. Enthousiast stopte ze haar zwemspullen in een tas. In het zwembad juichten ze allebei. Buiten was het koud en waaide het hard en daarbinnen was de winter ver weg. Overal waren glijbanen en golfbaden. Er stonden palmbomen en het stikte er van de kinderen. Ook Fontein vond het leuk en bedacht dat hij vaker dingen moest doen met de kinderen waar hij ook van kon genieten. Het viel hem op dat zijn buik de afgelopen tijd dikker was geworden, zeker een paar centimeter. Hij moest oppassen en weer gezonder gaan eten. Na tweeënhalf uur zwemmen en schreeuwen ging hij met zijn kinderen naar een Indisch restaurant. Omdat ze niets van het menu begrepen, nam de kok hen mee naar de keuken en liet hun zien wat er werd gemaakt. Weer terug aan tafel hadden ze hun keuze gemaakt en vroegen Fontein wat hij wilde eten. Toen hij zei dat hij rijst met brood wilde, zeiden ze trots tegen de ober: 'En voor hem biryani met naan.' Fontein vond het een van de heerlijkste dagen van de afgelopen tijd. De kinderen waren zo tevreden en moe van alle beweging dat ze direct naar bed gingen.

Hij bracht ze zondag om drie uur na een leuk weekend naar huis. Carolien verzocht hem hen het volgende weekend weer op te halen omdat haar moeder ziek was. Dat vond hij fijn. Hij genoot van zijn tijd met de kinderen en het leek een van de weinige dingen waarmee hij zijn gedachten kon verzetten.

'Gaan we dan schaatsen?' vroeg Kim ongeduldig.

'Prima, doen we', zei Fontein.

In plaats van terug naar huis te gaan, reed hij naar Reeuwijk, naar het huis waar Robin zijn dagboek had geschreven en waar de moordenaar het uit had meegenomen. Hij hoopte dat Zwaantje Pijnacker vandaag helder zou zijn. Eén minuut zou al voldoende zijn om meer te weten te komen over de moordenaar. Op de snelweg stopte hij bij een wegrestaurant en bestelde een zwarte koffie. Toen hij niet lang daarna in Reeuwijk aankwam, was de temperatuur gedaald tot vier graden onder nul. Hij klopte aan en het meisje dat hij de eerste keer had gezien, deed open.

'Kom binnen', zei ze toen ze zag dat hij in zijn handen wreef van de kou. Hij trok zijn jas uit.

'Ik verwachtte je niet op zondag', zei ze. 'Normaal gesproken ben ik er niet om deze tijd, maar ik kom elke twee weken en blijf dan tot acht uur.'

'Waarom elke twee weken?'

'Dat is wat mevrouw Pijnacker kan betalen als extra zorg. Tot een paar maanden geleden kwamen we elke week op zondag, maar dat werd te duur, dus nu blijven we elke twee weken langer. Ze kan ook niet meer breien, hé.'

'Breien?'

'Ja, ze breide jarenlang sokken, van die warme wollen, en

die verkocht ze dan voor een extraatje. Ik heb ook drie paar gekocht. Maar nu trilt ze te veel.'

'Waar is ze nu?'

'Ze ligt op bed, maar ik maak haar zo wakker.'

'Kan ik jou eerst wat vragen?'

'Ja hoor', zei ze, bracht hem koffie en ging bij hem zitten.

'Ik wil je niet bang maken, maar aan deze tafel zat ooit een seriemoordenaar. Hij praatte met mevrouw Pijnacker over haar kleinzoon Robin. Daarna ging hij naar boven, brak het slot van de zolderdeur open en nam het dagboek van Robin mee.' Het meisje keek hem aandachtig aan. 'We willen van mevrouw Pijnacker iets weten over die bezoeker. Hoe zag hij eruit? Hoe oud was hij? Wat is zijn naam? Ik heb het geprobeerd, maar haar geheugen is niet in orde.'

'Wat kan ik doen?'

'Ik heb hier al uren bij mevrouw Pijnacker gezeten, maar was er nooit op het juiste moment. Jij bent er vaker. Als ze ineens een helder moment heeft, kun je me dan bellen? Dan kan ik meteen langskomen.' Fontein gaf haar zijn kaartje. 'Bel me alsjeblieft als dat gebeurt.'

'Is het gevaarlijk?' vroeg ze en ze keek hem onderzoekend aan.

'Absoluut niet, de moordenaar vermoordt alleen degenen die Robin kwetsten en ik denk niet dat jij een van hen bent.'

'Ik heb hem nooit gekend', zei ze en ze dacht even na. 'Ik doe het graag. Het is zeker goed voor mevrouw Pijnacker, maar...'

'Maar wat?'

'Mag ik haar erover vertellen? Ik wil het niet achter haar rug om doen.'

'Natuurlijk, als je denkt dat je haar niet beledigt door te zeggen dat je naar een normaal moment zoekt.'

'Ik ken haar goed. Misschien zal ze wel glimlachen en zeggen dat ze best weet dat haar geheugen soms zo lek is als een mandje.' Fontein noteerde haar naam en telefoonnummer en gaf haar zijn kaartje. Hij wachtte nog een uur. Toen was mevrouw Pijnacker nog niet wakker en ging hij maar weg.

Voor hij de motor startte, dacht hij aan Moniek. Hij besloot meteen te bellen, voordat hij erover na kon denken. Elke keer als hij nadacht, deed hij niets. Haar stem klonk vrolijk en paste niet bij het grijze, koude weer.

'Ben je aan het werk?' vroeg hij zenuwachtig.

'Als ik aan het werk ben, neem ik niet op.'

'Ik zit in de auto en heb niets te doen. En jij?'

'Kom deze kant maar op', zei ze en ze gaf hem het adres, dat hij in de tomtom intoetste. 'Hoe lang voordat je er bent?'

'Iets meer dan een uur', zei hij, de tijdsduur van de tomtom aflezend.

'Perfect, dan kan ik nog opruimen', zei ze.

'Wat neem ik mee?'

'Er is wijn, maar ik heb niets in huis om te eten.'

'Ik zie je straks', zei Fontein en hij vertrok.

Hoe minder kilometers de tomtom aangaf, hoe zenuwachtiger hij werd. Na een uur en twintig minuten stopte hij voor haar huis. Al snel, alsof ze had staan wachten, opende ze de deur met een brede glimlach.

'Frio, frio', zei ze.

'Ja, heel erg frio', antwoordde hij terwijl hij zijn jas uitdeed en achter haar aan de kleine, nette woonkamer inliep. Er brandden kaarsjes en wierook. Zijn vermoeide gevoel en de kou smolten meteen weg op die hemelse plek. Hij ging zitten en zag dat ze een zomerjurk droeg. Ze droeg haar donkere haren los en liep op blote voeten. Ze was adembenemend.

'Wijntje?' vroeg ze.

'Graag.' Ze opende de wijnfles precies zoals ze dat bij de Griek deed en schonk hem in. 'Helaas heb ik hier geen menu dat ik je kan aanbieden', zei ze lachend en ze ging zitten met een glas in haar hand. Fontein zat, ondanks de heerlijke sfeer, wat ongemakkelijk op de bank. Hij dacht dat hij misschien nog even in de auto had moeten blijven om zich mentaal voor te bereiden op deze avond. Alsof Moniek het aanvoelde, vroeg ze of hij net van thuis kwam.

'Nee, uit Reeuwijk. Ik belde daar vandaan.'

'Reeuwijk? Waar ligt dat?'

'Ergens in Nederland', zei hij glimlachend, blij dat ze wist dat hij met zijn hoofd mogelijk nog ergens anders was, maar vaag genoeg opdat ze niet zou vragen wat hij daar had gedaan.

'Voor je werk?' probeerde ze toch.

'Ja, zondagsdienst. En jij? Was je vrij?'

'Vandaag en morgen', zei ze en ze nam diep adem. 'Heerlijk.' Fontein keek om zich heen en zag veel foto's aan de muur hangen, maar durfde er niet naar te vragen. Hij zei dat het er lekker rook en informeerde naar de soort wierook en de muziek, die zacht speelde, en toen er geen dingen meer waren om te vragen, nodigde ze hem uit om de rest van het huis te bekijken. Hij stond op en volgde haar. Ze liet hem het keukentje zien en liep hem voor de trap op. Fontein liep vlak achter haar en rook haar parfum, dat ze in precies de juiste hoeveelheid droeg. Ze toonde de logeerkamer, die ze gebruikte om de was op te hangen. Fontein liep even naar binnen, raakte per ongeluk haar arm aan en lachte verlegen. Door de rondleiding liep de spanning tussen hen op en vergat Fontein alles buiten het huis. Moniek opende de slaapkamerdeur.

'En dit is mijn bed', zei ze, bijna fluisterend terwijl ze hem verlangend aankeek. Fontein sloeg zijn armen om haar heen en begon haar te zoenen. Ze trokken elkaars kleren uit. Als een wezen met vier voeten liepen ze naar het bed. Alles voelde juist aan die avond. Toen ze uitgeput naast elkaar neervielen, sloeg ze een deken om. Hij draaide zich op zijn zij en keek naar haar.

'Je lijkt zo verlegen', zei ze glimlachend terwijl ze een lok haar uit haar gezicht streek. 'En nu blijk je een beest te zijn.'

'Bedankt voor het compliment', zei hij. Ze lachte. 'Jij bent mooi.'

'Dat had je net beneden moeten zeggen, en jij zegt het terwijl we hier al liggen', zei ze met een stem die elke opmerking sexy maakte. Fontein legde zijn hand op haar hoofd en streelde haar gezicht, haar hals en haar borsten. Hij kon haast niet geloven dat alles opeens kon verdwijnen. Al dat donker, de kou en die lange, lange winter buiten. Al de problemen met het moordonderzoek. Alle nachten dat hij eenzaam in zijn bed had gelegen. Hij sloot zijn ogen, alsof dit een droom was waarin hij verdween en waaruit hij nooit meer wakker wilde worden.

'Ben je morgen vrij?' vroeg ze slaperig.

'Als mijn mobiel uit staat wel.'

'Dus als je niet bereikbaar bent, ben je vrij?'

'Precies', zei hij.

'Dus we gaan zeker uitslapen.' Dat woord had Fontein nodig. Uitslapen. Nu was alles wat hij wilde alleen maar daar, naast haar liggen.

Hoofdstuk 26

Fontein werd wakker van het geluid van de stromende douche, die pal aan de slaapkamer grensde. Hij keek op de klok
aan de muur naast het bed. Twintig over tien. Hij stond op.
  'Douch ik mee?'
  'Het is hier te klein', zei Moniek, maar tegelijk wenkte ze
hem binnen te komen. Ze stond met gesloten ogen onder de
douche en spoelde haar haren uit, alsof ze onder een waterval stond. Hij streelde zacht haar lichaam, pakte haar vast en
zoende haar onder de aangename straal water. Zijn geslacht
maakte duidelijk dat hij geen genoeg van haar kon krijgen.
Ze liet hem even begaan, wurmde zich daarna zacht los en
verliet glimlachend de douche om hem alleen te laten, terwijl
hij haar aanwezigheid bleef voelen. Hij liet zich het warme
water welgevallen, verliet de douche en trok zijn kleren aan.
Nog op de trap rook hij koffie en beneden zag hij dat ze het
ontbijt had klaargemaakt. Hij voelde zich thuis. Het was
alsof hij haar al langer kende en dat dit niet de eerste ochtend na de eerste avond was.
  'Ik wil je graag nog een keer zien', zei hij.
  'Wie weet', zei ze met een geamuseerd glimlachje. Na het
ontbijt ging Fontein weg en in de auto voelde hij dat hij
misschien wel verliefd was geworden, als hij dat al niet was
geweest vanaf de eerste keer dat hij haar bij de Griek had
gezien. Als het aan hem lag, zagen ze elkaar snel weer, nog
diezelfde avond, maar hij besloot haar de kans te geven die
beslissing te nemen.

'Je ziet er gelukkig uit, Fred', zei Astrid bij de receptie. Hij bedankte haar en liep naar zijn kantoor. Hij belde Fabiola om te vragen hoe het stond met de samenvattingen die ze elke keer maakte. Zij vond ook dat hij gelukkig klonk. Ze wachtte op meer uitleg, maar hij hield zijn mond. Een half-uurtje later kwam Pol binnen.

'Vandaag om twee uur komen we bij elkaar, het hele team.'

'Een vergadering?'

'Iedereen komt, Teunissen heeft de vergadering belegd om het televisieprogramma van afgelopen zaterdag te bespreken. Ik kreeg duidelijke instructies je te melden dat jij er ook bij moet bij zijn.'

'Welk programma?' vroeg hij.

'*Misdaadreporter*. Over de moord op Barneveld. Ze wisten alle details. Zijn verblijf in Duitsland, de makelaar die had aangebeld, alles. De andere moorden zijn ook aan bod geweest.' Fontein bleef stil en dacht na.

'Dus er is opnieuw informatie doorgespeeld?'

'Blijkbaar wel.' Pol maakte aanstalten om het kantoor te verlaten, maar draaide zich ineens weer om. 'Trouwens, wat betreft Tom Weiland: dat formulier werkte erg goed. Hij weigerde het te tekenen en maakt geen probleem meer van de bewaking.'

Om twee uur 's middags zaten er vijfentwintig mensen in de vergaderzaal, niet alleen de direct betrokkenen bij deze zaak, maar ook een afgevaardigde van de technische recher-che en de persvoorlichter. Teunissen keek iedereen in de ruimte recht in de ogen voor hij begon te spreken.

'Toen deze zaak begon met de dood van Drent, was alles

nog vaag en kon het nog alle kanten uit. Maar nu zijn we een stuk verder en dicht bij het pakken van de moordenaar. We weten nu dat hij een lijst heeft en waarop die is gebaseerd. Bij de moord op Barneveld waren we zo dichtbij dat we hem de volgende keer zeker zullen pakken. We leren meer van de moordenaar dan hij van ons.' Teunissen begon de zaak vanaf het begin samen te vatten, hier en daar aangevuld door Fontein of Pol. Fontein was blij te horen dat Teunissen goed op de hoogte was en knikte af en toe dankbaar naar Fabiola voor haar dossiers. Na veertig minuten begon Teunissen over de reden waarom de vergadering was belegd. 'Iemand die nu in deze zaal zit, speelde informatie door naar de media. Ik geloof dat de media het recht hebben op informatie, maar dat moet gebeuren op een natuurlijke manier en, belangrijker nog, op het juiste moment. Dit is nu de tweede keer in deze zaak dat de kranten en de televisie precies lijken te weten wat wij weten. Ik zal een intern onderzoek laten voeren naar hoe die informatie bij hen is terechtgekomen. Degene die dit op zijn geweten heeft, kan zich bij mij melden.' Hij liet zijn hoofd even zakken, keek toen weer op en verzocht iedereen de ruimte te verlaten.

Het was inmiddels halfvier. Teunissen vroeg Fontein om mee naar zijn kantoor te komen.

'Het is wat, niet', zei hij en hij sloeg met zijn vuist op zijn bureau. Daaraan merkte Fontein dat hij niet zo rustig was als hij tijdens de vergadering had geleken, maar dat hij inwendig kookte.

'Ik heb het programma niet gezien.'

'Kijk dan meteen even op www.programmagemist.nl', zei

Teunissen. 'Ze hebben duizenden euro's overgehad voor die informatie. Wie denk jij dat zoiets doet?'

'Moeilijk te zeggen. Ik weet het niet.'

'Ik durf voor niemand mijn hand in het vuur te steken. En wie ik dat onderzoek moet laten uitvoeren, weet ik ook niet. Straks wijs ik degene aan die de informatie heeft doorgespeeld.'

'Dat zou ook een oplossing kunnen zijn', zei Fontein. Teunissen keek hem niet-begrijpend aan.

'Als je toevallig het lek kiest om het lek te achterhalen, zal er niet meer worden gelekt', zei Fontein, verbaasd dat hij niet struikelde over zijn eigen woorden.

'Misschien wel. En wat dan nog, we hebben niets te verliezen. Ik zal iemand aanwijzen. En nu, waar staan we volgens jou wat betreft die seriemoorden?'

'Ik weet niet meer waar we staan. Het is ingewikkeld.'

'Onthoud dat de moordenaar een psychopaat is. Hij moet eens in de val lopen. Dat moet, Fred. Het kan niet zo doorgaan. Die klootzak. Hij is toch geen geest? Hij is ergens. Hij kijkt op zijn horloge, zoals wij dat doen. Hij rijdt rond in zijn auto, op dezelfde weg als waar wij rijden. Hij koopt zijn eten in dezelfde supermarkt. Hij...' Het geduld van Teunissen raakte op.

'Ik was gisteren in Reeuwijk bij mevrouw Pijnacker. Iemand van de thuiszorg laat het ons weten als zij een heldere dag heeft. Ze heeft de moordenaar ooit gesproken en is daarmee de enige getuige die we hebben.'

'Denk je nog steeds dat de moord in Reeuwijk zal worden opgelost?'

'Ik denk het niet, ik weet het zeker. Daar, in dat oude huis waar Robin zijn dagboek schreef en waar de moordenaar is geweest, ligt de oplossing.'

'Richt je niet te veel op dat huis en die oude vrouw, Fred', waarschuwde Teunissen. 'Al die mensen die Robin hebben gekend, dat is de juiste weg. Jullie waren zo dichtbij. Met hoeveel mensen hebben jullie gesproken?'

'293.'

'Een van hen moet weten hoe het zit of de sleutel in handen hebben, misschien zonder dat hij het zich realiseert. Alsjeblieft, Fred, verspil je tijd niet aan die demente vrouw.' Hij keek op zijn horloge en zei dat hij over tien minuten weg moest om met de korpschef en de persvoorlichter te praten over hoe het lek kon worden gevonden en afgestraft.

Fontein liep naar zijn kantoor en controleerde of hij oproepen had gemist. Wie weet had Geertje, het meisje van de thuiszorg, gebeld. Dat was niet het geval, maar beter nog was een sms van Moniek waarin ze zei dat het een geweldige avond was geweest en ze hem vroeg of hij nog eens uit eten wilde. Fontein baalde dat hij niet meer aan haar en de geweldige avond had gedacht, maar de moordzaak had hem meteen weer helemaal opgeslorpt. Hij antwoordde dat hij vandaag niet kon, maar dat hij het wel een erg goed idee vond. Hij besloot een kwartiertje yoga te doen, trok zijn schoenen uit en ging op het tapijtje zitten. Op dat moment ging zijn mobieltje over. Het was Geertje.

'Dit is een goed moment om met mevrouw Pijnacker te praten', zei ze. 'Ze is bijzonder helder.'

'Mag ik haar aan de lijn?' vroeg Fontein en hij pakte zijn notitieboekje.

'Oké, hier komt ze.'

'Met mevrouw Pijnacker.'

'Met Fred Fontein.'

'Van de politie, toch?'

'Klopt.' Zijn hartslag ging de hoogte in omdat hij vreesde dat ze elk moment weer kon wegzakken.

'Ik wil u onzettend bedanken.'

'Waarvoor?' vroeg Fontein, die eigenlijk geen seconde wilde verliezen.

'Wat zegt u?'

'Waarvoor wilt u mij bedanken?' zei hij harder.

'Voor wat u voor mij hebt gedaan. Geertje heeft alles verteld.'

'Graag gedaan', antwoordde Fontein. 'Ik heb wat vragen voor u.' Hij kreeg geen reactie en herhaalde het luider.

'Stel ze gerust', zei de oude stem.

'U kreeg bezoek van een man die naar uw kleinzoon vroeg en naar de zolder ging, weet u nog?'

'Een man?'

'Ja, een man, of een jongen. Weet u het nog?'

'Een man of een jongen.' Ze was even stil. 'Ja, dat weet ik nog', zei ze toen. 'Hij bracht de gedichten van ene Pieter en zei dat ze naar de rechtmatige eigenaar moesten worden teruggebracht, anders zou hij weer worden gedood.'

'Welke Pieter?'

'Pieter Pijnacker. Ik weet er verder niets van, hoor. Je moet het maar aan hem vragen.'

Fontein besloot weer naar Reeuwijk te rijden. Onderweg

dacht hij aan zijn gesprek met Teunissen en hoe machteloos hij had geklonken. Hij wist dat zijn overste vond dat hij zijn tijd verspilde in Reeuwijk, maar zijn intuïtie zei hem dat hij op de goede weg zat.

Hij belde aan, waarop Geertje glimlachend opendeed en hem uitnodigde binnen te komen.

'Is ze nog wakker?'

'Ja, maar ze ligt al wel in bed.'

'Kan ik haar zien?' Geertje ging naar de slaapkamer en kwam even later terug om te zeggen dat het kon. Daar lag mevrouw Pijnacker, maar er viel niet met haar te praten. Soms sloot ze haar ogen alsof ze in slaap zou vallen of keek ze hem verbaasd aan. Ze zei weinig. Hij ging de kamer weer uit om haar verder niet te storen.

'Mag ik nog even naar de zolder?' vroeg hij.

'Jazeker.'

Fontein liep voor de zekerheid ook nog langs de slaapkamer van Robin, maar kon daar opnieuw geen persoonlijke spullen vinden of iets wat hij kon gebruiken bij het vinden van de dader. Daarna beklom hij de krakende trap naar de zolder en opende de deur. Hij deed het licht aan, maar het peertje knapte na een lichtflits. Gelukkig had hij zijn tas mee naar boven genomen en daar haalde hij zijn zaklamp uit. Hij rook opnieuw het rottende hout. Als het ook zo muf had geroken terwijl Robin er zijn dagboek schreef, kon hij begrijpen dat het een negatieve invloed op de teksten had gehad. Wie weet was de inhoud wel anders geweest als het dagboek geschreven was op een mooie, vreedzame en lichte plek. Wie weet was de moordlijst dan wel helemaal niet ontstaan of veel korter geweest.

Het was koud op de zolder. Even dacht hij eraan zijn jas te halen, maar opeens gleed zijn zaklamp over de vage schildering op de muur. De gouden fazantenkop leek hem te lokken en door het zaklamplicht leek hij zelfs even te knipperen met zijn ogen. Fontein bekeek de schildering aandachtig. Het was duidelijk dat die gemaakt was door een kind. Hij had in zijn kinderjaren veel fazanten gezien in het bos en wist dat de verhouding van de kop ten opzichte van het lichaam niet klopte. Bovendien was de fazant te groot voor het jongetje op wiens schouder hij zat. Zijn handen begonnen te tintelen van de kou.

Fontein liep de zolder rond en bekeek de tafel en de oude troep die generaties er hadden achtergelaten. Hij eindigde weer bij de schildering en ging dichterbij, zodat hij de vage bomen kon zien. Fontein volgde met de lamp een van de boomstammen naar beneden tot de plek waar kunstenaars hun handtekening zetten. Daar stond een bijna onzichtbare tekst met potlood geschreven in een haast onleesbaar handschrift. Fontein zakte neer op zijn knieën, bracht de zaklamp naar achteren, zodat hij de hele tekst kon zien en las de woorden. Er golfde een schok door zijn lijf. Daar, onder de vage bomen, stond het. Om zeker te weten dat het geen hallucinatie was, zei Fontein de woorden hardop. *'Achter de deur waardoor je binnenkomt om de wereld te zuiveren, zitten de duivels, vastgebonden aan hun stoelen met de touwen van de waarheid, bedekt met het bloed van hun zonden.'* Alsof een bliksem de zolder even helder verlichtte en alles samenkwam, zag Fontein Erik Drent, Gijs ter Velde, Wouter Dirksen en Barneveld vastgebonden op hun stoelen zitten.

Hoofdstuk 27

Fred Fontein stond aan de grond genageld door die woorden, die sinds 1869 vocht en stilte hadden weerstaan. De moordenaar had de tekst natuurlijk ook gelezen. Daarom had hij zijn slachtoffers op een stoel vastgebonden en naar de deur gedraaid. Fontein staarde lang naar de woorden, tot hij Geertje hoorde roepen.

'Hallo, meneer?' Aan de toon hoorde hij dat ze hem al vaker had geroepen, maar dat hij het niet had gehoord. Hij stak zijn hoofd uit de zolderdeur en zag haar staan met haar jas aan, klaar om weg te gaan.

'Ben je nog lang bezig?' vroeg ze.

'Wacht nog even, alsjeblieft', zei hij en hij draaide zich terug naar de schildering, zonder zich af te vragen of ze het ermee eens was of niet. Hij liet de zaklamp over de zoldermuren schijnen, maar vond verder niets wat belangrijk leek. Toen viel het licht over het rode boekje met het kruis erop dat voor de schildering op de grond lag. Hij nam het op, opende het en scheen er met de zaklamp in. *'Deze woorden schrijf ik in mijn cel als spijt voor wat mijn handen hebben gedaan. Zo vraag ik God om vergiffenis. Uw wil geschiede. Pieter Pijnacker, 1870.'*

Fontein had het eerder bekeken, maar nu leek alles een andere betekenis te hebben. Hij bladerde verder door het boekje. Meteen wist hij dat het klopte wat mevrouw Pijnacker had gezegd over de gedichten van Pieter. De moordenaar had het boekje ook in zijn handen gehad en had het hier naartoe gebracht. Meteen borrelden er allerlei vragen op. Waar was dat boekje al die tijd geweest? Het had hier niet sinds 1870 gelegen, anders was het volledig vergaan door de vochtigheid. Hoe had de moordenaar het in handen gekregen? Hoe had hij geweten dat het hier naartoe moest komen? Fontein bleef bladeren, steeds sneller toen hij zich herinnerde dat Geertje beneden op hem wachtte, tot hij bij de laatste pagina kwam. Daar las hij: *'Dit boek is voor de jongen met de gouden fazant op zijn schouder. Zoals de dominee mij beloofde, zal hij dit boek voor hij zijn reis voortzet, brengen naar het bos achter een deur op niet meer dan vijftien minuten van mijn bungelende lijk.'* Fontein richtte de zaklamp op de schildering en daarna op de tekst. Het klopte. Het boekje lag precies op de plek die was beschreven, en de moordenaar had het om die reden hier naartoe gebracht. Fontein stak het boekje in zijn zak en liep naar beneden.

'Het spijt me dat het zo lang duurde. Ik breng je graag naar huis als tegenprestatie.'

'Dat hoeft niet. Het was vast koud op de zolder', zei ze terwijl ze naar zijn gezicht keek.

'Inderdaad', antwoordde Fontein, die nog druk was in zijn hoofd met wat hij net had ontdekt en pas na haar opmerking voelde dat zijn neus koud was geworden. 'Ben je klaar om te gaan?' vroeg hij, alsof ze had gezegd dat ze wel naar huis wilde worden gebracht. 'Heb je alles?'

'Alleen nog mijn vouwfiets', zei ze. Ze legde hem achter in de auto en Fontein tikte haar adres in op de tomtom.

'Nogmaals mijn excuses', zei hij.

'Met de trein duurt het langer voor ik thuis ben, dus jij bedankt', zei ze. Ze vroeg of hij iets bruikbaars had gevonden op de zolder, maar hij was elders met zijn gedachten. Hij stopte toen de tomtom daartoe opdracht gaf, liet haar uitstappen en reed verder naar huis. Daar ging hij zonder zijn jas uit te trekken aan de tafel zitten en las het rode boekje woord voor woord, van begin tot eind. Het waren duidelijk spijtgedichten van iemand die wachtte tot hij ter dood zou worden gebracht. Op de laatste pagina las hij nog een keer de tekst over de plek waar het boekje naartoe moest worden gebracht. De tekst was nogal vaag. Het was onmogelijk de plek te vinden zonder de schildering te zien. Fontein sloot het boekje. Hij stond voor een nieuw raadsel, dat dit keer zeker naar de moordenaar zou leiden. Hij opende de kelder met de sleutel die aan de spijker naast de deur hing en staarde een tijdje naar de flessen wijn, waarvan hij er te lang niet één had geopend. Hij dacht aan Moniek, die hij zeker eens een bordeaux uit 2000 moest laten proeven, maar daarna gingen zijn gedachten weer naar de moordzaak en boog hij zich over het tekenboek voor zich. Dit keer ontstonden er verschillende schetsen, die in elk geval geen trekken van Leo Pijnacker vertoonden. Hij tastte nog steeds in het duister omtrent het motief van de moorden, maar de lijnen leken langzaamaan te verstrengelen en de onzichtbare draden die de moordenaar had achtergelaten, waren steeds meer in een bepaalde richting te volgen. Om kwart over twee 's nachts kon hij niet meer. Hij poetste zijn tanden en ging naar bed.

De volgende ochtend riep hij Fabiola bij zich in zijn kantoor. Hij vroeg haar alle informatie op te zoeken over Pieter Pijnacker, 1870, en dan het liefst in combinatie met een dominee. Er ging een halve dag voorbij. Fontein bleef bladeren in het rode boekje en kon het niet laten er elke keer opnieuw van begin tot eind doorheen te gaan. Hij had sterk het gevoel dat dit ergens toe zou leiden. Halverwege de middag kwam

Fabiola binnen en vertelde dat Pieter Pijnacker de laatste persoon in Nederland was die de doodstraf had gekregen. Hij was geëxecuteerd in Gouda op 27 september 1870. Over een dominee had ze niets kunnen vinden, maar ze raadde Fontein aan naar het Historisch Centrum te gaan, waar hij alle kranten en officiële documenten van 1870 kon bekijken. Als er een verbinding was tussen Pieter Pijnacker en een dominee, zou die zeker daar te vinden zijn.

'Ga je mee?' vroeg Fontein.

'Over een halfuurtje zit mijn tijd erop. Ik heb net met mijn moeder afgesproken.'

'Kun je de afspraak niet verzetten?'

'Dat heb ik al twee keer gedaan. Ik kan het echt niet maken het weer uit te stellen', zei ze. Fontein belde Pol om mee te gaan, maar die was niet aanwezig. Dit was dus iets wat hij alleen zou moeten doen. Hij was niet goed in het uitzoeken van papieren, dat was hij al niet geweest toen hij eenentwintig jaar geleden voor het laatst in een bibliotheek was geweest. Nu zou het al helemaal lastig worden met al die computers en systemen van tegenwoordig. Maar dit kon niet wachten en hij zou een poging wagen. Fabiola gaf hem voor ze vertrok het adres van het Historisch Centrum, waar hij meteen naartoe reed.

Bij het glazen gebouw zei hij tegen de receptioniste dat hij een kijkje wilde nemen in het Nederland van 1870. Ze stuurde hem naar de derde verdieping, waar een vrouw achter een computer zat. Ze zag er wat verveeld uit, maar paste toch helemaal bij de stille plek. Boven haar hing een bord met 'Informatiebalie' erop, maar toch keek ze verbaasd op toen Fontein haar aansprak.

'Wat bedoelt u precies met een kijkje nemen?' vroeg ze.

'Ik wil graag iets weten over de doodstraf. De laatste in de negentiende eeuw en die van na de Tweede Wereldoorlog', zei Fontein, om niet meteen prijs te geven waar hij naar op zoek was.

'Bedoelt u de doodstraf van Pieter Pijnacker?'

'Precies', zei hij.

'Loopt u maar mee.' Ze stond op en liep naar een afgeschermde ruimte met computers. Aan haar manier van lopen zag Fontein dat ze niet zozeer verveeld was, maar eerder onzeker. Ze zocht iets op in een van de computers, noteerde een nummer en gaf het hem. Hij pakte het papiertje aan.

'En nu?' vroeg hij.

'Nu moet u verder zoeken.' Hij bleef staan en keek naar het nummer, niet wetend hoe hij het aan moest pakken. Ook de vrouw bleef staan, ongemakkelijk en zich afvragend hoe ze moest reageren.

'Bedankt', zei Fontein. Toen nam ze het nummer tussen twee vingers uit zijn hand, liep naar een lade aan een muur vol kasten, nam er een boek uit en bladerde tot ze het nummer tegenkwam. Er achter stonden weer allerlei cijfertjes: 282, 283, 284, 285, 286, 287 en 299.

'Kijk, vanaf hier. En nu moet u zelf verder zoeken.' Weer bleef Fontein staan, niet wetend wat te doen of waar te zoeken. Hij was dan ook blij dat de vrouw hem wenkte haar naar beneden te volgen, waar ze een ander boek pakte. De pagina's die ze aanwees correspondeerden met de cijfertjes achter het nummertje uit de computer. 'Deze pagina's gaan over de doodstraf van Pijnacker.' Fontein keek naar de teksten en tekeningen die lang geleden waren gemaakt.

'Perfect, mevrouw, dank u', zei hij oprecht. Hij bladerde door de pagina's, terwijl de vrouw aarzelend bleef staan.

'Kan ik nog iets voor u betekenen?'

'Nou, ik zou ook graag de kranten uit 1870 inzien.'

'Dat zijn er best veel. Je hebt bijvoorbeeld *Het Nieuw Rotterdamsch Dagblad* of de *Arnhemsche Courant*', zei ze. 'En nog veel meer.'

'Kunt u me laten zien hoe ik ze kan vinden?' Ze gaf hem twee tapes uit een grote apothekerslade en toonde hem hoe hij de krantenlezer moest bedienen met de draaiknop. Vervolgens bracht ze hem aan een van de lange tafels in de ruimte nog een stapel boeken en documenten uit 1870 en zei dat hij nu alles had wat zij hadden over de doodstraf in Nederland.

'Is er ook iets over dominees uit de negentiende eeuw?' vroeg hij. Ze ging weer naar een computer en bracht hem nog een dik, oud boek. 'En dit hebben we nog over de doodstraf na de Tweede Wereldoorlog.'

'Nu moet ik zelf verder zoeken', zei hij. Zonder dat haar gezichtsuitdrukking veranderde, liep ze in stilte terug naar de informatiebalie. Fontein zat tussen gesloten en geopende boeken, documenten en papiertjes en keek in een origineel exemplaar van het *Weekblad van het Recht* uit 1870. Hij wist niet dat een jongeman had opgevangen dat hij zocht naar informatie over de doodstraf in 1870 en hem nauwlettend in het oog hield.

'Ik ving op dat u iets zoekt uit het jaar 1870?' zei de jongeman. Fontein keek op. Er stond iemand van een jaar of dertig voor hem met onderzoekende ogen waar de energie uit leek te knallen. Zijn voorhoofd was erg groot, of hij was kaal aan het worden. 'Ik kom hier vaak', zei hij terwijl hij Fontein bleef aankijken.

'Je bent vast bezig met je afstudeerscriptie.' Fontein kreeg geen antwoord. Hij was op zijn hoede. Het gebeurde wel eens dat mensen hem herkenden van de foto's in de kranten en aangezien er al enkele keren informatie was gelekt, leek het hem verstandig niet aan vreemden te vertellen waar hij precies mee bezig was. 'Ik dacht dat sinds de afgelopen eeuw niemand meer de doodstraf had gekregen in Nederland', zei hij daarom. 'Maar toen ik hoorde dat er na de Tweede Wereldoorlog nog negenendertig oorlogsmisdadigers werden gefusilleerd, werd ik nieuwsgierig en daarom zoek ik nu iets over de afschaffing van de doodstraf in 1870.'

'Wat wilt u precies weten?' vroeg de jongen zonder zijn blik af te wenden. Op dat moment kwam de vrouw van de informatiebalie hun richting uit met vier meisjes en drie jongens. Ze legde hun met zachte stem uit hoe de afdeling werkte. Fontein was blij dat hij niet de enige was die niet had geweten wat te doen in het gebouw vol archieven, maar vooral dat hij nu kon ontsnappen aan de vragen van de jongeman. Hij opende het boek over de ter dood veroordeelden na de Tweede Wereldoorlog en bladerde erdoor, alsof hij druk bezig was. De jongen haalde zijn schouders op en ging weg.

Vervolgens keek Fontein door de pagina's die de vrouw hem had gegeven en zag tekeningen en foto's van het soort schavot waarop Pijnacker was opgehangen en van de beul Dirk Jansen. Hij las het verhaal van de moord op Geertrui en hoe Pijnacker was opgepakt. Daarna stopte hij een van de tapes in de krantenlezer en stelde scherp, zoals de vrouw hem had uitgelegd. Bij de kranten na de datum van Pieter Pijnackers ophanging ging hij langzamer en zo vond hij een artikel over ene dominee Johannes de Graaf en zijn bezoek aan Gouda. Daarna typte hij, zoals hij de vrouw had zien doen, de naam Johannes de Graaf in op een van de computers. Hij vond meteen het pamflet *De gerechtigheid van God en de betekenis van de vergeving* en zag allerlei artikelen over Johannes de Graaf, zijn reis door Nederland en de tien ter dood veroordeelden die hij nog op kon laten hangen voordat hij in Gouda stopte, waar hij in 1873 overleed. Fontein noteerde de naam van de dominee en de informatie die hij had gevonden en ging naar huis.

Het regende buiten. Hij rende naar zijn auto en reed naar huis met zijn schlagermuziek op volle geluidssterkte om nergens aan te hoeven denken. Thuis deed hij zijn jas uit, ging aan de keukentafel zitten en legde het rode boekje met het kruis op de laatste pagina geopend voor zich neer. Hij had sterk het gevoel dat de tekst zo vaag was opdat het boek niet zou aankomen bij de gouden fazant op de zolder. Er gingen allerlei scenario's door zijn hoofd en hij kon zijn gedachten niet meer verzetten. Na een klef broodje kaas reed hij naar het bureau.

Hij was blij toen Rozenblad dienst bleek te hebben. Op de avonddienst doende agenten na waren er weinig mensen in het gebouw. Toen hij bij de koffieautomaat vandaan kwam, hoorde hij mensen in de wachtkamer schreeuwen: 'Discriminatie! Discriminatie!' De ruimte was gevuld met donkere mannen die met een zwaar Afrikaans accent riepen dat ze naar de wc moesten. Fontein liep naar een van de agenten.

'In de wachtkamer zitten mensen die naar de wc willen.

Kan iemand er even heen?' zei hij boos en vervolgens riep hij naar de Afrikanen dat er iemand aankwam. Daarna liep hij naar zijn kantoor, zich afvragend waarom al die mensen in de wachtruimte waren gestopt.

Hij belde Rozenblad en vroeg hem even naar hem toe te komen.

'Er was een dominee die Johannes de Graaf heette, geboren in 1815, overleden in 1873 in Gouda. Ik wil weten waar hij woonde en of er nog steeds familie in dat huis woont.'

'Fred, doe normaal. Ben je daarvoor hiernaartoe gekomen? Het adres van een dominee uit de negentiende eeuw, ben je soms gek geworden?' zei Rozenblad, meer als grap dan serieus bedoeld, maar hij zag dat Fontein onrustig was en geen seconde wilde verliezen. Toen Rozenblad weer buiten was, liet Fontein zich in zijn stoel ploffen en legde zijn voeten op het bureau. Hij deed zijn ogen dicht en spitste zijn oren, zodat hij het meteen zou horen als er op de deur werd geklopt of als die werd opengedaan. Zo viel hij in slaap. Hij merkte niet dat Rozenblad binnenkwam, tot die hem wekte. De spieren in zijn benen waren helemaal verstijfd. Met moeite trok hij zijn onderbenen naar zich toe en zette zijn voeten op de grond.

'En?' vroeg hij.

'Je kunt altijd iets vinden over een dominee. Hier', zei Rozenblad en hij wees naar een papiertje. 'Ga niet naar huis. Je bent te moe. Je kunt hierboven slapen', zei Rozenblad. 'Of ik breng je naar huis.' Fontein deed alsof hij het niet had gehoord en las het adres op het papiertje.

'Was dit zijn laatste adres?' Rozenblad knikte.

'Nu woont er een vrouw die ook De Graaf heet. Dit is haar telefoonnummer', zei hij. Fontein omcirkelde het. Zodra Rozenblad weg was, legde hij zijn voeten opnieuw op het bureau, zonder schoenen dit keer, en viel weer in slaap.

Hoofdstuk 28

Toen Fontein na een uurtje wakker werd, deed hij zijn schoenen aan, reed naar huis en dook daar meteen in bed. Hij wilde de wekker op acht uur zetten om mevrouw De Graaf te bellen, maar had er geen energie voor. Om negen uur werd hij wakker van de telefoon. Astrid vroeg hem uit naam van Teunissen waar hij was.

'In bed', zei hij, nog slaperig.

'Zeg ik dat u nog thuis bent?'

'Ja', zei hij en hij legde de hoorn neer zonder dat doordrong wie naar hem had gevraagd. Hij stond op en pakte meteen het papiertje met het telefoonnummer, maar voelde dat hij eerst koffie moest drinken om zijn stem normaal te laten klinken. Na twee sterke koppen vormde hij het nummer. Hij kreeg een oude vrouw aan de lijn.

'Wat kan ik voor u doen?' vroeg ze beleefd.

'Ik zoek informatie over een dominee uit de negentiende eeuw. Zijn naam is Johannes de Graaf. Hij was een van de belangrijkste geestelijke leiders in die periode. Ik bel iedereen met de achternaam De Graaf uit de telefoongids. U bent nummer vijf', loog Fontein. Hij wilde niet dat de vrouw zich ongemakkelijk zou voelen omdat een politieagent haar nummer had achterhaald.

'Ik denk dat u beet hebt, maar u moet niet bij mij zijn', zei de vrouw. 'Mijn achterneef Hans weet alles over de historie van de familie en heeft hele stambomen uitgezocht. Hij bewaart alles wat er is over de familie en heeft zeker spullen van oom Johannes. Hebt u een momentje? Dan geef ik u zijn telefoonnummer.'

Kort daarna kreeg Fontein Hans de Graaf aan de lijn, die opnam vol zelfvertrouwen, alsof hij dit telefoontje had verwacht.

'Ja, hallo, meneer. U zoekt informatie over dominee Johannes de Graaf? Dan spreekt u met de juiste persoon. Vanaf het moment dat Napoleon ons onze achternamen gaf tot nu weet ik alles over de familie De Graaf. Ik ben er trots op een nazaat te zijn van Johannes de Graaf.'

'Kan ik bij u langskomen?'

'Natuurlijk.'

'Is het goed als ik vandaag nog kom?'

'Even wachten.' Fontein hoorde hem gedempt praten met zijn vrouw. Hij kwam weer aan de lijn. 'Ja, dat kan. U bent van harte welkom.'

Fontein aarzelde geen moment en reed meteen naar Den Haag, waar Hans de Graaf in een oud huis woonde. Hij trok aan de bel.

'Welkom', zei de oude man. 'U treedt niet het oude familiehuis binnen, daar woont mijn achternicht Mathilde, maar ook hier wonen al een aantal generaties De Graaf.' Trots liet hij Fontein het huis zien en bracht hem daarna naar de woonkamer, waar zijn vrouw aan de tafel zat met een dienblad koffie, thee en een bord met koekjes.

'Wat wilt u drinken?' vroeg ze.

'Koffie, alstublieft.' De vrouw schonk koffie in in een klein kopje met engelen en gaf het hem.

'Bent u ook bezig met uw stamboom?' vroeg Hans de Graaf hem.

'Niet echt', zei Fontein. 'Maar zoals u misschien weet, is alles met elkaar verbonden en is het moeilijk de dingen uit elkaar te halen.' Het viel hem zwaar deze vriendelijke en behulpzame man niet te vertellen dat hij daar was om een misdaad op te lossen en een seriemoordenaar te vinden en dat hij niet geïnteresseerd was in de familie De Graaf of een dominee uit de negentiende eeuw.

'Uw gezicht komt me bekend voor. Bent u op televisie geweest?' vroeg Hans. Fontein voelde zich opgelaten. Het zou niet goed zijn als hij zou weten dat hij politieagent was.

'Niet dat ik weet', zei Fontein, maar Hans bleef hem aangapen om te proberen te achterhalen waar hij hem eerder had gezien. Ook de vrouw bleef hem glimlachend aankijken, maar meer met een blik die aanvoelde als steun voor een moeilijk tentamen.

'Drinkt u uw koffie met suiker?' vroeg ze vriendelijk.

'Het is goed zo.'

'Wat wilt u weten over Johannes de Graaf?' vroeg Hans.

'Begint u maar te vertellen', zei Fontein. Hans stond op.

'Dan laat ik u liever iets zien.'

'Misschien moet hij eerst zijn koffie opdrinken', zei de vrouw voorzichtig.

'O, sorry, na de koffie', zei de man in verlegenheid gebracht.

'Die is al op', zei Fontein na een grote slok en hij stond ook op. Hij volgde Hans de Graaf door een lange gang. Aan het eind was een deur.

'In deze kamer bewaar ik alles over de familie De Graaf en dus ook over oom Johannes. Hij is toch wel het beroemdste lid.' Vol trots opende de man de deur. De kamer stond vol oude meubels en dozen met foto's en boeken. Er stond een groot bureau in het midden. 'Dit is de tafel van dominee Johannes de Graaf', zei hij. 'Hieraan schreef hij het pamflet *De gerechtigheid van God en de betekenis van de vergeving*. Ik heb er nog wel wat liggen.' Uit een bruinleren koffer pakte Hans een stapeltje geel verkleurd drukwerk, dat hij op de tafel legde. 'Op een teken van God reisde hij langs Nederlandse steden, een reis die veel indruk maakte in de tweede helft van de negentiende eeuw. Hij stierf in 1873 in Gouda, waar hij zijn belofte voor God moest nakomen.' Fontein wilde graag weten of het rode boekje met het kruis in die kamer was geweest, maar hij wilde er niet direct naar vragen, omdat er een directe link met de moordenaar kon zijn en hij niet wilde dat Hans de Graaf daar lucht van kreeg.

'In een krant in het Historisch Centrum las ik dat Johannes de Graaf een rood boekje in zijn hand had toen hij in Gouda rondliep', zei Fontein.

'Het rode boekje met het kruis erop', zei de man trots. 'Ik zal het u laten zien. Het zit hierin.' Hij zocht verder in de bruinleren koffer, maar leek niets te vinden. Hij draaide zich naar zijn vrouw, die stil in de deuropening stond te kijken naar de twee mannen. 'Ik kan het boekje niet vinden. Is hier iemand geweest?'

'Stijn', zei ze.

'Stijn?' vroeg Hans.

'Hij kwam hier en nam het boekje mee. Hij zei dat hij het ergens naartoe moest brengen.'

'Maar dat boekje hoort toch hier? Bij deze spullen, in deze kamer', zei Hans de Graaf verschrikt en hij verontschuldigde zich bij Fontein. 'Als u dat boekje wilt zien, kan ik mijn kleinzoon bellen. Dan heb ik het binnen een paar dagen terug.' Hij had geen idee dat het boekje in de binnenzak van Fontein zat.

'Dat is helemaal niet nodig', zei deze, hopend dat hij de man kon overtuigen echt geen moeite te doen, zodat Stijn niet zou worden gewaarschuwd. 'Voor mij is dat boekje niet zo belangrijk als de informatie over Johannes de Graaf.' Daarop pakte Hans een boek dat hij ooit in eigen beheer had uitgegeven over de familie De Graaf met de stamboom op de eerste pagina. Hij liet het Fontein zien en vertelde over de kinderen van Johannes de Graaf en van welke lijn daarvan hijzelf afstamde. Fontein luisterde zo aandachtig mogelijk, opdat Hans zou vergeten zijn kleinzoon te bellen over het rode boekje. Ondertussen klopte zijn hart zo wild dat hij het gevoel had dat zijn overhemd zou scheuren. Hij bleef rustig ademhalen en bekeek de foto's van de man met lange bakkebaarden, de hoge zwarte hoed en zijn vrouw en kinderen.

'Misschien heeft de meneer genoeg gezien voor vandaag', zei de vrouw na een tijdje. 'Over een halfuurtje moet je bij de fysiotherapeut zijn.'

'O ja, dat is waar ook', zei Hans teleurgesteld. 'Maar u kunt gerust een volgende keer terugkomen. Als u iets wilt kopiëren of meer notities wilt opschrijven voor uw boek.' Fontein herinnerde zich niet dat hij iets had gezegd over een boek, maar vond het prima dat de oude man dacht dat hij daarmee bezig was.

'Wilt u nog iets drinken?' vroeg de vrouw.

'Een volgende keer zeker.' Hij nam afscheid en ging naar buiten. Hij reed weg, maar stopte een paar straten verder om Pol te bellen, die net op kantoor was.

'De moordenaar', zei hij luid. Pol hoorde aan zijn stem dat hij iets op het spoor was.

'Wat zeg je?'

'De moordenaar!' herhaalde Fontein, als om ook zichzelf te overtuigen. 'Stijn de Graaf. Ik wil dat je alles over hem opzoekt. En vraag Rozenblad om minimaal vijf man klaar te houden.'

'Vijf man is nu onmogelijk', antwoordde Pol. 'Er is een groot gevecht in de Indische buurt. Al onze mannen en die van het hoofdbureau zijn er naartoe.'

'Ik kom eraan en wil die informatie zo snel mogelijk', zei hij, drukte het gesprek weg en reed snel verder naar het bureau. Daar aangekomen rende hij hoopvol naar Pols kantoor en zag hem achter de computer staan.

'En?'

'Hier.' Pol opende een document. Fontein zag een foto van een jongen met ogen vol vuur die hem ergens bekend voorkwam. 'Ben je er zeker van dat hij de moordenaar is?' vroeg Pol.

'Ja, hij is het. Ik heb hem ergens eerder gezien.' Fontein dacht na, maar kon niet achterhalen waar hij de jongeman van kende.

'Ik vind dat hij iets weg heeft van Fabiola', grapte Pol.

'Geen tijd voor geintjes, Martin', zei Fontein. 'Hij kan er elk moment achter komen dat we op hem inlopen, als hij het al niet weet. We moeten snel zijn, voordat hij van woonplek verandert.'

'Hij woont als antikraker in de oude buizenfabriek.'

'Fabriek?'

'Ja, een jaar en drie maanden nu.'

'Alleen?'

'Alleen. De fabriek ligt geïsoleerd op het industrieterrein

en het is niet de meest comfortabele woonplek die je kunt bedenken.'

'Is het te bestormen?'

'Alles is te bestormen, maar in dit geval hebben we wat tijd nodig om de plattegronden en de sleutels van de oude eigenaar te pakken te krijgen. Intussen kunnen we natuurlijk best wel een kijkje nemen. Gewoon om na te gaan welke ruimtes hij gebruikt. En om later niet te verdwalen in het gebouw, dat hij inmiddels goed zal kennen.'

'Dat lijkt me verstandig', zei Fontein. 'Wordt de telefoon van Hans de Graaf afgeluisterd?'

'Ja, nadat jij er bent weggegaan belde hij de gsm van Stijn. We hebben zijn nummer. Hij kon hem niet bereiken en liet een berichtje achter op de voicemail.'

'Kan ik het horen?'

'Ja, dan moeten we even naar de AA. Kom mee.' Samen liepen ze naar de ICT-afdeling, die in dit soort gevallen de AA werd genoemd, als afkorting van Afdeling Afluisteren. Achter twee computerschermen zat de blonde agente Tineke van Schepenen met een koptelefoon op. Ze trok de koptelefoon van haar oor.

'Hé Tineke, we willen het bericht aan Stijn de Graaf horen van zonet, weet je nog?' zei Pol. Fontein was altijd onder de indruk van zijn familiaire omgang met alle agenten en medewerkers van het politiebureau. Hij was zelf erg slecht in het onthouden van namen en deed al geen moeite meer om collega's van afdelingen waar hij weinig of niets mee te maken had, te leren kennen.

'Die voicemail?' vroeg Tineke.

'Ja, die.' Ze zocht in de computer, klikte hier en daar en even later hoorden ze de stem van Hans de Graaf.

'Hé, Stijn, hoe is het? Je bent hier geweest, hé? Als je weer komt, neem dan het rode boekje met het kruis weer mee, wil je? O ja, en we zijn je rekeningnummer kwijt, we zouden graag weer wat centjes voor je storten. Da-aag.' Fontein was opgelucht dat Hans de Graaf op de voicemail niet had gesproken over zijn komst of zijn vraag naar het rode boekje.

'Bel me meteen als je iets hoort op dit nummer', zei Fontein tegen Tineke. 'En ook het nummer van Hans de Graaf, waarmee gebeld is, moet worden afgeluisterd.' Hij wendde zich tot Pol. 'Goed, Martin, laten we nu gaan.'

Aan het eind van die middag kwamen ze bij een oud industrieterrein. Alle gebouwen waren verlaten en zouden te zijner tijd gesloopt worden. Ze reden erheen toen de schemer begon te vallen. Toen de tomtom aangaf dat ze minder dan twee kilometer waren verwijderd van de fabriek, dimde Fontein de lichten. Ze parkeerden de auto op een kilometer afstand achter een hijskraan en liepen voorzichtig tussen de kranen en autowrakken, de aanwijzingen van het navigatiesysteem op de mobiele telefoon van Pol volgend. Even later zagen ze de contouren van een groot gebouw, hoge muren van steen met grote ramen en installaties van ijzer aan de binnen- en de buitenkant.

'Dit moet het zijn', zei Pol. Ze liepen voorzichtig om het gebouw heen, zo min mogelijk geluid makend. Nergens was licht te bekennen. Ze liepen er tweeënhalf uur rond, tot Fontein zei dat het genoeg was geweest voor die dag, waarmee hij bedoelde dat zijn tenen op bevriezen stonden.

'We kunnen beter morgen overdag terugkomen. Wie weet zien we dan ergens een gordijn of iets anders waarmee de ruimte waar hij woont wordt verduisterd. Dan weten we waar hij precies woont.'

'Oké, laten we gaan', antwoordde Pol. Ze liepen terug naar de auto en reden het eerste stuk zonder licht terug. Op het moment dat ze de autolampen aandeden, ging er ook bij Fontein een lichtje branden.

'Ik zei toch dat ik die Stijn ergens van kende?' zei hij. 'Volgens mij ben ik hem gisteren in het Historisch Centrum tegengekomen.'

'Wat moest je in het Historisch Centrum?' vroeg Pol, waarop Fontein hem vertelde hoe hij tot de ontdekking was gekomen dat Stijn de Graaf degene was die ze moesten vinden. 'Dus dan heb je zonder dat je het wist oog in oog gestaan met de moordenaar die je al wekenlang zoekt?'

'Dat kan haast niet missen', zei Fontein. 'De klootzak. Misschien weet hij al wie ik ben. We kunnen het ons niet veroorloven hem deze keer kwijt te raken. Als hij ons ontsnapt, zal het moeilijk zijn weer een spoor van hem te vinden.'

Hij belde Rozenblad. Die meldde dat de fabriek de hele nacht in de gaten zou worden gehouden. En vanaf de volgende dag zou er iemand in het Historisch Centrum zitten om te kijken of Stijn daar weer zou verschijnen.

Om negen uur de volgende ochtend stapten Fontein en Pol in een oud busje. Fontein ging achterin zitten, zodat hij niet zou worden gezien door Stijn, die hem misschien herkende van het Historisch Centrum. Pol reed naar een leegstaand magazijn tegenover de fabriek.

'Ik denk niet dat hij er is', zei hij tegen Fontein zonder zich om te draaien.

'Hoe weet je dat?'

'Ik zie nergens een auto.' Pol stapte uit in een blauwe overall en deed alsof hij de dozen oud papier uit het magazijn kwam ophalen. Niet veel later reden ze naar het bureau.

Fontein wachtte ongeduldig op het verslag over Stijn dat Fabiola zou maken. In de loop van de middag kwam ze binnenlopen.

'Stijn de Graaf, 33 jaar, heeft ooit een schilderij van Van Gogh met een mes beschadigd. Hier het rapport van de rechtbank en de psychiater', zei ze trots. Fontein nam de papieren aan.

'Zeg Pol dat we vanavond om tien uur naar de fabriek gaan als Stijn dan nog niet gesignaleerd is. En als hij er wel is gezien, moet er zeven man klaarstaan.'

'Kan ik mee?' vroeg Fabiola.

'Ja, maar niet met die schoenen', zei Fontein en hij knikte naar de hoge hakken die ze droeg.

De agenten die op het industrieterrein op de uitkijk stonden, hadden Stijn de hele dag niet gezien en ook zijn auto was nergens gesignaleerd. Voordat Fontein, Pol en Fabiola die avond naar de antikraakfabriek reden, bespraken ze in het kantoor van Fontein wat ze gingen doen. Pol had de sleutels gekregen van de oude eigenaar van de fabriek en een plattegrond van het gebouw. Hij had de dunne papieren uitgespreid op de tafel en wees de in- en uitgangen aan.

'Dit zou volgens de eigenaar de deur moeten zijn die Stijn gebruikt', zei Pol. 'Maar er is ook een kans dat hij de deur gebruikt die als nooduitgang diende. Dit was de oude fabriekshal. Het meeste spul is eruit gehaald, maar er staan nog wat machines en er ligt veel afval. Via deze trap zouden we dan terecht moeten komen bij de kantoorruimtes en wat ooit de kantine is geweest. De Stichting Antikraak heeft het directeurskantoor als woonruimte aangewezen omdat daar een wc en een douche aan grenzen, dus we kunnen ervan uitgaan dat hij daar de meeste tijd doorbrengt. Vooral in de winter is het in de rest van de fabriek erg koud, heb ik me laten vertellen.' Fontein nam de plattegrond van de fabriek goed in zich op. Fabiola had haar sportschoenen aangetrokken en was opgetogen over haar eerste heimelijke inbraak.

'Hij is twee dagen niet bij het gebouw gezien, maar we kunnen niet met zekerheid zeggen of hij niet de hele tijd binnen was of toch een manier heeft gevonden om ongezien het gebouw in en uit te gaan. We moeten dus zeer voorzichtig zijn', besloot Fontein.

Daarop reden ze naar het industrieterrein, parkeerden het oude busje een eind van de fabriek af en liepen voorzichtig verder. Weer was er nergens licht te zien.

'Klopt het dat de rode Peugeot hier vandaag niet is geweest?' vroeg Fontein aan Pol.

'Zeker, alle wegen hier naartoe worden bewaakt.'

'Die mierenneuker...' fluisterde Fontein. Toen hij besefte dat Fabiola er ook bij was, zei hij zachtjes: 'Ik bedoel Rozenblad. Die doet altijd alles extreem nauwkeurig.'

'Ik weet het', fluisterde ze terug. Ze kwamen dicht bij de hoofdingang. Pol pakte de sleutels, wist welke van de deur moest zijn, maar kreeg de sleutel er slechts een klein stukje in.

'Roest', zei hij.

'Heb je de goede sleutel?' fluisterde Fabiola.

'Zeker.' Toch probeerde hij ook de andere sleutels aan de bos, maar hij kreeg geen enkele in het slot. 'We proberen de nooduitgang', zei Pol. 'Die lukt hopelijk beter.'

Ze liepen tussen stapels ijzer en oude autobanden naar de nooduitgang. Toen Pol de sleutel in het slot stak, kon hij hem meteen opendraaien. De ijzeren deur piepte. Hij stopte en drukte langzaam tot de kier net groot genoeg was om erdoor te kunnen. Ze wierpen elkaar veelzeggende blikken toe en liepen met getrokken pistolen het gebouw in. Het was er doodstil. Ze beklommen de ijzeren trap achter in de fabriekshal en liepen door een lange gang. Pol flitste met de zaklamp om te voorkomen dat ze zouden struikelen. Aan het eind van de gang draaiden ze naar rechts, tot Pol opeens stopte.

'Waar zijn we?' vroeg Fontein zacht.

'Als ik het goed heb, zijn we vlak bij het oude directeurs-kantoor van de fabriek. Aan het eind van deze gang.' Pol wenkte en liep met het pistool in de rechter- en de zaklamp in zijn linkerhand naar voren, met achter hem Fabiola en Fontein. Opeens stopte hij, hield zijn pistool omhoog, draaide zich naar Fontein en bescheen zijn eigen gezicht. Hij ge-baarde met zijn duim naar de deur vlak achter hem. Meteen stond Fontein ook klaar met zijn zaklamp en zijn pistool. De deur zat op slot, maar Pol had ook hiervan de juiste sleutel gekregen. Zodra de deur openging, sprongen ze naar bin-nen en schreeuwden: 'Politie!'

Het kantoor was leeg. Om geen argwaan te wekken deden ze het licht niet aan, maar doorzochten ze de ruimte met hun zaklantaarns. Er stond een bed, met op het tafeltje ernaast een boek. Fontein richtte de zaklamp erop. Het was Robin Pijnackers dagboek.

'Hij is het', zei hij tegen Pol, die zijn pistool nog steeds klaarhield en alle kanten van de ruimte bescheen. Fontein liet zijn zaklamp over de muur gaan en zag er papieren hangen. Hij wenkte zijn collega's. Op het eerste A4'tje stond een foto van Erik Drent, met informatie over hem en een rood kruis erdoorheen. Daarnaast was Rachel van Dijk te zien en de derde was Gijs ter Velde. Op het papier naast de wiskundeleraar stond 'De drie duivels' met de namen van Wouter, Patrick en Dennis eronder. Wouter was doorgekruist. Ernaast hing Barneveld. Op de andere papieren zouden de volgende slachtoffers staan. Fontein hield zijn adem in. Hij zag een oude foto van een vrouw. Toen hij de andere papieren wilde belichten, pakte Fabiola zijn hand vast en trok hem een eindje terug. Ze hield haar adem in.

'Wat?' vroeg hij.

'Die foto.'

'Wat is ermee?'

'Dat is mijn moeder.' Ze staarde bewegingloos naar de foto van haar moeder toen die nog jong was. Onder de foto stond haar naam, Hennie Brugman. Daaronder het adres en een telefoonnummer.

'Hoeckelsweg 17, klopt dat?' vroeg Fontein, maar Fabiola stond als een standbeeld naar het papier te kijken. Haar lippen trilden. Hij greep haar schouders vast en schudde haar heen en weer. 'Klopt het adres?' herhaalde hij.

'Ja', fluisterde ze.

Ze hadden geen moment te verliezen. Ze maakten foto's

van de volgende vier slachtoffers in de rij, namen het dagboek mee en slopen terug. Bij de deur stopte Fontein even.

'De deur', fluisterde hij.

'Wat?' zei Pol bijna onhoorbaar.

'Iemand heeft ze bewogen.'

'Onmogelijk, Fred, dat hadden we gehoord.'

Zachtjes sloten ze de deur weer af en liepen ze langs een ijzeren schutting die was begroeid met hedera.

Achter de schutting stond Stijn. Hij hoorde de voetstappen zich verwijderen. Hoewel Fontein fluisterde, herkende Stijn zijn stem.

Hoofdstuk 29

Toen de zachte voetstappen in het donker verdwenen waren, haalde Stijn zijn mobiele telefoon uit zijn jaszak, stopte de nieuwe simkaart erin en toetste een nummer in dat hij uit zijn hoofd had geleerd.

'Mevrouw Brugman, het spijt me u te moeten melden dat uw dochter Fabiola een ernstig ongeluk heeft gehad. Ze ligt in het ziekenhuis. U moet zo snel mogelijk komen', zei hij zodra er werd opgenomen.

'Wat?' vroeg Hennie Brugman verschrikt.

'Komt u alstublieft zo snel mogelijk. Ze ligt op de intensive care. Zet uw auto in de parkeergarage. Iemand zal u opwachten en u naar haar toe brengen.'

Stijn keek op zijn horloge en besloot dat het tijd was om naar het ziekenhuis te gaan. Hij liep over afgesloten terreinen naar zijn fiets en reed vervolgens naar de plek waar zijn auto stond, terwijl hij dacht aan de man in het Historisch Centrum. Hij was zo druk geweest met zijn eigen plannen dat hij niet had opgemerkt dat die hem wilde pakken en hem zonder genade zou achtervolgen tot hij erbij neerviel.

Stijn reed naar het ziekenhuis, stopte in de parkeergarage, deed de lampen uit en wachtte tot hij de auto van mevrouw Brugman zag, die hij uit duizenden herkende omdat hij haar woning al enige tijd in de gaten hield. Ze struikelde bijna toen ze uit haar auto snelde en gooide het portier luid dicht. Stijn stapte bedaard uit, liep achter haar aan en haalde haar in.

'Mevrouw Brugman', zei hij. Ze stopte, draaide zich om en schrok. De man was dichterbij dan ze had verwacht.

'Hoe is het met Fabiola?' vroeg ze, maar hij haalde zijn hand snel onder zijn zwarte jas vandaan en stak haar met een mes in haar buik. Het ging zo snel dat Hennie Brugman het niet had zien aankomen. Ze slaakte een gil en viel op de grond. Stijn wilde haar nogmaals steken, toen hij achter zich iemand hoorde schreeuwen.

'Help, een moordenaar!' Hij draaide zich om naar het geschreeuw en zag een vrouw in een auto zitten. Hij liep met het bebloede mes naar haar toe om haar de mond te snoeren. Op het laatste moment deed ze verschrikt het raam dicht, terwijl ze bleef schreeuwen. Stijn keek haar recht aan en legde een vinger op zijn lippen, waarop de vrouw verstijfd van angst bleef zitten en hij zich omdraaide om terug te lopen naar Hennie Brugman. Op dat moment zag hij een man over haar gebogen staan.

'Haal een dokter!' riep hij uit. 'Hier!' De vrouw in de auto toeterde hard en lang. Twee mannen renden naar de man die bij mevrouw Brugman stond. Toen Stijn dat zag, liep hij beheerst naar zijn auto en reed de parkeergarage uit.

Zodra Fabiola een eindje van de fabriek verwijderd was, belde ze direct haar moeder, maar de lijn was bezet. Ze probeerde het nogmaals, maar ze bleef in gesprek. Bij haar volgende poging werd er niet opgenomen. Fontein reed zo snel mogelijk naar het huis van Hennie Brugman. Onderweg telefoneerde hij naar het politiekantoor en gaf hun haar telefoonnummer door. Even later lieten ze hem het laatste nummer weten dat had gebeld. Het was niet het nummer van Stijn. Fontein belde het, maar het was buiten gebruik.

'Ik vrees dat de kans bestaat dat Stijn ons in de fabriek

heeft gezien en dat hij je moeder met een andere simkaart heeft gebeld', zei hij. Nog voor ze bij het huis van Fabiola's moeder aankwamen, kreeg Fontein telefoon dat mevrouw Brugman was aangevallen in de parkeergarage van het ziekenhuis en op de intensive care lag. Ze keerden en snelden naar het ziekenhuis.

Daar hoorden ze dat Fabiola's moeder een diepe steekwond had opgelopen die dodelijk was geweest als ze zich niet in het ziekenhuis had bevonden. Ze werden verzocht in de wachtkamer plaats te nemen. Een uur later vertelde een arts dat ze stabiel was.

'Er zijn geen vitale organen geraakt', zei hij. 'Ze heeft geluk gehad, mede doordat het hier in de garage is gebeurd.'

'Dus ze blijft leven?' vroeg Fabiola met tranen in haar ogen.

'Ze is buiten levensgevaar. Ze heeft veel bloed verloren, maar ze krijgt een transfusie', zei de arts en vervolgens liep hij met haar de kamer in waar haar moeder lag. Toen ze even later weer opgelucht buitenkwam, kwam Pol net aangelopen. Hij had met het bureau gebeld.

'Teunissen heeft besloten de foto's van Stijn de Graaf in de krant te laten zetten', zei hij. 'En misschien willen jullie weten waarom Fabiola's moeder op de lijst stond?' Fontein was een en al aandacht. 'Hennie Brugman is de moeder van Robin Pijnacker.'

'Wat?' zei Fabiola schor en ze begon te huilen.

'Ze is op haar negentiende zwanger geraakt van Leo Pijnacker en wilde een abortus, maar Leo dreigde haar te zullen vermoorden als ze dat zou doen. Toen het jongetje dat geboren werd drie maanden was, is ze weggegaan en heeft ze hem achtergelaten bij zijn oma.'

Fabiola zakte door haar knieën en ging ondersteund door Fontein op een bankje zitten. Ze kon niet geloven dat haar zorgende en liefdevolle moeder een kind had met een crimineel, en dat ze dat kind in de steek had gelaten. Ze snikte zachtjes. Fontein legde zijn hand op haar schouder, waarop ze haar hoofd tegen hem aan legde. Hij streek door haar haren.

'Je weet niet hoe het was', zei hij. Hij probeerde zich voor te stellen wat er door haar heen ging. Er was net een aanslag op het leven van haar moeder gepleegd, en ze bleek een halfbroer te hebben die zelfmoord had gepleegd. Pol haalde een glas water voor haar. Na een tijdje kwam er een verpleegster naar hen toe.

'Ze is stabiel', zei ook zij. 'Ze wordt slapende gehouden om de genezing te bevorderen. Jullie kunnen beter naar huis gaan om te slapen en morgen terugkomen', zei ze.

'Kan ik haar nog even zien?' vroeg Fabiola en ze liep met de verpleegster mee.

'Blijf jij hier', zei Fontein tegen Pol. 'Ik wil graag een agent in burger hier houden om haar te bewaken. Misschien komt Stijn nog terug. Ik zal aflossing voor je regelen.' Toen Fabiola naar buiten kwam, liepen ze naar de auto.

'Vandaag kun je bij mij logeren, dat is veiliger', zei Fontein en hij reed naar huis, terwijl hij bedacht dat haar leven nu voorgoed veranderd was. Thuis bracht hij haar naar de logeerkamer, gaf haar een T-shirt en een nieuwe tandenborstel. Na een douche kwam ze naar beneden.

'Ik wil liever niet alleen zijn', zei ze, waarop Fontein haar in zijn tweepersoonsbed legde. Ze viel meteen in slaap. Ook voor hem was het een lange dag geweest, misschien de langste van de afgelopen jaren. Hij ging naast haar in bed liggen, netjes met zijn rug naar haar toe, en hoorde dat ze rustig ademhaalde. Om halfacht werd hij wakker door het trillen van zijn mobiel. Om Fabiola niet te wekken, liep hij zachtjes de kamer uit.

'Fred', zei hij.

'Rechercheur Fontein?' vroeg een vrouwenstem.

'Ja.'

'Met Astrid. Ik heb het al vaker geprobeerd. Even geleden belde er een man. Hij zei dat hij informatie had over Stijn de Graaf. Zijn foto is op tv geweest.' Fontein wreef de slaap uit zijn ogen.

'Verbind hem door', zei hij.

'Hij liet zijn nummer achter en verwacht dat u hem terugbelt.' Fontein schreef het nummer op en telefoneerde meteen, maar er werd niet opgenomen. Hij belde terug naar het bureau en vroeg de vrouw of het nummer wel klopte, en of ze geen mobiel nummer hadden. Het nummer van de vaste lijn was alles wat hij had gegeven.

'Wat weet je nog meer over hem?'

'Zijn naam is Marcel Bakker, hij woont in Bodegraven en is beheerder van de begraafplaats in Reeuwijk.'

Op de dag dat hij om zeven uur 's ochtends met zijn vrouw naar Friesland wilde vertrekken om te zeilen, zoals elk jaar, zat Marcel Bakker aan de ontbijttafel. Hij keek naar de televisie zonder geluid, omdat zijn vrouw 's ochtends graag naar de radio luisterde. Net toen hij een hap van zijn boterham wilde nemen, greep hij naar de afstandsbediening, zette de tv harder en keek verbaasd naar het scherm. Zijn vrouw liep naar de radio en zette hem uit. Marcel was gestopt met eten en staarde naar het televisiescherm.

'Hij is het', riep hij uit. Zijn vrouw was in gedachten nog bezig met de bagage, want ze was altijd bang dat ze iets zou vergeten. 'Hij is het!' riep hij weer. Dit keer keek hij haar aan en wees naar het scherm.

'Wie is hij?' vroeg ze afwezig terwijl ze de kruimels van haar kant van de tafel wegveegde met haar hand en begon af te ruimen.

'Die jongen over wie ik je vertelde. Weet je nog? Die op de begraafplaats kwam. Die rare. Hij is het!' Ze wist dat haar man hoopte dat ze hem nu wel geloofde, maar toch ging ze verder met afruimen zonder naar de televisie te kijken. Ze was bang dat ze niet zoals gepland om zeven uur zouden vertrekken. De vakantie was in haar ogen pas begonnen als ze op de boot zat en de motor draaide. Elk moment daar-voor was vertraging. Marcel noteerde het telefoonnummer op het scherm en belde. Hij kreeg een man aan de lijn. Hij klonk alsof hij de hele nacht aan de telefoon had gezeten en honderden tips had aangenomen.

'Ja, hallo. U spreekt met Marcel Bakker uit Bodegraven.'

'Wat kan ik voor u doen, meneer?'

'Ik wil graag worden doorverbonden met degene die over de zaak van Stijn de Graaf gaat.'

'Stijn de Graaf?'

'Ik heb hem net op tv gezien. Dit telefoonnummer stond erbij voor als ik informatie had.'

'Ja, dat weet ik', zei de agent geïrriteerd.

'Ik heb belangrijke informatie.'

'Zegt u het maar.'

'Die jongen, Stijn de Graaf, kwam af en toe naar de begraaf-plaats en legde bloemen op het graf van Pieter Pijnacker.'

'Waar legde hij bloemen?' vroeg de man. Marcel, die het gevoel had dat er nu wel naar hem werd geluisterd, vertelde snel verder.

'Op het graf van Pieter Pijnacker.'

'Wie is Pieter Pijnacker?'

'Dat weet ik niet. Ik weet alleen dat hij is begraven in 1870. Stijn de Graaf heeft eigenhandig zijn grafsteen opgedolven en schoongeveegd en...'

'Dank u wel meneer', zei de man. 'Ik heb het genoteerd. Fijne dag verder.' Het gesprek werd abrupt beëindigd.

Marcel Bakker was beledigd. Zijn vrouw deed alsof ze het niet opmerkte.

'Die kloothommel. Hij gelooft me niet. Sjongejonge. Ze worden daar per uur betaald en dan willen ze niet eens luis-teren.' Hij pakte de telefoon weer op en belde zijn zoon, die sinds een jaar en negen maanden in Brazilië woonde. De telefoon ging lang over voor er werd opgenomen.

'Hé Wimpie. Hoe is ie?' vroeg Marcel.

'Ja goed, met wie spreek ik?' vroeg Wim slaperig.

'Met mij, pa.'

'Pa? Wat is er aan de hand?'

'Niets. We gaan zo op vakantie', zei hij, ter verklaring waarom hij zo vroeg belde.

'Dat weet ik toch, we hebben elkaar gisteren nog gespro-ken. Je belt me wakker.'

'Ik heb nog een vraagje.'

'Nou, wakker ben ik toch al. Zeg het maar', zei Wim.

'Heb je internet nu?' vroeg hij.

'Ja, als dat nodig is.' Zijn vader leek wel gek geworden, dat hij midden in de nacht belde om te vragen of hij internet had.

'Zet die computer van je dan aan en zoek naar de rechercheur die Stijn de Graaf wil oppakken.'

'Ach, pap, doe normaal', zei Wim.

'Jongen, je moet luisteren. Ik heb belangrijke informatie over die Stijn, maar ik krijg de juiste persoon niet aan de lijn.'

'Bel me over vijf minuten terug, dan zet ik de computer even aan.' Vijf minuten later belde Marcel zijn zoon terug en kreeg van hem de naam van Fred Fontein, door Wim gevonden in een artikel over de moord op Rachel van Dijk, en het telefoonnummer van het politiebureau waar hij werkte. De toevoeging van Wim dat hij zijn vader computerles zou geven als hij weer in Nederland was, legde hij naast zich neer.

Hij belde meteen de politie en zei dat hij contact wilde met Fred Fontein, omdat hij informatie had over Stijn de Graaf. Toen de agente aan de lijn hem vroeg of zij de informatie kon aannemen, weigerde hij. Hij wilde alleen Fred Fontein spreken. Ze noteerde zijn gegevens. Ze vroeg ook naar zijn mobiele nummer, maar Marcel antwoordde dat hij dat niet uit zijn hoofd kende en niet wist waar zijn mobiele telefoon was, omdat zijn vrouw de tassen had ingepakt. De agente zei dat Fred Fontein hem zo snel mogelijk zou bellen.

'Het moet wel voor mijn vakantie', zei hij.

'Wanneer is dat?'

'Eigenlijk nu. Maar ik kan nog even wachten.' Hij zag dat het al ruim zeven uur was geweest en realiseerde zich dat zijn vrouw boos zou worden. Hij ontweek haar blik, maar wist precies hoe ze nu keek. Haar hoofd werd zeker langzaamaan steeds roder.

'Nog meer wachten? Die tijd gaat van onze vakantie af', zei ze toen hij had opgehangen.

'Maak me niet gek', zei Marcel. 'Ik ben al gek genoeg.'

'Ik maak jou gek? Hoe dat dan? Jij maakt mij gek. In plaats van op de boot zitten we nog hier. En jij pakt de telefoon en belt de politie en Brazilië. Ik weet dat je niet op vakantie wilt en liever af en toe met Herman een kaartje legt of een pilsje drinkt. Maar iedereen gaat op vakantie. Waarom wij dan niet?'

'Laten we nog vijf minuten wachten. Als hij dan niet heeft gebeld, gaan we op onze vakantie.' Hij legde de nadruk op 'onze vakantie', zoals zij net had gedaan.

'Je maakt er een grap van', zei ze boos. Hij wist dat hij haar niet nog bozer moest maken. De komende twee weken zou hij met haar op een bootje zitten en als ze nu al boos was, zouden het twee vreselijke weken worden.

Toen Fred Fontein twintig minuten later belde, nam er niemand meer op.

Hoofdstuk 30

Fontein belde Marcel Bakker een aantal keren terug, maar kreeg hem niet te pakken. Hij nam een snel ontbijt en ging naar het bureau, nadat hij een briefje op een schone handdoek had gelegd voor Fabiola dat ze zo lang kon blijven als ze wilde en zich thuis moest voelen. Op het bureau belde hij de agente die contact had gehad met de beheerder van de begraafplaats, maar ze had geen verdere informatie over hem. Fontein liet enkele agenten naar de buren van Marcel Bakker gaan om te achterhalen waar ze hem konden vinden.

In de loop van de ochtend kwam Pol zijn kantoor binnen. Hij zei dat er bewaking was geregeld voor iedereen op de moordlijst van Stijn en voor de zekerheid ook voor iedereen uit het dagboek.

'Na de aflossing die je gisteren stuurde, heb ik nog even doorgewerkt en het dagboek gelezen', zei Pol. 'En ik snap nu waarom Tom Weiland niet op de lijst stond.'

'Ik ben benieuwd', zei Fontein.

'Robin schreef alleen maar positief over hem. Er staat dat Weiland de aardigste leraar voor hem was. Dat hij van het touw naar beneden viel, beschrijft hij heel anders dan de oud-klasgenoten.'

'Hoe dan?'

'Robin vond dat Weiland hem zelfvertrouwen gaf en hem leerde zonder te veel na te denken gewoon verder te gaan met wat hij wilde. Dat hij zijn pols brak kan ik nergens in het dagboek vinden.'

Ze bespraken welke stappen ze nu moesten nemen. Stijn was er ongetwijfeld van op de hoogte dat ze wisten wie hij was en dat zijn foto op televisie was vertoond. De vraag was waar hij zich nu schuilhield. De kans dat hij terug zou gaan naar de fabriek was erg klein. Als hij het deed, zou hij meteen worden opgepakt door de agenten die er de wacht hielden. Bij zijn opa en oma was hij niet en veel vrienden leek hij ook niet te hebben.

Even later werd Fontein gebeld. De overburen van Marcel Bakker hadden gezegd dat hij en zijn vrouw met de zeilboot naar Friesland waren vertrokken, zoals elk jaar.

'Met dit weer?'

'Ik weet het niet', zei de agent. 'Zijn vrouw heeft er drie zussen wonen. Een van hen heeft een pension. Ik begreep dat ze daar gratis kunnen logeren, omdat er in deze tijd van het jaar nog geen gasten zijn.'

Fontein vertelde Pol wat hij had ontdekt.

'Kun jij erachter komen wat voor boot die man heeft?'

'Als je dat wilt, doe ik dat.'

'Ik wil het weten', zei Fontein. 'En geef het dan door aan de waterpolitie. Dan kunnen zij naar hem uitkijken. We hebben zijn mobiele telefoonnummer niet.'

'Denk je dat hij iets belangrijks te vertellen heeft?'

'Geen idee, maar hij wilde alleen met mij praten.'

'Je bent beroemd aan het worden.'

'Inderdaad. Bij begraafplaatsbeheerders.'

'Dan zul je later een mooie plek hebben, ruim en zonnig', lachte Pol. Maar het hoofd van Fontein stond niet naar grappen.

'Ik wil dat je nog iets voor me uitzoekt. Vraag dat van die boot anders aan Rozenblad.'

'Zeg het maar', zei Pol, die meteen was gestopt met lachen toen hij het serieuze gezicht van Fontein zag.

'Marcel Bakker werkt als beheerder op een begraafplaats in Reeuwijk en hij heeft informatie over Stijn de Graaf. Ik wil dat je uitzoekt of Pieter Pijnacker daar begraven ligt.'

'Pieter Pijnacker?'

'Als hij daar begraven ligt, vallen de puzzelstukjes in elkaar.'

'Ik zal de begraafplaats bellen en vragen of die Pieter Pijnacker er ligt', zei Pol en hij ging naar zijn kantoor. Al snel was hij terug. 'Ik kwam op een antwoordapparaat terecht, waarop ze zeiden dat ze gesloten zijn voor de komende twee weken. Er werd een mobiel nummer vermeld voor spoedgevallen. Wie weet wil je meeluisteren', zei hij. Pol belde het mobiele nummer, maar kreeg geen antwoord. Hij belde nogmaals, maar weer werd er niet opgenomen. Na een paar minuten nam Marcel Bakker toch op.

'Ja, met Martin Pol van...'

'Marcel Bakker. Je hebt zeker al twee keer eerder gebeld?'

'Klopt', zei Pol en hij zette de telefoon op speaker, zodat Fontein mee kon luisteren.

'Sorry, hij zat onder in de tas. Ik gebruik hem nooit.'

'Ik begreep dat u informatie hebt voor Fred Fontein?'

'Ja', zei Marcel kortaf. 'Maar ze namen me niet serieus. Wim in Brazilië gaf me de naam van die Fred Fontein en ik heb geprobeerd hem te bellen, maar...'

'Hier is Fred Fontein', zei Pol om niet langer tijd te verliezen.

'Met Fred Fontein. Wat kan ik voor u doen?'

'Eindelijk. Sorry, de batterij van mijn mobiel is bijna leeg omdat ik hem nooit gebruik, alleen als ik...'

'Kent u Stijn de Graaf?' vroeg Fontein ongeduldig.

'Kennen niet, nee. Maar hij legt af en toe bloemen op het graf van Pieter Pijnacker. Hij heeft de grafsteen opgegraven en schoongeveegd en...' Op dat moment viel de lijn weg.

'We gaan, Martin', zei Fontein haastig. 'Ik weet wat ik wilde weten.'

'Waar gaan we naartoe?'

'Naar Reeuwijk.'

'Naar die begraafplaats?'

'Zeker.'

'Kunnen we niet wachten tot hij terugbelt? Dat doet hij vast', zei Pol, die niet begreep waarom Fontein zo gehaast was.

'Meer hoeven we niet te weten. We moeten gaan.' Fontein nam zijn jas, liep zijn kantoor uit en snelde de gang door. Pol probeerde bij te benen.

'Teunissen wil je spreken', riep Astrid van de receptie toen ze daar voorbijkwamen.

'Later', zei Fontein.

'Hij wil jou ook spreken', zei ze tegen Pol.

'Ook later', zei Pol. Astrid moest stilletjes lachen.

Fontein en Pol reden snel naar Reeuwijk.

'Denk je niet dat hij inmiddels het land uit is? Zeker nadat gisteravond duidelijk werd dat hij is ontdekt', vroeg Pol.

'Iemand zoals Stijn is slimmer dan de politie, of denkt toch dat hij het is. Hij zal niet zomaar de grens oversteken.'

'En jij denkt vast dat we hem vinden op die oude begraafplaats is? Lijkt mij sterk, hoor.'

'Hij legde bloemen op het graf van Pieter Pijnacker. Hij is er vaker geweest. En waar anders kon hij na gisteravond heen? Met zijn foto op televisie dat hij gezocht wordt, niet naar een hotel, lijkt me. Ik twijfel er geen moment aan dat hij naar de begraafplaats is gegaan.'

Fonteins mobiele telefoon ging. Het was Teunissen, die liet weten dat alle informatie over Stijn de Graaf over de hele Europese Unie was verspreid. Hem oppakken zou slechts een kwestie van tijd zijn.

'Het is afgelopen', zei Teunissen enthousiast. 'Bijna, tenminste. En nog even iets anders: ik wil dat jij degene zoekt die informatie heeft doorgespeeld naar de media. Of je wijst iemand aan. Wat denk je?'

'Dan wijs ik liever iemand aan.'

'Ik hoor het binnenkort van je', zei hij en hij hing op. Fontein dacht even na en zei toen dat hij vond dat Pol de geschikte persoon was, maar die weigerde meteen toen hij het voorstelde.

'Waarom?'

'Weet je, Fred, ik had het misschien al eerder moeten zeggen', zei Pol en hij bleef even stil.

'Wat had je moeten zeggen?'

'Eigenlijk ben ik de meest verdachte persoon.'

'Leg eens uit.'

'Mijn zus werkt voor de krant die de stukken publiceerde.' Fontein zweeg.

'Dat had je inderdaad beter eerder kunnen vertellen. Maar beter laat dan nooit. Nu weet ik het', zei Fontein. Hij keek naar de tomtom. Nog honderd kilometer. De telefoon rinkelde opnieuw. Het was Marcel Bakker.

'Sorry, meneer Fontein. Het duurde even tot we de opla-der van de mobiel hadden gevonden. Ik gebruik hem bijna nooit en mijn vrouw heeft er geen. Ik heb het bureau weer gebeld en ze hebben me uw mobiele nummer gegeven.' Zonder te pauzeren ging hij verder met vertellen. Hij leek wel bang dat de lijn weer onderbroken zou worden, net nu hij eindelijk serieus werd genomen. 'Op een dag kwam Stijn de Graaf naar me toe. Hij vroeg naar het graf van Pieter Pijnacker, maar die man was al heel lang dood. Toevallig was het stuk waar hij begraven ligt nooit geruimd, maar er was niets te zien. Die Stijn ging er aan de slag met een schop en vond het graf. Sinds dat moment legt hij er af en toe bloemen op. Hij is er zelfs eens geweest toen ik er niet was en de begraafplaats was gesloten.'

'Hoe weet hij dat u er niet bent?'

'Ik heb een kantoortje bij de ingang, waar de openingstij-den op staan. Maar ik moest op mijn vrije dag een keer terug omdat ik iets was vergeten en toen stond er een rode auto. Ik zag niemand, maar opeens bedacht ik dat het goed was even te gaan kijken bij dat oude graf. Van tussen de bomen zag ik die Stijn staan. Hij legde een zelfgeplukt boeket neer. Het zou me niets verbazen als hij de bloemen van andere gra-ven had genomen. Ik liep naar hem toe en zei dat het ver-boden was de begraafplaats te bezoeken buiten de openings-tijden, maar hij zei dat bezoek aan de doden niet aan tijd gebonden kon zijn.'

'Wat hebt u toen gedaan?'

'Ik heb de politie gebeld om te zeggen dat iemand bloe-men op het graf van Pieter Pijnacker legde. Ze vroegen mij wie die man was en toen ze hoorden dat hij in 1870 begraven was, hingen ze op.'

Fontein vroeg Marcel Bakker uit over de begraafplaats, hoe die eruitzag en waar ze het graf van Pieter Pijnacker konden vinden. Tot slot bedankte hij hem hartelijk voor de informatie.

Het was druk op de weg. Pol reed de auto soepeltjes over het linkerrijvak. Het zonnetje dat zo-even nog had doen hopen op een vroege lente was weer verdwenen. Er pakten wolken samen en het begon zacht te regenen. Fontein keek naar de tomtom. Nog achtenveertig kilometer en ze zouden weten of zijn intuïtie klopte en ze Stijn de Graaf op de begraafplaats in Reeuwijk vonden. Ze reden met honderdveertig kilometer per uur over de A2.

'Nog een klein halfuurtje', zei Pol, alsof hij wist wat Fontein dacht.

'Nog een klein halfuurtje', herhaalde die.

Hoofdstuk 31

Omdat Stijn niet terug kon om Hennie Brugman dood te steken, liep hij rustig naar zijn auto. Hij kon niet geloven dat het zo was gelopen en dat hij zijn werk niet af kon maken. Hij reed naar de snelweg, waar hij gedachteloos de richting Reeuwijk nam. Elke keer als hij iemand van de lijst had vermoord, had hij bloemen op het graf van Pieter Pijnacker gelegd.

Bij de begraafplaats verstopte hij zijn auto tussen de bomen, klom over het hek en liep naar het kantoortje bij de ingang. Hij brak er een raam, kroop naar binnen, deed het licht aan en liep naar het keukentje naast het kantoortje, waar hij het bloed van zijn handen waste en de waterkoker aanzette. Hij zocht groene thee, maar vond alleen een zakje earl grey. Met een dampend kopje in zijn hand zat hij in het koude kantoor. Hij besefte dat hij geluk had dat hij een slaapplaats nodig had op het moment dat de beheerder van de begraafplaats – althans volgens het briefje op het hek – voor twee weken op vakantie was. Hij dacht aan de oude man die hij een aantal keren had ontmoet. De eerste keer toen hij op zoek was naar het graf van Pieter Pijnacker en nog een paar keren in het voorbijgaan, terwijl hij het graf bezocht.

Ik heb nog twee weken, dacht hij.

Uit zijn broekzak haalde hij het papiertje waar de namen op stonden van de mensen die hij nog moest vermoorden om zijn taak te vervullen. Het waren er nog drie. Dat moest lukken in twee weken. Daarna kon hij zich met een vrachtwagen van Eindhoven naar Turkije laten rijden door een Roemeense smokkelaar, om van daaruit te verdwijnen naar

Rusland onder een andere identiteit. Trots op zijn vinding-rijkheid keek hij naar de drie namen. Hij was de politie weer te slim af geweest. Ze zouden er nooit achter komen wie hij nog wilde ombrengen.

Al vanaf het moment dat hij ontdekt had dat Barneveld werd bewaakt en dat hij ingesloten dreigde te raken door de poli-tie, sliep hij niet meer in de fabriek, maar in het magazijn ertegenover. Op een ochtend lag hij nog te slapen op zijn matras achter oude kisten en machines, toen hij de garage-deur open hoorde gaan. Hij was ervan overtuigd dat hij zou worden gevonden, maar het was te laat om weg te gaan, en bovendien werd de deur achter het magazijn vast bewaakt. Hij pakte zijn mes onder zijn matras vandaan en bleef stil achter een machine staan. Door een gat kon hij een oud busje zien dat het magazijn inreed. Een man stapte uit, deed de deur open en zette dozen vol oud papier in de laadruimte. Toen de achterdeur openging, kon Stijn een andere man zien. Het was degene die hij in het Historisch Centrum had ontmoet. Tot zijn opluchting reed het busje vervolgens het magazijn weer uit en gingen ze weg.

Het betekende wel dat de politie had ontdekt waar hij woonde en vandaag was gekomen om de plek te verkennen. En als ze de sleutel van het magazijn hadden, hadden ze ook de sleutel van de fabriek. Nu had hij geen moment meer te verliezen. Hij moest de fabriek nog eenmaal in om ervoor te zorgen dat hij ongestoord kon afmaken wat hij was be-gonnen. Via een route die hij goed had bestudeerd, over oudijzerstapels en achter verlaten vrachtwagens langs, sloop hij naar de fabriek. In allerijl, maar met de zorgvuldigheid waarmee hij alles deed, haalde hij de drie A4'tjes van de komende slachtoffers van de muur. Het vierde met de naam van Hennie Brugman liet hij hangen; ernaast hing hij drie nieuwe op. De namen haalde hij uit het dagboek van Robin. Daarna streepte hij alle passages door waar de namen in voorkwamen van de drie slachtoffers die op zijn lijst stonden. Om te laten zien dat hij het meende en om de politie te laten denken dat hij de lijst zou volgen die aan de muur hing, zou hij Hennie Brugman vermoorden zodra de politie de lijst had ontdekt. Toen hij daarmee klaar was, sloop hij weer naar buiten en verstopte zich in het magazijn, waar hij zich veilig voelde en waarvandaan hij de fabriek in de gaten kon houden.

Aan het eind van de avond zag hij een flikkerend lantaarnlicht naar de fabriek komen. Hij kon twee mannen en een vrouw zien, die de hoofdingang niet open kregen en toen via de nooduitgang naar binnen liepen. Stijn liep naar buiten en sloop naar de nooduitgang, die hij open kon drukken. Ze waren dus binnen. Hij kroop voorzichtig achter de ijzeren schutting naast de fabriek en wachtte daar tot de drie weer naar buiten kwamen. Zodra ze in het donker verdwenen waren, belde hij Hennie Brugman. Niet lang daarna stak hij haar neer in de parkeergarage van het ziekenhuis.

Nog twee weken, dacht Stijn terwijl hij naar de drie namen op het lijstje keek. De derde naam was niet uit het dagboek van Robin afkomstig. Niemand zou ooit kunnen denken dat hij ook deze man wilde vermoorden, maar voor Stijn was het de enige manier om Johannes de Graaf te laten verdwijnen in de geschiedenis. Het was Hans de Graaf, zijn opa. Om

de tijd te doden zette hij de televisie aan die in het kantoortje stond. Hij staarde gedachteloos naar de verslagen van
voetbalwedstrijden, die even later werden gevolgd door een
aflevering van *Opsporing Verzocht*. Ineens zag Stijn zijn foto in
beeld verschijnen, gevolgd door een interview met de man
die Hennie Brugman in de parkeergarage had gevonden en
de vrouw die had geschreeuwd en getoeterd. Hij zette de tv
uit en keek door het gebroken raam naar het donker buiten.
Hij dacht aan Mirjam en waarom hij niet meer op verjaar-
dagsvisite zou komen. Vanaf nu zou hij moeten leven als
een nachtdier. Hij viel in slaap op de vloer en droomde dat
hij in de akelige zwarte koets zat. De man in de zwarte kleren en met de hoge hoed zweepte de paarden op om ze
harder te laten rennen. Voor de eerste keer durfde Stijn het
raampje van de koets te openen en naar buiten te kijken.
De man op de bok was dominee Johannes de Graaf.

'Doe het raam dicht, Stijn', zei hij met strenge stem, zoals
elke keer als hij het raampje had willen openen. 'Doe het
raam dicht', schreeuwde de dominee nu harder, maar voor
de eerste keer in zijn leven luisterde Stijn niet en stak hij
zijn hoofd naar buiten. Hij voelde de wind door zijn haren
en keek naar het donkere bos waar ze doorheen reden. Hij
zag de tien ter dood veroordeelden aan de donkere takken
hangen en als ze voorbij alle tien waren gereden, hingen ze
er weer. 'Doe het raam dicht, Stijn', schreeuwde de dominee nu. Maar Stijn keek naar het bos en naar de lijken en
zag ineens ook Erik Drent hangen en Rachel van Dijk, Gijs
ter Velde, Wouter Dirksen en Barneveld. Toen de koets het
bos verliet, zag hij een eindeloos kaal landschap van as waaruit rookpluimen opstegen. Hij opende met al zijn kracht de

deur en liet zich uit de koets vallen. Op dat moment werd hij wakker.

Hij was stijf van de harde vloer en de kou en had even tijd nodig om zich te realiseren waar hij was. Hij keek op zijn horloge. Het was vijf voor zes 's ochtends. Hij herinnerde zich dat hij nog hooguit twee weken had om zijn taak te volbrengen. Hij kookte water, dronk drie kopjes thee en zette de radio aan. Klassieke muziek vulde de ruimte. Daarna kroop hij door het gebroken raam en liep over de begraafplaats. Hij plukte onderweg bloemen en legde ze op het graf van Pieter Pijnacker. Het begon te miezeren, maar net toen hij besloot naar het kantoortje terug te gaan, hoorde hij een auto stoppen. Twee portieren werden zacht dichtgeslagen.

'Hij is hier, Fred', hoorde hij iemand fluisteren. 'De rode Peugeot staat daar verderop.'

'De kans bestaat dat hij gewapend is, Martin', zei de andere stem, die hij meteen herkende. 'Wees voorzichtig en snel. Hij is gevaarlijk.' De voetstappen hielden halt. Stijn pakte zijn mes uit zijn jas en verdween tussen de bosjes.

Fontein en Pol klommen over de muur en kwamen aan bij de achterkant van het kantoor. Ze hoorden de klassieke muziek.

'Houd jij de auto in de gaten. Ik loop er omheen', zei Fontein. Met het pistool in zijn hand en naar alle kanten kijkend, liep hij langzaam naar de voorkant van het gebouwtje. Hij zag het gebroken raam en ging naar binnen. Er was niemand. Het kantoor en het keukentje waren leeg. Hij raakte de waterkoker aan. Die was nog heet. Stijn was dus in de buurt.

'Blijf hier bij de auto', fluisterde Fontein tegen Pol toen hij weer terug was. 'Hij is nog ergens hier. Ik ga hem zoeken.' Waakzaam liep hij vlak langs de bomen over de begraafplaats naar de plek waar volgens de beschrijvingen van de beheerder het graf van Pieter Pijnacker moest zijn. Ineens hoorde hij zachte klassieke muziek ergens vandaan komen. Hij sloop in die richting en kwam uit bij het graf. Op het moment dat hij naar de mobiele telefoon op de grond greep, voelde hij iets in zijn rug. Hij schreeuwde het uit van de pijn. Hij viel op de grond en kon Stijn nog net zien wegrennen. Hij zag dat hij bloedde en wist dat hij gestoken was. Hij loste een schot in de lucht om Pol te waarschuwen.

Hij wist niet hoeveel tijd er was verstreken toen hij Pol hoorde schreeuwen.

'Stop! Politie! Handen omhoog!' Er weerklonken drie schoten. Daarna niets meer. Hij sloot zijn ogen. Niet veel later hoorde hij Pol zijn naam roepen en vragen of het ging.

'Heb je hem?' vroeg hij met hese stem.

'Ja', zei Pol terwijl hij zich over hem heen boog. 'Hij zit geboeid aan zijn auto.' Pol hielp hem overeind en ondersteunde hem terwijl ze naar het kantoortje liepen. Daar trapte hij de deur uit het slot, trok Fontein zijn kleren uit, zette hem op een stoel en drukte een theedoek tegen de wond.

'Die dikke winterkleren hebben je gered, man. Anders was het mes door je hart gegaan.'

'Heb je hem geraakt?' vroeg Fontein, zijn pijn verbijtend. 'In zijn hand.'

'En de autosleutel?' Pol hield hem omhoog. Fontein wilde net zeggen dat hij de autobanden moest lek schieten toen ze een motor hoorden starten. Stijn had de reservesleutel uit zijn portemonnee kunnen pakken en wilde geboeid wegrijden. Maar voor hij de weg op kon draaien, schoot Pol de banden stuk en vloog de auto tegen een boom. Rook kringelde omhoog uit de gedeukte motorkap. Pol rende naar de Peugeot, maakte Stijn los en trok hem eruit. Toen ze een paar meter verder waren, weerklonk er een enorme knal. Een halfuur later opende Pol zijn ogen in een ambulance, in het gezelschap van Stijn en Fontein.

Pol mocht het ziekenhuis na vier dagen verlaten. Fontein moest tien dagen blijven en daarna nog een week thuis. Die week bezocht Moniek hem elke dag. Ze lag op de bank en keek hoe Fontein een yogaoefening deed toen Teunissen op bezoek kwam.

'Je hebt zeker een goede klant aan hem', zei hij tegen haar. Ze glimlachte en liep naar de keuken om koffie te zetten.

'Is ze lekker?' fluisterde Teunissen tegen Fontein, die opeens een pijnscheut in zijn rug voelde. 'Is ze lekkerder dan het Griekse eten?' deed hij er nog een schepje bovenop.

'Zeker weten', antwoordde Fontein kreunend.

Op de dag dat Rozenblad ontdekte dat een van de nachtdiensttelefonisten de informatie had verkocht, ging Fontein weer het werk. Het eerste wat hij deed, was Stijn een bezoek brengen. Hij zag er kleiner uit in zijn gevangenisoutfit dan hij zich hem herinnerde. Fontein keek hem lang aan, denkend aan al het bloed dat onnodig had gevloeid en het bloed dat hij nog had willen vergieten.

'Waarom?' vroeg hij hem, maar Stijn zweeg. Hij legde de foto's van de slachtoffers op de tafel en herhaalde zijn vraag, maar Stijn zei nog steeds niets. Op zijn gezicht waren geen emoties te zien. Pas toen Fontein het rode boekje uit zijn borstzak haalde en naast de foto's legde, kreeg hij reactie.

'Ik heb de geschiedenis gecorrigeerd', zei Stijn.

'De geschiedenis corrigeren met een mes?' vroeg Fontein. Stijn gaf geen antwoord.

Fontein keek naar hem en dacht aan de jongeman die gewild of ongewild geïsoleerd was geraakt van de maatschappij. Als hij ooit de kans had gekregen om contact te leggen met zijn omgeving of vrienden te maken, was dit alles misschien nooit gebeurd. Als hij met goede vrienden had besproken dat hij met het idee speelde om de geschiedenis te corrigeren met een mes, hadden ze misschien gezegd: 'Stijn, doe normaal. Zo werkt het niet.' Dan had hij in zijn leven mogelijk een andere weg genomen.

Fontein vroeg hem waarom Rachel van Dijk niet gemarteld was.

'Ik twijfelde over haar', antwoordde hij. Fontein had het dagboek van Robin intussen gelezen en begreep waar die twijfel vandaan kwam. Hij stond op. Hij was er klaar mee en was toe aan een lange pauze. Hij had met Teunissen afgesproken dat hij onbetaalde vakantie zou nemen en zou met Moniek naar Thailand reizen. Maar daarvoor moest er eerst iets belangrijkers gebeuren. Hij had tijdens zijn verblijf in het ziekenhuis en thuis lang nagedacht over wat hij moest doen met het rode boekje met het kruis en vond dat hij het naar de plek moest brengen die op de laatste pagina stond beschreven. Diezelfde dag reed hij naar Reeuwijk met Fabiola, die, nadat ze Leo Pijnacker had ontmoet, graag wilde zien waar haar halfbroer had gewoond. Aangekomen bij het huis van mevrouw Pijnacker opende Geertje de deur. Fabiola keek nieuwsgierig om zich heen en liep achter Fontein naar de zolder. Daar zeg ze hem buigen om het rode boekje voor de schildering te leggen.

'Waar denk je aan?' vroeg ze hem.

'Aan post die er honderdveertig jaar over kan doen om aan te komen', zei Fontein. Samen liepen ze naar beneden, terwijl hij bedacht dat dit de eerste en de laatste keer was dat hij postbode speelde om zulke oude post te bezorgen.

Dit boek
is voor de jongen
met de gouden fazant op zijn schouder...

© 2011 De Bezige Bij Antwerpen en Jeroen van der Heden

De Bezige Bij Antwerpen
Mechelsesteenweg 203
B-2018 Antwerpen
www.wpg.be

Vertegenwoordiging in Nederland
Uitgeverij De Bezige Bij
Van Miereveldstraat 1
1071 DW Amsterdam
www.debezigebij.nl

Boekverzorging: Herman Houbrechts
Omslagbeeld: Charles van der Stappen, *Le Sphinx Mystérieux*, 1897,
   Koninklijke Musea voor Kunst en Geschiedenis, Brussel
Zetwerk: Karakters, Gent

ISBN 978 90 8542 262 4
NUR 330
D/2011/0034/262